冰与火之歌 8

卷三 冰雨的风暴 [中]

A SONG OF ICE AND FIRE III: A STORM OF SWORDS

[美]乔治 R.R. 马丁 著

屈畅 胡绍晏 译

重庆出版集团 重庆出版社

Copyright ©1999 by George R.R. Martin
The Song of Ice and Fire (Book 3)
A Storm of Swords
By George R.R. Martin
Simplified Chinese Translation Copyright © 2018 by Chongqing Publishing House Co., Ltd.
This edition arranged with The Lotts Agency Ltd.through Andrew Nurnberg Associates International Limited.
All rights reserved.

本书中文简体字版通过美国 Lotts Agency 公司及安德鲁·纳伯格联合国际有限公司独家授权出版
版权所有，侵权必究
版贸核渝字（2016）第 152 号

图书在版编目 (CIP) 数据

冰与火之歌 . 8：卷三，冰雨的风暴 . 中 /（美）乔治·R.R. 马丁著；
屈畅，谭光磊，胡绍晏译 . —重庆：重庆出版社，2018.1
ISBN 978-7-229-12861-6

Ⅰ . ①冰… Ⅱ . ①乔… ②屈… ③谭… ④胡… Ⅲ . ①长篇小说－美国－现代
Ⅳ . ① I712.45

中国版本图书馆 CIP 数据核字 (2017) 第 280251 号

冰与火之歌 8
【卷三】冰雨的风暴（中）
BING YU HUO ZHI GE 8
〔JUAN SAN〕BINGYU DE FENGBAO （ZHONG）

［美］乔治·R.R. 马丁 著　屈　畅　谭光磊　胡绍晏 译
责任编辑：邹　禾　唐弋淄
装帧设计：谢颖设计工作室
封面图案设计：罗　烜
插图：曹　珂
责任校对：李小君

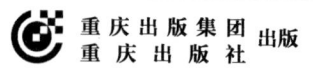

重庆出版集团 出版
重庆出版社

重庆市南岸区南滨路 162 号 1 幢　邮政编码：400061　http://www.cqph.com
重庆出版社艺术设计有限公司 制版
重庆市鹏程印务有限公司 印刷
重庆出版集团图书发行有限责任公司 发行
E-mail:fxchu@cqph.com　邮购电话：023-61520646
全国新华书店经销

开本：890mm×1230mm　1/32　印张：13.25　字数：332 千
2018 年 1 月第 2 版　2024 年 4 月第 4 次印刷
ISBN 978-7-229-12861-6
定价：49.80 元

如有印装问题，请向本集团图书发行有限公司调换：023-61520678

版权所有　侵权必究

艾莉亚

石堂镇是艾莉亚离开君临之后见过最大的市镇,哈尔温说,她父亲曾在此取得一场著名的胜利。

"当年疯王的部队追赶劳勃,试图在他跟你父亲会合之前逮住他,"向城门骑去时,他告诉艾莉亚,"年轻的风息堡公爵受了伤,由当地一些朋友照料,而首相克林顿伯爵亲率大军攻取了这座市镇,开始挨家挨户搜查。在他们找到之前,艾德公爵和你外公及时赶到,攻破城防,与克林顿伯爵展开激烈巷战。双方在每条街道中战斗,甚至在房顶上战斗,所有圣堂都鸣响钟声,警告百姓们锁好门窗。当钟声响起,劳勃从藏身之处冲出来参战,据说他那天杀了六个敌人,其中之一是著名的骑士米斯·慕顿,曾为雷加王子的侍从。他本想把首相也杀掉的,可惜混战当中两人没有交手的机会。然而克林顿重伤你徒利外公,杀死谷地的宠儿丹尼斯·艾林爵士,但当意识到战局终归无望之时,他逃得跟自己纹章上的狮鹫一般快。后人称此战为'鸣钟之役'。劳勃常说,这是你父亲的胜利,不是他的。"

依所见的景象推断,艾莉亚认为此处最近也发生过战斗。城门由新原木制成,墙外一堆焦黑的木板诉说着老城门的命运。

石堂镇守卫紧严,但当城门队长看清他们是谁,便打开突击口。"你们打哪儿弄吃的去?"进入时,汤姆好奇地问。

"我们这边情况还不算太糟。'疯猎人'赶来一群羊,黑水河上有交易,而且万幸的是河南边的庄稼没被烧。妈的,许多不要脸的家伙来抢我们。狼仔来过,血戏班来过,要吃的、要财物、要小妞,还要找该死的弑君者。据说他从艾德慕公爵指缝间溜走了。"

"艾德慕公爵?"柠檬皱起眉头,"霍斯特公爵死了?"

"死了,快死了。你觉得兰尼斯特会不会朝黑水河跑?'疯猎人'认定这是到君临最快的路。"队长没等他们答话,"他带狗到处去搜,如果詹姆爵士过来,一定会被找到。瞧,我亲眼见过这群狗撕碎熊的景象,不知它们喜不喜欢狮子的味道?"

"一具啃烂的尸体对谁都没用,"柠檬说,"'疯猎人'这傻瓜应该很清楚才对。"

"西方人打过来的时候,操了猎人的老婆和妹妹,烧他的庄稼,吃掉他一半的羊,又故意宰死另一半,还杀了六条狗,尸体丢进他家井里。我敢说,一具啃烂的尸体正合他意——也合我意。"

"他是个蠢蛋,"柠檬道,"我只能这么说。你呢,你比他更蠢。"

土匪们沿着她父亲战斗过的街道前进,艾莉亚在哈尔温和安盖中间骑行。她看到山丘上的圣堂,下面连着一座矮小坚固的灰石庄园,相对市镇而言,显得有些小。其余房屋有三分之一成了焦黑空壳,半个人影都没有。"镇民死光了?"

"哪儿啊,只是害羞而已。"安盖指指房顶上两名十字弓手和几个蜷缩在酒馆废墟中、满脸黑灰的男孩。前方有个面包师打开百叶窗,朝柠檬大声喊叫。话音让更多人从藏身处走出来,石堂镇慢慢恢复了生气。

市镇中央的集市广场里耸立着一座喷泉,呈跃出的鳟鱼状,水源源不断自它嘴里流入浅池。妇女们在那儿用提桶和水壶汲水。数尺之外,十来个铁笼子挂在吱嘎作响的木桩上。鸦笼,艾莉亚知道这种刑法——乌鸦在笼外,拍打着栏杆;人在里面,至死方休。柠檬皱眉勒住缰绳:"怎么回事?"

"正义的制裁。"水池边的妇人回答。

"哦，你们的麻绳不够用了？"

"威尔伯特爵士下的令？"汤姆问。

一个男人苦涩地笑道："威尔伯特爵士一年前就给狮子宰啦。他儿子们追随少狼主，去西境养得肥肥的，怎会在乎我们这帮贱民？抓住狼仔的是'疯猎人'。"

狼。艾莉亚一阵冰凉。是罗柏的人，我父亲的人。她不由自主地骑向这排笼子。栅栏里的空间如此狭小，被囚禁的人既不能坐下，也不能转身，只能光着身子站立，暴露于阳光和雨露之下。头三个笼子里的人已经死了，食腐乌鸦吃掉了他们的眼睛，空空的眼眶注视着她。第四个人在她经过时动了起来。他嘴边长满凌乱的胡须，其中都是血和苍蝇。当他开口说话，苍蝇便一下子飞散开来，围着他的脑袋嗡嗡作响。"水，"嘶哑的声音说，"求求你……水……"

隔壁笼子里的人听见声音，也睁开眼睛。"这儿，"他道，"这儿，我，给水。"他是个老人，灰色的胡须，秃顶上布满斑斑点点的棕色老人斑。

老人后面又有一个死者，红色的大胡子，一条褴褛的灰绷带缠在右耳和太阳穴上，最可怕的是两腿之间只剩一个结了棕色硬痂的洞，里面爬满蛆虫。再往后是个胖子，鸦笼如此之小，无法想象当初他们是如何将他弄进去的。栅栏痛苦地压进他的肚子，皮肉则从铁条间鼓出来，终日曝晒使他从头到脚都灼成了鲜艳的红。当他移动时，笼子一边摇晃，一边吱嘎作响。艾莉亚看到他皮肤上苍白的条纹，那是被铁条遮挡住阳光的地方。

"你们是谁的手下？"她问他们。

听见她问话，胖子睁开眼睛。眼睛周围的皮肤红得如此厉害，以至于艾莉亚联想到漂浮在一碟鲜血之上的白煮蛋。"水……喝水……"

"谁的？"她又问。

"别管他们，小子，"镇民告诉她，"不关你的事。你走你的路。"

"他们干了些什么？"她问他。

"他们在翻斗瀑砍死八个人，"他解释，"说是要找弑君者，找不到，就开始强暴和谋杀。"他用大拇指比比那具本该是命根子的地方却爬满蛆虫的尸体。"那家伙肆意下流，罪有应得。好啦，快走吧。"

"一口，"胖子朝下面喊，"行行好，孩子，就一口。"老人抬起胳膊抓住栏杆，他的笼子剧烈摇晃起来。"水。"胡子里满是苍蝇的人喘着气说。

她看着他们肮脏的头发、凌乱的胡须和通红的眼睛，看着他们因干渴而开裂出血的嘴唇。他们是狼，她心想，和我一样。这就是她的族群吗？他们怎可能是罗柏的手下？她想揍他们，狠狠地揍他们；她也想哭喊。所有的北方人——不论死活——似乎都期盼地瞧着她。老人从铁栅杆间挤出三根指头，"水，"他说，"水。"

艾莉亚从马上一跃而下。他们伤害不了我，他们都快死了。她取出铺盖卷里的杯子，向喷泉走去。"想干吗，小子？"镇民叫道，"不关你的事。"她浑不理会，将杯子举到鱼嘴边。水溅到手指和衣袖上，但艾莉亚没有动，直到杯子灌满。当她返身走向笼子时，镇民过来阻止："离他们远点，小子——"

"她是个女孩，"哈尔温说，"别碰她。"

"没错，"柠檬说，"贝里伯爵不会赞成把人关在笼子里，活活渴死。你们干吗不学正派人的样，送他们上吊呢？"

"他们在翻斗瀑做的，可不是什么正派人的事！"镇民冲他吼。

栅栏之间的空隙太窄，无法把杯子递进去，好在哈尔温和詹德利过来帮忙。她踩在哈尔温并拢的双手上，跃至詹德利肩头，然后抓住笼顶栅栏。胖子仰脸贴紧铁条，艾莉亚把水浇下去。他急切地吮吸，清水顺着脑袋、面庞和双手流下，他又去舔潮湿的栅栏。若不是艾莉亚赶忙抽手，他还要舔她的手指。接着她用同样的方式给另外两人喂水，一大群人聚过来看。"这事'疯猎人'会知道的！"一个男人威胁，"他不会喜欢。是的，他不会喜欢！"

"那他更不喜欢这个。"安盖给长弓上弦，并从箭袋里抽出一支箭，引弓而射。羽箭自下而上，正穿胖子下颌，他抖动一下，便死了，但笼子使他无法倒下。射手又放两箭，了结了另两个北方人。一时间，集市广场里只剩水花溅落声和苍蝇的嗡嗡响。

valar morghulis。艾莉亚默念。

集市广场东面矗立着一座朴素的客栈，石灰粉刷的墙，碎裂的窗户，半边屋顶被烧，但洞给补上了。门上悬有一块木招牌，画一只咬了一大口的蜜桃。他们在客栈角落的马厩边下马，绿胡子大声呼喊马夫。

丰满的红发店家一看到他们便愉快地大声吆喝，开起嘲弄的玩笑："哈哈，你是绿胡子？灰胡子？圣母慈悲，你啥时候变得这般老了？柠檬，是你吗？还穿着这件破斗篷，对吧？我知道你从来不洗，我知道，你怕上面的尿被清掉之后，我们发现你原来是个逃跑的御林铁卫！七弦汤姆，好色的老山羊！来看儿子啦？来晚了来晚了，他骑马跟那该死的猎人走了。喏，别说他不是你儿子！"

"他没有我的嗓子。"汤姆虚弱地抗议。

"但他有你的鼻子。没错，听姑娘们说，其余部分也和你差不多。"此时她发现了詹德利，便在他脸上捏了一把，"瞧瞧，多棒的小公牛。这胳膊，等着艾丽斯来瞧吧。哎哟，他还像女孩子一样脸红。好咧，艾丽斯会帮你改改的，小子，她不会才怪。"

艾莉亚从没见过詹德利脸红。"艾菊，别碰大牛，他是个好孩子，"七弦汤姆道，"我们只需要床，舒服地睡一晚。"

"这话只能代表你自己的意见，我的好歌手。"安盖伸手搂住一位健壮的年轻女仆，她脸上的雀斑跟他一样多。

"床当然有，"红发的艾菊说，"蜜桃客栈从不缺床。但你们得先进澡盆，上次来老娘屋檐下过夜，把跳蚤全留下了。"她戳戳绿胡子的胸膛："你身上的还是绿色！要不要吃东西？"

"你有的话，当然却之不恭。"汤姆确认。

"你啥时候说过不要呢，汤姆？"女人呵斥，"嗒，我会给你的朋友们烤头羊，给你一只干瘪瘪的老耗子。呸，连这你都不配，除非给老娘哼三两支曲儿，或许我就心软了。唉，没办法，谁叫我喜欢同情人呢。好啦，来吧，来吧。卡丝，拉娜，烧几壶水。吉欣，帮我脱他们的衣服，它们也得煮一煮。"

她的威胁一一兑现。艾莉亚拼命分辩：不到两周前才在橡果厅洗了两次，但红发女人毫不理会。两个女仆一边将她硬生生架上楼梯，一边争论她到底是男是女。叫海丽的女仆赢了，因此另一个不得不提来热水，用刚毛刷替她使劲搓背，几乎搓掉一层皮。她们拿走斯莫伍德夫人给她的衣服，替她换上带花边的亚麻布衣，把她打扮得像珊莎的玩具娃娃。好在她饿了，无暇顾及这么多，等她们弄完后连忙下楼吃东西。

艾莉亚穿着笨乎乎的女孩衣服坐到大厅时，记起西利欧·佛瑞尔的教诲，要她"洞察真相"。她发现这里的女侍比任何一家客栈都多，而且大多年轻标致。从黄昏时分起，蜜桃客栈就有许多男人进进出出，但他们都不在厅内逗留，甚至当汤姆拿出木竖琴，唱起"六女同池"，也没有吸引什么人关注。木制楼梯老旧高耸，男人带女孩上楼，踩出剧烈的吱嘎声。"我打赌，这是一间妓院。"她低声对詹德利说。

"你根本不知道什么叫妓院。"

"我知道，"她坚持，"就是有许多女孩的客栈。"

他又涨红了脸。"那你在这儿干吗？"他问，"该死，贵族小姐不该来妓院，大家都知道。"

一个女孩坐到他对面的凳子上。"谁是贵族小姐？那个瘦瘦的？"她看看艾莉亚，咧嘴大笑，"我是国王的女儿呢。"

艾莉亚知道自己受了嘲弄。"你才不是。"

"啊，那可说不定哦。"女孩耸耸肩，一侧外衣滑落下来，"他们说劳勃国王躲这儿的时候跟我妈上过床，然后才去打仗。虽然所有女人他都上过，但勒斯林说他最喜欢我妈。"

这女孩确实有国王的头发，艾莉亚心想，浓厚稠密的炭黑头发。这不能说明任何问题。詹德利也有。许多人都有黑头发。

"我妈为我取名钟儿，"女孩告诉詹德利，"以纪念那场战役。好啦，我打赌我可以敲响你的钟，你想不想要啊？"

"不想。"他生硬地说。

"才怪，我打赌你想。"她一只手顺着他的胳膊滑过。"索罗斯和闪电大王的朋友我不收费。"

"不想，我说了不想。"詹德利猛然起身，离开桌子，走进外面的夜色之中。

钟儿转向艾莉亚："他不喜欢女孩子？"

艾莉亚耸耸肩："他不过是笨啦，就喜欢打磨头盔，用锤子敲剑。"

"哦。"钟儿将外衣拉回肩头，找幸运杰克说话去了。不一会儿，她就坐上他膝盖，一边咯咯笑，一边喝他杯里的酒。绿胡子要来两个女孩，两边膝盖各坐一个。安盖跟那雀斑脸的姑娘一起消失，柠檬也不见了。七弦汤姆坐在壁炉边唱"春天绽放的春花"。艾莉亚边听，边啜饮红发女人准她喝的掺水葡萄酒。广场上，死人在鸦笼里腐烂，但蜜桃客栈中的每个人都兴高采烈，只是有些人笑得太夸张，似乎想遮掩什么。

现在正是溜出去偷马的好时机，但艾莉亚看不到这样做的好处。她顶多骑到城门口。那个队长绝不会放我过去，即使他让我过去，哈尔温也会追来，或者那个带狗的"疯猎人"。她希望自己有张地图，知道石堂镇离奔流城究竟有多远就好了。

不知不觉间，艾莉亚的杯子空了，她打起哈欠。詹德利还没回来。七弦汤姆唱起"两颗跳动如一的心"，唱一句吻一个姑娘。窗边角落里，柠檬和哈尔温在跟红发的艾菊低声交谈。"……在詹姆的牢房里待了一夜，"她听见女人说，"她和另一个女的，杀蓝礼的那个。他们三人待在一起，到第二天早上，凯特琳夫人便为爱情放了他。"她从喉咙深处发出一声冷笑。

这不是真的，艾莉亚心想，母亲决不会。她突然觉得既悲伤，又愤怒，又孤独。

一个老头在她边上坐下。"哎哟，这不是个美丽的小桃子吗？"他的呼吸跟笼子里的死人一样臭，小小的猪眼睛上上下下打量她，"我可爱的蜜桃姑娘叫什么名儿啊？"

半晌间，她不知该怎么伪装。她不是什么蜜桃姑娘，但在这里，在这个臭烘烘的陌生醉汉面前，也不可以做艾莉亚·史塔克。"我是……"

"她是我妹妹。"詹德利的手沉重地搭在老头肩上，使劲捏了一把，"别碰她。"

那人转过头来，想要争执，看到詹德利的身材，又缩了回去："她是你妹子，啊？那你算哪门子哥哥？我才不会把老妹带来蜜桃客栈咧，嘿，决不会。"他从凳子上起立，咕哝着走开，去找别的伴。

"你干吗这么说？"艾莉亚跳将起来，"你又不是我哥。"

"没错，"他生气地道，"我出身低贱，做不了大小姐的亲戚。"

艾莉亚被他的怒气吓了一跳:"我不是那个意思。"

"你就是那个意思。"他一屁股坐到凳子上,捧起一杯酒。"走开。我想安安静静地喝酒,然后也许去找那个黑发女孩,让她敲响我的钟。"

"但是……"

"我说了,走开。小姐。"

艾莉亚转身离开,将他抛下。顽固呆笨的杂种小子,就这副德行。他爱敲多少钟就敲多少,不关她事。

他们的卧室被安排在楼梯顶端,位于屋檐之下。蜜桃客栈也许不缺床,但为这群土匪,就只提供了一张。然而那是一张大床,差不多填满整间屋子,而茅草褥子虽然发了霉,却足以应付所有人。此刻整张床由她一人独享。她的衣服挂在墙头钩子上,在詹德利和柠檬的东西中间。于是艾莉亚脱下花边布衣,将自己的短装从头上套进,爬上床,钻进毯子底下。"瑟曦太后,"她低声对枕头说,"乔佛里国王,伊林爵士,马林爵士。邓森,拉夫,波利佛。记事本,猎狗,魔山格雷果爵士。"她有时候喜欢打乱顺序,有助于记清名字和他们所做的事。他们中有的或许已经死了,她心想,或许被关在某处的铁笼子里,任乌鸦啄出眼珠。

她合上眼就睡着了。那晚,她梦到自己又成了一匹狼,在潮湿的树林里穿行,空气中满是雨水,腐肉和鲜血的味道。在梦中,这些都很美好,艾莉亚知道自己没什么好怕。她强壮、敏捷而凶猛,而她的族群、她的兄弟姐妹们,全都跟着她。他们合力捕到一匹受惊的马,撕裂它的喉咙,享用大餐。月亮冲破乌云,她仰天长啸。

黎明来临的时候,她被一阵狗吠吵醒。

艾莉亚呵欠着坐起来。詹德利在她左边挪了挪,柠檬斗篷则在右边大打呼噜,呼噜声几乎被外面的狗吠所淹没。一定有好几十条狗。她爬出毯子，跃过柠檬、汤姆和幸运杰克，来到窗边。掀开百叶窗，寒风与湿气一起涌进，天色灰暗阴沉。下面的广场里，狗们一边吠叫一边打转，不停呼噜咆哮。这群狗中包括黑色巨獒犬、精瘦的狼犬、黑白相间的牧羊犬，还有艾莉亚不认识的品种——长着黄色长牙、毛发浓密杂乱的斑纹猛兽。旅馆和喷泉之间，十来个骑手跨在马上，监督镇民们打开胖子的铁笼，使劲拽他胳膊，将肿胀的尸体扯出来，扔到地上。狗们见状一拥而上，将块块血肉从骨头上撕下。

艾莉亚听见一个骑手的笑声。"这就是你的新城堡，该死的兰尼斯特混蛋，"他说，"对你来说有点小，但别担心，会想法子把你塞进去的。"他身边有个沉默的囚犯，圈圈麻绳捆住手腕，许多镇民拿屎泼他，但他躲也不躲。"你将在笼里腐烂，"俘虏他的人大声说，"乌鸦会啄出你的眼珠，而我们大把大把地花你的兰尼斯特臭钱！等乌鸦吃饱后，再把你剩下的部分送给你那该死的兄弟。不过我怀疑到时候他还认不认得你。"

吵闹声弄醒了蜜桃客栈里的许多客人。詹德利挤到艾莉亚边上，从窗户望出去，汤姆站在他们身后，像出生时一样一丝不挂。"妈的，喊什么喊？"柠檬在床上抱怨，"老子想好好睡一觉。"

"绿胡子在哪儿？"汤姆问他。

"在艾菊床上，"柠檬说，"怎么了？"

"把他和射手找到。'疯猎人'回来了，要把人关进笼子。"

"兰尼斯特，"艾莉亚说，"我听见他喊'兰尼斯特'。"

"抓住弑君者了？"詹德利想知道。

下面广场上，一块石头砸到俘虏脸颊上，打得他转过头来。不是弑君者，艾莉亚心想，但诸神毕竟听见了我的祈祷。

琼恩

野人们牵马出洞时，白灵已经不见。他找得到黑城堡吗？琼恩吸吸晨间清爽的空气，留给自己一线希望。东方的天空，地平线处是粉红，以上渐化为浅灰。拂晓神剑仍悬于南，剑柄那颗明亮的白星如黎明的钻石一般闪耀，下方阴暗的黑灰森林慢慢呈现出绿、金黄、红、褐等各种色彩。在士卒松、橡树、岑树、哨兵树和鱼梁木上方，矗立着绝境长城，斑驳的尘土与污垢之下是闪光的白色冰墙。

马格拿派十几个人骑马往东，十几个人往西，爬上能找到的最高点，以观察树林里和高墙上是否藏有游骑兵。一旦发现守夜人出没，瑟恩人就会吹响镶青铜的战号示警。其余野人随贾尔行动，琼恩和耶哥蕊特也包括在内。这将是年轻掠袭者的荣耀时刻。

人们常说长城足有七百尺高，但贾尔选的地点可谓既高且低。在他们面前，冰墙自林间笔直升起，仿如无垠峭壁，顶上是风蚀的城垛，粗看上去离头顶得有八百尺，甚至九百尺。随着逐渐靠近，琼恩意识到其中的欺骗性：当年筑城者布兰登将巨大的基石依山设置，能放哪里就放哪里，而此处峰峦起伏，高度不一。

班扬叔叔说，长城在黑城堡以东是一把剑，以西则是一条蛇。果真如此。只见冰墙掠过一座巨大山峰，接着沉入谷底，然后爬上一道匕首般锋利、绵延一里格多的花岗岩悬崖，沿参差不齐的山顶前进，随后又沉入更深的谷沟，接着再度爬升，目力所及，可见它从一山跃向另一山，深入西方腹地。

贾尔企图袭击沿着山脊的一段冰墙。此处尽管墙顶高耸，离森林有八百尺，但其中三分之一强是泥土岩石而非冰雪，坡度对马匹来说太陡，比先民拳峰还难爬，但相对于完全垂直的墙面，人登上去还是相对容易的。况且山脊上布满树木，提供了很好的遮蔽。从前，黑衣兄弟们每天提斧出去砍伐越界的林木，决不让森林延伸到长城以北半里之内，但如今人手匮乏，这儿的树直长到冰墙底部。

今天将是潮湿而寒冷的一天，而在长城成吨的坚冰下则更加潮湿，更加寒冷。越是接近，队伍中的瑟恩人越是踌躇。他们从没见过长城，连马格拿都没见过，琼恩意识到，它的庞大令他们惊恐。在七大王国，人们说长城是世界的尽头。对他们而言又何尝不是？只不过说法取决于所处的位置罢了。

我呢？我究竟处在哪边？琼恩不知道。要跟耶哥蕊特厮守，就得全心全意当野人；如果丢下她不管，继续履行职责，也许会连累对方被马格拿掏心；而若把她带走⋯⋯假设她愿意走，这点尚远不能确定⋯⋯也不可能带回黑城堡，跟弟兄们一起生活。在七大王国，逃兵和野人走到哪里都不受欢迎。早知道我们当初就去找詹德尔的子孙。但他们更可能吃了我们⋯⋯

长城丝毫没有吓倒贾尔的部下。他们每人都曾亲自越过长城。大家在山脊底部下马，贾尔喊了若干名字，便有十一人出列聚在周围。他们都很年轻，最大的不超过二十五岁，有两人甚至比琼恩还小。但个个精瘦结实，强健的模样让他想起石蛇——遭遇叮当衫穷追时，断掌派他徒步离开，不知这位弟兄此刻身在何方呢？

在长城的阴影里，野人们做好准备，将卷卷粗麻绳绕在一侧肩头，斜挎过胸，然后绑上奇特的软鹿皮靴，靴子顶端有突出的尖刺——贾尔和另两人的是铁制，有一些是铜制，但多数是参差不齐的骨头。小石锤挂在臀间，一个装满铁钉、骨钉乃至兽角钉的皮袋悬于另一侧，冰斧则拿在手上，它是把磨尖鹿角用兽皮绑在木柄上制成的。十一名攀登者分成三组，每组四人，贾尔本人亲自上阵，

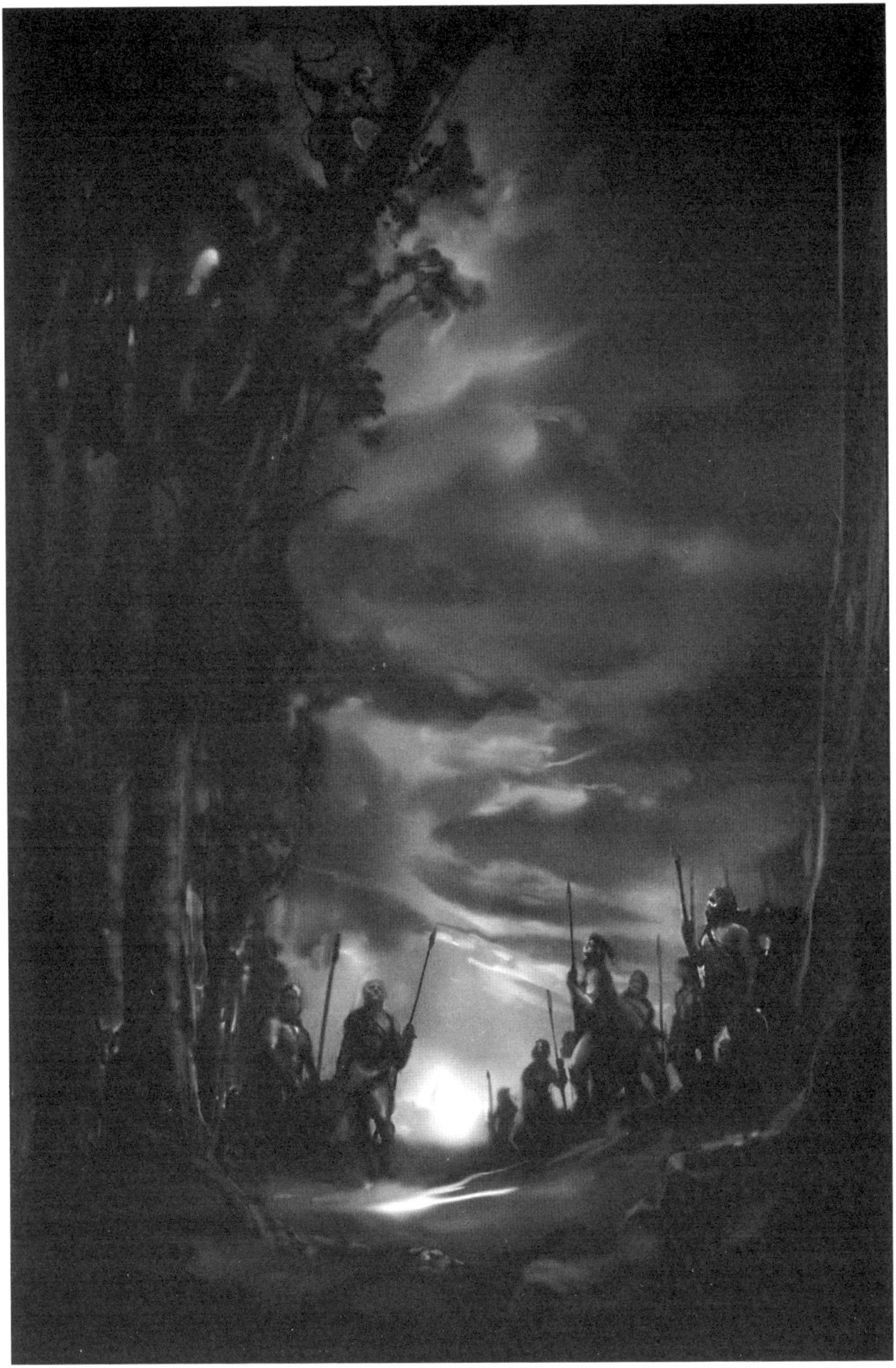

凑足十二个。"曼斯答应给爬上去的第一组每人一把新剑，"他告诉他们，呼吸在冷气中结霜，"那可是南方人的城堡里铸的钢剑。他还会把你们的名字编入歌谣。一个自由民还能要求什么呢？来吧，往上爬呀，让异鬼带走落在最后的懦夫！"

让异鬼把你们全带走，琼恩心想。他看他们爬上山脊顶端的陡坡，消失在树下。这不是野人第一次攀登长城，甚至不是第一百零一次。一年里，巡逻队总有两三回无意中撞上攀爬者，发现坠落的残破尸体就更常见了。沿东海岸，掠袭者们建造小船，偷溜过东海望，进入海豹湾。在西方群山，他们潜入阴暗的大峡谷深处，绕过影子塔。但在中间，逾越长城的唯一方法是翻墙，许多掠袭者都曾干过。活着回来的却很少，他带着一丝阴郁的骄傲想。攀登之前，掠袭者们必将坐骑抛下，他们中许多缺乏经验的新手过去后就立刻抢夺马匹，引发争执，消息传出，守夜人军团往往在他们来不及带着战利品和偷的女人回去之前，就将其逮捕绞首正法。贾尔不会犯这种错误，琼恩知道，但斯迪就说不准了。马格拿是君主，不是掠袭者。他不懂游戏规则。

"瞧，他们在那儿。"耶哥蕊特说。琼恩抬眼，看到第一个攀登者出现在树梢之上。是贾尔。他找到一棵斜倚长城的哨兵树，便带组员顺势而上。一个不错的开局。我们不该让树延伸到此。他们已登了三百尺，却还根本没碰到冰墙呢。

他注视着那精悍的野人小心翼翼地从树顶移向城墙，用冰斧短促有力地劈出一个供手抓握的口子，然后荡过去。他腰上的绳索连着第二个人，那人仍在缓缓地往树顶爬。贾尔一步步向高处前进，找不到落脚点时，就用尖刺靴踢出一个来。等他到达哨兵树上方十尺，便在一个狭窄的冰台停下，把斧子挂到腰带，取出锤子，将一根铁钉敲入一道裂缝中。第二个人也移到了城墙上，同时，第三个人正爬上树顶。

另两组没有位置合适的树木助阵，等得不耐烦的瑟恩人很快就开始怀疑，认为他们迷路了。当他们的领头人出现在视野中时，贾尔那组已爬了八十尺。各组间相隔二十码。贾尔的四个人居中，右边那组由山羊格里格带领，他长长的金发辫极易辨认，左边那组的领头人非常瘦，名叫埃洛克。

"太慢了，"马格拿一边看他们缓缓往上爬，一边大声抱怨，"他忘记那些乌鸦了吗？爬快点，否则我们会被发现的。"

琼恩强迫自己保持沉默。他对风声峡仍记忆犹新，月光下跟石蛇一起攀爬的经历让他至今心有余悸。那天晚上，他的心好几次提到了嗓子眼，到最后，手腿齐疼，指头几乎冻僵了。那还是石头，不是冰。石头是固体，而冰再怎么也不可信赖。今天的长城在"哭泣"，也许攀登者手上的热量就足以融化冰墙。巨大冰块内部也许冻得跟石头无异，但表面滑溜，丝丝绢流滴淌而下，寒风更吹出无数小孔。不管野人们其他方面如何，他们的确勇敢。

但他心中仍暗暗希望斯迪的担忧是正确的。若诸神慈悲，一支正好经过的巡逻队就能制止这一切。"再坚固的墙也不能保证高枕无忧，"从前在临冬城上散步时，父亲曾教诲他，"关键取决于人。"野人也许有一百二十个，但四个卫兵就足以打发他们，若干箭矢，一桶石头，这次袭击就得画上句号。

但卫兵没有出现，别说四人，连一个都没有。太阳向天空爬，野人们往墙上登。到得中午，贾尔那组仍遥遥领先，但他们碰上一片很糟糕的冰。贾尔将绳子绕在风蚀而成的突起上，利用它来支撑重量，不料整个突出部分却突然崩溃，带他一起坠落。人头大的冰块向下面三个人砸来，他们死命抓牢，而那些钉子也撑住了。贾尔在半空中停顿，悬于绳子尽头。

等他们从这次灾难中恢复，山羊格里格已几乎赶上。埃洛克的四个人仍远远落在后面。他们攀爬的那部分，表面看上去平整光

滑，毫无杂质，覆着一层融化的冰，阳光到处湿乎乎的闪耀光芒。格里格的那部分看起来颜色更深，有较多明显的纹理；冰与冰互相重叠时，若接合不完美，就会产生长而狭窄的平台，及各种裂纹罅隙，甚至还有竖直的管道，经由风水侵蚀，里面的空间大得足以躲进一个人。

贾尔很快让他的人继续前进，他和格里格的组几乎并肩而行，埃洛克那组则落后五十尺。在鹿角斧的劈砍之下，阵阵闪烁的冰晶瀑布倾泻到下面树林里。石锤将铁钉深敲入冰里，作为绳子的支撑点，但爬了一半不到，铁钉就用完了，之后改用角钉和磨尖的骨头。人们一次一次又一次用尖刺靴去踢坚硬牢固的冰，以凿出落脚点来。到第四个钟头，琼恩估计他们的腿已经麻痹了。还能支持多久呢？他跟马格拿一样，一边不安地注视，一边焦急地聆听远处是否有瑟恩人的号角吹响。号角一直沉默，没有守夜人的踪影。

爬到第六个钟头，贾尔又超到山羊格里格前面，他的人正将差距拉开。"曼斯的宠物迫不及待想要剑咧。"马格拿遮着眼睛说。太阳高悬在空中，从下往上观之，冰墙上部三分之一是水晶般的蓝，反光如此绚烂，刺得眼睛发疼。贾尔和格里格手下的八人都位于耀眼的光芒中，看不真切，只有埃洛克的那组仍在阴影下。他们在五百尺的高度不再往上爬，而是一点一点横移，向一根竖直管道前进。正当琼恩注视着他们缓缓挪移时，突然传来一阵响动——如天崩地裂，似乎冰墙在抖，然后一声惊呼。空中满是冰晶、尖叫和坠落的人体，一块一尺厚五十尺见方的冰从墙面上脱落，一路翻滚、碎裂、轰鸣，抹去前方的一切，直落到山脚下。冰块旋转着掠过树林，滚下山坡。琼恩忙抓住耶哥蕊特，将她拉倒，用身体掩护。一个瑟恩人脸上被一块冰砸中，断了鼻子。

等他们再度抬头，贾尔那组已不见踪影。人，绳索，钉子全没了，六百尺以上一片空旷。就在攀登者们片刻之前附着的地方，墙面上有个瘢痕,内层的冰平滑洁白,像抛光的大理石般在阳光下闪耀。下方很远处,有摊淡淡的红色污渍,那是被摔碎的人。

长城会保护自己,琼恩一边想,一边将耶哥蕊特拉起来。

他们在一棵树上发现了贾尔,他被断裂的树枝刺穿,身上的绳索仍连着其他三人——皆浑身骨头碎裂,躺在他下方。其中一个仍活着,但腿、脊椎和大部分肋骨都不能用了。"慈悲。"看见他们,他说。一个瑟恩人用大石锤砸扁了他的脑袋。马格拿发号施令,他的人开始搭建柴堆。

山羊格里格到达墙顶时,死者已开始焚烧。等埃洛克四人跟他们会合,贾尔和他的组员只剩骨头和灰烬。

此时太阳已开始下降,攀登者们没有浪费时间。他们解开缠绕在胸前的长麻绳,将其系到一起,把末端扔下。想到要沿绳子爬上五百尺,琼恩满心恐惧,好在曼斯计划周全。贾尔留下的掠袭者们取出一个巨型梯子,作横挡的麻绳有人胳膊那么粗,他们把梯子系在攀登者扔下的绳子上,埃洛克、格里格和他们的部下闷哼着使劲将它拉上去,固定在墙顶,然后再次放下绳索,拉起第二个梯子。一共有五个。

等梯子全部就位,马格拿操起古语粗暴地一声喝令,五个瑟恩人便同时出发。即使有梯子,攀爬也不容易。耶哥蕊特看他们挣扎了好长一阵。"我恨长城,"她用生气的语调轻声说,"你能感觉到它有多冷吗?"

"它是冰做的嘛。"琼恩指出。

"你什么都不懂,琼恩•雪诺,这墙是血筑的。"

它没有喝够。日落时分,两个瑟恩人从梯子上摔下去死了,这是今天最后一批牺牲品。琼恩到达墙顶时,已近午夜,群星又出来了,耶哥蕊特浑身颤抖。"我差点掉下去,"她眼含泪水,"两三次……冰墙想把我甩下去,我感觉得到。"一颗泪滴涌出来,顺着她的脸颊缓缓流淌。

"没事了，没事了，"琼恩装出确信的样子，"别怕。"他伸出一条胳膊搂她。

耶哥蕊特用掌根使劲打他胸口，隔着锁甲、熟皮革和层层羊毛衣，他仍感到疼。"我不怕！你什么都不懂，琼恩·雪诺。"

"那你为什么哭？"

"不是因为恐惧！"她蛮横地踢腿，撬出一块冰来，"我哭是因为我们没有找到冬之号角。我们打开好几十座坟墓，将无数阴影释放到阳间，却没有找到乔曼那只能让这冷东西倒塌的号角！"

詹姆

断肢火辣辣地痛。

痛,痛,即便他们用火炬烧封了伤口,但日日夜夜,他仍感到焰苗舔噬手臂,感到指头在烈火中枯萎,那些不再属于他的指头。

他经常受伤,但从未体验过如此的屈辱,从未品尝过这般的疼痛。这些天来,他的嘴唇经常无法抑制地背诵起幼稚的祷词,那些他孩童时代学习过却从不在意的祷词,那些他和瑟曦并肩跪在凯岩城圣堂里念诵的祷词。他哭了又哭,直到听见血戏子们的笑声,便不再悲伤。他风干眼睛,铁石心肠,希望高烧能蒸发眼泪。我终于明白了提利昂的感受,一辈子都有人嘲笑他。

自打他第二次落马后,他们便把他紧紧捆在塔斯的布蕾妮身上,让两人再度共骑。有一天,血戏子们不再将他俩背靠背地绑,而是脸对脸地捆。"一对甜蜜的情人,"夏格维大声赞叹,"多伟大的爱情,怎能将英勇的骑士和高贵的夫人分开呀?"他爆发出他特有的尖声大笑:"噢,可到底谁是骑士,谁又是夫人呢?"

如果我的右手还在,你马上就会知道答案,詹姆心想。因为长期捆绑,四肢全部麻木,但一切都没关系了,他的世界只剩下那只幻影手传来的疼痛,以及布蕾妮压在身上的重量。至少她很温暖,他宽慰自己,虽然妞儿的呼吸和我的一样扑鼻难闻。

他的手还在,就在两人中间。乌斯威克将它套着绳子,挂在他脖子上,马儿行进,詹姆恍恍惚惚,手便在胸前摇摆,时不时抓挠布蕾妮的乳房。他的右眼肿得睁不开,先前打斗中布蕾妮伤他的地方发了炎,但痛得最厉害的还是断肢。断肢不断渗出血液和脓汁,马儿踏一步，幻影手便抽搐一下。

咽喉干燥，无法进食，他只喝他们给的酒和清水。曾有一回，"勇士们"给他一杯水，他战抖着一饮而尽，引来周围哄堂大笑，笑声格外刺耳。"你喝的是马尿，弑君者。"罗尔杰告诉他。詹姆太口渴，因此没注意，但事后倔犟地吐了出来。于是他们让布蕾妮替他清理胡须，平时他在马鞍上流屎流尿他们也总逼她清理。

某个阴冷的清晨，他感觉有点力气了，顿时被一股疯狂所攫住。他用左手抓住多恩人的剑柄，笨拙地拔出来。让他们杀了我，他心想，我要手执武器，死在战斗中。没用。夏格维单脚跳来跳去，詹姆就是砍不中，最后失去平衡，跌跌撞撞地向前猛扑。小丑绕了几圈，躲闪开来，血戏子们哄笑着观看骑士与小丑的表演。他绊住石头，跪倒在地，小丑跳过来，在他额头印上一个潮湿的吻。

罗尔杰最后上前教训他，并从他虚弱的指头中踢走长剑。"狠有趣，四君者，"瓦格·赫特说，"但下不为里，否责我再砍你一只手，或责一只脚。"

詹姆躺下，仰望夜晚的晴空，试图不去在意右臂无时不在的疼痛。夜，奇特地美，优雅的新月，前所未见的满天繁星。王冠座在天顶，旁边有骏马座和天鹅座，松树枝头，羞答答的月女座半遮半掩。夜，怎可如此的美？他扪心自问，星星竟舍得为我洒下光辉？

"詹姆，"布蕾妮低语呼唤，轻得让詹姆以为在做梦，"詹姆，你在做什么？"

"等死。"他轻声回答。

"不，"她说，"不，你必须活下去。"

他想放声大笑："行了，别再指挥我了，妞儿，我想死就让我死吧。"

"你是懦夫？"

这个词让他震惊。他是詹姆·兰尼斯特，他是御林铁卫的骑士,他是弑君者。没人可以叫他懦夫,其他的称号——背誓者、骗子、杀人犯、屠夫、叛徒、莽汉等等都无所谓,但从来没有懦夫。"我除了死,还能做什么呢?"

"活下去,"妞儿道,"活着,战斗,复仇。"她说得太大声,正巧给罗尔杰听见,尽管他没听清楚,但还是过来踢她,要她闭上臭嘴,否则就割下她舌头。

懦夫,詹姆一边听着布蕾妮的闷哼,心里一边想。我成了懦夫?就因为他们砍了我用剑的手?莫非我的生命就只是一只用剑的手?诸神在上,难道是这样的么?

妞儿说得没错,我不能死,瑟曦在等我,她需要我,还有提利昂,我的小弟弟,那个为了谎言而爱我的弟弟。敌人们也等着我,在呓语森林屠杀我部下的少狼主,将我锁上镣铐、关在黑牢中的艾德慕·徒利,以及勇士团。

第二天黎明,他强迫自己吃东西,他们给他些许麦糊,马的食物,但他一匙一匙咽下去。傍晚时又吃了,第二天早上也吃。活下去,每当麦糊哽在喉头,他便严厉地告诫自己,为了瑟曦,为了提利昂,为了复仇,活下去。兰尼斯特有债必还。幻影手抽搐、灼痛和发臭。等我回到君临,会打造一只新手,一只金手,总有一天,要用它撕开山羊的喉咙。

在无边的疼痛中,日夜模糊不清。白天昏睡在马鞍上,靠住布蕾妮的身子,闻着手掌腐烂的恶臭;晚上清醒地躺在硬泥地里,因噩梦而难以入眠。他虽虚弱,但血戏子们仍不敢大意,始终将他绑在树上。想到敌人如此怕他,他不由得感到一丝冰冷的慰藉。

布蕾妮通常被捆在他旁边。她躺在那里,五花大绑好似一头死去的大母牛,一点动静也没有。妞儿的心中有一座城堡,他想,他们或许能强暴她,但永远别想翻越她为自己构筑的深墙。可惜詹姆的城郭已然垮塌,他们砍了他的手,砍了他用剑的手,没有这个,他什么也不是。剩下一只无用的手。从他会走路的那天开始，左手就只配执盾，除此之外，一无是处。是右手让他当上骑士，成为男人。

后来有一天，他无意中听乌斯威克提到赫伦堡，心知这是目的地，不由哈哈大笑，惹得提蒙用细长鞭抽他的脸。血流如注，但与手上的疼痛相比，无足轻重。"你笑什么？"当晚，妞儿轻声问。

"我是在赫伦堡得到白袍的，"他轻声回答，"在河安大人举办的比武大会上。他想向全国贵族炫耀他的城池和子孙，我也想向他们炫耀我的武艺。当年我才十五岁，却无人能敌，可惜伊里斯不给我炫耀的机会，"他又笑了，"我赶到的当天便被他遣走，直到如今才终于回来。"

笑声被他们听到，于是当晚换詹姆承受拳打脚踢。他毫无反应，直到罗尔杰一脚踢在断肢上。他晕死过去。

第二天夜里，他们终于来了，三个最大的恶棍：夏格维、没鼻子的罗尔杰和多斯拉克胖子佐罗——正是他砍了他的手。佐罗和罗尔杰边走边争论谁先上，夏格维似乎自甘最后。小丑见他俩争执不下，便提议两人一起，一人上前面，一人上后面。佐罗和罗尔杰表示同意，随后又开始争执谁上前面而谁上后面。

他们会毁了她心中的城堡，把她变成和我一样的残废。"妞儿，"趁佐罗和罗尔杰互相喝骂的当口，他低声说，"让他们做，什么也别想。心思走得远远的，他们享受不到乐趣，很快就停了。"

"他们别想从我这里得到一丁点乐趣。"她坚定地低声回答。

你这愚蠢、顽固、勇敢的婊子，会被杀的，他心想，唉，我穷担心什么？若非她这猪脑袋，我的手还在。他听见自己低语道："让他们做，躲进内心，别去想它。"他就是这么做的，当目睹史塔克父子惨死在眼前，全副盔甲的瑞卡德公爵遭烧烤、他儿子布兰登为救父被生生扼死的时候。"想想蓝礼,如果你真的爱他;想想塔斯,山峦和大海,泉池与瀑布,蓝宝石之岛;想想……"

这时罗尔杰赢得了争论。"你是我这辈子见过最丑的女人,"他告诉布蕾妮,"但别以为我不能让你变得更丑。我的鼻子如何?你敢动一根指头,我就让你学我的样。还有,两只眼睛对你而言太奢侈了,敢叫一声,我就抠一颗出来,喂你吃下去,然后把你操他妈的牙齿一颗颗拔出来。"

"噢,干吧,罗尔杰,"夏格维赞叹,"拔了牙齿,她就跟我亲爱的老妈妈没两样了。"他咯咯笑道,"我以前常想操妈妈的屁股呢。"

詹姆跟着笑。"哎哟,多可爱的小丑。我也给你猜个谜语,夏格维,他为什么担心她叫唤呢?噢,等等,我知道。"他提高声量,竭尽所有力气喊道,"蓝宝石!"

罗尔杰骂了一句,又一脚踢到他的断肢上。詹姆厉声嚎叫。世上竟有这般的疼痛,这是他失去意识前最后的想法。不知昏迷了多久,但当他回到疼痛中时,乌斯威克来了,瓦格·赫特也在。"不准捧她,"山羊叫道,喷了佐罗一脸口水,"必须保住她的真操,你们几个杀瓜!我要用她换一口袋懒宝石!"从此,山羊每晚都加派守卫,以防自己的手下作怪。

之后两晚上,妞儿都没说话,到第三夜方才鼓起勇气:"詹姆?你干吗那么叫唤?"

"啊,你问我为何叫唤'蓝宝石'?动下脑子嘛,难道我叫'强奸'这些杂种会来管么?"

"你不该出声的。"

"那可不,你有鼻子时已经够丑了,再说,我想听山羊念'懒宝石'。"他轻笑道,"你说得对,我只会撒谎,一个重荣誉的人决不会隐瞒蓝宝石之岛的真相。"

"不管怎样，"她说，"谢谢你，爵士先生。"

幻影手抽搐起来，他咬紧牙关："兰尼斯特有债必还，这是为了河上的战斗，为了你倒在罗宾·莱格头上的石头。"

山羊想对全城人炫耀战利品，所以詹姆被迫在赫伦堡城门一里之外下马。他们将一根绳子套在他腰间，另一根捆住布蕾妮的手腕，两者末端都系于瓦格·赫特的坐骑前鞍。他俩一左一右、跌跌撞撞地走在科霍尔人的黑白斑纹马后面。

詹姆用愤怒驱使自己前进。包裹断肢的亚麻布因脓汁而发灰变臭，每走一步，幻影手便痛一次。我比你们想象的更强大，他告诉自己，我仍然是个兰尼斯特，我仍然是御林铁卫的骑士，我能到达赫伦堡，我能到达君临城，我能活下去。然后，我要你们还债。

黑心赫伦的巨城如山崖般陡峭的墙垒逐渐变大，布蕾妮挤挤他胳膊："城堡掌握在波顿大人手里，他是史塔克家的封臣。"

"嗯，据说波顿家族喜欢剥人皮。"这是詹姆对这个北境望族唯一的印象。提利昂肯定了解恐怖堡伯爵的方方面面，但他远在千里之外，和瑟曦在一起。对，瑟曦还活着，我不能死，他反复强调，我们同年同月同日生，也要同年同月同日死。

城外小镇被烧成灰烬和焦石，湖岸边有大队人马驻扎过的痕迹，这就是"错误的春天"那一年，河安大人召开比武大会的地方。詹姆走过饱受蹂躏的土地，一丝苦涩的微笑爬上嘴唇，有人于他当年跪在国王面前宣誓的地方挖了一道便池。我没想到喜乐会这么快化为苦味，当初伊里斯连一晚也不让我停留。他为了侮辱而赐予我荣誉。

"你看那旗帜，"布蕾妮急切地说，"剥皮人和双塔，看到了么？他们是罗柏国王的属下。在那儿，城门楼上，你看，白底灰色，冰原狼旗。"

詹姆扭头朝上看。"没错，是你家的嗜血冰原狼，"他赞同，

"瞧，左右都有人头嘛。"

士兵、仆人和营妓都出来围观。有只斑点母狗一路尾随，吠叫不休，最后被血戏班的里斯人用他的长枪一枪刺穿。他跑到队伍前面，将死狗放在詹姆头上摇晃，一边大喊大叫："我是弑君者的掌旗官！"

赫伦堡的城墙如此之厚，穿越它，竟像穿越岩石隧道。先前瓦格·赫特派两个多斯拉克人当先通报波顿伯爵，所以外庭挤满了好事者。詹姆蹒跚走过，人们缓缓让路，而只要他稍微停留，腰间的绳子就被狠狠拉扯。"我捉住了四君者。"瓦格·赫特口齿不清地宣布。一支长矛猛戳他的背。要他爬。

摔倒时，他本能地伸手去扶，断肢与地面相触，痛得麻木。但他不知打哪儿生出一股力量，单膝跪了起来。前方，一段宽阔的石阶梯通向赫伦堡的某座巨型圆塔，五个骑士与一个北方人正在台阶上看他。淡白眼珠的人穿裘皮斗篷和皮衣，五个面目不善的骑士则全身盔甲，外套上有双塔纹章。"佛雷家的弟兄们，"詹姆叫喊，"丹威尔爵士，伊尼斯爵士，霍斯丁爵士，"他认得几个瓦德侯爵的子孙，再怎么说，毕竟自己姑妈嫁到了他们家，"向你们致以我的哀悼。"

"怎么回事，爵士？"丹威尔·佛雷爵士问。

"你侄儿，克里奥爵士出事了，"詹姆道，"他与我们结伴同行，途中不幸被土匪射杀。乌斯威克和他那帮手下偷了他的东西，把人留给野狼吃了。"

"大人们！"布蕾妮摆脱群众，奔上前去，"我看到了您的旗帜，以你们发下的誓言之名，请听听我的话！"

"你是谁？"伊尼斯·佛雷爵士问。

"她是烂尼斯特的奶妈。"

"我是塔斯的布蕾妮，'暮之星'塞尔温伯爵的女儿，和您一样,效忠于史塔克家族。"

伊尼斯爵士"呸"地一口吐在她脚边。"去你妈的狗屁,我们信赖这个罗柏•史塔克,他回报我们的却是背叛!"

有趣极了。詹姆扭过头去,想看看布蕾妮怎么反应,可惜这妞儿像上了嚼子的骡一般顽固。"背叛什么的我不清楚,"她摩擦着手腕上的绳索,"但我受凯特琳夫人的差遣,将兰尼斯特送往君临城他弟弟——"

"被我们发现时,她正要淹死他。"虔诚的乌斯威克道。

她脸一红:"我一时生气,做出越轨的事,但并非真的要杀。如果他死了,夫人的女儿会遭殃。"

伊尼斯爵士不为所动:"这和我们有何关系?"

"我看,就拿他跟奔流城讨笔赎金。"丹威尔爵士建议。

"凯岩城金子更多。"他的一位兄弟反对。

"杀了他!"他另一位兄弟说,"为奈德•史塔克报仇!"

小丑夏格维今天穿灰粉色小丑装,他在台阶底部边翻筋斗边唱:"从前有只狮子和黑熊跳舞,噢耶,噢耶——"

"闭嘴,笑丑。"瓦格•赫特制止他,"四君者不能喂熊,他是我底。"

"他死了就没用了。"卢斯•波顿平静地说,声音轻得让大家都停下来倾听,"还有,瓦格大人,请你记住,我北上之前,这里还是我当家。"

高烧让詹姆头昏眼花,也让他胆子壮起来。"您就是恐怖堡伯爵?听说您前次被我父亲打得夹着尾巴逃窜,是也不是?大人您总算不逃了?"

波顿的沉默比瓦格•赫特唾沫横飞的威胁可怕一百倍,他的眼珠淡白如同晨雾,隐藏了所有思绪。詹姆不喜欢那对眼珠,它们让他想起当年奈德•史塔克看他坐在王位上时的神情。恐怖堡伯爵最后轻启嘴唇："你少了一只手。"

"错，"詹姆说，"它在我脖子上。"

卢斯·波顿伸手下来，兜起他颈上的绳子，将烂手扔给山羊。"快拿开，这东西有损于我的健康。"

"我要把它送给他的浮亲大人，索要十万金龙币，否责，就把四君者砍成碎片还回去。等到他的钱，我再把詹姆爵士交给卡史他克大人，多赚一个没女！""勇士们"齐声欢呼赞同。

"好打算，"卢斯·波顿道，那语调好似在餐桌上轻描淡写地赞一句，"好酒，只可惜卡史塔克伯爵给不了女儿了，罗柏国王以谋杀和叛乱的罪名砍了他的头。至于泰温公爵，他人还在君临，新年之前都不会离开，那是他孙子和高庭之女成婚的大喜日子。"

"不对，是临冬城之女，"布蕾妮说，"大人，您弄错了吧，与乔佛里国王订婚的是珊莎·史塔克。"

"他们的婚约已经废除。黑水河一战，玫瑰与狮子联合，大败史坦尼斯·拜拉席恩，烧光了他的舰队。"

我不是警告过你么，乌斯威克，詹姆心想，还有你，山羊。与狮子作对，没好果子吃！"有我老姐的消息吗？"他问。

"她很好，你的……外甥也很好。"波顿顿了一下。看来他知道。"你弟弟在战斗中受了重伤，但性命无忧。"他朝身边一位穿镶钉铠甲、面色阴沉的北方人招招手，"送詹姆爵士去见科本学士，并替这位女士松绑。"待布蕾妮手腕间的绳索砍成两截后，他续道："请原谅，小姐，眼下兵荒马乱，仓促之间难免误伤。"

她揉着被麻绳磨破的血肉："大人，这些人想强暴我。"

"是吗？"波顿伯爵淡白的眼睛望向瓦格·赫特，"这可不行，这事儿和詹姆爵士手的事儿，都做得不对。"

院子里的北方人是勇士团的五倍，还有同等数目的佛雷家丁。山羊再笨，也知道闭嘴。

"他们拿走了我的剑,"布蕾妮道,"还有我的盔甲……"

"小姐,在我的城堡做客您无需盔甲,"波顿伯爵告诉她,"您受我的保护。埃玛贝尔太太,替布蕾妮小姐准备一间舒适客房。沃顿,詹姆爵士交给你了。"他不待回答,径自转身上阶梯,裘皮斗篷在身后卷动。与布蕾妮分开之前,詹姆只来得及和她交换一个短促的眼神。

学士的房间在鸦巢下。这位一头灰发、面目慈祥的人名叫科本,他打开包裹断肢的亚麻布,倒抽了一口凉气。

"有这么糟糕?我会死吗?"

科本伸出一个指头拨拨伤口,涌出的脓血让他皱起鼻子。"不会,只是过不多久……"他切开詹姆的衣袖,"……腐疮会扩散,您发现了吗?附近的血肉都已变质,必须切除。最周全的办法是把手臂整个截掉。"

"我看你活得不耐烦了,"詹姆承诺,"清洗伤口,把手缝回去,让我碰碰运气。"

科本皱紧眉头:"我可以保住您的上臂,从肘部开始截,但……"

"你敢截掉一点,就最好把另一只手也截了,否则我掐死你。"

科本注视着他的眼睛,不管看到了什么,总之令他踌躇。"那好吧,爵士,我只把腐疮挖掉,别的都不动。先用沸酒处理,然后敷荨麻膏、芥菜子和面包霉,或许管用,但其间利弊您可要考虑清楚。我这就去拿罂粟花奶——"

"不要。"詹姆不敢睡,生怕一觉醒来自己的手就真没了。

科本坚持:"这会很痛。"

"我会尖叫。"

"这会非常非常地痛。"

"我会大声大声尖叫。"

"您至少喝点葡萄酒行么？"

"总主教真的每天祷告吗？"

"这我不清楚。我拿酒去，爵士，您先躺下，得把手绑上。"

科本准备好一把利刃和一个碗，动手清洗。他边做，詹姆边大口喝酒，酒浆洒了一身。左手真没用，连嘴巴都找不着，但这也有点好处：葡萄酒浸湿胡须，掩盖了脓汁的恶臭。

当真的动刀挖掘腐疮时，酒精完全不管用，詹姆大声尖叫，用完好的手拼命捶桌子，一次，一次，又一次。科本将沸酒倒在挖剩的断肢上，他再度尖叫。不管如何赌咒发誓，不管心中多么恐惧，他仍旧晕厥过去。醒来时，学士正用针和羊肠线缝手掌："我留了一点皮肤，刚好连接腕关节。"

"这活儿，你挺熟的嘛。"詹姆虚弱地嘀咕。他咬到舌头，嘴里全是血。

"在瓦格·赫特手下，处理断肢是家常便饭，他走到哪里，哪里的人就缺胳膊断腿。"

科本倒挺面善，詹姆心想，他身材高瘦，语气柔和，一双褐眼透着暖意。"你身为学士，干吗和勇士团混在一起？"

"学城剥夺了我的颈链。"科本放下针线，"您眼睛上方的伤也要处理，发炎得很厉害。"

詹姆闭上眼睛，任科本用酒进行治疗。"把战争经过告诉我。"科本既管理赫伦堡的乌鸦，自对消息一清二楚。

"史坦尼斯大人遭遇火攻和您父亲的偷袭，一败涂地。据说小恶魔让整条大江都烧了起来。"

詹姆仿佛亲眼目睹绿焰爬上晴空，高过最雄伟的塔楼，街市上着火的人群在惨叫。我从前不是差点见到这番场景么？真有趣，但他笑不出来。

"请试着睁眼。"科本用温水浸湿麻布,轻揩眼睑上干结的血块,肿没有消,但詹姆发现右眼总算能支开一半了。学士凑过来。"这伤怎么来的?"他问。

"某位妞儿的礼物。"

"一次失败的求爱,大人?"

"这位妞儿身材比我壮,长得比你丑。你快帮她治治,她腿上还有打斗中我刺的伤。"

"我会照料她,她是您什么人?"

"我的保护人。"詹姆荒诞得想笑。

"我留给您一些草药,混进酒里,以止住高烧。明天再用水蛭吸干眼睑上的淤血。"

"水蛭,可爱的动物。"

"波顿大人最喜欢水蛭。"科本谨慎地说。

"对,"詹姆道,"看得出来。"

提利昂

　　国王门外一片荒芜，唯有烂泥、灰烬和烧焦骨骸，但无家可归的人们已在城墙的阴影下重新搭起帐篷，还有人用桶子和推车贩卖渔获。提利昂骑过人群，觉察到无数的目光落在自己身上：冰冷、愤怒，乃至憎恶。但没人开口，也没人敢挡他的道——全赖一身油亮黑甲的波隆随侍左右。若我孤身出巡，只怕早就被他们拖下马来，用鹅卵石砸个稀烂了，就像普列斯顿·格林菲尔爵士那样。

　　"这帮家伙简直比老鼠还讨厌，"他抱怨，"他们的狗窝被你烧过，居然半点也不接受教训。"

　　"哼，给我几十个金袍子，我把他们统统杀光，"波隆道，"死人就不会回来了。"

　　"没用，杀是杀不完的，就让他们去吧……但无论如何，只要城墙边出现这些乱七八糟的东西，立刻给我拉倒，不管这帮蠢货怎么想，战争毕竟没有结束。"他朝烂泥门骑去，"今天的视察就到这儿，明日召集各工会，带师傅一起来，商议重建计划。"他叹口气，好吧，烧成这样多半要归功于我，总得做点什么补救。

　　工作本该由他坚定、可靠、不知疲倦的叔叔凯冯·兰尼斯特负责，可惜这位爵士在接到奔流城的乌鸦传来的消息，得知儿子威廉遭遇谋杀后就完全垮了。眼下，威廉的孪生兄弟马丁也是罗柏·史塔克的俘虏，而他们的长兄蓝赛尔依然卧病在床，伤口溃烂，难以康复。凯冯爵士只有这三个儿子，眼看一个也保不住，便彻底为悲伤和忧惧所淹没。泰温向来倚重弟弟，而今别无他法，只能将理事的担子托付给侏儒儿子。

重建费用耸人听闻,却又不能不办,因为君临乃全国第二大港口,规模仅次于旧镇,得尽快疏通河道,重开贸易。妈的,钱从哪里来?他甚至开始想念半月之前扬帆远去的小指头了。他倒好,跑去迎娶莱莎·艾林,统治谷地,我则为他收拾烂摊子。欣慰的是,这回父亲总算肯把重任交付给他。见鬼,他永远也不会提名我为凯岩城的继承人,却会无所不用其极地利用我,上次不还任命我为代理首相么?金袍卫士的小队长在烂泥门前为他开道,提利昂静静地思考。

君临三妓依旧统治着门内的市集广场,但如今已然荒废,石头和沥青桶散居四处。嬉戏的小孩们爬上长长的木制投掷臂,像群猴子似的在上面晃荡,互相追逐。

"待会儿记得提醒我,要亚当爵士分配金袍子在此看守,"骑过投石机之间时,提利昂吩咐波隆,"傻小子们非得摔下来,折了脖子不可。"这时上方传来一声呐喊,一堆马粪掷在财政大臣前方不远处。提利昂的坐骑人立起来,几乎把他掀翻。"仔细想想,"他一边努力勒马一边说,"还是别管了,就让这帮乳臭未干的小屁孩落下来像熟南瓜似的砸个稀烂。"

他的心情本就不好,而今这群顽童竟然当众羞辱他,更让他怒火万丈。日复一日,婚姻成了他最大的苦恼。珊莎·史塔克至今仍是处女,而大半个城堡的人似乎都知道!今早上马时,他就听见两名马童在背后叽叽咕咕,偷笑出声。他觉得连马儿都在嘲弄他。一直以来,提利昂每晚耐着性子假装履行义务,寄希望于婚姻的实情不致泄露,可惜一切都归无用。不知是不是珊莎蠢到向她的侍女倾诉呢?——毫无疑问,她们都是瑟曦的人——还是瓦里斯的小小鸟在作怪?

有何区别?反正结果是他受人轻贱。整个红堡,不拿这当笑柄的似乎只有他的"夫人"。

珊莎过得也很凄惨。提利昂每每想打破她用礼貌编织的盔甲，给予她男人的慰藉，但他知道没用。不管嘴上说得多动听，在她眼底，他其实是个丑陋不堪的怪物。况且还是个兰尼斯特。这就是他们给他的妻子，这就是要与他共度一生的女人。她恨他。

同床的夜晚是痛苦之源。提利昂习惯裸睡，而今却无法忍受。他的夫人被训练得很贤淑，从不说半句顶撞的话，但每当她看到他的身体，那种目光简直让人无地自容。于是他嘱咐她穿上睡袍。我想要她，他心想，是的，我也想要临冬城，但最想要的还是她，管她是孩子还是女人。我想给她安慰，我想听她欢笑，我想她开开心心地和我在一起，我想她把欢乐、痛苦、悲伤和欲望与我分享。想到这里，他苦涩地笑了。是啊，我好希望自己如詹姆一般高大，像魔山一样强壮。诸神慈悲！

他不由自主地想起雪伊。结婚的消息，提利昂不愿瞒她，在成婚的前一天，他吩咐瓦里斯将她带来相见。他们在太监的卧室同床，当雪伊为他宽衣解带时，他扣住她手腕，将她推开。"等等，"他说，"我有件事必须跟你讲。明天……我就要和……"

"……珊莎·史塔克结婚。我知道。"

他半晌说不出话来。这事连珊莎本人都不知道，她怎么……？"你怎么知道？瓦里斯讲的？"

"我送洛丽丝去圣堂祷告时，听见某个侍酒跟塔拉德爵士闲话，而他又是从一位恰好听见凯冯爵士和你父亲谈话的女仆那里听说的。"她挣脱抓握，将衣服流畅地拉过头。和从前一样，里面没穿内衣，"我不担心，她不过是个小孩子，您会搞大她的肚子，然后回到我身边来。"

他原本以为她会担心他就此离去。原本以为，他苦涩又嘲讽地想，唉，侏儒，现在你明白了，雪伊是你唯一能找到的爱。

烂泥道上人潮汹涌，但在金袍子的驱赶下，兵士和平民都为小恶魔的队伍让道。眼窝深陷的儿童群聚在旁，有的沉默呆望，有的放声乞讨。提利昂从钱包里取出一大把铜板，抛掷出去，孩子们旋即展开争夺，互相叫喊推挤。他们中的幸运儿大概今晚能吃上一块霉面包。市集广场从未有过如此拥挤，提利尔家已运来无数补给，但食物的价格仍高得离谱。六个铜板买一个南瓜，一个银鹿换一堆玉米，一枚金龙的价值则是半边牛肋肉或六只骨瘦如柴的猪崽。虽然如此，买家依旧络绎不绝。形容憔悴枯槁的男女围满每一辆马车、每一个货摊，而那些凄惨无助的人则站在巷子口，阴郁地观看。

"这条路……"他们来到钩巷口，波隆开口问，"你想去……？"

"没错。"视察河滨只是幌子，提利昂另有目的。这件事他不想去做，但别无选择。于是他们离开伊耿高丘，朝维桑妮亚丘陵底部那堆由弯曲小巷组成的迷宫走去。波隆当先领路，提利昂不时回头，查看是否有眼线跟踪，但没发现什么异常情况：只有一个驱策马车的货郎，一个在窗边倒夜壶的老太婆，两个用木棍打闹的小孩，三名押送俘虏的金袍子……他们看起来都很无辜，但他却不放心。八爪蜘蛛瓦里斯可不是那么好欺瞒的。

他俩转过一个拐角，接着是另一个，然后缓缓骑过一群妇女。波隆带他在弯曲的窄巷里穿梭，走了很长一段，经过破碎的拱门，又穿过一栋烧焦房屋的废墟，领着马儿登上一段浅浅的石阶梯。这里的建筑又矮又挤，待波隆在一小巷口停下，前方的路已不容两人并骑。"前面转两个弯到头，那家伙就在最后一栋房子的地窖里。"

提利昂翻下马："在我返回之前，不准任何人出入。我不会待得太久。"他把手伸进斗篷，确保那些金龙还在隐藏的荷包里。三十金龙！对这无赖而言，真是笔意外之财。他快步踱进小巷，一心只想早点完事。

这间酒肆十分狭小,黑暗而潮湿,墙上装点着硝石,天花板极矮,若是波隆进来,非得低头不可。提利昂·兰尼斯特则没这种烦恼。此时,前厅只有一个目光呆滞的女人坐在粗木吧台后面,她递给他一杯酸葡萄酒,说:"他在后面。"

后面的房间更黑,只在矮桌上有根摇曳的蜡烛,旁边是一壶酒。桌边的男人十分猥亵,他很矮——所谓的"矮"并非针对提利昂而言——稀疏的棕发,粉红的脸颊,扣上骨扣的鹿皮夹克也遮掩不住他的大肚子。他用柔软的双手死死握着一把十二弦木竖琴。

提利昂在他对面坐下:"银舌西蒙?"

对方点点头,他头顶中央已经秃了。"首相大人。"他回话。

"错了,当今首相是我父亲。我只是他的听差。"

"您会再发达的,我相信,我相信,像您这样有本事的人可不多。亲爱的雪伊小姐告诉我,您最近结婚了,怎么不叫上我呢?让我为您的婚宴表演一曲。"

"够了,我老婆最受不了别人唧唧喳喳,"提利昂道,"至于雪伊,咱俩都清楚她不是什么贵族小姐,假如你不提她的名字,我将非常感激。"

"遵命,首相大人。"西蒙说。

提利昂记得上次见到他时,只需稍加言辞,便能令他汗流浃背,而今这歌手却不知从哪儿找到几分勇气。大概是那壶酒的功劳,或者是我自己的失误——我威胁过他,却不曾实现,想必他把我当成无牙的狮子。想到这里,他叹口气:"别人都说,你是个极有天赋的歌手。"

"您这么讲,真是太好心了,大人。"

提利昂逼自己微笑:"依我看,你应该将你迷人的音乐传播到自由贸易城邦,布拉佛斯、潘托斯和里斯都堪称音乐之都,那里

的人们对你这样的明星可谓礼敬有加。"他呷了一口酒。劣酒口味重。"你可以周游九大城邦，好好享受音乐的快乐，就算一城待上一年，也绝不会枯燥。"他伸手进斗篷，摸到隐藏的金币，"眼下港口有待重建，只好麻烦你前去暮谷城坐船，记住，我的部下波隆会为你准备上好的马匹，而我也将欣然提供旅行费用……"

"可是，大人，"对方抗议，"您还没听过我唱呢。至少听一曲，好吗？"他的指头熟练地伸到琴弦上，轻柔的乐声随即充溢地窖。西蒙放声歌唱：

他奔驰在城里的街道，离开那高高的山冈
马踏过鹅卵石阶小巷，带他到姑娘的身旁
她是他珍藏的宝贝呀，她是他含羞的期望
项链和城堡都是空呀，比不上姑娘的吻好

"没完呢，"换气的时候歌手声称，"噢，很长很长，尤其是叠句，自以为写得特别好：金手触摸冰冰凉呀，而姑娘小掌热乎乎……"

"够了，"提利昂将拳头从斗篷里抽出来，把钱放在桌上，"这首歌再也不要让我听到，否则……"

"否则？"银舌西蒙放开竖琴，喝一口酒，"可惜，可惜。不过说实在话，正如我师傅的教诲，每个人都有自己的歌，这点您无法否认的。好吧，既然您不喜欢，我只好找识货的人啰。或许，去找太后？您父亲大人？"

提利昂揉揉鼻子上的伤疤，缓缓地说："我父亲对歌手毫不关心，而我老姐并没有某些人想象的那么慷慨。聪明的歌手应该明白，有时候沉默比歌唱挣得更多。"他认为自己说得够明白了。

西蒙没有忽略他的暗示："我的价码很公道，大人。"

"很好，"提利昂一开始就担心三十金龙不足以平息事端，"说吧。"

"在乔佛里国王的婚宴上，"对方道，"歌手们将举行一次盛大的表演。"

"没错，上场的还有小丑、杂耍杂人和跳舞的熊。"

"熊只有一只，大人，"对瑟曦的精心安排，西蒙显然比提利昂在乎得多，"但歌手共有七位。包括库伊家族的葛勒昂，'妙指'蓓珊妮，伊蒙•科托因，伊森人阿里克，'琴手'哈米西，科里罗•昆延提斯和旧镇的奥兰多，他们将彼此竞争，奖品是一把镀金银弦竖琴……不幸的是，居然没人邀请全君临最最厉害的歌手。"

"让我猜猜，你指的是银舌西蒙？"

西蒙谦虚地笑了："大人您放心，鄙人将在国王和朝廷面前证明实力。鄙人没有夸口，您瞧那哈米西，老得连歌词都背不住，而科里罗呢，带着可笑的泰洛西口音！包您三句里听不懂一句。"

"表演由我亲爱的老姐亲自安排，我无从插手。退一步讲，就算把你安插进去，也显得很不协调。你看，七大王国，七重婚誓，七次挑战，七十七道大菜……八个歌手怎么成？总主教会如何评论呢？"

"您居然这么虔诚，真让我吃惊，大人。"

"我虔诚与否并不重要，关键是形式无法更改。"

西蒙再喝一口酒："其实……咱们做歌手的，性命都挺轻贱。我们在酒店和旅馆中表演，观众多半是无法无天的醉汉，假如您姐姐考虑的那七位人选中有谁出了意外，我瞧自己完全能替代。"他狡诈地笑笑，仿佛对自己的暗示很满意。

"哼，不错，六位和八位一样不行。那好吧，我会一一确认他们的状况，假如有谁委实无法胜任，我会派波隆来通知你。"

"很好，很好，大人。"西蒙得意极了，在胜利的喜悦中，他变得滔滔不绝，"我将在乔佛里国王的婚宴上好好表演，为满朝文武献上最优秀的作品，那些我上千次弹唱的拿手歌谣。从前，我在酒坊巷弄里埋没……而今……对了，这也是新歌上场的最好机会。金手触摸冰冰凉呀，而姑娘小掌热乎乎……"

"你放心吧，"提利昂道，"我以身为兰尼斯特的荣誉保证，波隆很快就会来找你。"

"很好，很好，大人。"秃顶的大肚子歌手再次拿起竖琴，沉浸在自己的迷梦中。

波隆和马儿等在巷子口。他一边扶提利昂上马，一边问："我什么时候带这家伙去暮谷城？"

"不用了。"提利昂调转马头，"三天之后回来，告诉他'琴手'哈米西断了胳膊。之后你得指出他的服装完全不合宫廷要求，必须立刻制作新袍子，要他马上跟你走。他会乐意的。"提利昂扮了个鬼脸。"你可以留下他的舌头——但愿那真是银舌。其余部分，要干净彻底地从世界上消失。"

波隆咧嘴而笑："跳蚤窝里有不少食堂专门做一种褐汤，听说里面什么肉都有。"

"哼，横竖我是不吃。"提利昂踢马前进。他想洗澡，越热越好。

可惜这点安慰他也未能享受，刚到房间，波德瑞克·派恩便告诉他立刻赶去首相塔。"大人想见您，我是说，首相大人，泰温公爵。"

"我知道首相是谁，"提利昂道，"我掉了鼻子，可没掉脑子。"

波隆忍俊不禁："别把这小子吓傻啰。"

"有关系吗？反正他从不思考。"提利昂感觉事有蹊跷，难道父亲也知道了？泰温可不会找他共进晚餐或喝酒，中间一定有问题。

当他走进父亲的书房，只听有人正在解释："……剑鞘用樱桃木做,红皮革包裹,装饰一排纯金狮子头,眼睛用石榴石……"

"用红宝石,"泰温公爵道,"石榴石缺乏火气。"

提利昂清清喉咙:"大人,您找我?"

父亲抬眼一看:"不错,你先过来看这个。"桌子上有个油布包裹,公爵手中则有一柄长剑。"这是给乔佛里的新婚贺礼,"他告诉提利昂,一边左右检查剑锋,光线穿过钻石形状的窗棂照耀在既黑且红的刃面上,剑柄和圆头则闪耀着金光,"那些闲人一天到晚谈论史坦尼斯和他的魔法剑,咱们也不能给比下去。我要送给乔佛里国王一件特别的武器。"

"这玩意儿小乔可举不动。"提利昂评论。

"他会长大的,来,你试试。"他将长剑剑柄在前递过来。

它比他料想中轻。他拿它上下翻转,终于明白其中原因——世上只有一种金属可以打造得如此细薄,同时还不失致命的威力,这些波纹,都是锻冶时千锤百炼的印记。"瓦雷利亚钢剑?"

"对。"泰温大人道,语气里透出极度的满足感。

终于到手了,父亲?瓦雷利亚钢剑是稀世之宝,流传至今的只有几千把,其中约有两百在维斯特洛大陆,但没有一把属于兰尼斯特家族,父亲每每为之扼腕。古代的凯岩王有过一把著名的瓦雷利亚巨剑"光啸",后来国王托曼二世带它前去瓦雷利亚进行那愚蠢的冒险,人剑便双双失落。提利昂的小叔叔吉利安,那位活泼的叔叔,也于八年前在寻找族剑的旅途中一去不返。

泰温公爵至少三次找到王国中穷苦潦倒的家族,提出愿用重金购买对方的瓦雷利亚钢剑,但均被回绝。世家望族乐意与兰尼斯特家族结亲,然而族剑之事,无可商量。

提利昂不知这把如何得来。重新打造的么?世上知道如何锻冶瓦雷利亚钢的武器师傅屈指可数,而制造这种物质的秘密早在末日降临古瓦雷利亚时便告失传。"色泽挺奇特。"他将剑在日光下翻转，品评道。大多数瓦雷利亚钢剑都沉暗乃至于黑，但这一把除了暗色，还蕴涵了一股深沉的红。两种色彩相互交割，每道波纹各不相同，好似暗夜和血红的波涛在互相搏斗。"怎么回事？我没见过这样的剑。"

"我也没见过，大人，"武器师傅说，"我必须承认，颜色不在意料之中，我很惊讶自己能做出这样的成品。您父亲大人要我将剑染成兰尼斯特家族的绯红，我便遵令而行。其中过程非常艰苦，瓦雷利亚钢异常顽固，正应了我们匠人间那句俗话'撼山易，撼古剑难'。我用了几十道咒语，一点一点将红色渗进去，而它持续抵抗，好像能吸收一切颜色。所以您看，这些波纹有的黑，有的红，就是这个缘故。两位兰尼斯特大人，若是您不满意，我可以再试一次，只是时间上——"

"不必，"泰温公爵说，"这样就好。"

"绯红的剑会更漂亮，但说实话，现在这样却有慑人气势，"提利昂道，"奇幻的美让它无与伦比，我想，这把剑真正做到了世上无双。"

"不，这儿正好有一把它的伴侣。"武器师傅伸手到桌上，解开油布，拿出第二把剑。

提利昂放下乔佛里的剑，拿起另一把。两把剑即便不能称为孪生兄弟，也必定是近亲。只是后者比前者更厚重，宽度和长度分别增加了半寸和三寸。两者的力度和色泽完全相同，共同拥有黑红两种波纹。这第二把剑从剑柄到顶端开了三道深深的血槽，国王的剑只开了两道。小乔的剑柄装饰更华美，两头嬉戏的怒吼金狮，用红宝石的爪子互相搏斗，但两者的握柄皆包裹了精加工的上好红皮革，圆头是黄金狮子头。

"神兵，"即便握在提利昂这样的菜鸟手里，这把剑也仿佛有了生命，"它的平衡感真是无以复加。"

"这把是给我儿子的。"

不用问是哪个儿子。提利昂默默地放下詹姆的剑,心里不禁好奇罗柏•史塔克会不会放哥哥回来。父亲一定得到了什么消息,否则怎会专门铸剑呢?

"你干得很好,莫特师傅,"泰温公爵夸奖武器师傅,"去吧,总管会支付一切费用,别忘了,剑鞘上要用红宝石。"

"是,大人,您真是太慷慨了。"对方将两把剑重新放入油布包裹,夹在腋下,随后跪地。"能为首相大人服务,真是无上的荣幸,这两把剑,我将在国王成婚的前一天献上。"

"不可误期。"

随后卫兵护送武器师傅离开,提利昂爬上凳子。"瞧……一把给小乔,一把给詹姆,而您的侏儒儿子连把匕首也没有。这不太公平吧,父亲?"

"所得的金属只够打造两把剑,三把是不成的。你想要匕首,去军械库随便挑就好。劳勃收集了一百多把上等货。别的不说,单吉利安送他做结婚贺礼的那把就是奇物,刀刃镀金,握柄是象牙,圆头则为蓝宝石。来自异域的东西也很丰富,这十几年来,海外诸国使节摸透了劳勃的脾气,每次都献上宝石匕首和镶银剑。"

提利昂微笑:"想讨好劳勃,他们不如献上自己的女儿咧!"

"没错。他虽爱匕首,但一生中只使用过一把,那是小时候琼恩•艾林送他的。"泰温公爵挥挥手,示意不再谈论劳勃国王及他的匕首,"你去河滨视察,情况如何?"

"一片狼藉,"提利昂道,"甚至还有死人死马未被埋葬。重开港口之前,务必疏通黑水河,因为到处都是沉船。此外,四分之三的码头亟须修缮,许多部分必须彻底拉倒重建。整个鱼市完全毁灭,临河门与国王门被史坦尼斯的攻城锤损毁,得着手更换……费用合计起来,十分庞大。"你不是拉屎都有黄金吗,父亲?快快找个地方方便吧。他想这样说，但很明智地闭上了嘴巴。

"找钱是你的事。"

"是么？上哪儿找？我告诉过你，国库早就空了。事实上，我们连炼金术士和铁匠的账都没结清，瑟曦居然还要我负责乔佛里婚礼一半的费用——想想看，那七十七道该死的菜，一千位宾客，装满鸽子的巨型派饼，歌手，戏子……"

"铺张自有铺张的用处。这是向全天下展示我们凯岩城富裕和力量的最好机会。"

"那么，费用应当全记在凯岩城账上。"

"到底怎么回事？我见过小指头的账本，经由他的打理，财政收入比伊里斯时代整整提高了十倍。"

"你不见开支增加多少！劳勃挥霍钱财就跟他挥霍'种子'一样慷慨。此外，小指头的钱多半是借的——对此你应该很清楚才对，他从你这儿借得最多。不错，他的确生财有道，可惜增加的财富又为贷款的利息所抵消。你愿意勾销国库拖欠兰尼斯特家族的债务吗？"

"当然不行。"

"那么，照我看来，七道菜完全足够，宾客数目也应缩减到三百人。事实上，不要什么跳舞的熊也能举办一次美满的婚礼。"

"这样的话，提利尔家会把我们当吝啬鬼。我的决心不变，操办婚礼和河滨重建的事都必须执行，假如你找不到钱，我就换一个财政大臣。"

如此迅速的去职将让提利昂无颜见人。"……妈的，我去找！"

"这是你的职责。"父亲说，"此外，你还得把你老婆的床找到。"

他果然知道了。"我知道它在哪儿，谢谢你的关心。这件家具放在窗子和壁炉之间,上面有天鹅绒罩子和鹅毛床垫。"

"我很高兴你没忘记。下一步,你要试着去了解和征服这张床上的女人。"

女人?她还是个孩子。"是八爪蜘蛛在你耳边嘀咕,还是应该感谢我亲爱的老姐呢?"瑟曦自己的床上秘密提利昂从未泄露,他还以为她不会过分到这般地步呢。"告诉我,为何珊莎所有的侍女都是瑟曦的人?居然连我的卧室都不放过,简直恶心透顶!"

"你不喜欢谁,尽可以赶走重新雇,这是你身为一家之主的权利。我关心的只是你何时能履行婚姻义务,这件事……说实话,令我有些困惑。你和妓女乱搞是出了名的,这个史塔克家的女孩究竟有什么问题?"

"我他妈的把鸡巴插进谁的身体关你什么事?"提利昂质问,"珊莎还小。"

"还小?她哥哥一死,她就是临冬城的主人。你越早占有她,就离北境之主的地位越近,关键在于让她怀孕。需要我提醒吗?没有完满的婚姻是可以随时废除的!"

"那是总主教或宗教会议的事,我看不必担心,咱们亲爱的总主教大人不过是个橡皮图章,叫他说一他不敢说二,比月童还听话。"

"或许我该把珊莎·史塔克交给月童才对,至少他知道怎么对付女人。"

提利昂紧紧抓住椅子扶手:"够了,我听够了这些关于我老婆的议论。既然说到这个,为何不谈我老姐即将来临的婚礼?记得——"

泰温公爵不让他说完:"梅斯·提利尔拒绝让他的继承人维拉斯迎娶瑟曦。"

"拒绝咱们家可爱的瑟曦?"提利昂开始感到有趣了。

"当我首度提议时，提利尔大人似乎并不反对，"父亲说，"但一天之后，一切就全变样了。都是那老太婆的功劳，她使出百般解数吓阻他儿子。据瓦里斯说，她告诉公爵，你姐姐年纪大又放荡，不配她宝贝的独腿孙子。"

"瑟曦或许会喜欢上他咧。"提利昂微笑。

泰温公爵狠狠地瞪了儿子一眼。"这次提议，她不知情，我也不准备让她知道。从今往后，对我们家族而言，这件事从未发生过，记清楚，从未发生过。"

"是嘛？"提利昂怀疑父亲会让提利尔公爵在将来的某个时刻为此"还债"。

"眼下问题的本质并没有变，你姐姐必须嫁出去，但对象该换谁？我有几个候选人——"他还来不及说，便传来叩门声，一名卫兵通报派席尔大学士求见。"请他进来。"泰温公爵道。

派席尔拄着藤杖，颤巍巍地走进来，行到中途，他死死瞪着提利昂，目光好似能凝固牛奶。他曾谓为可观的白胡子——被某人不幸地削掉后——如今变得稀疏而脆弱，只剩几根难看的粉色发丝垂在下巴。"首相大人，"老人一边说，一边极尽所能地弯腰鞠躬，"黑城堡又有信鸦过来。我们可否私下谈谈？"

"不必，"泰温公爵挥手让国师落座，"提利昂可以留下。"

噢噢噢，是嘛？他揉揉鼻子，凝神倾听接下来的话题。

派席尔清清喉咙，咳嗽了半天。"这封信和上次一样，由那个叫波文·马尔锡的人送出。他自称代理城主，信上说，莫尔蒙大人发现大批野人正兼程南下。"

"长城之外的土地能供应的人口殊为有限，所以——"泰温公爵不为所动，"——这种警告真是陈词滥调。"

"可是，大人，这回莫尔蒙的报告从鬼影森林里传来，他说自己正遭到攻击。此后不久，信鸦们纷纷归还，但没一只绑有信息，因此这个波文·马尔锡认为莫尔蒙大人和守夜人的巡逻队已遭不测。"

提利昂相当喜欢老杰奥·莫尔蒙，喜欢他粗鲁的幽默和会说话的鸟。"消息可确定？"他问。

"不能确定，"派席尔承认，"基于莫尔蒙的队伍无一归来的事实，波文·马尔锡推测他们悉数为野人所杀，而野人的目标正是长城。"他伸手到袍子里取出一张信纸，"这是信的原件，大人，发给五位国王，恳求将能搜罗到的人手全部调拨给他。"

"五位国王？"父亲颇为不悦，"维斯特洛只有一个国王，这帮穿黑衣的白痴想从陛下这里讨点便宜，先懂得识时务再说。你回信的时候，告诉他，蓝礼丢了性命，而其他几个不过是叛臣贼子。"

"他们会了解的，大人。长城毕竟地处偏远，消息闭塞，"派席尔伸伸脖子，"那么，马尔锡的要求怎么办呢？似乎应该召开御前会⋯⋯"

"毫无必要。所谓的守夜人军团，不过是小偷、杂种、杀人犯和乡野匹夫的集合，他们可以自己照顾自己，当然，若有人约束，也能收归我用。目前就是机会，莫尔蒙死了，他们得有个新司令。"

派席尔阴险地看了提利昂一眼："您真是一语中的，大人，我正好有合适人选，杰诺斯·史林特。"

提利昂可不喜欢这提议。"守夜人军团的总司令向来由黑衣兄弟们自行选举，"他提醒他们，"而史林特大人只是个新人，我很清楚他的情况，正是我把他送去的。短短时日，他怎可能超越前辈们当选呢？"

"因为，"父亲缓缓地说——那声调似乎在嘲讽提利昂的单纯，"他们若不乖乖选他，就一个援兵也得不到。"

妈的，这招好狠，提利昂倾身向前："但是父亲，请听我一言，杰诺斯·史林特实在是个无能之辈，影子塔和东海望的长官都比他强。"

"影子塔的指挥官来自海疆城的梅利斯特家，东海望的则是位铁民。"很明显，泰温公爵不相信他们能为他所用。

"杰诺斯·史林特是屠夫之子，"提利昂继续规劝父亲，"你自己也告诉过我——"

"我记得我说过什么，但黑城堡不是赫伦堡，守夜人也不等于御前会议。每样工具都有其专门的用途，而每个任务都需要专门的工具。"

提利昂为父亲的固执而恼火："听我说，杰洛斯大人是个名不副实的恶棍，况且谁出价高，他就会倒向谁。"

"我把这视为他最大的优点，试问谁能比我们出价更高呢？"他转向派席尔，"立刻去写信，告诉他们乔佛里国王对莫尔蒙总司令以身殉职的高尚行为感到无比钦佩，并致以诚挚的哀悼，遗憾的是，由于叛臣贼子四处作乱，一时抽不出多余人手。但只要后顾无忧，问题自然迎刃而解……因此守夜人军团必须以行动来维护王权。在信的末尾，告诉马尔锡，代陛下向他忠实的朋友和仆人——杰洛斯·史林特大人——致以最亲切的问候。"

"是，大人。"派席尔点点满是皱纹的头，"您真高明，我即刻去办。"

我真该削下你的脑袋，而不是胡子，提利昂心想，我真该把史林特和他亲爱的朋友亚拉尔·狄姆一起推到海里去。至少在银舌西蒙身上，我没有犯下同样的错误。看见了吗，父亲？他想声明，看见我学得多快了吗？

A SONG OF ICE AND FIRE

山姆威尔

阁楼上女人在吵吵闹闹地生孩子,下面火盆旁男人奄奄一息。山姆威尔·塔利说不准哪一样更让他害怕。

他们为可怜的巴棱盖了一堆毛皮,并把火生得旺旺的,可他仍只会说:"冷,帮帮我,好冷。"山姆喂他洋葱汤,但他吞不下,勺子灌得有多快,嘴唇漏出来就有多快,汤汁顺着下巴滴落。

"这家伙死定了。"卡斯特边咬香肠,边冷漠地看了巴棱一眼,"问我的话,给他一刀比灌汤来得仁慈。"

"我们没问你。"巨人身高不过五尺——他真名贝德威克——但性情暴躁,"杀手,你问过卡斯特吗?"

被他点名,山姆不由得缩了缩,一边拼命摇头。他又舀起满满一勺,送到巴棱嘴边,试图从唇间小心翼翼地灌进去。

"食物与火,"巨人说,"我们只问你要这个。而你连吃的都不给。"

"我没有拒绝给火,你就应该满足了。"卡斯特生得粗壮,而他身上的羊皮背心使他看上去更加凶悍——他整日整夜穿着这件臭烘烘的破烂东西。他长着扁平的鼻子,下垂的嘴唇,还缺了一只耳朵,乱蓬蓬的头发和纠结的胡须正由灰转白,但那双疙疙瘩瘩的手仍强壮有力。"我已尽力喂饱你们了,是你们这帮乌鸦自己贪嘴。怎么说,我也是个敬神的人,否则早把你们赶走了。你以为咱想要他这种家伙死在咱家地板上?你以为咱想多出来这许多嘴巴,矮子?"野人啐了一口,"乌鸦,黑色的鸟儿,能带来什么好事,嗯?从来没有。从来没有。"

更多汤汁从巴棱嘴角流出,山姆用衣袖替他擦,对方则眼神涣散地回瞪。"冷。"他又虚弱地说。学士也许知道如何救他,但我们没有学士。九天前,白眼肯基砍了巴棱毁伤的脚,喷出的脓血让山姆恶心作呕,但那远远不够,而且也太迟。"好冷。"苍白的嘴唇重复。

大厅里,二十余个衣衫褴褛的黑衣弟兄散坐在地板或粗糙的长凳上,喝着同样稀薄的洋葱汤,啃吃块块硬面包。有几个伤势比巴棱更严重。佛尼奥已好几天昏迷不醒,拜延爵士肩上渗出恶臭的黄色脓水。离开黑城堡时,游骑兵黄伯纳带了几口袋密尔火、芥末膏、大蒜粉、艾菊、罂粟、铜板草及其他药材,甚至有甜睡花,可以赐人无痛苦的死亡。但黄伯纳死在先民拳峰,而没人想到拯救伊蒙学士的药品。作为厨师,哈克了解一些草药知识,但他也死了。因此只剩几个事务官来照料伤员,这是不够的。虽然这里干干燥燥,有火取暖,但他们还需要更多食物。

大家都需要更多食物。连续几天,人们都在抱怨。畸足卡尔反复宣称,卡斯特定有秘密地窖,总司令听不到时,旧镇的加尔斯也跟着附和。山姆想为伤员讨些有营养的东西,却没勇气开口。卡斯特的眼神冷酷又恶毒,每当他望向山姆,手都会微微抽动,仿佛随时准备捏成拳头。他知道上次路过,我和吉莉说话的事吗?他有没有揍她,逼她讲出来呢?

"冷,"巴棱说,"帮帮我,好冷。"

山姆自己也冷,尽管卡斯特的大厅里充满热气和烟雾。他更累,累得快散架了。他想睡,但每当闭上眼睛,就梦到大雪纷飞,死人摇摇晃晃地走来,黑色的手,明亮的蓝眼睛。

阁楼上,吉莉发出一阵战抖的哭泣,在低矮无窗的长厅里回荡。"用力,"他听见卡斯特一个较年长的老婆发话,"再使点劲。再使点劲。要喊就喊出来。"于是她开始尖叫,把山姆吓了一跳。

卡斯特扭头怒目而视。"够了!"他朝楼上喊,"给她一块布咬着,否则我上来让她尝尝巴掌的滋味。"

山姆知道他不是开玩笑。卡斯特共有十九个老婆,可他踏上梯子的时候,她们中没一个敢反抗。就两天前的夜里,他狠狠揍过一个更年幼的女孩,黑衣弟兄同样没干预。当然,有人嘀嘀咕咕。"他会杀了她的。"格林纳威的加尔斯说,而畸足卡尔笑道:"他不想要这小甜心,给我啊。"黑伯纳低声怒骂,而罗斯比的阿兰起身出门,这样听不着声音。"他的屋檐下,他说了算,"游骑兵罗纳·哈克莱提醒大家,"卡斯特是咱守夜人的朋友。"

朋友,山姆一边想,一边听吉莉压抑的尖叫。卡斯特是个恶棍,无情地统治着他的老婆和女儿们,但他的堡垒对守夜人而言,却是难能可贵的避难所。就说这次,当经历了大雪、尸鬼与严寒而幸存的人们狼狈不堪地来到时,卡斯特虽然冷笑讥讽:"一群冻僵的乌鸦,还少了不少!"却依旧腾出地板,并提供遮挡风雪的屋檐和烤干身子的火盆,他老婆们还端来杯杯热葡萄酒,让大家暖肠胃。他称他们为"该死的乌鸦",但也给些吃的,尽管不怎么可口。

我们是客人,山姆提醒自己,他是主人。吉莉是他的女儿,他的老婆。他的屋檐下,他说了算。

初到卡斯特堡垒时,吉莉前来求助,山姆便把自己的黑斗篷给她,好让她去找琼恩·雪诺时可以藏起肚子。誓言效命的骑士应该保护妇女和儿童,不是吗?虽然只有少数几个黑衣弟兄称得上骑士,但……我们都发过誓,山姆心想,我们是守护王国的坚盾。女人总是女人,就算女野人也一样。我们应该帮她,救她。吉莉担心的是孩子,她怕生男孩。卡斯特会把女儿抚养长大,弄来当老婆,但他的堡垒里既没成年男子也没小男孩。吉莉告诉琼恩,卡斯特将儿子奉献给神。诸神慈悲，给她一个女儿，山姆祈祷。

阁楼上面，吉莉抑制住一声尖叫。"好了，"一个女人说，"再用力，快。哦，我看到他的脑袋了。"

她的，山姆痛苦地想，她的，她的。

"冷，"巴棱虚弱地说，"帮帮我，好冷。"山姆放下碗勺，又替濒死的弟兄多盖一层毛皮，并往火盆中添木柴。吉莉惨叫一声，然后开始喘气。卡斯特啃着硬邦邦的黑香肠——香肠他留给自己和老婆们，守夜人没有份。"女人，"他抱怨，"就这副德行……还不及我从前那头肥母猪，一窝生八只，声都没吭。"他边嚼边转头轻蔑地斜视山姆，"它几乎跟你一样肥咧，小杀手。"说完哈哈大笑。

这太过分了，于是山姆蹒跚着离开火盆，笨拙地跨绕开硬泥地上或睡或坐或垂死的人群，朝外走去。烟雾、尖叫和呻吟让他晕眩，他低头掀起卡斯特用来当门的鹿皮，进到下午的天光中。

天气阴沉，但刚从黑暗的大厅里出来，亮光还是让他睁不开眼。周围树上，积雪压枝，金褐色的山丘也覆盖着一层地毯似的雪，但不如前几天多。风暴已然过去，卡斯特堡垒的日子……算不上暖和，却也没那么冷。山姆听见水流"嘀嗒嘀嗒"轻声落下，那是悬在厚厚的茅草屋顶边缘的冰晶在融化。他颤抖着深吸一口气，环顾四周。

西边，独臂奥罗和提姆·石东正沿着拴成一排的马匹走动，给幸存的坐骑喂水。

下风口，其他弟兄在宰杀那些太过虚弱、无法再走的牲口，并剥下它们的皮。长矛手和弓箭手在土堤后巡逻放哨——这是卡斯特唯一的防御设施——警惕地观望外面的树林。十几个火坑升起蓝灰色的浓烟，远处回荡着伐木声，这是在收集让火盆通宵燃烧的木柴。**夜晚是可怕的时段，黑暗，寒冷。**

自来到卡斯特堡垒,他们便没再遭到攻击,既没有尸鬼,更没有异鬼。卡斯特说那是不可能的事。"敬神的人不用担心这些。那曼斯·雷德跑到咱家嗅来嗅去的时候,咱也给他讲过一次。他根本听不进去,就跟你们这些又是操家伙、又是点火的乌鸦一样。我告诉你们吧,当白色寒神到来,这些一点帮助也没有。那时候呀,只有敬拜神,奉献牺牲品。"

吉莉也提起过白色寒神,她还告诉他们,卡斯特向他的神奉献的是什么。山姆听后差点想杀了他。长城之外没有律法,他提醒自己,而卡斯特是咱守夜人的朋友。

枝条与泥土敷的厅堂后面传来一阵零星的喝彩,山姆过去看个究竟。脚下是湿泥和融雪,忧郁的艾迪坚持说这是卡斯特的屎。然而它比屎更黏稠,牢牢吸住山姆的靴子,他觉得一只快松脱了。

菜园和空羊圈边,十几个黑衣弟兄正瞄着靶子放箭,箭靶是他们用干草和麦秆做的。那位金发苗条、被称为美女唐纳的事务官刚射出一箭,离五十码外的靶心仅差一点点。"来啊,老家伙。"他说。

"好。你瞧着。"乌尔马弯腰屈背,踏到起点,从腰间箭袋里抽出一支箭。此人灰白胡子,皮肤和四肢都已松弛,但年轻时曾是个土匪,是声名狼藉的御林兄弟会中一员。他声称自己为偷取一位多恩公主的亲吻,曾一箭射穿御林铁卫队长"白牛"的手,当然,他也偷了她的首饰和一箱金龙币,但酒后最喜欢炫耀的还是那个吻。

他搭箭拉弓,平滑如夏日丝绸,然后射将出去。结果比唐纳·希山近了一寸。"怎么样,小子?"他退下来问。

"还不错,"年轻人不情不愿地说,"侧风帮的忙,我放箭时风大。"

"这些射之前就该考虑周全。小子,你眼睛好,手也稳,但要超过御林兄弟会的好汉,还差了那么一点点。我这身功夫由'造箭者'迪克亲自传授,世上没有比他更好的弓箭手。我有没告诉你老迪克的事呢,嗯?"

"你讲了三百遍了。"黑城堡里每个人都听乌尔马说过昔日那帮了不起的土匪:西蒙·托因和微笑骑士,三绞不死的长颈奥斯温,"白鹿"温妲,"造箭者"迪克,"大肚子"本恩以及其他人。为避免再听一遍,美女唐纳环顾四周,找到站在泥地里的山姆。"杀手,"他喊,"过来,给我们演示你怎么杀异鬼的。"他举起高大的紫杉木长弓。

山姆涨红了脸。"不是用箭,是用匕首,龙晶……"他知道如果自己拿起长弓,接下来会发生什么:他会脱靶,让箭越过土堤,飞进树林,然后大家哈哈大笑。

"没关系,"另一位弓箭好手,罗斯比的阿兰道,"看杀手射箭是件美事。对不对啊,伙计们?"

他无法面对他们:嘲弄的笑容,刻薄的话语,眼中的轻蔑。山姆转身原路返回,不料右脚却深深陷入泥沼中,拔腿反把靴子拔掉了。他只好跪下去将它拽出来,边拽边听耳边响起笑声。等他逃开,融雪已渗入脚趾之间,层层袜子都不起作用。我是个废物,他悲惨地想,父亲说得一点没错。那么多优秀的人都死了,我没资格活着。

葛兰在堡垒小门南面照料火坑,脱光上身劈柴,脸因使劲而涨得通红,汗水淋漓。眼看山姆扑哧扑哧走来,他咧嘴笑道:"异鬼拽下了你的靴子,杀手?"

你怎么也?……"是因为烂泥啦。请别那么叫我。"

"为什么?"葛兰听上去很疑惑,"这是个好名字,你当之无愧。"

派普常取笑葛兰,说他的脸皮比城墙还厚,所以山姆得耐心解释。"这只是换种方式叫我胆小鬼罢了,"他边说,边左脚站立,右脚扭进沾满泥土的靴子里,"他们用它来嘲笑我,就像用'巨人'这外号嘲笑贝德威克。"

"但他不是巨人,"葛兰说,"而保罗个子一点不'小'。好吧,或许他小时候个头不大,但长大后绝对不小。可你确实杀了异鬼,所以这不一样的。"

"我只不过……我从来没……我当时非常恐惧!"

"我也是。派普说我笨得不会害怕,其实我跟别人一样怕。"葛兰弯腰捡起一段劈裂的木柴,扔进火坑中。"我从前很怕琼恩,怕跟他练武,因为他动作太快,而且打起来像要杀了我似的。"潮湿的新柴落入火焰中,冒起烟雾。"这些话我从没说出口,有时我觉得大家只不过是装出一副天不怕地不怕的样子,而没有一个人真正勇敢。也许装来装去,就会变得勇敢起来吧,我不知道。反正,他们想叫'杀手'就让他们叫,有什么关系呢?"

"可,可你也不喜欢艾里沙爵士叫你'笨牛'。"

"是啊,他老说我又壮又笨。"葛兰挠挠胡子,"但如果派普叫我'笨牛',那没关系,你或琼恩也一样。瞧,牛是种凶猛强壮的野兽,所以没什么不妥,我确实个子高大,而且还在长呢。你呢,你难道不想做'杀手'山姆而非要做猪头爵士?"

"我为什么不能简简单单地做山姆威尔·塔利?"他沉重地坐到一根葛兰还没劈开的湿木头上,"是龙晶杀了它。不是我,是龙晶干的。"

这番话他告诉过他们,告诉过所有人。但他知道,许多人并不相信。短刃取出自己的匕首:"我有铁家伙,要玻璃干什么?"黑伯纳和三个加尔斯明确表示怀疑这整个故事,而姐妹堡的罗利直截了当:"很可能是你朝沙沙作响的灌木丛乱刺,碰巧杀了拉屎的小保罗,于是就编造谎言。"

但戴文和忧郁的艾迪是认真的,他们还带山姆和葛兰去见总司令。虽然莫尔蒙在听讲过程中一直皱紧眉头,提出尖锐的问题,可他细心谨慎,不放过任何可能的收获。他要山姆把包里所有龙晶交出来,虽然那并不多。每当山姆想起埋在先民拳峰下,被琼恩发现的那批龙晶,心里就直想哭。那里不仅有匕首刀刃和矛尖,还有至少两三百个箭头啊。琼恩为自己、山姆和莫尔蒙总司令各做了一把匕首,还给山姆一个矛尖、一支破号角和一些箭头,葛兰也抓了一把箭头,多的就没有了。

于是现今只有莫尔蒙的匕首,山姆交给葛兰的匕首,外加十九支箭和一柄绑上黑色龙晶的硬木长矛。岗哨轮班时这支长矛依次交换,莫尔蒙还把箭分给手下最好的弓箭手。"唠叨"比尔、"灰羽"加尔斯、罗纳•哈克莱、"美女"唐纳•希山和罗斯比的阿兰各有三支,乌尔马分到四支。但即使他们发发中的,也很快只能用回火箭。在先民拳峰,人们射出数百支火箭,却无法阻挡尸鬼的进攻。

这是不够的,山姆心想,卡斯特的土堤和湿泥融雪迟滞不了尸鬼的步伐,就连先民拳峰的陡坡都不起作用。它们依旧顽强地爬上来,涌入环墙。这次尸鬼会发现,迎接他们的不再是三百纪律严明、阵容整齐的弟兄,而是四十一个狼狈不堪的幸存者,其中有九个伤势严重,无法参战。一共六十多人从先民拳峰杀出,四十四人顶着暴风雪逃回卡斯特的堡垒,这几天,又有三人伤重而亡,巴棱很快将成为第四个。

"你认为尸鬼都走了吗?"山姆问葛兰,"它们为什么不把我们全干掉?"

"我想,它们大概只有天冷的时候才来吧。"

"对,"山姆说,"但是寒冷带来尸鬼,还是尸鬼带来寒冷呢?"

"谁管它呀?"葛兰的斧子劈得木屑到处飞散,"反正有鬼必冷,这才关键。嘿,现在知道龙晶是它们的克星,也许它们根本不敢来了,也许它们现在怕得要命!"

山姆希望自己可以相信朋友的话,但在他看来,人死了的话,就不会害怕和痛苦,正如没有责任与爱情。他双手环膝,层层羊毛、皮革和毛皮下冒出冷汗。没错,龙晶匕首能让树林里那个苍白的东西融化……但葛兰的意思好像它也能让尸鬼融化。其实我们并不知道,他想,我们什么都不知道。好希望琼恩在这儿。他喜欢葛兰,但无法分享对方的思维方式。琼恩不会叫我杀手,我还可以跟他谈吉莉的孩子。然而琼恩与断掌科林一同离去,杳无音信。他也有一把龙晶匕首,派上用场了吗?他是不是已经冻死在某个沟壑中……或者更糟,变成了活死人?

他不明白诸神为什么带走琼恩·雪诺和巴棱,却留下怯懦而笨拙的自己。他早该死在先民拳峰,在那儿他尿了三次裤子,还弄丢了剑;而后来若不是小保罗抱他,他也一定会死在森林里。好希望这一切都是梦,而我将很快醒来。那该多好啊,在先民拳峰上醒转,发现所有弟兄仍在周围,甚至琼恩和白灵也在。当然,在长城后面的黑城堡苏醒就更好了,到大厅里喝一碗三指哈布做的小麦乳酪浓汤,再加一大勺黄油和一团蜂蜜。想到这些,他空空的肚子咕咕直叫。

"雪诺。"

山姆抬头循声望去,发现莫尔蒙总司令的乌鸦正围着火坑绕圈,宽阔的黑翼拍打着空气。

"雪诺,"鸟儿嘶喊,"雪诺,雪诺。"

乌鸦飞到哪儿,莫尔蒙就走到哪儿。总司令果然骑马出现在树下,左右是老戴文和狐狸脸的游骑兵罗纳·哈克莱,他已被提升以接替索伦·斯莫伍德。守门的长矛手高声喝问,熊老暴躁地回应:"七层地狱，你以为我是谁？异鬼抠了你的眼睛？"他从两根门竿间骑过，一边是公羊头，另一边是熊头。然后他拉住缰绳，提起手来，吹声口哨，乌鸦听见召唤，拍翅飞去。

"大人，"山姆听见罗纳·哈克莱说，"我们只有二十二匹坐骑，而且我怀疑其中半数到不了长城。"

"我知道，"莫尔蒙咕哝着，"但我们还是得走，卡斯特已经下了逐客令。"他瞥向西方，乌云遮住太阳。"诸神让我们缓了口气，但能有多久呢？"莫尔蒙从马鞍上一跃而下，惊得他的乌鸦重新飞入空中。他看到山姆，大声叫道，"塔利！"

"我？"山姆狼狈地站起来。

"我？"乌鸦落到老人头上，"我？"

"你不叫塔利吗？难道这儿还有你的亲兄弟？对，就是你。闭上嘴巴，跟我走。"

"跟你走？"他不由自主地尖声道。

莫尔蒙总司令狠狠瞪了他一眼。"你是守夜人的汉子，别每次看着我就尿裤子。跟我来，听清楚了没？"他的靴子踩在泥地里吱吱作响，山姆不得不快步跟上。"我在想你那个龙晶。"

"那不是我的。"山姆说。

"好吧，琼恩·雪诺的龙晶。既然龙晶匕首是我们真正的需求，为何才拥有两把？长城上每个誓言弟兄本该都配备一把才对。"

"我们不知道……"

"我们不知道！我们从前一定是知道的。塔利，守夜人军团忘记了自己真正的使命，这道七百尺高的绝境长城绝不是为防止穿兽皮的野人来偷姑娘而修建的。长夜将至，我们是守护王国的坚盾……说到底，守夜人的首要职责是抵抗其他异类，而非防御野人。经历了无数世纪，塔利，几百年，几千年，我们忽略了真正的敌人，现在它们回来了，我们却不知如何下手。龙晶是龙制造的吗，就像民间传说的那样？"

"学——学士们认为不是，"山姆结结巴巴地说，"学士们说它是在地心深处用火锻造而成，他们称它为黑曜石。"

莫尔蒙哼了一声："他们管它叫柠檬派都可以，反正如果它真能杀死异鬼，我就要更多。"

山姆犹豫地说："琼恩找到很多，在先民拳峰脚下。有数百个箭头，而且还有矛尖……"

"这些我都知道，可于事无补。要抵达先民拳峰，就得装备上我们所没有的武器，而那些武器又只在那该死的拳峰才有。况且中间还有野人。不行，我们得从别处搞龙晶。"

发生这么多事，他几乎忘记了野人。"森林之子使用龙晶刀剑，"他道，"他们知道上哪儿找黑曜石。"

"森林之子死光了，"莫尔蒙暴躁地说，"先民们用铜剑屠杀，安达尔人用铁剑接着干。龙晶匕首怎么会——"

卡斯特从鹿皮门后钻出来，熊老顿时住口。野人微笑着露出一口棕色烂牙："我得了个儿子。"

"儿子，"莫尔蒙的乌鸦嘶哑地叫道，"儿子，儿子，儿子。"

总司令面无表情："恭喜你。"

"哦，是吗？对我而言，你和你的人赶紧离开才是喜事。我想，是时候了。"

"等我们的伤员恢复……"

"他们最多只能这样，老乌鸦，我们彼此都很清楚。那些要死的，来个痛快，妈的，割开喉咙就完了。你受不了的话，把人扔下，我来解决也行。"

莫尔蒙总司令火冒三丈："索伦·斯莫伍德向我保证你是守夜

人的朋友——"

"对,"卡斯特说,"能给的我都已经给了,但冬天就要到来,现在那女孩又给我添了一张嗷嗷待哺的嘴巴。"

"我们可以带上他。"一个声音尖声道。

卡斯特扭头过来,眼睛眯成缝,朝山姆脚边啐了一口:"你说什么,杀手?"

山姆的嘴巴一张一合。"我……我……我只是说……假如你不要他……喂不饱他……冬天就要到来,我们……我们可以带他走,并且……"

"他是我的儿子,我的骨肉。你以为我会把他交给乌鸦?"

"我只是想……"你没有儿子,你将他们统统遗弃,吉莉说你把他们留在树林里,这就是为什么你家只有老婆和将成为老婆的女儿。

"闭嘴,山姆,"莫尔蒙总司令道,"你说得够多了。太多了。进去。"

"大——大人——"

"进去!"

山姆涨红了脸,推开鹿皮,回到阴暗的大厅。莫尔蒙跟进来。"你到底有没有脑子?"老人压低恼怒的嗓音,"即使卡斯特肯把孩子给我们,他也会在抵达长城前死去。这么大雪,你叫我们怎么照顾新生儿,嗯?你的大奶子可以喂他吗?你打算把他母亲也拐走吗?"

"她想离开,"山姆说,"她求过我……"

莫尔蒙举起一只手:"这事再也不要让我听到,塔利,我说过,不许打卡斯特的老婆的主意。"

"她是他女儿。"山姆无力地说。

"去照顾巴棱,快,别把我惹火了。"

"是，大人。"山姆赶紧颤抖着跑开。

当他来到火盆边，却发现巨人正用毛皮斗篷盖住巴棱的头。"他说他冷，"小个子道，"我希望他去了一个暖和的地方，我真的希望。"

"他的伤……"山姆说。

"去他妈的伤。"短刃用脚捅捅尸体，"他不过少了条脚，我村里从前有个瘸子活到四十九岁咧。"

"他冷，"山姆说，"他说他很冷。"

"他没吃东西，"短刃说，"没吃好东西。卡斯特那杂种把他给饿死了。"

山姆不安地环顾四周，卡斯特没有回来，如果他回来了，情况也许会变得更令人不快。这野人憎恨私生子，尽管游骑兵们说他自己就是个野种，父亲是只死了的乌鸦，母亲是个女野人。

"卡斯特需要供养自己的人，"巨人道，"这么多女人，他已经尽量接济我们了。"

"信才有鬼！等我们离开，他便会打开一桶蜜酒，坐下来享受火腿和蜂蜜，嘲笑在雪地里挨饿的我们。他是个该死的野人土匪，仅此而已，根本不是守夜人的朋友。"他踢踢巴棱的尸体，"你不相信，就问他去。"

日落时分，他们就着早些时候葛兰生的火坑，将游骑兵的尸体火化。提姆•石东和旧镇的加尔斯抬出裸尸，一人抓住一头，晃了两下，甩进火焰中。弟兄们分了巴棱的衣服、武器、盔甲及其他物品。在黑城堡，守夜人埋葬死者有全套礼仪，然而事急从权，况且骨灰不会变成尸鬼复活。

"他名叫巴棱，"火焰吞没人体，莫尔蒙总司令说，"勇敢而坚强，是一位不可多得的游骑兵。他从……他从哪儿来？"

"白港。"有人接口。

莫尔蒙点点头。"他从白港来到我们中间,一如既往,恪尽职守。无论路途遥远,战斗艰辛,始终全力谨遵誓言。我们将难得再见如此之人。"

"他的守望至死方休,于斯结束。"黑衣弟兄们庄严地齐声颂和。

"他的守望至死方休,于斯结束。"莫尔蒙重复。

"结束,"他的乌鸦喊,"结束。"

烟雾熏痛了山姆的眼睛,让他感到恶心。他望向火堆,仿佛看到巴棱坐了起来,双手成拳,在跟吞噬他的火焰搏斗,但那只有一瞬间,很快盘旋的烟雾就遮掩了一切。然而最糟的是那气味。若是令人不快的恶臭,或许还能忍受,偏偏被焚烧的弟兄身上散发的气味太像烤猪肉,惹得山姆唾液横流,而那只鸟又在"结束,结束"地喊个不停。这实在太可怕,于是他跑到厅堂后面,呕吐在阴沟里。

忧郁的艾迪走来时,他正跪在烂泥之中。"挖虫子吗,山姆?还是不舒服?"

"不舒服,"山姆一边虚弱地解释,一边用手背擦嘴,"那味道……"

"没想到巴棱会这么香,"艾迪的声音跟往常一样乖戾,"我差点切他一块肉。如果我们有苹果酱,我也许真的这么干。猪肉加苹果酱是美味啊。"艾迪解开裤带,拉出命根子。"你最好别死,山姆,否则我恐怕受不了。你的油会滋滋响,比巴棱响得多,我从来无法抗拒滋滋响的油。"他叹口气,黄黄的尿洒出一道弧线,冒着热气。"天亮时我们骑马出发,你听到了吗?熊老说,不管出太阳还是下雪都得走。"

不管出太阳还是下雪都得走,山姆忧虑地望向天空。"下雪?"他尖声道,"我们……骑马出发?所有人?"

"好吧,不是所有人,有些倒霉鬼得靠脚板子走路。"他抖抖身子,"戴文说我们得学会骑死马才行,就像异鬼那样,这样能节省补给,我问你,一匹死马究竟能吃多少?"艾迪重新系上裤带。"我不喜欢这个主意,一旦他们找出驾驭死马的方法,接下来就轮到人了。很可能我是头一个。'艾迪,'他们会说,'死亡再也不是躺下不动的借口,快起来吧,拿着这支矛,今晚你站岗。'嗯,我不该这么悲观,也许在他们找到法门之前我就死了。"

也许我们全都会死,死得比想象的更快,山姆一边想,一边狼狈地起身。

卡斯特得知讨厌的客人们将在次日离开,几乎立刻变得和气起来,起码比以往任何时候都和气。"是时候了,"他说,"我说过,你们不属于这儿。然而我会体面地送别你们,一场宴会,哦,一顿饭。我让老婆们烧烤你们宰杀的马,再找些啤酒和面包。"他微笑时露出棕色的烂牙。"没有比啤酒和马肉更好的东西。没法骑的,就吃掉,这才像话。"

他的妻子女儿拖出板凳和长木桌,忙于烹饪与服侍。除了吉莉,山姆几乎分不清这帮女人。有的年老,有的年轻,有的只不过是孩子,但她们多半既是卡斯特的女儿,也是他的妻子,个个看上去都有点相像。她们一边来回走动干活,一边互相低声交谈,但从不跟黑衣人说话。

卡斯特只有一把椅子。他坐在那上面,穿着无袖羊皮背心,粗壮的胳膊覆盖白毛,一只手腕戴了个扭曲的金手镯。莫尔蒙总司令坐在他右边,长凳的最前端,而弟兄们膝盖挨膝盖挤在一起;十几个人留在外面,看守小门,照料火坑。

山姆在葛兰和孤儿奥斯之间找到一个位置,肚子咕咕直叫。卡斯特的老婆们在火上转动马肉,烤肉滴下油脂,香味令他流出口水,却也让他想起巴棱。尽管自己饿得厉害,但山姆知道,哪怕咬上一口，都会呕吐出来。这些可怜的马载他们走了这么远，逃离苦海，怎能吃掉如此忠心耿耿的坐骑呢？女人们送来洋葱，他急切地抓起一个。它的一半腐烂发黑，被他用匕首切掉，将好的那半生吃下去。端上来的还有面包，但一共只有两条。当乌尔马继续讨要时，女人只摇摇头。麻烦就此开始。

"两条？"长凳上的畸足卡尔抱怨，"你们这帮女人疯了吗？我们需要更多面包！"

莫尔蒙总司令严厉地扫了他一眼："主人给什么你就拿什么，然后表示感谢。你莫非想去外面吹风啃雪吗？"

"我们很快就会去了。"畸足卡尔没因熊老的怒气而退缩，"我想吃卡斯特藏起来的东西，大人。"

卡斯特的眼睛眯成一条缝："我给你们乌鸦的够多了。我还有这帮女人需要供养。"

短刃戳起一块马肉："没错，这么说你承认秘密地窖的事了。也难怪，否则怎么过冬呢？"

"我是个敬神的人……"卡斯特解释。

"你是个吝啬鬼，"卡尔道，"骗子。"

"火腿，"旧镇的加尔斯用虔诚的语调说，"上次我们来是有猪的。我敢打赌他把火腿藏起来了。熏火腿，腌火腿，还有培根肉。"

"香肠，"短刃说，"长长的黑香肠，石头一样硬，可以储藏好几年。我敢打赌他在地窖里挂了上百根。"

"燕麦，"独臂奥罗道，"玉米，大麦。"

"玉米，"莫尔蒙的乌鸦拍翅附和，"玉米，玉米，玉米，玉米，玉米。"

"够了，"莫尔蒙总司令的声音盖过鸟儿沙哑的喊叫，"安静，统统给我安静，我不想再听到这种话。"

"苹果，"格林纳威的加尔斯道，"一桶又一桶的秋苹果，酥脆可口。外面有苹果树，我看见了。"

"干浆果。卷心菜。松仁子。"

"玉米。玉米。玉米。"

"腌羊肉。这儿有个羊圈。他储藏着许多桶羊肉，大家都知道。"

此刻，卡斯特的神情像要朝所有人啐口水。莫尔蒙总司令站了起来。"安静，我不想再听到这种话。"

"那就把面包塞进耳朵里，老家伙。"畸足卡尔推开桌子站起来，"还是你他妈的已经把该死的面包屑咽下去了？"

山姆看到熊老涨红了脸。"你忘了我是谁？坐下！吃东西，安静。这是命令。"

没人说话。没人动。所有眼睛都看着总司令和大个子畸足游骑兵，他们俩也隔着桌子互相瞪视对方。山姆觉得似乎卡尔先屈服，正准备不情不愿地坐下……

……卡斯特却手执斧子站了起来，黑铁的大钢斧是莫尔蒙作为客人送他的礼物。"不行，"他低吼，"你不能坐，说我是吝啬鬼的人不配睡我的屋檐，吃我的东西。滚出去，跛子。还有你，你，你。"他将斧子依次指向短刃和两个加尔斯。"空着肚子睡外面冰冷的雪地去，你们这些混蛋，否则……"

"该死的杂种！"山姆听见其中一个加尔斯咒道，但没看清是哪一个。

"谁叫我杂种？"卡斯特怒吼，他左手一扫，将盘子、马肉和酒杯推下桌子，右手操起斧头。

"大家都知道。"卡尔回答。

卡斯特的动作快得让山姆无法相信，他手持斧头跃过桌子。一个女人尖叫起来，奥斯和格林纳威的加尔斯拔出匕首，卡尔则跌跌撞撞向后退去，绊到躺在地上的伤员拜延爵士。卡斯特一边恶狠狠地咒骂，一边朝他扑来，不料遭殃的却是自己。短刃鬼魅般出击，抓住野人的头发，将他脑袋往后一提，匕首在咽喉划开一道长长的口子，从左耳直到右耳。然后他粗暴地一推，野人便向前扑倒，脸朝下砸在拜延爵士身上。拜延痛苦地嘶叫，而卡斯特浸泡在自己的鲜血中，斧子从指间滑落。卡斯特的两个老婆开始哀嚎，第三个在咒骂，第四个冲向"美女"唐纳，试图抠出她的眼睛。他将她击倒在地。总司令阴沉地站在卡斯特的尸体前，怒火沸腾。"诸神会诅咒我们，"他大喊，"客人在主人的厅堂里将主人谋杀，这是滔天恶行。根据宾客权利，根据世间的法则——"

"长城之外没有律法，老家伙，记得吗？"短刃抓住卡斯特一位老婆的胳膊，用带血的匕首尖抵住她下巴，"把秘密地窖的所在告诉我们，否则你的下场就跟他一样，婆娘。"

"放开她。"莫尔蒙跨前一步，"我要砍了你的头，你——"格林纳威的加尔斯挡在前面，独臂奥罗也走过来。两人手里都操着刀。"闭嘴。"奥罗警告。但总司令毫不畏惧地抓向他的匕首。奥罗只有一只手，但这只手非常快。他挣脱老人的抓握，将匕首捅进莫尔蒙的肚子，拔出时刀刃上沾满红色的鲜血。接着，一切变得疯狂起来。

良久，很久很久之后，山姆发现自己盘坐于地，莫尔蒙的脑袋靠在他膝盖上。他不记得是怎样变成这个姿势，也不记得熊老被刺后的其他事情。似乎格林纳威的加尔斯杀了旧镇的加尔斯，却不知为何缘故。姐妹堡的罗利爬上梯子，想尝尝卡斯特的老婆们的滋味，结果从阁楼上摔下来，摔断了脖子。葛兰……

葛兰朝他大喊，扇他的耳光，然后跟巨人、"忧郁的"艾迪等一起跑了。卡斯特还压在拜延爵士身上，但受伤的骑士已不再呻吟。四个黑衣人坐在长凳上吃烤马肉，奥罗则就着桌子干一个哭泣的女人。

"塔利。"熊老试图讲话,血从嘴里淌下来,流进胡子里。"塔利,去。去。"

"去哪里,大人?"他有气无力地应道。我没害怕。这是一种奇怪的感觉,"我无处可去。"

"长城。去长城。快。"

"快,"乌鸦叫道,"快。快。"鸟儿从老人的胳膊走到胸口,啄下一根胡子。

"你必须去。去告诉他们。"

"告诉他们什么,大人?"山姆礼貌地问。

"一切。先民拳峰。野人。龙晶。这里。一切。"他的呼吸很浅,声音如同耳语,"告诉我儿子。乔拉。告诉他,穿上黑衣。我的遗愿。我的临终遗愿。"

"遗愿?"乌鸦昂起头,黑色的眼珠闪闪发光。"玉米?"鸟儿问。

"我没有玉米,"莫尔蒙虚弱地说,"告诉乔拉。原谅他。我儿子。拜托你。去吧。"

"太远了,大人,"山姆道,"我根本到不了长城。"他如此疲惫,只想睡觉,狠狠地睡,永远不要醒来。而他知道,只需留在这里,过不多久,短刃、独臂奥罗或畸足卡尔就会烦他,前来杀他,从而了结他的心愿。"我宁愿留在您身边。瞧,我不害怕了。我不害怕您,或者……任何东西。"

"你应该害怕。"一个女人说。

卡斯特的三个老婆站在他面前。其中两位是形容枯槁的老妇,他不认识,但吉莉在中间,全身裹着兽皮,怀抱一捆白色和棕色的毛皮,定是她儿子的褟褓。"我们奉命不得与卡斯特的女人讲话,"山姆告诉她们,"这是总司令大人的命令。"

"他的命令到此为止。"右边的老妇说。

"最黑的乌鸦们正在地窖狼吞虎咽，"左边的老妇说，"或在阁楼上干年轻女人。但他们很快会回来，你得赶在他们回来之前离开。马儿都跑了，好在姐娅逮住两匹。"

"你说你会帮我。"吉莉提醒他。

"我说琼恩会帮你。琼恩很勇敢，是个优秀的战士，但我想他已经死了。我，我只是个胆小鬼，又胖又笨。看看我，你就明白了。况且莫尔蒙大人受了伤，你们没发现吗？我不能离开总司令大人。"

"孩子，"另一位老妇说，"那只老乌鸦已经死在你眼前。瞧。"

莫尔蒙的头仍在他膝上，但眼睛直勾勾地瞪着前方，嘴唇也不再动弹。他的乌鸦昂头嘶叫，然后看着山姆："玉米？"

"没有。他没有玉米。"山姆合上熊老的眼睛，试图说些祷词，却死活也想不出一句，"圣母慈悲。圣母慈悲。圣母慈悲。"

"你的圣母帮不了你，"左边的老妇说，"这个死去的老头也不能。拿着他的剑，穿上他暖和的毛皮大斗篷，骑上他的战马，走吧。"

"这女孩没撒谎，"右边的老妇说，"她是我女儿，我早已把她揍得不会说谎。你说你会帮她，就按芬妮说的去做，小子。带上这女孩，动作快。"

"快，"乌鸦道，"快，快，快。"

"去哪儿？"山姆疑惑地问，"我带她去哪儿？"

"去暖和的地方。"两个老妇齐声道。

吉莉在哭："求求你，救救我和孩子，求求你。我可以做你老婆，就像做卡斯特的老婆那样。求求你，乌鸦爵士，他是个男孩，妮拉算得很准，你不把他带走的话，他们会……"

"他们？"山姆道，乌鸦昂起黑色的脑袋重复，"他们。他们。他们。"

"他的哥哥，"左边的老妇说，"卡斯特的儿子们。白色寒神正在外面，乌鸦，我打骨头里感觉得到，这身可怜的老骨头从不骗人。卡斯特的儿子们就快来了。"

艾莉亚

眼睛适应了黑暗。当哈尔温将头套掀开,山洞里炫目的红光反而让她直眨巴,活像只笨猫头鹰。

泥地中央挖出一个大火坑,焰苗噼啪作响,盘旋上升,直达被烟熏黑的洞顶。墙壁半是岩石,半是泥土,巨大的白树根在其中扭曲盘绕,犹如上千条缓缓蠕动的白蛇。她看着人们从树根之间出现,从阴影中现身,为了一睹俘虏的容颜。他们从漆黑的隧道口,从四面八方的裂缝罅隙中纷纷涌出。在离火堆较远的地方,树根构成某种近似阶梯的形态,通往上方泥土中的一个空穴,其中坐着一个人,几乎埋没在杂乱的鱼梁木树根里。

柠檬揭开詹德利的头罩。"这什么地方?"他问。

"古老的地方,深邃而隐秘。一个避风港,狼和狮子都找不到。"

狼和狮子都找不到。艾莉亚不由得寒毛直竖。她记起自己最近做的梦,记起将人类的胳膊从肩上撕下时那股鲜血的味道。

火堆很大,山洞更大,难以分辨边界。其中的隧道也许只有两米深,也许长达两里。男人、女人和小孩全都警惕地注视着来客。

绿胡子说:"小松鼠啊,这就是我们的巫师哟。你的问题很快就能得到解答。"他指向火堆,七弦汤姆正站在那里跟一个瘦高男人说话,此人在破烂的粉红长袍外套了副七零八落的旧铠甲。这不可能是密尔的索罗斯。艾莉亚记得红袍僧胖乎乎的,有平滑的脸和闪亮的光头;而此人面目憔悴,满头杂乱灰发。汤姆不知说了些什么,他便朝艾莉亚看去,似乎打算走过来。但此时疯猎人将俘虏推至光亮中,人们便忘了她和詹德利。

疯猎人健壮结实,穿一身打补丁的褐色皮衣,秃顶,宽下巴,模样十分好斗。在石堂镇,当他们在鸦笼前要求他将俘虏交给闪电大王时,他那神情像要把柠檬和绿胡子撕个粉碎。猎狗围过来,边嗅边咆哮,好在七弦汤姆用音乐使它们平静,艾菊兜了一围裙的骨头和肥羊肉来到广场,柠檬则指指站在妓院窗口、引弓待发的安盖。疯猎人咒骂他们没种,但最终同意将俘虏带给贝里伯爵审判。

他们用麻绳绑住他手腕,脖子套上绳套,头顶蒙了口袋,即使如此,他仍相当危险,艾莉亚在山洞这头也感觉得到。索罗斯——假如那真是索罗斯——离开火堆,朝俘虏和押解者迎去。"你怎么抓到他的?"僧侣问。

"猎狗捕捉到气味。他在一棵柳树下醉酒睡着了,信不信随你。"

"他被同类出卖。"索罗斯转向囚犯,拉开头罩,"欢迎来到我们简陋的殿堂,猎狗,这儿不比劳勃的王座厅气派,但里面的人比较好。"

摇曳的火焰为桑铎·克里冈灼伤的脸蒙上一层橘红阴影,他看起来比平时更可怕了。猎狗扯扯手腕的绳子,一小片一小片的干涸血块掉落下来,他的嘴抽搐了一下。

"我认得你。"他对索罗斯说。

"是的。我们同时参加团体比武,你咒骂我的火焰剑,而我用它打败过你三次。"

"密尔的索罗斯。你从前剃光头。"

"以示谦卑,虽然我心中满是虚荣。况且,我在森林中丢了剃刀。"僧侣拍拍肚皮,"我瘦了许多,但收获不少。一年的野外生活消磨了皮肉,若能找到裁缝量体裁衣,相信我会再度焕发青春,赢得美貌少女们的亲吻哩。"

"瞎眼的才会！臭和尚。"

土匪们大声喝骂，索罗斯的嗓音盖过他们："就是这样。我已不是你所认识的那个虚伪牧师，光之王在我心中醒来，沉睡已久的力量开始苏醒，正邪之力于大地上聚集。圣火赐予了我许多观感。"

猎狗不为所动。"你和你的圣火见鬼去吧。"他看看周围，"臭和尚，你的伙伴们倒很奇怪。"

"这些是我的兄弟。"索罗斯简洁地说。

柠檬斗篷挤到前面。他和绿胡子是唯一身材够高、可以平视猎狗眼睛的人。"狗，别在这儿乱吠！你的性命操在我们手中。"

"先把你手上的狗屎擦掉再说。"猎狗哈哈大笑，"你们躲在这个洞里多久了？"

听他暗指他们怯懦，射手安盖怒火迸发："去问山羊，我们有没有躲起来，猎狗，去问你哥哥，问水蛭大人。我们让他们全部付出了代价。"

"就你们？别他妈说笑话。你们看上去像养猪的，不像战士！"

"我们中就有养猪的，"一个艾莉亚不认识的矮个男子说，"还有皮匠、歌手、石匠……但那是战争到来之前的事。"

"离开君临时，我们属于临冬城，属于戴瑞城，属于黑港城，属于马勒里家族和威尔德家族。我们中有骑士，有侍从，有士兵、贵族和平民，为了共同的目标而前进。"话音来自于那个坐在洞壁高处鱼梁木树根之间的人。"一百二十名壮士结伴出发，去让你哥哥接受国王的审判。"发言者沿着盘根错节的楼梯走向地面，"一百二十个勇敢正直的好汉，可惜首领却是个穿星纹披风的笨蛋。"他衣衫褴褛，黑锻星纹披风已然破烂，铁胸甲历经百战、坑坑洼洼，浓密的金红头发几乎遮住整个脸，只有左耳上方没有毛发——他的脑袋在那儿被砸凹了下去。"我们的伙伴中如今已有八十多人死去,但更多人接过了他们的武器,继承了他们的遗志。"他到达地面,土匪们移向两旁,让他通过。艾莉亚看到他少了只眼睛,眼眶周围的皮肉满是伤疤和皱褶,而脖子上有个黑圈。"大家同心协力,并肩战斗,为了劳勃,为了国家。"

"劳勃?"桑铎·克里冈用刺耳的声音怀疑地说。

"我们受艾德·史塔克的派遣,"戴生锈半盔的幸运杰克道,"但他乃是坐在铁王座上下的令,代表着国王。"

"劳勃现在是蠕虫国王,所以你们在泥土中为他召开重臣会议?"

"国王人虽死了,"衣衫褴褛的骑士承认,"但我们仍是他的人,尽管遭到你那屠夫哥哥和他手下的刽子手袭击时,我们在戏子滩丢失了王家旗帜。"他单拳触碰胸膛,"劳勃已遭谋害,但他的国家仍旧存在,我们守护着她。"

"她?"猎狗嗤之以鼻,"唐德利恩,她是你老妈,还是你婊子?"

唐德利恩?贝里·唐德利恩英俊潇洒,珊莎的朋友珍妮曾经爱上他,而任何小女生都不会爱上眼前这个人。艾莉亚仔细观察,发现对方龟裂的釉彩胸甲上那道零落的分叉紫色闪电。

"岩石、树木和河流,这就是你们的国家,"猎狗说,"岩石需要守护吗?劳勃可不这么想!不能操,不能打,不能喝的,他都觉得无聊。你们在他眼中根本一钱不值……我的好勇士们。"

山洞里掀起一阵怒火:"再这样称呼,狗,你就得吞下自己的舌头。"柠檬拔出长剑。

猎狗轻蔑地注视着利器。"拿着武器威胁被捆绑的人,不是'勇士'是什么?干吗不放开我呢?让我看看你究竟有多勇敢。"他瞥了瞥身后的疯猎人,"你呢?把所有勇气都留在了狗窝里?"

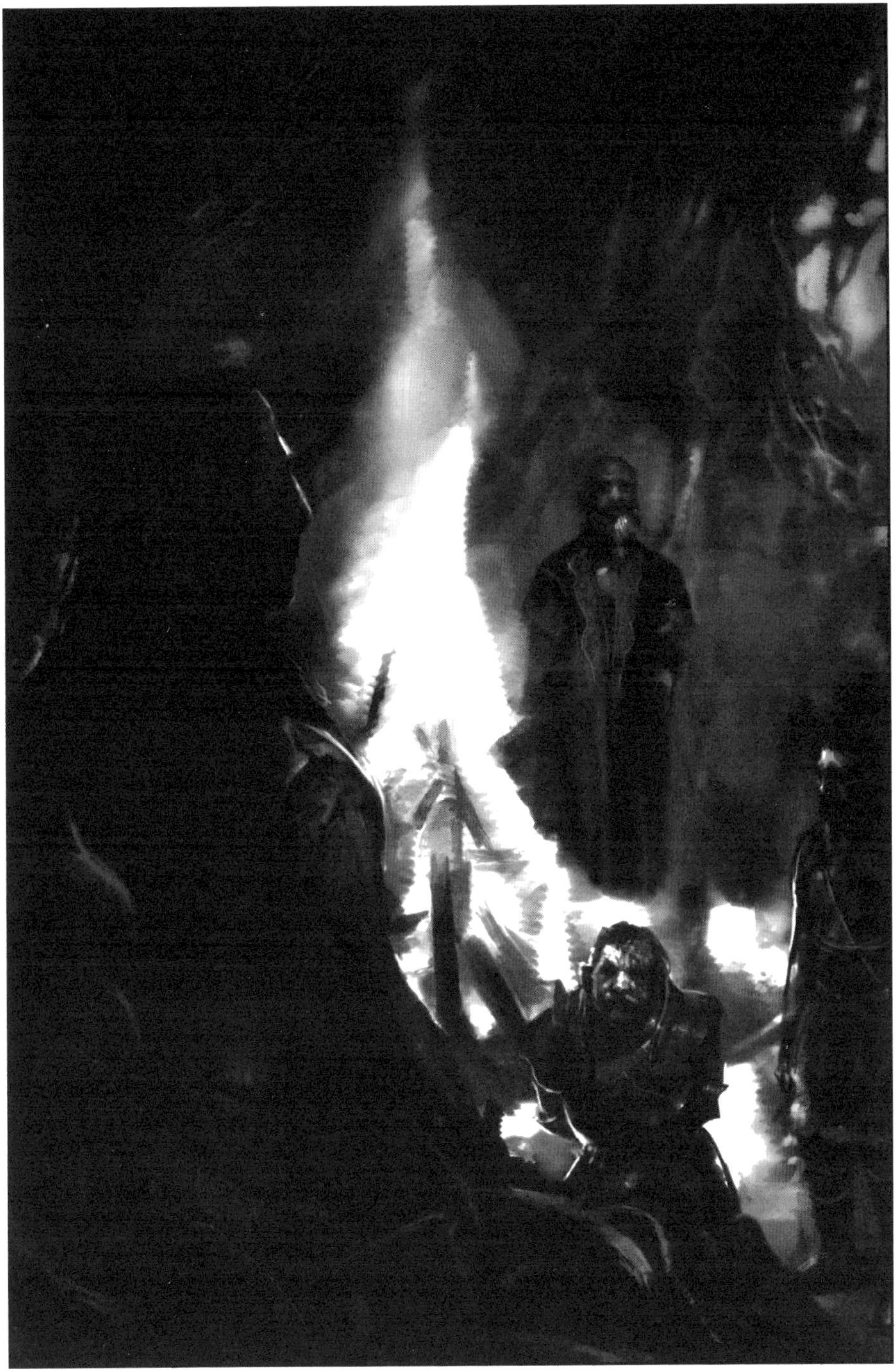

"呸！我该把你留在鸦笼里，"疯猎人抽出匕首，"亡羊补牢还不迟。"

猎狗冲他放声大笑。

"在这里，我们是兄弟，"密尔的索罗斯宣布，"神圣的兄弟，向着我们的国土，向着我们的神灵，向着我们彼此发誓，替天行道。"

"我们是无旗兄弟会。"七弦汤姆拨弄一下琴弦，"空山的骑士。"

"骑士？"克里冈对这个词报以冷笑，"唐德利恩是骑士，你们其余人不过是群可怜的土匪和残人。我拉的屎都比你们强。"

"任何骑士都可以册封骑士，"衣衫褴褛的贝里·唐德利恩说，"你在这儿见到的每个人，都曾有长剑搭在肩头。我们是被遗忘的伙伴。"

"放我走，我也会遗忘你们，"克里冈嘶哑地道，"如果打算谋杀我，就快快动手。你们取走了我的剑、我的马和我的钱，我只剩一条命，来拿吧……但有一点，别跟我嘀嘀咕咕、假装虔诚！"

"你很快就会死，狗，"索罗斯保证，"但那不是谋杀，而是正义的审判。"

"没错，"疯猎人说，"相对于你们犯下的罪行，命运的安排算是仁慈了。你们自称狮子，却在谢尔村和戏子滩强暴六七岁的女孩，把仍在母亲怀里吃奶的婴儿砍成两截。真狮子都不会如此残忍。"

"我没到过谢尔村，也没到过戏子滩，"猎狗告诉他，"把你的死婴放到别人家门口去。"

索罗斯回答："你们克里冈家族难道不是构筑于死婴之上的吗？我亲眼目睹他们将伊耿王子和雷妮丝公主的尸体陈放在铁王座前。你的纹章该是两个染血婴儿，而不是那些丑陋的狗。"

猎狗的嘴抽搐了一下："你以为我跟我哥一样？生于克里冈家就是罪名？"

"谋杀是罪名。"

"我谋杀了谁？"

"罗沙·马勒里男爵和葛拉登·威尔德爵士。"哈尔温说。

"我的弟弟黎斯特和莱诺克。"幸运杰克宣称。

"好人贝克和磨坊主的儿子墨吉，他们来自唐纳林。"一名老妇在阴影中喊。

"梅里曼热情而慈爱的遗孀。"绿胡子补充。

"烂泥塘的修士们。"

"安德雷·查尔顿爵士和他的侍从卢卡斯·鲁特。散石场与矛斯屯的男女老少。"

"富有的戴丁斯男爵夫妇。"

七弦汤姆逐个计点，"临冬城的埃林，'快弓'乔斯，小马特及其妹妹兰达，安佛·利恩。奥蒙德爵士。杜德利爵士。莫里的佩特，长枪林的佩特，老佩特，谢莫林的佩特。盲眼屠夫韦尔。玛丽太太。放荡的玛丽。面包师贝卡。雷蒙·戴瑞爵士，戴瑞伯爵，小戴瑞伯爵。布莱肯家的私生子。造箭的威尔。哈斯利。诺拉太太——"

"停！"猎狗的脸因愤怒而紧绷，"尽讲些废话。这帮人我一个都不认识，他们是谁？"

"人，"贝里说，"伟人和凡人，好人与坏人，年轻人和老人，统统死在兰尼斯特的枪剑之下。"

"又不是我的枪剑。妈的，谁说是我做的？完全是撒谎！"

"你为凯岩城的兰尼斯特家效力。"索罗斯道。

"不错，曾经是这样。我跟千万人一起为他家效力，难道我们每个都要因不知道的罪行而被判刑吗？"克里冈啐了一口，"也许你们真是骑士。你们像骑士一样撒谎,像骑士一样草菅人命。"

柠檬和幸运杰克大吼大叫,但唐德利恩举手示意安静。"什么意思?克里冈。"

"什么意思?呸,骑士,一张皮、一把剑、一匹马。除此之外还有誓言、圣油和女人的信物,喏,就是剑上系的缎带。也许系缎带的剑比较漂亮,但它的功用没变,一样是杀人!呸,去你妈的缎带,把你妈的剑插屁眼里吧。我跟你们之间唯一的区别在于,我不替自己撒谎。快快杀了我,但别在称我为杀人犯的同时,却说自己拉的屎不臭。你听明白了吗?"

艾莉亚从绿胡子身边挤过,快得让对方根本没反应。"你是个杀人犯!"她尖叫,"你杀了米凯,别否认!你杀了他!"

猎狗瞪着她,根本没认出来:"这米凯是谁啊,小子?"

"我不是小子!但米凯是。他是个屠夫小弟,你杀了他!乔里说你几乎将他劈成两半,他可从来没有握过真剑。"她感到人们全看着自己,那些自称为空山骑士的男女老少。"这谁啊?"有人问。

回答的是猎狗。"七层地狱!是那个妹妹,把小乔那柄漂亮剑扔进河里的小丫头。"他爆发出一阵大笑,"大家都以为你死定了。"

"才怪,死定了的是你!"她回敬他。

哈尔温拉住她胳膊,将她拖回来,贝里伯爵说:"这女孩指认你为杀人犯,你否认杀害屠夫小弟米凯吗?"

大个子耸耸肩:"我是乔佛里的贴身护卫,而那小子攻击王太子。"

"撒谎!"艾莉亚在哈尔温的抓握中挣扎,"是我!是我打了乔佛里,并将'狮牙'扔进河里。米凯什么也没做,只照我吩咐的逃跑而已。"

"你有没有看见那男孩攻击乔佛里王子？"贝里•唐德利恩伯爵问猎狗。

"王子殿下亲口向我转述，而我没资格质疑王族。"克里冈指向艾莉亚，"这家伙的亲姐姐在你们亲爱的劳勃面前也是这么说。"

"珊莎也在撒谎，"艾莉亚再度因姐姐而暴怒，"不是她说的那样。不是！"

索罗斯把贝里伯爵拉到一旁。艾莉亚怒不可遏的同时，两人则低声讨论。他们会杀了他。我成百次、上千次地祈祷他死！

贝里•唐德利恩转身面对猎狗："你被控谋杀，但这儿没人知道指控的真假，因此我们无法裁定，只有光之王可以做主。我宣布，你要接受比武审判。"

猎狗怀疑地皱起眉头，仿佛不相信自己的耳朵："你傻了还是疯了？"

"都不是。我是个公正的领主。若能用剑证明清白，你就可以自由离开。"

"不。"艾莉亚抢在哈尔温捂上她嘴之前高喊。不，他们不可以，他会自由的！猎狗是个可怕而致命的武士，人人都清楚。他会放声嘲笑他们，她心想。

果然，一阵刺耳的笑声在洞壁间回荡，充满了轻蔑。"那么，由谁来呢？"他看看柠檬斗篷，"穿尿黄斗篷的勇士？不敢？你呢，猎人？你踢过狗，试试我怎么样？"他望向绿胡子。"你个儿大，泰洛西人，你站出来。或者你们打算让那小女生亲自跟我打？"他哈哈大笑，"来吧，不要命的就过来吧！"

"你的对手是我。"贝里•唐德利恩伯爵道。

艾莉亚记起了所有传说。他是不死之身，她抱着一线希望心想。疯猎人割断绑住桑铎•克里冈双手的绳索。"我需要长剑和盔甲。"猎狗揉搓着被磨破的手腕。

"你的长剑我们会归还,"贝里伯爵宣布,"但你的清白就是你的盔甲。"

克里冈的嘴抽搐了一下:"我的清白对你的胸甲,是这样吗?"

"艾德,帮我卸下胸甲。"

贝里伯爵喊出她父亲的名字时,艾莉亚不禁浑身颤抖,但这艾德不过是个小男孩,十一二岁的金发侍从。他快步走来,解开搭扣,松下边疆地领主那件伤痕累累的铁甲。下面的衬里已因岁月和汗水而腐烂,铠甲除去之后便纷纷掉落。詹德利倒抽一口冷气:"圣母慈悲。"

闪电大王肋骨的轮廓在皮肤下清晰地突显。在他胸口,紧挨左乳上方,有个坑洼的瘢痕,他转身招呼拿武器,艾莉亚看到他后背上也有一个对应的伤疤。长枪刺穿过他的身体。猎狗也看到了伤疤。他怕了吗?艾莉亚要他在死前感到恐惧,像米凯那样,米凯一定很害怕。

艾德替贝里伯爵拿来剑带和一件黑色长外套。这件外套本该罩在铠甲外的,因此穿着松松垮垮。外套上有一道代表唐德利恩家族的紫色分叉闪电。他拔剑出鞘,将腰带交还给侍从。

索罗斯拿来猎狗的剑带。"狗有没有荣誉?"僧侣问,"为防止你背信弃义,持械逃跑,或者抓孩子当人质……安盖,德内,凯勒,一旦发现他作怪立刻动手。"等三名射手搭箭拉弓,索罗斯才把剑带递给克里冈。

猎狗抽剑而出,扔开剑鞘。疯猎人将他的橡木盾交给他,盾牌镶满铁钉,漆成黄色,饰有克里冈家族的三黑狗纹章。那个叫艾德的男孩则为贝里伯爵取来盾牌,他的盾牌已被砍得不成样子,紫色闪电和点点群星几乎全部磨灭。

猎狗朝对手走去，密尔的索罗斯将他拦住。"我们先祈祷，"他转身面向火堆，举起双臂，"光之王，眷顾我等。"

整个山洞，无旗兄弟会的成员齐声应和："光之王，守护我等。"

"光之王，黑暗蒙昧中指引我等。"

"光之王，闪亮的脸庞照耀我等。"

"为我们燃起圣焰，拉赫洛，"红袍僧道，"为我们揭示此人诚实抑或虚伪。倘若他有罪，便将他击倒；倘若他真诚，便予他力量。光之王，请将您的智慧赐给我们。"

"因为长夜黑暗，处处险恶！"哈尔温、安盖及其他人一起高声诵唱。

"这山洞很黑暗，"猎狗说，"而我最为险恶。希望你们的神比较仁慈，唐德利恩，你很快就会见到他了。"

贝里伯爵严肃地将长剑剑刃抵在左手掌心，缓缓划了一道。暗红的血从伤口涌出，顺着铁剑流淌。

接着，剑开始燃烧。

艾莉亚听见詹德利发出一声祷告。

"下七层地狱去，妈的，烧死你！"猎狗诅咒，"还有你，索罗斯！"他瞪了红袍僧一眼，"等我对付完他，跟着轮到你，密尔混蛋。"

"你说的每个字都表明自己有罪，狗。"索罗斯回答，而柠檬、绿胡子和幸运杰克则大声威胁咒骂。贝里伯爵默默地等待，静如止水，盾牌绑在左臂，剑在右手燃烧。杀了他，艾莉亚心想，求求你，杀了他！光源在后，他的脸庞犹如戴上了死人的面具，缺失的眼睛是个恐怖的红色伤口。长剑自尖端燃到护手，但唐德利恩似乎感觉不到热量。他一动不动地站立，仿佛是座石雕。

当猎狗冲来时，他的动作却很快。

火剑自下而上迎住冰冷的铁剑，拖出的长长彩晕正如猎狗所说的缎带。钢铁相交，声音铿锵。第一招刚被架住，克里冈立刻挥出第二下，这回被贝里伯爵的盾牌阻挡。猛力之下，木屑飞散。他的攻击狂暴而迅猛，忽上忽下，忽左忽右，然而都被唐德利恩一一挡住。火焰在剑上纷乱跳跃，红黄的影子标示出移动的轨迹，而闪电大王的每个动作都令它们更加明亮，他仿佛站立在火笼之中。"那是野火吗？"艾莉亚问詹德利。

"不。这不一样。这是……"

"……魔法？"她替他说完。此时猎狗开始后退，贝里伯爵转守为攻，空中满是火线，迫使大个子步步为营。克里冈用盾牌挡住一记下斩，纹章中的一条狗顿时没了脑袋。他顺势反击，却被唐德利恩架住，并反手猛劈。土匪弟兄们高声为首领欢呼。"他输定了！"艾莉亚听见人喊，还有"砍他！砍他！砍他！"的叫嚷。猎狗避开针对头部的致命攻击，扑面而来的热度却令他露出痛苦之色。他咕哝着，咒骂着，蹒跚着。

贝里伯爵不给对方喘息之机。他逼紧大个子，手臂毫不停息。两把剑撞击，弹开，撞击，弹开，碎屑自闪电盾牌上飞散，火焰则一而再、再而三地亲吻着狗纹。猎狗移向右侧，但唐德利恩迅速横跨一步加以阻挡，将他逼向另一边……逼向燃烧着阴沉红焰的火坑。克里冈向后退却，直到感觉身后的热量。他迅速一瞥，以图明白状况，而这动作几乎让他丢了脑袋。贝里伯爵趁机发动新一轮攻势。

桑铎·克里冈再次奋力向前，艾莉亚可以看见他眼中的疯狂。他进三步，退两步，然后左跨一步，却被贝里伯爵识破。他再进两步，退一步……铁剑铛，铛，两面橡木巨盾承受着一次又一次的猛击。猎狗的长直黑发紧贴额头，闪着汗光。汗里有酒，艾莉亚心想，他是喝醉之后被捕的。她觉察到他眼底逐渐升起的恐惧。随着贝里伯爵的火焰剑回旋劈砍,她欣喜地告诉自己:猎狗快输了。又一轮猛烈进攻,闪电大王将猎狗逼回原来的位置,迫使克里冈跟跟跄跄地撞到火坑边。是的,是的,他快死了!她踮起脚尖,以便看得更真切。

"操你妈的混蛋!"猎狗嘶喊。火苗舔到大腿后侧,他拼命向前冲锋,将沉甸甸的剑舞得愈来愈猛,试图以蛮力击倒较矮小的对手,打断对方的剑、盾或手臂。但唐德利恩格挡时产生的火焰卷向他眼睛,迫使他又慌忙后退,发力间腿一软,单膝跪倒在地。贝里伯爵立即扑上前,火焰剑呼啸着劈砍,在空中划出一道火轮。克里冈气喘吁吁地将盾牌举过头顶,山洞里回荡着橡木碎裂的巨大声响。

"他的盾牌着火了。"詹德利低声说。艾莉亚也看到了:火焰在斑驳脱落的黄色漆面上扩散,吞噬了那三条黑狗。

桑铎•克里冈奋力起身,发动孤注一掷的反击。但贝里伯爵还没还手,猎狗就意识到火焰原来是在自己盾牌上燃烧翻滚,如此靠近自己的脸。他憎恶地大喝一声,疯狂地敲向已然碎裂的橡木盾牌,将其彻底毁坏。盾牌分裂,其中一块烧着飞旋出去,另一块仍顽固地附在他前臂上。他奋力挣扎,反而助长火势,袖子着了火,整条左臂都燃起来。"杀了他!"绿胡子催促贝里伯爵,其他人则喝诵:"有罪!"艾莉亚跟着他们高呼:"有罪,有罪,杀了他,他有罪!"

贝里伯爵的动作如夏日丝绸一般平滑流畅,他迅速靠近,准备将对手终结。猎狗发出一声刺耳的嘶喊,双手举剑,使尽全身力气猛劈而下。贝里伯爵轻易挡住……

"不不不不不不!"艾莉亚尖呼。

……但燃烧的兵器不堪重负,断成两截,猎狗那柄冰冷的铁剑顺势埋入贝里伯爵的血肉之中,正砍在肩膀和脖子的交界处,直劈到胸骨。暗红的热血一下子涌出来。

桑铎·克里冈身上仍在燃烧。他跌跌撞撞地向后退去，把残存的盾牌掰下来，咒骂着扔开，然后在泥地中打滚，以图熄灭手臂上蔓延的火焰。

贝里伯爵双膝缓缓跪下，仿佛是做祈祷。他张开嘴，却只有鲜血涌出。当他迎面扑倒在地时，猎狗的剑仍卡在身上。泥土吸收了血液。空山里毫无声息，唯有火焰轻轻的噼啪以及试图起立的猎狗发出的呜咽。艾莉亚想到米凯和自己蠢笨的祷词，她日夜祈祷猎狗的死。如果世间真有神灵存在，为何贝里伯爵不能获胜？她知道，猎狗是有罪的。

"行行好，"桑铎·克里冈抱着手臂嘶哑地说，"我烧伤了，帮帮我，谁来帮帮我。"他在哭，"行行好。"

艾莉亚惊讶地看着他。他哭得像个小婴儿，她心想。

"梅利，处理一下他的烧伤，"索罗斯吩咐，"柠檬，杰克，帮我照料贝里伯爵。艾德，你最好也过来。"红袍僧把猎狗的剑从伯爵尸体上拔出，将剑尖埋入渗满鲜血的泥地。柠檬的大手伸到唐德利恩的胳膊下，"幸运"杰克则搬起他的脚。他们抬他绕过火坑，深入黑暗的隧道。索罗斯和那个叫艾德的男孩跟在后面。

疯猎人啐了一口："我说还是将他带回石堂镇，关进鸦笼。"

"对，"艾莉亚说，"他杀了米凯。真的！"

"好个愤怒的小松鼠。"绿胡子咕哝。

哈尔温叹口气："拉赫洛刚宣判他无罪。"

"谁是'鲁——哈——洛'？"这名字她连说都说不清楚。

"光之王。索罗斯教导我们——"

她不在乎索罗斯教导他们什么。她从绿胡子的刀鞘里拔出匕首，在对方反应过来之前拔腿就跑。詹德利伸手拦她，但她总是比詹德利快。

七弦汤姆和几位妇女正把猎狗扶起。她看见他的胳膊，震惊得无法言语。盾牌皮带缠绕的地方是一道粉红，但周围自肘部到手腕，肌肉全部裂开，红彤彤的渗着血。他对上她的目光，嘴角抽搐了一下："你这么想我死？那就来吧，小狼女，一刀刺下来，比火干净利落得多。"克里冈试图站立，但稍微动作，一块焦肉便自手臂脱落，他双膝一软，又倒下去。汤姆抓住他完好的右手臂，支撑着他。

他的手，艾莉亚心想，就像他的脸。但他是猎狗，活该在地狱中焚烧。匕首沉甸甸的，她抓得更紧。"你杀了米凯，"她再次重复，要他承认，"告诉他们。你杀了米凯。你杀了米凯！"

"是的，"他整个脸都扭曲，"我骑马将他劈成两截，之后哈哈大笑。我还看他们狠揍你姐姐，看他们砍了你父亲的头。"

柠檬抓住她手腕一拧，将匕首夺走。她踢他，但他不肯交还武器。"下地狱去，猎狗，"没了家伙，她只能朝桑铎•克里冈无助地愤怒叫喊，"下地狱去！"

"他已经去过了。"一个跟耳语差不多的声音说。

艾莉亚转身，贝里•唐德利恩伯爵正站在后面，用染血的手抓着索罗斯的肩膀。

凯特琳

就让冬境之王沉睡在地下的黑暗墓窖,凯特琳心想,徒利家的人源于河流,生死冥灭,终归大江。

他们把霍斯特公爵放进一只细长木船中,领主全身武装,穿着闪亮银甲,蓝红条纹披风在身下展开,外套也是蓝红波纹。头颅旁边,人们为他放上一顶装饰着青铜与白银鳟鱼的巨盔,又让他的手指在胸前紧握住一柄彩釉木长剑。钢铁拳套隐藏了萎缩的双手,令它们看起来又重复强健。他左手边放着他惯用的那面橡木钢铁巨盾,右手边则是猎号。船只的其他空间堆满浮木、干柴和羊皮纸,以及用来压舱的石头。旗帜高高飘扬在船头,纹饰着腾跃的银色鳟鱼。

七人护送送葬船,代表七神的祝福。七人包括罗柏——霍斯特公爵的封君、布雷肯伯爵、布莱伍德伯爵、凡斯伯爵、梅利斯特伯爵、马柯•派柏爵士和……"跛子"罗索•佛雷,此人带着大家等待以久的孪河城方面的答复赶来。瓦德侯爵最大的私生子瓦德•河文率四十名士兵作为他的护卫,这名灰发老人形容严峻,素以武艺高强著称。他们刚巧在霍斯特公爵去世之时抵达,让艾德慕非常愤怒。"我要把瓦德•佛雷五马分尸!"他叫嚣,"他居然派残废和杂种来侮辱我们!"

"毫无疑问,瓦德大人确是有意为之,"凯特琳答道,"他顽固而小气,睚眦必报,一直没有忘记父亲叫他'迟到的'佛雷侯爵。我们得得容忍他的坏脾气、嫉妒心和傲慢无礼。"

谢天谢地,儿子比弟弟更懂处世之道。罗柏礼貌周到地招待佛雷一行，到军营里为对方士兵安排住所，并悄悄指示戴斯蒙·格瑞尔爵士将送葬的荣誉位置让给罗索。我的孩子，你终归学会了一点超乎年龄的智慧。佛雷家族背叛了北境之王的事业，但无论如何，河渡口领主仍是奔流城旗下最强大的诸侯，而罗索是他们派来的代表。

七人默默将霍斯特公爵的送葬船抬下临水阶梯，涉入浅水，同时绞盘将前方的铁闸门缓缓升起。罗索·佛雷生得肥胖臃肿，将船推入水中时，已然气喘吁吁。杰森·梅利斯特和泰陀斯·布莱伍德两人一左一右守住船头，站在齐胸深的水中，引领船只前进。

凯特琳站在砂岩城垛上观望，等待，一如从前万千次地等待。城墙下，迅捷汹涌的腾石河如一柄锋利的长矛，刺入宽广的红叉河中，淡蓝的急流与浑浊的红褐河水相互冲击融汇。晨雾扩散在江面上，轻若蛛网，淡如回忆。

布兰和瑞肯就在那边等您呢，父亲，凯特琳伤感地想，正如我一直都在等你。

细长木船漂过拱形的红石水门，乘上腾石河的急流，逐渐加速，直往喧嚣的河流交汇处。当它在城堡的高墙之外重新出现时，横帆已注满了风，父亲的头盔上闪烁着阳光。船行稳健，将霍斯特·徒利公爵安详地带往河中央，迎向初升的太阳。

"快。"叔叔劝促。旁边的艾德慕弟弟——如今已是奔流城公爵，但何时才能长大？何时才能承担重担？——赶紧搭箭上弓，他的侍从用烙铁将箭点燃。艾德慕等待半晌，举起巨弓，将箭拉到耳畔，"嗖"的一声，释放出去。随着深沉的响动，飞箭腾空而去，带走了凯特琳的目光和心灵，最后却轻轻落在船尾，离目标相去甚远。

艾德慕轻声咒骂，"该死的风，"他搭起第二支箭，"再来。"烙铁点燃箭头包的油布，焰苗摇曳，弟弟举弓，拉弦，再度释放。这次飞得又高又远，太远了，竟在船头之前十余码处入水，火焰顿时熄灭。艾德慕脖子上爬起一圈红晕，跟胡须一般颜色。"再来。"他命令，一边从箭筒里取出第三支箭。他太紧张，绷得跟弓弦似的，凯特琳心想。

布林登爵士也察觉到了。"让我来，大人。"他请求。

"我能行。"艾德慕坚持。他再度点燃箭头，举起弓来，深吸一口气，拉满了弦。这次他瞄了许久，待火焰烧光箭头，爬上箭杆，发出噼里啪啦的声响，才终于发射。箭支风一般地爬升，爬升，然后弧形下降，下降，下降……稍稍略过摇晃的船只。

差了一点，不到一掌宽，但确实没射中。"该死！"弟弟大声诅咒。船只已快驶到射程之外，在河雾中忽隐忽现。艾德慕无言地将弓交给叔叔。

"是。"布林登爵士道。他搭起箭，坚定地放到烙铁上，凯特琳还未确定箭头是否点燃，他便举弓迅速射了出去……飞箭临空，她看见火焰划出轨迹，犹如一面淡橙色的三角旗。前方的船只已然消失在迷离中，坠落的羽箭也随即无踪……但一个心跳之后，骤起犹如希望，红花猛烈绽放。燃烧的风帆将雾气染成粉色和橙色，凯特琳看见船只的轮廓，在飞扬的火舞中挣扎萎缩。

你有没有等我啊，小凯特？父亲轻轻地说。

凯特琳不由自主地伸手想挽弟弟，艾德慕却已走开，一个人默默地站在城堡最高处。挽住她的是叔叔布林登，用他那刚劲的手指。他们并肩而立，看着火焰逐渐熄灭，燃烧的船只不复得见，彻底消失……

……或许还在继续漂流，或许已经破裂沉没。总而言之，霍斯特公爵的盔甲将把他的身躯带进河底软泥中安息，在水下宫殿里，徒利家族的成员永恒欢聚，而形形色色的鱼类是他们的臣民。

这时，艾德慕急匆匆离开。凯特琳多么想拥抱他，多么想和弟弟坐在一起，竟日恳谈死者和哀悼，但她明白时候不对：弟弟如今已是奔流城公爵，无数骑士诸侯将要对他致以悼念，约誓忠诚，怎有时间来陪伴伤心的姐姐呢？艾德慕静静地听着人们的语言，一句话也没有说。

"偶尔失手不值得羞愧，"叔叔轻声告诉她，"艾德慕应该明白，就连我父亲大人离去时，霍斯特也没射中。"

"父亲只射失了第一箭，"凯特林当时还太小，没有记忆，但霍斯特公爵常提这件陈年旧事，"第二箭正中风帆。"她叹口气。艾德慕并没外表显示的那么坚强，尽管父亲早已垂危弥留，但他仍难以接受此刻的现实。

昨晚，醉酒以后，他整个人精神崩溃，痛哭失声，懊悔自己没做的事和没说的话。他泪眼朦胧地告诉她，不该去渡口迎战兰尼斯特，而要一直守在父亲床边。"我该和你一样，我该陪着他，"他哭诉，"他最后提到我没有？告诉我实话，凯特，他问过我吗？"

霍斯特公爵临死时只说了一句"艾菊"，但凯特琳不忍将事实告诉弟弟。"他轻声念着你的名字，然后故去。"她撒谎道，弟弟感激地点点头，吻了她的手。若他不是沉溺在悲痛和罪恶感中，一定会射中的，她勉强告诉自己，除此之外不愿多想。

黑鱼伴他走下城垛，来到罗柏与诸侯们聚集的地方，年轻的王后正在国王身边。儿子看见她，沉默地执起她的手。

"霍斯特公爵跟王者一样高贵，"简妮低声道，"我有机会陪伴他就好了。"

"我也是。"罗柏赞同。

"这同样是他的心愿，"凯特琳说，"可惜临冬城和奔流城之间相隔万里。"是啊，鹰巢城和奔流城之间也隔着无数山脉、河流和军队，可惜莱莎至今没有只言片语传来。

君临方面也没反应。按时间计算，布蕾妮和克里奥爵士应已押送俘虏到了都城，或许布蕾妮此刻正带着她的女儿们返回呢。可……克里奥爵士发誓一旦小恶魔遵守诺言，释放珊莎，就放乌鸦回来通报，他发过誓！不，乌鸦不一定能顺利穿越，或许被土匪射了下来，烤熟后当晚餐；或许那封她心之关切的信此刻正躺在营火的灰烬中，和鸦骨为伴。

诸侯们依次上前，向罗柏致以慰问，凯特琳耐心地站在一旁。杰森•梅利斯特伯爵、大琼恩、罗佛•斯派瑟爵士……随后是罗索•佛雷。她赶紧拉扯儿子的衣袖，于是罗柏全神贯注地倾听对方的话。

"陛下，"肥胖的罗索•佛雷现年三十多岁，一对眼睛挨得很近，尖胡子，黑卷发披到肩上，由于天生一条腿扭曲残疾，故得名"跛子罗索"。成年以来，他已为父亲当了十余年的总管，"在此举国哀悼之际，我极不愿打扰您的思绪。或许……可否安排今晚接见？"

"这提议很好，"罗柏道，"我们彼此不该有嫌隙。"

"这也是我的心愿。"简妮王后说。

罗索•佛雷微笑道："两位陛下，我和我父亲大人都很明白你们的心情。父亲特意托我转告你们，他也曾年轻过，也曾迷醉于少女的美丽。"

凯特琳非常怀疑瓦德侯爵会说出这种话。迷醉于少女的美丽？河渡口领主娶过七次老婆，现今已是第八个，他从来把女人当成能暖床和生孩子的动物。但不管怎么说，对方言语极其得体，她或罗柏都无法挑剔。"你父亲实在太宽容，"国王道，"我期待着与你的会谈。"

罗索鞠了一躬，并吻了王后的手之后退下，接着又有十来人上前致意。罗柏一一作答，根据情况，或表示感谢，或微笑鼓励。等人们散尽，他转向凯特琳："有些事我们得谈谈，你能和我走一段吗？"

"遵命，陛下。"

"这不是命令，母亲。"

"好吧，我很乐意。"回到奔流城之后，儿子待她比从前亲切，但从未与她独处。他渴望陪伴年轻的王后，我不能为此责备他。简妮给予他欢笑，而从我这儿，他只能得到悲伤。他似乎也很喜欢妻子的兄弟们，年轻的洛拉姆当上他的侍从，雷纳德爵士则是他的掌旗官。他用他俩代替失去的兄弟，凯特琳看着儿子，静静地想。洛拉姆仿如布兰重生，雷纳德则是席恩和琼恩•雪诺的交集。只有和维斯特林家人在一起时，罗柏才会欢笑，才会重新变成从前那个孩子。而在别人面前，他永远是北境之王，默默地承担着严酷王冠的重量。

国王温柔地吻了王后，承诺稍候来卧室找她，随即和母亲一起朝神木林走去。他漫步了一会儿，方才开口："罗索似乎是个讲理的人，好兆头，诸神在上，我们真的需要佛雷家族。"

"不可低估谈判的困难。"

儿子点点头，他阴沉的表情和塌斜的肩膀让母亲心都碎了。王冠把他给压垮了，凯特琳想，他一心只想当个好国王，任何时候都要勇敢、机智、重视荣誉，但对于一个孩子而言，这一切实在太过分。罗柏做了能做的一切，打击却接踵而来，一次比一次无情。前阵子，传来暮谷城交战的消息，当他得知蓝道•塔利大败罗贝特•葛洛佛和赫曼•陶哈爵士时，几乎大发雷霆。他很快控制住自己，带着麻木和不信任的情绪将信件又读过一遍。"暮谷城？狭海边的暮谷城？他们到那里去做什么？"国王迷惑地摇头，"我们三分之一的步兵就葬送在这个暮谷城？"

"铁民占领了我的城堡，兰尼斯特俘虏了我的兄弟。"盖伯特•葛洛佛低沉而绝望地说。据报，罗贝特•葛洛佛率军撤退，却在国王大道上遇伏被俘。

"请你安心，"她的儿子保证，"我将提出用马丁·兰尼斯特交换你的兄弟。为弟弟考虑，泰温公爵想必不会拒绝。"马丁乃凯冯爵士之子，与被卡史塔克大人杀害的威廉是孪生兄弟。凯特琳知道，那场谋杀至今困扰着儿子，他将马丁身边的守卫增加了三倍，仍然无法安心。

"我真该听你的劝告，用弑君者交换珊莎，"他们走在长廊里，罗柏道，"这样就可安排妹妹和百花骑士或维拉斯·提利尔成亲，与高庭结盟。我真的……当时真的没想到。"

"当时你必须考虑打仗的事，那是你的责任。再优秀的国王也不可能面面俱到。"

"打仗，"罗柏一边呢喃，一边领母亲进入树林，"我每仗必胜，却赢不了这场战争。"他仰天长叹，好似空中书写着答案。"铁民们占领了临冬城和卡林湾，父亲、布兰、瑞肯，或许还有艾莉亚，都已不在人世。而今连你父亲也死了。"

她不能让他消沉下去，她自己已然尝够了消沉的滋味。"我父亲早就是个垂死之人，这和你没有关系。罗柏，你的确有过失误，但王者孰能无过？我相信，奈德若是天上有知，定会为你骄傲。"

"母亲，有件事我必须跟你说。"

凯特琳的心顿时一紧。他有什么不敢跟我说？他有什么不能跟我说？一定是关于布蕾妮的使命！"弑君者出事了？"

"不，出事的是珊莎。"

她死了……凯特琳心底油然升起一股无边的绝望，布蕾妮失败了，詹姆死了，瑟曦报复心切，杀了我心爱的女儿。她什么也说不出口："她……她也走了么，罗柏？"

"走了？"儿子似乎很惊讶，"你的意思是，她死了？噢，妈妈，不对，不是这样的，他们没伤害她，只不过，只是……昨晚来了一只信鸦，在你父亲安息之前，上面的消息我不敢跟你讲。"罗柏执起她的双手,"他们把妹妹嫁给了提利昂·兰尼斯特。"

凯特琳的指头猛然握拢:"嫁给小恶魔?"

"对。"

"可他发誓要用珊莎来交换他哥哥,"她麻木地道,"若找到艾莉亚,也一并交还。为了他珍爱的詹姆,他在满朝文武面前发誓,诸神与世人均能作证,而今怎能做出这种事?"

"他是弑君者的弟弟,天生便是背信弃义的种。"罗柏的指头扫过剑柄,"我要砍下他丑陋的头颅,如此一来,珊莎虽成了寡妇,却也能得到自由,别无他法。他们……他们让她在修士面前发下婚誓,披上兰尼斯特家的绯红斗篷。"

凯特琳清楚地记得她在十字路口的旅馆捉住的那位畸形侏儒,记得一路前往鹰巢城的艰险:"我早该让莱莎将他推出月门。我可怜的好珊莎……怎会有人如此对她!"

"他们是为了临冬城,"罗柏回答,"布兰和瑞肯死后,珊莎就是我的继承人。万一我有不测……"

她猛地箍住他的手:"你不会有事的,不会的!……否则我真受不了。他们带走了奈德,带走了你可爱的弟弟们。珊莎结婚,艾莉亚下落不明,父亲死去……而今我只有你,罗柏,你要有什么事,我会发疯的!你是北境唯一的血脉啊!"

"我还没死呢,母亲。"

听罢儿子的安慰,凯特琳心里却无比恐慌。"仗,不是非打到流干最后一滴血的,"她觉察到自己语调里充满绝望,"国王屈膝臣服,早有先例,甚至史塔克家的人也这么做过。"

儿子嘴巴一抿:"不,我决不会。"

"这没什么可耻。你知道,当叛乱失败后,巴隆·葛雷乔伊向劳勃称臣;眼见无法获胜,托伦·史塔克也对征服者伊耿屈膝。"

"伊耿没有谋杀托伦王的父亲,"他将手抽离,"我和他们不同，我说了，我决不会屈服。"

他又成了那个倔犟的孩子，不再扮演国王的角色。"听着，兰尼斯特家对北境没有野心，他们想得到的是臣服和人质……眼下小恶魔占有了珊莎，所以人质我们已然给过，需要做的只是降服。我告诉你，铁民不好对付，他们若想保住北境，唯一的机会就是将史塔克家的血脉彻底断绝。席恩杀了布兰和瑞肯，如今葛雷乔伊家族的目标是你……和简妮。你以为巴隆大王会容许她为你产下后嗣么？"

罗柏面色阴冷："你就为这个放了弑君者？为讨好兰尼斯特？"

"我是为了珊莎和……艾莉亚的性命才放詹姆，你明明知道。可是，如果这样可以换来和平，又何乐而不为呢？"

"当然不行，"国王道，"兰尼斯特家谋害了我父亲。"

"你以为我忘了你父亲的仇？"

"我不知道，真的，我不知道。"

凯特琳从没打过自己的孩子，这次却差点因恼怒而掌掴罗柏，想到儿子日夜面对的恐惧和孤独，方才控制住内心的怒火。"你是北境之王，一切由你做主，我只求你好好想想我刚才的话。歌手们颂扬英勇献身的君主，但你的生命绝对比一支赞歌宝贵，起码对于我，对于这个曾给予你生命的人而言是这样，"她低头，"我可以离开吗，陛下？"

"请便。"他别过头，抽出佩剑。她不知他想做什么，这里没有敌人，没有战争，只有母亲和儿子，大树与落叶。有的战斗，剑是派不上用场的，凯特琳想告诉儿子，但她怀疑国王听不进这些话。

数小时后，凯特琳还在卧室缝纫时，小洛拉姆·维斯特林跑来传她与国王共进晚餐。诸神保佑，她宽慰地想，经过日间的争吵，她真怕儿子会拒绝与她见面。"你是个尽责的侍从，"她庄重地对洛拉姆说。布兰会做得比你更好。

席间,罗柏神情漠然,艾德慕则面含愠怒,唯有跛子罗索表现活跃。他极尽礼仪谦恭之能事,温暖地追忆起霍斯特公爵的过去,文雅地哀悼布兰和瑞肯的遭遇,同时大力赞扬艾德慕在石磨坊的武功,真诚感谢罗柏在瑞卡德·卡史塔克一事上做出的"迅捷有力的制裁"。罗索的私生兄弟瓦德·河文倒很安静,这名严峻乖戾的老人遗传了瓦德大人那张充满怀疑神色的脸,他什么也没说,只将注意力放在面前的美酒佳肴上。

当空话都说完后,王后和维斯特林家的人告辞回避,随后仆人们清走食物餐具,罗索·佛雷清清喉咙。"谈正事之前,我还有个消息,"他严肃地道,"恐怕……这是个坏消息。我不想将它带给您,但必须实言相告。事情是这样的,我父亲大人刚接到来自他孙子的信件。"

凯特琳这段时间完全沉溺于自己的悲伤中,几乎忘了允诺收养的这两位佛雷家孩子。不要,她心想,圣母慈悲,不要再给我们更多打击。不知为何,她就是明白听到的下一句话将是又一柄插进心窝的利剑。"来自他在临冬城的孙子?"她逼自己发问,"来自我的养子?"

"不错,正是来自于两位瓦德。夫人,他们如今身在恐怖堡,我很抱歉地知会您,临冬城发生过战斗,全城皆已焚毁。"

"焚毁?"罗柏难以置信地问。

"您的北境诸侯企图从铁民手中夺回城堡,席恩·葛雷乔伊眼见不敌,便将城池付之一炬。"

"我们没接到任何战斗报告。"布林登爵士表示。

"爵士先生,我侄儿们虽然年幼,却并不瞎。信由大瓦德亲笔书写,他表弟也在上面签了字,照他们的说法,整场战斗非常可怕。您的代理城主以身殉职——他似乎叫罗德利克爵士,对吗?"

"罗德利克·凯索爵士，"凯特琳麻木地念道。可爱勇敢忠诚的老人。她好似看到他就在眼前，轻捻着色白如雪、竖立如丛的胡须，"其他人呢？"

"嗯……铁民们进行了大屠杀。"

罗柏无言地别过头，狂怒地一拳砸在桌子上。两位佛雷没看见他的眼泪。

他母亲却发现了。世界一天比一天暗淡。凯特琳想到罗德利克爵士的小女儿贝丝，想到不知疲倦的鲁温师傅，想到快活的柴尔修士，想到铁匠密肯，想到兽舍的法兰和帕拉，想到老奶妈和单纯的阿多。她的心无法承受。"噢，噢，他们都死了？"

"没有，"跛子罗索道，"妇女和儿童得以幸免，我两个侄儿正在其中。眼下临冬城成了废墟，波顿大人的儿子便将大家带去恐怖堡暂住。"

"波顿的儿子？"罗柏警觉起来。

这回开口的是瓦德·河文："听说是个私生子。"

"该不会是拉姆斯·雪诺吧？卢斯大人还有别的私生子？"罗柏面露不悦，"这个拉姆斯生性恶毒，作恶多端，死得也像个懦夫——至少我是这么听说。"

"具体情况还不清楚，战争中间，难免发生混乱，消息互相抵触。但我可以告诉您，我的侄儿们宣称正是波顿大人这位私生子拯救了临冬城的妇女儿童，城堡里幸存的人们此刻全都平安地待在恐怖堡。"

"席恩，"罗柏陡然喊道，"席恩·葛雷乔伊呢？他死了没有？"

跛子罗索双手一摊："这我也不清楚，陛下，两位瓦德没提到他。或许波顿大人那边有消息，他儿子应该会向他详细汇报。"

"我们稍后询问。"布林登爵士说。

"真抱歉，给你们带来这么可怕的消息，实非我本意。或许……我们明天再谈，事情可以等，等您整理好自己……"

"没关系，"国王说，"先谈公事。"

弟弟艾德慕点点头："不错，以免夜长梦多。大人，您带来回复了么？"

"是的，"罗索微笑，"我的父亲大人派我为代表前来觐见陛下，正式宣布他同意接受新的婚盟，以消除既往的误会，届时也将向北境之王重新宣誓效忠。条件只有一个：陛下您必须为着对佛雷家族的冒犯，当面向我父亲道歉。"

道歉只是个很小的代价，但凯特琳厌恶瓦德侯爵这副得意洋洋的样子。

"我很乐意，"罗柏谨慎地回答，"罗索，造成裂痕非我本意，佛雷家族一直忠勇地为王国服务，能重新得到你们的协助，我感到非常欣慰。"

"您真是太宽厚了，陛下。既然您已经答应了条件，那么就轮到我向徒利公爵介绍舍妹萝丝琳小姐。她是位十六岁的闺女，由我父亲大人的第六位夫人，罗斯比家族的蓓珊妮所生，生性温柔，颇善音律。"

艾德慕在椅子上动了动："呃……能否让我先与她会个——"

"成亲之日，您自会与新娘见面，"瓦德·河文简略地说，"莫非徒利公爵要先算她的齿龄么？"

艾德慕强忍怒火："当然不至于，但方便的话，我想看看我的未婚妻长什么样。"

"您必须现在就接受，公爵大人，"瓦德·河文寸步不让，"否则将被视为回绝。"

跛子罗索再度将手一摊，"大人莫怪，我兄弟是个军官，说话直率，但所言确是实情。我父亲大人的意思是，婚礼必须立刻举行。"

"立刻举行?"艾德慕满心不悦,凯特琳不禁担心一旦战争结束,他便会马上遗弃这未来的老婆。

"瓦德大人难道忘了我们还在打仗?"黑鱼布林登尖刻地指出。

"他没有忘,"罗索道,"正因为没有忘,才要求婚礼立刻举行。爵士先生,您知道,打仗是要死人的,即便年富力强的天之骄子也不例外。假如艾德慕大人在与萝丝琳成亲之前有个三长两短,我们的盟约怎么办呢?此外,我父亲的日子所剩无多,年过九旬的他害怕自己等不到这场战争的胜利之日,若能在蒙诸神宠召之前,看见自己心爱的小萝丝琳有所依靠,想必能让他的心灵得到平静。他泉下有知,也将含笑看着自己的女儿有个好丈夫爱着她、保护她。"

我们都希望瓦德大人早早含笑九泉,对这番安排,凯特琳越来越不安。"我弟弟刚失去父亲,需要时间来哀悼复原。"

"萝丝琳是个快乐的女孩,"罗索说,"考虑到艾德慕大人的现状,她将是最佳伴侣。"

"我父亲受够了遥遥无期的订婚,""杂种瓦德"粗声喝道,"您知道这是为什么?"

罗柏冷冷地横了对方一眼:"我很清楚,河文。现在,很抱歉,可否请你们暂时回避?"

"遵命,陛下。"跛子罗索起身,由私生兄弟搀扶着蹒跚地走出房间。

佛雷们前脚刚出门,艾德慕立刻勃然大怒:"他们竟认为我的承诺一钱不值!凭什么要这条老狐狸为我挑老婆?瓦德大人的女儿多的是,还有成群的孙女,当初和你许婚时,他可是准你自行挑选的。我是他的封君!我随便选哪个,他都该感到无上荣幸才对!"

"他是个骄傲的人,而我们伤害了他。"凯特琳说。

"异鬼才在乎他的骄傲!我不要在自家厅堂里蒙羞,我的答案很简单:不!"

罗柏疲惫地看了看舅舅:"这件事上,我不会下命令,一切取决于你自己。但你要记住,一旦拒绝,佛雷侯爵将把这当作另一次侮辱,我们便再无可能获得他的协助。"

"你不明白,"艾德慕坚持,"打我出生那天起,瓦德•佛雷就千方百计想让我娶他的女儿,这一回,他绝不会放过大好机会。就让罗索带着我的回复去见他,之后他定会再来……直到答应由我自行挑选为止。"

"你说的或许没错,但那需要时间,"黑鱼布林登道,"我们能等吗?我们可以坐等罗索这么来回奔波吗?"

罗柏握手成拳:"我必须尽快返回北境。我的兄弟遭谋害,城堡被焚毁,子民受屠杀……诸神有眼,谁知道波顿的私生子究竟是好是坏?席恩•葛雷乔伊下落如何?我不能坐在这里,等待一场不知何时确定的婚礼。"

"必须立刻确定,"凯特琳心不甘情不愿地说,"弟弟,我和你一样,无法接受瓦德•佛雷的侮辱和抱怨,但我们别无选择。没有这场婚姻,罗柏的事业必败无疑。艾德慕,我们必须答应他的条件。"

"必须?"徒利公爵烦躁地说,"凯特,你可不会答应成为第九任佛雷夫人吧!"

"据我所知,佛雷的第八个老婆还活着,而且活得很健康。"她回答。谢天谢地,假如不是这样,天知道瓦德侯爵会不会提出这个无理要求。

黑鱼替她解了围:"侄子,你知道,七大王国里,没有谁比我更不配来劝说婚嫁之事了。但不管怎么样,我认为你必须为渡口之战的缘故，向国王作出一点补偿。"

"补偿？我有很多想法，比如，和弑君者决斗？加入乞丐帮修行七年？绑住大腿在落日之海游泳？"没有任何人发笑，弟弟终于认输了，"天杀的，异鬼把你们全抓走！很好，很好，我就和这个婊子成亲，作为补偿。"

戴佛斯

艾利斯特伯爵突然抬头。"有声音，"他说，"听见了吗，戴佛斯？有人来找我们。"

"是'鳗鱼'，"戴佛斯道，"晚餐时间差不多到了。"前天晚上，"鳗鱼"给他们带来半个牛肉培根饼，外加一壶蜜酒。想到这些，他的肚子咕咕叫。

"不，不止一个人。"

他说得对。戴佛斯听到至少两个人的说话声和脚步声，越来越响。他站起身来，走到栏杆旁。

艾利斯特伯爵拂去衣服上的稻草："国王派人来放我了，或是王后派来的，对，赛丽丝绝不会让我在这里烂掉，我毕竟是她伯父啊。"

"鳗鱼"手拿一串钥匙出现在牢房外，亚赛尔·佛罗伦爵士和四个卫兵紧跟在后。他们走到火炬下等"鳗鱼"找钥匙。

"亚赛尔，"艾利斯特伯爵道，"诸神保佑。国王派你来放我？是王后？"

"没人会放你，叛徒。"亚赛尔爵士说。

艾利斯特伯爵向后畏缩，仿佛被扇了一耳光。"不，我发誓，我绝对不是叛徒。你为什么不听？只要陛下听我解释——"

"鳗鱼"把巨大的铁钥匙插进锁里一拧，拉开牢门，生锈的铰链发出尖锐的声音。"你，"他对戴佛斯说，"过来。"

"去哪儿？"戴佛斯望着亚赛尔爵士，"说实话，爵士，打算烧死我吗？"

"有人找你。你能走路？"

"能。"戴佛斯跨出牢房。"鳗鱼"再度将门关上，艾利斯特伯爵发出一声沮丧的叫喊。

"拿走火炬，"亚赛尔爵士命令看守，"把叛徒留给黑暗。"

"不，"他哥哥绝望地哀告，"亚赛尔，求求你，别拿走火……诸神慈悲……"

"诸神？大逆不道！只有一位真主……和远古异神。"亚赛尔爵士迅速打个手势，一名卫兵连忙从壁台上拔下火炬，带头走向楼梯。

"你要带我去见梅丽珊卓？"戴佛斯问。

"她在场，"亚赛尔爵士说，"她一直在国王身边。但召见你的是陛下本人。"

戴佛斯抬手摸向胸口，他的幸运符曾装在小皮袋里，用皮带挂着。没了，他记起来，四截指骨也没了。但他的双手仍然够长，足以掐女人的脖子，他心想，尤其是她那样的细脖子。

他们成单列向上走，攀登蜿蜒的楼梯。墙壁是粗糙黑石，摸起来凉飕飕的。火炬的光芒在前方照耀，人们的影子于墙上行走。转第三个弯时，他们经过一道铁门，走入黑暗，第五个弯时又有一道门。戴佛斯猜想此间已近地表，甚至在地面之上。接下来是扇木门，他们继续攀登。墙上开了一个个箭孔，但没有阳光从厚厚的石头外射进来——现在是黑夜。

等亚赛尔爵士推开一道沉重的铁门，示意进入时，他的腿已又酸又痛。门的另一边是高架凌空的石拱桥，通往宏伟的中央塔楼——"石鼓楼"。海风不停穿越支撑桥顶的拱梁，戴佛斯闻到海水的气息。他深吸一口气，让自己的肺里填满清新凉爽。风和水，赐予我力量，他祈祷。下面院子里焚烧着巨大的夜火堆，以对抗长夜中的险恶，后党人士聚集在它周围，颂唱赞美他们的红神。

到达桥中央时，亚赛尔爵士突然停下。他粗率地打个手势，他的人便全部退开。"要是我的话，会把你和我哥一起烧死，"他告诉戴佛斯，"你俩都是叛徒。"

"你怎么说都行，但我决不会背叛史坦尼斯国王。"

"你会的，你想背叛，我从你脸上瞧得出来，也在圣火中看到了这番景象。这是拉赫洛赐予我的能力——正如赐予梅丽珊卓女士——在圣火中预见未来。我看见史坦尼斯·拜拉席恩坐上铁王座，知道自己该走的路。要做到这些，陛下得让我当他的首相，以代替我那叛徒兄长。而你，将这么劝告他。"

原来如此？戴佛斯没说什么。

"王后催促他委任我，"亚赛尔爵士续道，"就连你的里斯老朋友、海盗桑恩也这么说。我和他一起制订了计划……陛下却不肯行动。失败如灵魂中的黑蠕虫，啃蚀着他，我们忠心人士应该行动起来。如果你像自己宣称的那样是个忠臣，走私者，就应该加入到我们中间。告诉他，我是他唯一合适的首相。假如你这么做，当我们起航时，我保证让你有艘新船。"

新船。戴佛斯打量着对方的脸。跟王后一样，亚赛尔爵士生了佛罗伦家著名的招风耳，耳朵和鼻孔里长出浓密的毛发，双下巴底也这儿那儿一簇簇地冒出毛来。他宽鼻突眉，靠得很近的眼睛里充满敌意。他宁愿烧死我，而不是给我船，话虽这样讲，若我帮他这个忙……

"若你背叛我，"亚赛尔爵士说，"请记住我担任龙石岛代理城主已经很久，卫兵都是我的人。未经国王准许，我也许不能烧死你，但谁说你不会不幸坠楼呢？"他将粗壮的手搭在戴佛斯脖后，把对方推向齐腰高的桥沿，迫使他的脸伸出去，看着下方的院子，"明白吗？"

"明白。"戴佛斯说。你还说我是叛徒？

亚赛尔爵士放开他。"很好,"他狞笑道,"陛下在等我们,别让他久等。"

石鼓塔最顶端的宽阔圆形房间名曰"图桌厅",史坦尼斯·拜拉席恩正站在一张硕大的木桌后,桌子雕刻描绘着征服者伊耿时代的维斯特洛,这间屋子正是因此而得名。一个铁火盆立在国王身边,其中的炭火闪着橙红光芒,四扇高大窄窗面向东西南北四方,外面是夜晚的星空。戴佛斯听见风声及微弱的水声。

"陛下,"亚赛尔爵士说,"如您所愿,我带来了洋葱骑士。"

"我知道了。"史坦尼斯穿灰羊毛外衣,暗红披风,系一条普通的黑皮带,上面挂着长剑和匕首,火焰形状的赤金王冠戴在头顶。但他的神态让戴佛斯大吃一惊。比起离开风息堡,航向黑水河,航向那场毁灭之战时,他仿佛老了十岁,剃短的胡须里遍布灰色毛发,而体重至少掉了两石——他从来就不胖,如今骨头在皮肤下运动,好像长矛要戳出来,甚至连王冠也显得太大。他的眼睛成了深陷的蓝色凹穴,脸皮底可以看出头颅的形状。

然而当他看见戴佛斯,一抹微笑掠过嘴唇。"看来大海把我的咸鱼洋葱骑士还回来了。"

"是的,陛下。"他知道自己把我关进了黑牢吗?戴佛斯单膝跪下。

"起来,戴佛斯爵士,"史坦尼斯命令,"我很想念你。我需要听取谏言,而你从来都会实言相告。因此,老实告诉我——背叛的惩罚是什么?"

这句话悬在空中。一个可怕的问题,戴佛斯心想,国王要处决他的狱友?还是他自己?国王们比任何人都更清楚背叛的惩罚。"背叛?"良久,他无力地重复。

"否则还能称之为什么?否认合法的国王,企图盗走理应属于他的王座。我再问你一遍——按照律法,背叛的惩罚是什么?"

戴佛斯别无选择，只能回答。"死，"他说，"惩罚是死，陛下。"

"历来如此。我不是……我不是个残酷的君主，戴佛斯爵士，你了解我，你一直都很了解我。这并非我颁布的法令。历来如此，自伊耿时代，从世界之初就是如此。戴蒙·黑火、托因兄弟、秃鹰王、哈里士国师……叛徒总要付出生命的代价……连雷妮拉·坦格利安也不例外。她可是一位国王的女儿和两位国王的母亲，却也作为叛徒处死，因为试图篡夺弟弟的王位。这是律法，律法！戴佛斯，不是残酷。"

"是的，陛下。"他指的不是我。戴佛斯对黑牢里的狱友感到片刻的怜悯。他知道自己应该保持沉默，可是他累了，而且恶心透顶，所以听见自己说："陛下，佛罗伦伯爵并非叛徒。"

"走私者，你能有别的称呼？我让他当首相，他却要为自己的饭碗而出卖我的权利，甚至给他们希琳！把我唯一的孩子嫁给乱伦的杂种！"国王的声音里充满怒气，"我兄长有种激发忠诚的天赋，甚至能赢得敌人的拥护。在盛夏厅，他一日内三奏凯歌，生擒格兰德森伯爵和卡伏仑伯爵，带回风息堡，将他们的旗帜当作战利品挂在大厅。卡伏仑的白鹿旗上沾了点点血渍，而格兰德森的睡狮纹章几乎被扯成两半，但他们情愿在旗帜下坐一整夜，跟劳勃喝酒欢宴。他甚至带他们去打猎。'这些人打算把你交给伊里斯烧死，'我见他们在院子里扔飞斧，就告诫兄长，'你不该把武器交到他们手中。'劳勃听了只是哈哈大笑。我会把格兰德森和卡伏仑关进地牢，他把他们当朋友。后来，卡伏仑伯爵为劳勃战死在杨树滩，死于蓝道·塔利的碎心剑下。格兰德森则在三叉戟河受伤，一年后不治身亡。我兄长可以赢得人们的爱戴，我似乎只能招致背叛，甚至连我的家族……弟弟，外祖父，族亲，姻亲……"

"陛下，"亚赛尔爵士说，"我恳求您，给我个证明的机会，

并非所有佛罗伦都如此软弱。"

"亚赛尔爵士要我继续战争，"史坦尼斯国王告诉戴佛斯，"兰尼斯特家认为我一蹶不振，这能怪谁呢？几乎所有发誓效忠我的领主都弃我而去，甚至连伊斯蒙伯爵——我的外祖父都向乔佛里屈膝。少数仍保持忠诚的人失去了信心，成天喝酒赌博打发时间，像落败的狗一样舔舐伤口。"

"战斗会让他们再度振奋，"亚赛尔爵士道，"失败是病，胜利是疗方。"

"胜利。"国王的嘴扭曲了一下，"我们需要很多胜利，爵士。把你的计划告诉戴佛斯爵士，我要听听他的看法。"

亚赛尔爵士转向戴佛斯。"受神爱护的贝勒"曾令高傲的贝格莱佛伯爵给乞丐洗烂脚丫——这位未来的首相脸上的表情大概就跟贝格莱佛当时差不多。然而他还是遵从了命令。

亚赛尔爵士和萨拉多·桑恩的计划很简单。蟹岛位于龙石岛几小时航程外，乃是赛提加家族海中的古老领地。黑水河上，阿德里安·赛提加伯爵在烈焰红心旗下战斗，但被俘后，第一时间就倒向乔佛里，甚至至今仍逗留君临。"慑于陛下威势，他不敢靠近龙石岛，"亚赛尔爵士宣称，"算他聪明，此人背叛了真正的国王。"

亚赛尔爵士计划用萨拉多·桑恩的舰队运载逃过黑水河的人员——史坦尼斯在龙石岛仍有约一千五百名士兵，其中大半属于佛罗伦家族——对赛提加伯爵的变节实行报复。蟹岛守卫松懈，而它的城堡里据说塞满了名贵的密尔地毯、瓦兰提斯玻璃、金银器皿、珠宝酒杯、一只雄奇猎鹰、一把瓦雷利亚钢斧、一个可以唤醒海底怪兽的号角、无数箱红宝石及喝不完的葡萄酒。赛提加素来吝啬，但自己却从不节俭。"烧他的城堡，杀他的人，"亚赛尔爵士总结，"把蟹岛化为荒芜的灰烬与骸骨，只有食腐的乌鸦停留，这样全国上下都能明白，跟兰尼斯特为伍的下场。"

史坦尼斯一边沉默地听亚赛尔爵士复述,一边缓缓地左右磨牙。等对方讲完,他说:"我相信这计划可以办到。风险很小。乔佛里没有海军——除非雷德温伯爵从青亭岛派出增援;而战利品也许能让那里斯海盗萨拉多·桑恩暂时安心。蟹岛本无战略价值,但它的陷落能告诉泰温公爵,我还没死。"国王回头看着戴佛斯:"说实话,爵士,你对亚赛尔爵士的提议怎么想?"

说实话,爵士。戴佛斯想起跟艾利斯特伯爵共享的黑牢,想起"鳗鱼"和"麦片粥",想起庭院上方的拱桥,想起亚赛尔爵士的承诺。一艘船或一记推搡,选哪样?但这是史坦尼斯在提问。"陛下,"他缓缓地说,"我认为那很愚蠢……是的,而且懦弱。"

"懦弱?"亚赛尔爵士几乎叫喊起来,"没人敢在国王面前称我为懦夫!"

"安静,"史坦尼斯命令,"戴佛斯爵士,说下去,我要听听你的理由。"

戴佛斯转脸面对亚赛尔爵士。"你说要让全国上下明白我们没死,所以得主动出击,寻找战机,这没错……但打谁呢?蟹岛上可没有兰尼斯特。"

"那里有叛徒!"亚赛尔爵士嚷道,"也许这里也有,就在这间屋子。"

戴佛斯不理对方的讥讽。"我不怀疑赛提加伯爵曾向那男孩乔佛里屈膝,他是个时日不多的老人,唯一的愿望就是在自家城堡里终老,用镶珠宝的杯子喝酒。"他转头面对史坦尼斯,"然而当您召唤时,他来了,陛下,他带着他的舰队和士兵前来支持你。面对蓝礼公爵大军压迫,他在风息堡和您并肩战斗;后来,他又把舰队开进黑水河。他的人为你而战,为你而死,为你而被烧。蟹岛守卫松懈,是的,只有妇女、儿童和老人。为什么这样?因为他们的丈夫、儿子和父亲都死在黑水河,这就是原因!他们死在桨位边,死

于刀剑底，死在我们的旗帜之下。然而亚赛尔爵士居然提议我们扑向他们身后的家，强暴他们的遗孀，杀死他们的孩子。这些百姓不是叛徒……"

"许多人是，"亚赛尔爵士坚持，"赛提加的手下并非在黑水河上全军覆没，有几百个家伙跟他们的领主一起被俘，一起屈膝。"

"跟他一起，"戴佛斯重复，"他是他们的领主，他们发誓向他效忠。能有什么选择？"

"每个人都可以选择。他们可以拒绝，并因此而死，死得壮烈，是真正的忠臣。"

"人和人是不同的，有的坚强有的软弱。"这是个无力的回答，戴佛斯知道，史坦尼斯·拜拉席恩是个纯铁一般的人，既不理解，也不原谅别人的软弱。我输了，他绝望地想。

"忠于合法的国王是每个人的职责，高过对领主的效忠。"史坦尼斯以不容争辩的语气说。

一个不顾一切的荒唐想法攫住了戴佛斯，一种几近疯狂的莽撞。"您哥哥揭竿而起时，您怎不继续效忠于伊里斯王呢？"他脱口而出。

骇然之下，一阵沉默，直到亚赛尔爵士终于高喊"叛徒！"，并从刀鞘里拔出匕首："陛下，他当着您的面恶言中伤！"

戴佛斯听见史坦尼斯的磨牙声。国王额头上鼓起一根肿胀的青筋。两人的眼神互相接触。"放下匕首，亚赛尔爵士。退下。"

"如果陛下您高兴——"

"你退下我就高兴，"史坦尼斯说，"快离开，把梅丽珊卓找来。"

"遵命。"亚赛尔爵士收起匕首，鞠了一躬，然后迅速向门口走去。他的靴子愤怒地在地上踩得咚咚响。

"你总是擅自假设我的忍耐力，"当他们独处时，史坦尼斯警告戴佛斯，"我可以让你的舌头也短一截，跟手指一样，走私者。"

"我是您的人，陛下，舌头也是您的，任凭您处置。"

"是，"他说，现在略为平静下来，"我要留着它说真话，尽管真话往往十分苦涩。伊里斯？但愿你明白……那是个艰难的选择，家族或主君，兄长或国王。"他显出痛苦的表情。"你有没有见过铁王座？布满利齿般尖刺的椅背，诡异扭曲的金属，无数钢刀匕首纠缠融合在一起……那不是把舒服椅子，爵士。伊里斯经常被弄得鲜血淋漓，甚至被称为'血痂国王'，而若传说属实，'残酷的'梅葛正是死在这张椅子上。人是无法在它上面安逸休息的，我常疑惑，为何兄长拼命想要得到它。"

"那您呢，您为什么想要它？"戴佛斯问。

"这不是要不要的问题，作为劳勃的继承人，王座就是我的。这是法律。在我之后，则必须传给我女儿，除非赛丽丝终于给我生个儿子。"他用三根手指划过桌面，岁月令表层平滑坚硬的清漆变得色泽更深，"我是国王，不管自己想不想当。我有义务，对女儿，对国家，甚至对劳勃。他不怎么爱我，我知道，然而他是我兄长。那兰尼斯特女人给他戴绿帽，把他当猴耍，也许还谋杀了他，好比谋杀琼恩·艾林和艾德·史塔克。如此滔天罪行必须得到公正的审判，从瑟曦和她的孽种开始。仅仅是开始。我要肃清朝廷，三河之战后，劳勃就该这么做。巴利斯坦爵士曾告诉我，伊里斯国王的昏庸由瓦里斯开始，这太监绝不能饶恕！还有弑君者。劳勃至少该剥夺詹姆的白袍，把他发配长城，正如史塔克公爵要求的那样，结果却听了琼恩·艾林的建议。我当时仍被困风息堡，无法发表意见。"他突然转过来，精明而严厉地盯着戴佛斯。"现在，说实话，你为什么要谋杀梅丽珊卓女士。"

一切他都知道。戴佛斯无法对他说谎。"我的四个儿子在黑水河中烧死,她把他们奉献给火焰。"

"你误会她了。那些火焰不是她的产品,要诅咒就诅咒小恶魔,诅咒火术士,诅咒那个把我的舰队带进陷阱的笨蛋佛罗伦,或者诅咒我,因为盲目的自尊,我在最关键的时刻将她遣走。但不要诅咒梅丽珊卓,她仍是我忠实的仆人。"

"克礼森学士是您忠实的仆人,她杀了他,就像杀害科塔奈·庞洛斯爵士和你弟弟蓝礼。"

"你现在听起来像个傻瓜,"国王哀叹,"她在圣火中预见蓝礼的死亡,这没错,但她跟我一样,没有参与其中。弟弟死时,女祭司跟我在一起,你的戴冯可以作证。如果你怀疑,就去问问他。其实她对蓝礼并无杀意,正是她敦促我与他会面,给他最后一次机会改正叛逆……也是她让我把你找来,亚赛尔爵士打算将你奉献给拉赫洛。"他淡淡地微笑。"这有没有令你吃惊?"

"是的。她知道我并非她和她那红神的朋友。"

"但你是我的朋友,这点她也知道。"他让戴佛斯靠近些,"那男孩病了,派洛斯学士为他放了血。"

"那男孩?"他想到自己的戴冯,国王的侍从,"我儿子,陛下?"

"戴冯?他是个好孩子,跟你很像。生病的是劳勃的私生子,我们从风息堡带来的。"

艾德瑞克·风暴。"我在伊耿花园里跟他说过话。"

"那也是她的意愿。她也从圣火里看见了。"史坦尼斯叹口气,"那孩子有没有吸引你?他有这个天赋,从父亲的血脉里继承得来的魅力。他知道自己是国王之子,却不愿去想私生子的身份。他像小时候的蓝礼一样崇拜劳勃。想当初,我那王兄每次造访风息堡,都会扮演父亲的角色,还送来礼物……长剑、矮种马、裘皮斗篷……样样都是太监挑选的。那孩子会给红堡写一封充满感激的信，劳勃就大笑着问瓦里斯今年准备送什么。蓝礼也没好到哪里去，他将抚养孩子的任务交给代理城主和学士，结果个个都成为他魅力的牺牲品。庞洛斯宁死也不肯将他交出来。"国王咬牙切齿。"这让我很生气。他凭什么认为我要伤害那孩子？当年我选择了劳勃，不是吗？在那艰难的时刻，我选择了家族而不是荣誉。"

他不用那男孩的名字。这让戴佛斯很不安。"我希望小艾德瑞克尽快康复。"

史坦尼斯挥挥手，示意不用担心。"着凉而已。他咳嗽，颤抖，发烧，派洛斯学士很快就能治好。你知道，那孩子不会有问题，他血管里流着我兄长的血液。国王之血蕴涵着力量，她这么说。"

戴佛斯不用问也知道"她"是谁。

史坦尼斯触摸着绘彩桌案。"看吧，洋葱骑士。依律法，这是我的国家，我的维斯特洛。"他一只手在上面扫过，"七大王国的说法真蠢，三百年前，当伊耿站在我们今天所在的地方时，就已明白了这点。这张桌子是依他的命令制造的，描绘出河流与海湾，丘陵与山脉，城堡、市镇、湖泊、沼泽和森林……但没有边界。它是一个整体，一个国家，由一个国王统治。"

"一个国王，"戴佛斯赞同，"一个国王意味着和平。"

"我要给维斯特洛带来公正。对于公正，亚赛尔爵士了解甚微，就像他对战争的了解。蟹岛对我没有好处……而且如你所言，那是邪恶的举动。赛提加必须付出谋逆的代价，但应由本人偿还，将来我一统天下之日会惩罚他，与骚扰老百姓毫无瓜葛。无论高高在上的贵族，还是低贱卑微的小民，行为各有其报应处置。将来有些人失去的不止手指尖，我向你保证，他们让我的王国血流成河，我绝不会忘记。"史坦尼斯转身离开桌子，"跪下，洋葱爵士。"

"陛下？"

"因为咸鱼和洋葱，我让你成为骑士。为这个，我打算擢升你为领主。"

为这个？戴佛斯不明所以。"能成为您的骑士我就已经很满足了，陛下……我是做不来领主的。"

"很好。做一方之主首先是要虚伪。我已经学到了这一课，代价沉重。现在快跪下。你的国王在命令你。"

戴佛斯跪下去，史坦尼斯拔出长剑。梅丽珊卓称它为"光明使者"，英雄之红剑，经历过吞噬七神的烈焰考验。剑出鞘时，房间似乎突然变得明亮，剑身闪着诡异的光芒，一会儿橙，一会儿黄，一会儿红，周遭空气也跟着变换发光，没有珠宝能如此绚丽。但当史坦尼斯把它搭在戴佛斯肩头，这感觉跟别的长剑又没什么不同。"席渥斯家族的戴佛斯爵士，"国王说，"你是否为我忠诚的臣民，从今天直到永远？"

"是的，陛下。"

"你是否愿意发誓，终此一生为我效劳，给予我诚实的谏言和绝对的服从，保护我的权利和我的国家，无论前途艰险，始终与我并肩作战，照顾我的子民，惩罚我的敌人？"

"我愿意，陛下。"

"那么，起来吧，戴佛斯·席渥斯，雨林伯爵，狭海舰队司令，国王之手。"

片刻间，戴佛斯惊得动弹不了。今天早晨我还在黑牢中呢。"陛下，您不能……我不适合当首相。"

"没有比你更合适的人选。"史坦尼斯将"光明使者"收入鞘中，伸手把戴佛斯拉起来。

"我出身低微，"戴佛斯提醒国王，"从走私者跃升上来，您的诸侯们不会满意。"

"那就废掉他们,重新立。"

"我……我不识读写……"

"派洛斯学士可以替你读。至于写,我的前任首相把脑袋都给写掉了。我要的不过是你一直都给予我的东西:诚实、忠心和效劳。"

"一定有更好的人选……某个高尚的领主……"

史坦尼斯哼了一声:"巴尔艾蒙那小子?我背信弃义的外祖父?赛提加抛弃了我,瓦列利安的新家主才六岁,而新的桑格拉斯伯爵在我烧死他哥哥后便航向瓦兰提斯。"他愤怒地比画了一下。"只剩下少数好人。吉尔伯特•法林爵士率两百死士为我守着风息堡。除此以外,还有莫里根伯爵,夜歌城的私生子,小齐特林伯爵,我的表亲安德鲁爵士……但我信任你胜过他们任何人。我的雨林伯爵,你将成为我的首相,未来的战斗中我需要你。"

再一场战斗,我们就全完了,戴佛斯心想,艾利斯特伯爵对此看得很清楚。"陛下要求诚实的谏言,那么,诚实地讲……我们无力再跟兰尼斯特作战。"

"陛下所指是真正的大战,"一个女人用浓重的东方口音接道。梅丽珊卓就站在门口,身穿闪亮的滑丝长礼服,端一个覆盖子的银盘。"与即将到来的大战相比,你所谓的争夺不过是孩童打闹。那凡人不可道也的远古异神正在聚集力量,戴佛斯•席渥斯,可怕、邪恶而强大的力量,难以抗衡。冷风已然吹起,很快到来的将是永不终结的长夜。"她将银盘放到绘彩桌上,"除非正直的人们鼓起勇气,伸张烈焰红心的信仰。"

史坦尼斯注视着银盘:"她透过圣火亲自给我演示,戴佛斯大人。"

"您看到了,陛下?"史坦尼斯•拜拉席恩不可能撒这种谎。

"亲眼所见。黑水河之役后,我陷入绝望中,梅丽珊卓女士让我凝视壁炉。烟囱里的气流很强，点点灰烬飞升而起，我注视着它们，觉得自己像个傻瓜，但她让我看得更深，更深……灰尘是白色，在气流中升起，但转瞬之间，它们仿佛又在飘落。那是雪，我心想。接着，空气中的火星围成一个圆环，变成一圈火炬，我透过火堆俯瞰着森林中一座高高的山冈。火炬后面，木柴变成黑衣人，雪地里还有一些身影在移动。尽管有火焰的热量，我仍感到强烈的寒意，以至于浑身战栗，接着那景象便消失了，火堆再次成为火堆。但我看到的是真的，我以我王国的名义发誓。"

"您的王国业已命悬一线。"梅丽珊卓道。

国王语中的确信让戴佛斯感到直达内心的惊恐。"森林中的山冈……雪地里的身影……我不……"

"那意味着战斗已经开始，"梅丽珊卓说，"沙漏的沙子流得更快，人类的时间所剩无几。我们必须大胆行动，否则所有希望都将失去。维斯特洛必须联合起来，在唯一合法的国王名下，也就是预言中的王子，龙石岛之主，拉赫洛的选民。"

"拉赫洛的选择很奇怪。"国王显出痛苦的表情，仿佛吃到什么腐败东西，"为何是我，不是我的兄弟们？……蓝礼和他的桃子。在我梦中，果汁从他嘴角淌下，而鲜血从他咽喉涌出。倘若他对哥哥尽忠尽责，我们早已击垮泰温公爵，那将是一场连劳勃都会骄傲的胜利。劳勃……"他左右磨牙，"他也出现在我梦中。哈哈大笑，喝酒比赛，夸口炫耀。这些他最擅长的东西。对，还有战斗。我从没在任何方面胜过他。光之王应该让劳勃当他的斗士。为什么选我？"

"因为您的正直。"梅丽珊卓说。

"正直人。"史坦尼斯用一根手指触摸银盘的盖子，"用水蛭。"

"是的，"梅丽珊卓说，"但我必须再次提醒您，这不是正确方法。"

"你保证能行。"国王看起来很生气。

"也许能……也许不能。"

"究竟行不行？"

"两者皆有可能。"

"说点有意义的话，女人。"

"圣火说得清楚，我就说得清楚。火焰中有真相，但并非总那么容易领会。"她喉头的大红宝石啜饮着火盆里闪烁的光，"给我那男孩，陛下。那是更稳妥、更好的方法。给我那男孩，我将唤醒石头中的魔龙。"

"我告诉过你，不行。"

"他不过是个庶出的男孩，而我们要拯救的是全维斯特洛的男女老少，外加整个世界所有国家中可能出生的孩子。"

"那男孩是无辜的。"

"那男孩污染了您的婚床，不然您一定会有很多儿子。他令您蒙羞。"

"劳勃令我蒙羞，不是孩子的错。我女儿喜欢上了他，再说，他是我的血亲。"

"对，他流着你哥哥的血，"梅丽珊卓说，"国王之血。只有国王之血可以唤醒石头中的魔龙。"

史坦尼斯咬紧下巴："我不要再听这种话。龙早已灭绝。坦格利安家族的人好几次试图把它们唤回，结果要么当了小丑，要么搭上性命。在这片被诸神遗弃的荒岛上，我们只需'补丁脸'一个小丑就够了。你就用水蛭。快动手吧。"

梅丽珊卓僵硬地低头："谨遵陛下吩咐。"她右手伸进左边袖子，将一把粉末撒入火盆。木炭发出刺耳的声响，苍白的火焰在上面翻腾，红袍女子端起银盘，送到国王面前。戴佛斯看她揭开盖子。下面是三条黑色大水蛭，涨满了血。

那男孩的血，戴佛斯知道，国王之血。

史坦尼斯伸出一只手，捏紧一条水蛭。

"说名字。"梅丽珊卓指示。

水蛭在国王手中扭动，试图贴到他手指上。"篡夺者，"他说，"乔佛里·拜拉席恩。"他将水蛭扔进火里，它像秋天的落叶般在木炭间卷起，燃烧。

史坦尼斯抓起第二条。"篡夺者，"他宣告，这次更响亮，"巴隆·葛雷乔伊。"他轻巧地将水蛭丢进火盆，它皮开肉绽，血从其中涌出，嘶嘶作响，冒起一阵烟雾。

最后一条水蛭捏在国王手中。他仔细端详了一会儿，看它在指间挣扎。"篡夺者，"最后他说，"罗柏·史塔克。"然后将它扔进火焰。

詹姆

赫伦堡的澡堂是一座低矮、阴暗、雾气腾腾的房间，内有很多石制大浴缸。他们领詹姆进去时，布蕾妮正坐在一个浴缸里，几乎恼怒地用力搓洗手臂。

"轻点，妞儿，"他打招呼，"洗澡还洗得皮开肉绽干吗？"她听到言语，忙放下刷子，用一双堪比格雷果·克里冈的巨掌的手护住乳房。那两个又小又尖的奶头与她粗厚壮实的胸膛极不协调，看起来倒像属于十岁幼女的东西。

"你来做什么？"她问。

"波顿大人邀请我共进晚餐，但他拒绝邀请我身上的跳蚤。"詹姆用左手扯扯守卫的衣角，"帮我把这身臭布脱掉。"一只手，他连马裤也解不开。守卫咕哝几句，但是照办了。"现在走吧，"衣服脱下来扔在潮湿的石地板上之后，詹姆吩咐，"咱们塔斯的布蕾妮小姐受不了你们这帮下人偷看她的玉体呢。"接着他用断肢指指那个伺候布蕾妮的、面目消瘦的妇人，"愣什么？你也出去，在外面等。这里只有一个门，妞儿那么肥，从烟囱爬不走的。"

这里的下人都养成了闭嘴服从的习惯，妇人和守卫鱼贯而出，片刻之后，澡堂只剩他们两人。这些浴缸是照着自由贸易城邦的样式修的，一个够六七人同洗。詹姆缓慢而笨拙地爬进妞儿的缸子。经过科本连日运用水蛭，他的右眼已经大好，只有一点微肿。但詹姆觉得自己浑身乏力，简直像个百来岁的老翁，唉，总比来时感觉好些吧。

布蕾妮忙不迭地从他身边挪开："这里多的是缸子！"

"我就看中这缸。"他小心翼翼地舒展身子,让冒蒸汽的热水漫到下巴,"别怕,妞儿,你腿上青一块肿一块的,再说我对它们之间的东西也没兴趣。"他将右臂放到缸子外,因为科本警告他必须保持亚麻布绷带的干燥,腿上的肌肉逐渐舒缓,头脑却眩晕起来。"若见我昏厥,赶快把我拖出去,没有哪个兰尼斯特是洗澡时被淹死的,我可不想当头名。"

"我干吗管你死活!"

"当然要管,你发下了神圣的誓言。"他嘻嘻笑道。一轮红晕爬上她厚实白皙的脖子,她转过头去,背身对他。"啧啧,您还是那个含羞的处女呢?还有什么是我没看见的?"他摸索着去够她先前用的刷子,手指颤巍巍地捏住,散乱地擦起身体。好笨拙,好难看啊。左手真没用。

慢慢地,随着结块的污垢被擦掉,水越来越黑。妞儿始终没回头,那对大肩膀上隆起两团坚实的肌肉。

"你就这么厌恶见到残废?"詹姆问,"其实你该高兴才对,我所失去的这只手,正是杀害国王的罪魁元凶,也是它将那史塔克小孩从塔顶扔下,是它伸到我老姐双股之间,将她弄湿。"他用断肢去碰她的脸。"瞧你,这副德行,难怪保不住蓝礼。"

他不过碰了她一下,她却像挨了打似的跳将起来,爬出浴缸,溅出许多热水。詹姆不经意间看到女人大腿间厚实的金毛丛。她的毛比老姐多。想到这,命根子竟荒谬地硬起来。这下该知道自己有多想念瑟曦了。他移开视线,为身体的变化尴尬不已。"你别这样,"他喃喃道,"我都是个残废了,一身伤痛。唉,原谅我,妞儿,你从头到尾细心保护,武艺也比旁人都强。"

对方赶紧用一卷毛巾遮体:"你取笑我?"

她让他火了:"你的心真跟城墙一样厚?我在道歉哪。行了行了,受够了你,咱们就不能停战么?"

"停战的基础是信任。你要我相信——"

"——弑君者么？呵呵，怎能相信谋害可怜的老伊里斯的背誓之人？"詹姆哼了一声，"让我后悔不是伊里斯，而是劳勃。'听说他们叫你弑君者，'他在加冕仪式结束后的宴会上对我说，'喏，你可不要把这当成习惯哟。'说罢豪爽地大笑。为何就没人称他劳勃为背誓者呢？正是他分裂国家，挑起内战，结果人们只将屎倒在我的荣誉上。"

"劳勃所做的一切都是为了爱。"洗澡水流下布蕾妮的大腿，在脚边汇成小池。

"劳勃所做的一切都是为了自己的骄傲，为了一张俏脸和一个阴道。"他握手成拳……可惜没手。疼痛刺穿断肢，残酷一如笑颜。

"他必须站出来拯救国家。"她坚持。

拯救国家。"你已听说我弟弟火烧黑水河的消息了吧？野火能在流水上燃烧，伊里斯做梦都想用它来洗澡。这帮坦格利安，对火简直着了魔！"詹姆有些神志不清。这里太热，我的血液污浊，高烧未退……控制不住自己。他放松身躯，任热水淹过下巴。"让白袍蒙羞……那天我穿的是金甲，可……"

"金甲？"她的声音遥远而虚弱。

他在蒸汽和回忆中漂浮。"狮鹫在鸣钟之役中失败后，伊里斯流放了他。"我干吗把这些告诉这什么也不懂的丑小鸭？"这时国王已然明白，劳勃绝非什么可随意打发的土匪蟊贼，而是自戴蒙·黑火以来坦格利安家族所面临的最大威胁。于是他粗暴地提醒勒文·马泰尔亲王关注伊莉亚公主的安危，令他即刻沿国王大道南下，接管一万多恩军北上勤王；同时，调琼恩·戴瑞和巴利斯坦·赛尔弥前往石堂镇收容狮鹫麾下的败军。雷加王子也从南方归来，说服父王约束骄傲，召我父亲来援。但无论给凯岩城派出多少信鸦，都没回音。国王愈发恐惧，谁也不信任，瓦里斯火上浇油，列出长长的叛徒名单。最后，伊里斯下定决心，召来宠幸的炼金术士，命他们将野火罐子埋到全城各地。从贝勒大圣堂到跳蚤窝的陋屋，马厩与仓库，七座城门，龙穴，甚至红堡的地窖内都有这些'水果'。"

"这是最高机密，由几个自恃甚高的火术士亲自安排，连他们手下的助手都不清楚。当年的雷拉王后对王夫的行为早已不闻不问，雷加王子作为总司令，又忙着整军备战，但那个新任的'锤子与匕首'首相可不是白痴，任谁看到罗萨特、贝里斯和高苟斯他们成天进进出出都会心生疑虑。对了，他叫切斯德，切斯德伯爵，这是他的名字。"说着说着，这些回忆又忽然回到脑中，"这男人其实很没骨气，但有一天总算勇敢地面见伊里斯，要国王放弃疯狂的打算。他据理力争、玩笑戏语、威胁劝阻，最后苦苦哀求，当一切终归无用，他气急败坏地扯下首相项链，扔到地板上。就为这个，国王将他活活烤死，并把职位赏给罗萨特——最受宠的火术士，烹烤瑞卡德公爵便出自他的手笔。这期间，我一直全身白甲，站在铁王座下，如一具沉默的僵尸，守护着我的君王和他可爱的小秘密。"

"你看，伊里斯把我的兄弟们全派了出去，只留我随身伺候，因为我是泰温·兰尼斯特的儿子，他不放心。他要我待在瓦里斯监视的范围内，日日夜夜，不得脱离。所以那些勾当只有我一清二楚。"他还记得当罗萨特展开埋藏"这种物质"的分布图时，贝里斯、高苟斯和国王眼中闪烁的光芒，"后来雷加与劳勃在三叉戟河上决战，结果世人皆知。兵败的消息传来，伊里斯安排王后带韦赛里斯王子夜奔龙石岛，但不准伊莉丝公主离开。在他那颗疯狂的脑袋里，早将雷加的失败归咎于勒文亲王的背叛，而要挟伊莉丝公主和伊耿王子为人质，便能保住多恩人的效忠。'篡夺者别想夺取我的王都'，我听他声嘶力竭地对罗萨特喊，'我要留给他们一座灰烬之城。让劳勃这贼子和我一样,君临焦黑骨骸和烤熟血肉。'坦格利安家族世代实行火葬,没有坟墓,伊里斯要把整个君临城化为他的火葬堆。呵呵,其实他不是真的想死,和从前的'明焰'伊利昂一样,国王相信火焰能让他……重生,化为真龙,向敌人复仇。"

"奈德·史塔克作为劳勃的先锋,率北军日夜兼程南下,但我父亲抢先一步抵达君临。派席尔哄骗国王,西境守护特为勤王而来,于是城门大开。这一次,他本该听从瓦里斯的劝告,这一次……我父亲在内战中从头到尾没动一兵一卒,他决心率兰尼斯特家族站在胜利者一边,他决心报复伊里斯多年以来的不公。三河之役让一切唾手可得。"

"负责把守红堡的是我,眼见情势无可挽回,便派出信使敦请国王准备谈判。信使带着国王的手谕回来:'献上乃父人头,否则汝自承叛逆。'我的人告诉我,罗萨特伯爵和国王在一起,他们不打算投降。我什么都明白了。"

"找到罗萨特时,他换了身普通士兵的衣服,正急急忙忙想溜出边门。我一剑宰了他,接着杀了伊里斯,以防他派别人出去送信。城破后的数日,我跑遍全城,杀掉所有参与者。贝里斯用金子作贿赂,高苟斯流着眼泪恳求饶恕。呵,刀剑与火焰相比,无疑是种仁慈,但是高苟斯这贼子却没有感谢这份仁慈。"

水温逐渐变凉,詹姆睁开眼睛,发觉自己不由自主地盯着右手的断肢。正是它,让我成为弑君者。山羊剥夺了我的荣耀和耻辱,留下什么?我现在是谁?

妞儿摆出一个可笑的造型,双手牢牢抓着毛巾,靠在胸前,一对粗壮的白皙大腿从下面伸出来。

"我的故事让你无言?别啊,骂我,吻我,说我是骗子。有点反应。"

"如果这是真的,为何无人知晓?"

"御林铁卫发誓守护国王的秘密,你要我背弃誓言么?"他笑了,"你以为高贵的临冬城公爵会来听取我无力的解释?好一个重荣誉的人,只需看着我就认定我有罪!"詹姆跌跌撞撞地爬起来,水已经凉了。"奔狼有什么资格来评判雄狮?有什么资格?"他的身体剧烈颤抖,断肢扫到浴缸边沿。

剧痛席卷全身……澡堂上下颠倒。布蕾妮在他摔倒前抓住他。她的手又湿、又冷、又抖,但总算还有力,她用意想不到的温柔将他扶起。比瑟曦更温柔。她一边将他扶出浴缸,他一边想,双腿麻木不仁。"守卫!"他听见妞儿大喊,"弑君者出事了!"

詹姆,詹姆模糊地想,我的名字叫詹姆。

等他醒来,发现自己躺在潮湿的地板上,守卫们、妞儿和科本关切地望着他。布蕾妮还是裸体,不过她似乎暂时忘记了。"热气的缘故。"科本学士诊断。不,他不是学士,他没有颈链。"他血液里还有污秽,且营养不良。你们给他吃什么?"

"虫子、马尿和灰浆。"詹姆回答。

"面包、清水和麦粥。"守卫声明,"而且他几乎不吃,我们能拿他怎么办呢?"

"这我不管,你们得负责帮他洗澡、穿衣,带到焚王塔,"科本说,"波顿大人等着他共进晚餐,时间不多了。"

"把干净衣服给我,"布蕾妮道,"我来帮他梳洗更衣。"

大家都乐意把任务扔给她,于是忙把詹姆抬起,坐到墙边石凳上。布蕾妮拿来自己的毛巾,又找到一个硬刷子,帮他搓洗。一名守卫递来剃须刀,科本送来粗布内衣、干净的黑羊毛马裤、宽松的绿上衣和衣结在前的皮背心。詹姆神志清醒多了,但身体的残缺无法弥补,靠妞儿帮忙,方才穿上衣服。"好呀,万事俱备,就差对银镜梳妆喽。"

跟随血戏班的前学士也为布蕾妮拿来干净衣服:褪色的粉红绸

缎裙服和亚麻布内衣。"对不起，小姐，这是全城您唯一能穿进去的服装。"

显而易见，这身裙服是为手臂更苗条、腿脚更短、胸部更鼓胀的女人做的，漂亮的密尔蕾丝无法掩饰布蕾妮皮肤上的处处伤痕。总而言之，换上女装的妞儿看起来滑稽透了。她的肩膀比我宽，脖子比我粗，詹姆心想，难怪平时只穿盔甲。粉红也和她不配。一连串残忍的笑话在詹姆脑海中成型，但他没说出口。还是别惹她，一只手打不过。

科本端来水瓶。"这是什么？"眼看无颈链的学士要他喝，詹姆问。

"用欧亚甘草泡的醋，混了蜂蜜和丁香。喝下去，您会多些力气，头脑清醒。"

"给我能长出新手的药剂，"詹姆道，"我只要这个。"

"快喝，"布蕾妮严肃地说。他照办了。

足足过了半小时，他才找到力气站起来。与澡堂潮湿室闷的暖意相比，外面的空气像冰冷的巴掌。"大人要立刻见他，"守卫告诉科本，"连她也去。需要我背他吗？"

"我能走路。布蕾妮，扶我一把。"

詹姆抓住她的手，任他们带他穿过庭院，来到一座通风良好的大厅。这里甚至比君临的王座厅还大，墙边有巨大的壁炉，每隔十尺一个，难以尽数，只如今没有生火，寒意彻骨。十来个穿毛皮披风的长矛兵警卫着大门和通往上方两层楼台的阶梯。在这片无限的空旷中，平滑的板岩地板上，搁了一张板桌，恐怖堡伯爵和他的侍从正在那里等他。

"大人。"靠近后，布蕾妮开口。

卢斯·波顿眼睛的颜色比岩石还淡，但比牛奶略深，他的声音像蜘蛛一样轻柔。"很高兴见你身子好转，爵士。小姐，您请坐。"他朝满桌子奶酪、面包、冷肉和水果作个手势,"你要红葡萄酒还是白葡萄酒?可惜成色不太好,亚摩利爵士将河安伯爵夫人的酒窖都掏空了。"

"相信你是为此而处决了他。"詹姆一屁股坐下去,不让波顿发现他的虚弱。"白酒是史塔克的玩意儿,我要作个可敬的兰尼斯特,喝红的。"

"我喝水。"布蕾妮说。

"艾尔玛,给詹姆爵士倒红葡萄酒,给布蕾妮小姐倒清水,给我香料甜酒。"波顿手一挥,解散了护卫们,大家一言不发地离去。

詹姆习惯性地伸右手去拿酒杯,断肢碰到杯子,干净的亚麻绷带顿时留下无数鲜红的点,他忙在酒杯翻倒前伸左手接住。波顿假装不在意他出的丑,这名北方贵族精细而果决地咬着食物。"尝尝李子脯,詹姆爵士,甘甜可口,对肠胃有好处。这是瓦格大人从某间被他烧掉的客栈里弄到的。"

"我的肠胃很好,山羊不是大人,此外,我对李子脯不感兴趣,只关心你打的算盘。"

"关于你的部分?"卢斯·波顿唇边浮现一轮淡淡的微笑。"你是个棘手的战利品,爵士先生,走到哪里,哪里就出现不和与纷争,我在赫伦堡的快乐老家也被你搅浑了。"他的声音是低语中的低语。"奔流城更是闹翻了天,你可知道,艾德慕·徒利悬赏一千金龙?"

这么简单?"我老姐会出十倍的价。"

"会吗?"他又笑了,接着表情陡然严肃,"一万金龙是笔大数目,可是,还有卡史塔克大人的承诺值得考虑。他承诺谁将你人头献上,就把女儿给谁。"

"这话你留给山羊罢。"詹姆道。

波顿轻笑。"你可知道，我们拿下城堡时，哈利昂·卡史塔克正在这里作俘房？后来我把手下卡史塔克家的人马全拨给他，要他随葛洛佛东进，希望他别在暮谷城出什么意外……否则亚丽·卡史塔克小姐就成了他们家唯一的子嗣啰。"他选中另一块果脯，"你很走运，我刚在李河城娶了瓦妲·佛雷夫人。"

"美女瓦妲？"詹姆笨拙地用断肢托着面包，左手来撕取。

"胖子瓦妲。佛雷大人慷慨地允诺以新娘等体重的银子作嫁妆，所以我就挑她啰。艾尔玛，帮詹姆爵士撕面包。"

男孩从一条面包上撕下拳头大的一块，递给詹姆。布蕾妮则自己开动。"波顿大人，"她问，"听说您有意将赫伦堡送给瓦格·赫特？"

"那是讲好的价码，"波顿伯爵解释，"天下懂得还债的不止兰尼斯特一家。不管怎样，我很快得离开。艾德慕·徒利与萝丝琳·佛雷的婚礼即将在李河城举行，国王要我务必出席。"

"艾德慕的婚礼？"詹姆说，"罗柏·史塔克呢？"

"罗柏陛下已经成婚了。"波顿将果核吐到掌心，扔到一边，"他娶了峭岩城的维斯特林，芳名简妮。爵士，你肯定认识她，她父亲是你父亲的封臣呢。"

"我父亲有许多封臣，他们又有许多女儿，"詹姆左手端起酒杯，试图回忆这位简妮。记得维斯特林是个古老的家族，有的是骄傲，却没有力量，为何……

"这不可能，"布蕾妮固执地反对，"罗柏国王承诺与佛雷家结亲，怎会背弃誓言？他——"

"——只是个十六岁的孩子，"卢斯·波顿温和地说，"小姐，请您不要质问我。"

詹姆为罗柏·史塔克感到几许悲哀。他在沙场赢得战争，却又在床上输了回去，可怜的傻瓜。"瓦德大人愿用鳟鱼代替奔狼？"

他问。

"噢,至少鳟鱼比较可口,"他用淡色的指头指着他的侍从,"真正受害的是可怜的艾尔玛。他跟艾莉亚•史塔克定过亲,但他慈祥的老父受不了罗柏国王的背弃,只能替他解除婚约。"

"有艾莉亚•史塔克的消息?"布蕾妮立时靠过来,"凯特琳夫人还以为……这女孩活着?"

"噢,是的。"恐怖堡伯爵保证。

"您有确切的消息,大人?"

卢斯•波顿耸耸肩:"艾莉亚•史塔克的确失踪了一段时间,后来又找着了,我会把她安全带回北境。"

"还有她姐姐呢!"布蕾妮急了,"提利昂•兰尼斯特答应用两个女孩来交换他哥哥。"

恐怖堡伯爵觉得很有趣:"小姐,没人告诉您吗?兰尼斯特都是骗子。"

"可以把这视为对我家族荣誉的侮辱吗?"詹姆用左手拾起切奶酪的刀。"又平又钝,"他将拇指滑过刃面,评论道,"但足以刺穿你的眼睛。"额头全是汗,他希望自己不要表现得像内心感觉的那么虚弱。

淡淡地微笑又回到波顿大人唇边。"就一个连面包也撕不了的人而言,你的口气不小。我提醒你,这里到处都是我的人。"

"到处都是,但离得太远。"詹姆朝周围的长厅扫了一眼。"等他们赶到,你就跟伊里斯一样死翘翘了。"

"主人拿奶酪和橄榄盛情相待,作客人的怎可出言威胁?"波顿大人谴责,"至少在我们北方,大家还把宾客权利视为神圣不可侵犯的约定。"

"我是你的俘虏,不是你的客人。你的山羊砍了我的手,你以为几块果脯就能冰释前嫌,趁早绝了念头。"

卢斯•波顿缓缓地说："或许我错了，或许我该把你当结婚彩礼送给艾德慕•徒利……或许我该将你明正典刑，就像你姐姐杀艾德•史塔克。"

"我以为这很不明智，天下皆知，凯岩城有仇必报。"

"在我的城堡和你的岩石之间，相隔上千里格的山峦、大海和沼泽。兰尼斯特能奈波顿家如何？"

"兰尼斯特家同样以友谊和信誉著称。"詹姆逐渐明白了游戏规则。妞儿明白吗？他不敢去看。

"不知聪明人该不该拿你当朋友。"卢斯•波顿朝男孩作个手势，"艾尔玛，帮客人们切肉。"

烤肉先给布蕾妮，但她顾不得吃。"大人，"她说，"詹姆爵士是凯特琳夫人两个女儿的赎品，请您择日放了我们，让我们完成交易吧。"

"逃跑的消息从奔流城传来，至于交换，从无耳闻。小姐，您协助俘虏逃亡，已构成叛国大罪。"

大个子妞儿站了起来："我所做的一切，全是为史塔克夫人效命。"

"我的主君是北境之王——或者像某些人说的那样，'失去北境之王'。陛下不希望把詹姆爵士送回给兰尼斯特家。"

"坐下来好好吃，布蕾妮。"詹姆劝道。艾尔玛在他的餐盘里放下一片烤肉，焦黑多血。"波顿大人想杀我们，就不会浪费宝贝的李子脯啦，不如留着补自个儿肠胃。"他瞪着烤肉，终于承认自己无法单手进食。如今的我，甚至值不了一个女孩，他盘算，外加山羊才能完成交易。不过瑟曦要是把她的孩子以同样的方式送回去，凯特琳夫人恐怕就不会感激了。想到这，他做个鬼脸。不用说，到头来一切都会怪到我头上。

卢斯•波顿有条不紊地切肉，鲜血流下餐盘。"布蕾妮小姐，

"如果我告诉您，我愿意放詹姆爵士上路，愿意达成您和史塔克夫人的心愿，您可会坐下来好好吃？"

"我……您愿意放我们走？"妞儿警戒地说，但她坐了下来，"谢谢您，大人。"

"没关系。其实问题在于，瓦格大人给我带来了一点……小麻烦。"他将淡色的眼睛转向詹姆，"你知道山羊为何砍你的手？"

"他喜欢让人断手缺脚。"断肢上的亚麻布为血和酒所浸染，"无需什么理由。"

"不，他有目的。山羊比看上去机灵得多。长期统率勇士团那样的队伍，需要的是脑子。"波顿用匕首叉起一大片肉，送到嘴里，仔细咀嚼，然后吞下。"我以赫伦堡作贿赂，瓦格大人方才背叛兰尼斯特家，因为他知道，这高出你父亲能开出的任何价码一千倍之多。但反过来，身为异乡人，他不明白这份奖品是有毒的。"

"黑心赫伦的诅咒？"詹姆笑道。

"泰温·兰尼斯特的诅咒。"波顿伸出酒杯，艾尔玛连忙斟满，"我的山羊不认识塔贝克家或雷耶斯家的人，不知道你父亲大人对付叛徒的手段。"

"早就没有塔贝克家或雷耶斯家的人了。"詹姆道。

"这点我相信。瓦格大人显然一门心思寄望史坦尼斯在君临高奏凯歌，接着为他反抗兰尼斯特出了一份绵薄之力的缘故，正式承认他的封地。"他干笑一声，"不错，只怕他也不了解史坦尼斯·拜拉席恩。那家伙或许会给他赫伦堡……同时也会给他一条绳子。"

"一条绳子与我父亲将要他付出的代价相比，太轻。"詹姆道。

"这点他和你达成共识。眼下史坦尼斯大败，蓝礼丧命，只有史塔克家能保他免遭泰温大人的报复，可惜连这个机会也越来越渺茫。"

"罗柏国王战无不胜。"布蕾妮坚决地说,一如既往的顽固。

"是啊,战无不胜,却接连丢掉佛雷家族、卡史塔克家族、临冬城与整个北境。遗憾哪,少狼主只有十六岁,他这个年纪的孩子总以为自己强大而不朽。就我看来,老成的做法是找机会屈膝。战争的结局总归是和平,和平带来宽恕……至少,罗柏·史塔克能保住爵禄,瓦格·赫特这样的人就难了。"波顿给他一个极轻微的笑。"两边都在利用他,但两边都不会为他的下场流一滴眼泪。勇士团没有参加黑水河之战,但他们的死刑已在那里判决。"

"你能原谅我的喜形于色吧。"

"呵,你就不为我那可怜的、遭天谴的山羊感到一点遗憾么?噢,可诸神终究是……不然又为何把'你'交到他手里?"波顿咀嚼起另一片肉,"卡霍城无论从面积或影响上论,都远不及赫伦堡,好在位于狮爪可触及的范围之外。只要娶亚丽·卡史塔克小姐为妻,山羊就能成为名副其实的领主老爷。他想从你父亲那边敲诈一笔,然后把你卖给瑞卡德大人。他要的是那位少女,是避难所。"

"想卖你,首先要保住你,而河间地处处有危机。葛洛佛和陶哈在暮临厅大败,他们的部队四散溃逃,遭到魔山的追杀;一千名卡史塔克的部众为了抓你,朝奔流城东、南两个方向持续搜索;此外还有无主无地的戴瑞家部众,越来越猖狂的狼群和闪电大王率领的土匪。说真的,要给唐德利恩逮住,他会把你和山羊吊死在同一棵树上。"恐怖堡伯爵用面包块去吸餐盘里的血,"只有把你关在赫伦堡,他才能放心地做交易,可在此地,他的勇士团不仅比我的人少,甚至连伊尼斯爵士的人也比不上。毫无疑问,他害怕我把你送还给奔流城的艾德慕……甚至把你还给你父亲。"

"但弄残了你,他一举达到三个目的:除去潜在的威胁,给你父亲一个恐怖的信物,抵消了你对我的价值——他是我的人,我是罗柏国王的人,如果要问罪,得先找到我头上。所以你看……这就是我的小麻烦。"他盯着詹姆,淡色的眼睛半点不眨,充满暗示,充满寒意。

我明白了。"你要我为你洗刷,你要我告诉父亲这一切不关你的事,"詹姆哈哈大笑,"大人,把我送到瑟曦身边,我会尽我所能地大吹法螺,歌颂你对我的优待。"他明白,只消说个不字,波顿会立刻把他丢还给山羊。"如果我的手还在,我现在就写信。告诉父亲,我是如何被他漂洋过海请来的佣兵所伤害,又是如何被高贵的波顿老爷拯救的。"

"我相信你的承诺,爵士。"

这话可稀罕。"那么,你打算何时放我?又如何保护我免遭狼群、土匪和卡史塔克的毒手呢?"

"科本说你能上路时,我才会送你走,并由我的侍卫队长沃顿亲率大批精兵跟随保护。他外号'铁腿',是个钢铁般忠诚的士兵,会确保你平安无恙地返回君临。"

"还得确保把凯特琳夫人的女儿们平安无恙地送回来,"妞儿提醒,"大人,感谢您请沃顿先生前来保护,但归还女孩是我的责任。"

波顿大人漠不关心地扫了她一眼:"小姐,那两个女孩不关你的事。珊莎小姐已是小恶魔的夫人,只有诸神能将他们分开。"

"夫人?"布蕾妮很惊讶,"小恶魔的夫人?可他……他在朝堂上发过誓,满朝文武和诸神均能作证……"

好个天真的孩子。其实,詹姆吃惊的程度不亚于她,但他知道隐藏。珊莎·史塔克,希望你将欢笑带给提利昂。他记得弟弟和农夫的小女孩共度的快乐时光……即便为时只有半月。

"小恶魔发誓与否都毫无关系,"波顿大人宣布,"尤其和您没关系。"听罢此言,妞儿似乎很受伤,当卢斯·波顿挥手示意守卫上前时,或许她终于意识到陷阱的钢牙已经牢牢合拢。"既然詹姆爵士决定继续往君临的旅程,您恐怕就得留下来,我不能把瓦格大人的两件战利品同时剥夺掉。"恐怖堡伯爵拿起又一块李子脯,"如果我是您,小姐,我不会在意史塔克,而该担心蓝宝石的事。"

提利昂

身后传来一声马嘶,来自于道路两旁列队的某位金袍子不耐烦的坐骑。提利昂还听见盖尔斯伯爵的咳嗽。盖尔斯伯爵、亚当爵士、贾拉巴·梭尔等人并非他渴望的同伴,但父亲大人以为,单要侏儒来护送道朗亲王过黑水河实在不成体统。

乔佛里应该亲自来迎接才对,他边等边想,不过这小子铁定把一切都搞砸,所以父亲才派我。前两天,他们还听见国王大声谈论从梅斯·提利尔的部下那儿听来的关于多恩人的笑话。"给马儿上蹄铁需要几个多恩人?不多不少,正好九个。一人工作,八人抬马。"提利昂知道这样的话不能在道朗·马泰尔耳边提起。

他们来了,旗帜逐渐从远处残余的绿森林中出现,伴随着阵阵尘埃。从那儿一路过来,直到河流,唯有焦黑的树桩,这是上次战役中他的杰作。好多旗帜啊,他乖僻地想,无数马儿扬腿掀起漫天灰烬,就如当日提利尔的前锋从侧翼粉碎史坦尼斯的情景。看来,马泰尔将多恩一半的大贵族都带来了君临。他试着想象这代表什么意义,越想越觉得不安。"你瞧有几家旗帜?"他询问波隆。

佣兵骑士眯眼仔细观察:"八家……不,九家。"

提利昂回头:"波德,过来,给我形容每面旗帜,并说出它们属于哪个家族。"

波德瑞克·派恩催他的小马靠近。他是今日的王家掌旗官,举着乔佛里的雄鹿狮子旗,有些不堪重负。波隆则举着提利昂自己的旗帜,绯红底面上的兰尼斯特金狮。

他长高了。当波德站到马镫上竭力探望时,提利昂心想。很快，他就和其他人一样，身材比我高了。在提利昂的关照下，波德这小子仔细研究过多恩人的纹章系谱，但说话紧张的老习惯却改不掉。"我看不清，风一直吹呢……"

"波隆，告诉这小子你看到什么。"

波隆今天穿着新外衣和披风，胸前是着火锁链徽纹，像极了故事中的骑士。"橙底上一个红色的太阳，"他叫道，"被一柄长矛所贯穿。"

"马泰尔，"波德瑞克·派恩迫不及待地说，显然舒了一口气，"阳戟城的马泰尔家族，大人，这是多恩领亲王的旗帜。"

"这连我的马都知道，"提利昂干巴巴地说，"换一个，波隆。"

"紫色旗面上一堆黄球。"

"你指柠檬？"波德满怀希望地问，"紫色旗面上的柠檬？这是柠檬林的……达特家族？"

"是么？……下一个是黄色旗面上的大黑鸟，爪子上有个白色或粉色的东西……风吹得晃，看不清楚。"

"那是布莱蒙的秃鹰，爪子上抓的是婴儿，"波德道，"这是布莱蒙城的布莱蒙家族，爵士先生。"

波隆笑道："小子，又读书啦？读书坏眼睛的，这样就用不好剑了。下一个，黑旗上的白骷髅。"

"曼伍笛家族的宝冠骷髅，黑底上戴金冠的头骨。"每说对一个，波德就变得更自信，"他们来自王冢城。"

"三个黑蜘蛛？"

"那是蝎子，爵士。沙石城的科格尔家族，他们的旗帜是红底上三只黑蝎子。"

"上黄下红，中间弯弯曲曲。"

"狱门堡的火焰纹章，属于乌勒家族。"

提利昂有些吃惊。这孩子不傻嘛，尽管说话结巴。"继续，波德，"他催促，"如果能得满分，我就送你一件礼物。"

"黑红相间的饼子，"波隆说，"中间一只金手。"

"神恩城的艾利昂家族。"

"呃……一只红色的鸡……啄一条蛇，似乎是这样。"

"盐海岸的戈根勒斯家族。对不起，爵士先生，那不是鸡，是鸡蛇，由蛇孵公鸡所生，身体红红的，嘴巴上叼一条长长的黑蛇。"

"非常好！"提利昂赞道，"小子，还有最后一个。"

波隆扫视逼近的多恩旗帜："棋盘状的绿色旗面上一根金色的羽毛。"

"准确地说，是鹅毛笔，爵士先生，这是托尔城乔戴恩家族的纹章。"

提利昂哈哈大笑："九个全对，连我自己也做不到。"这当然是谎话，但可以给小子一些自信，何乐而不为呢。

看来，马泰尔家拉上一大帮权贵作陪。波德刚才所指名的家族，个个根深叶茂，领地辽阔，绝非等闲。多恩的九大家族由族长或继承人领队，一齐前来，提利昂心知他们决不是来看跳舞熊的。*其中定然蕴涵着什么信息。我不会喜欢的信息。*他开始觉得将弥赛菈送去阳戟城是个错误了。

"大人，"波德有点害羞地说，"队伍里没有轿子。"

提利昂猛然回头望去。果然，这小子说得对。

"道朗·马泰尔向来坐轿子出行，"小子道，"那是一顶雕饰精细、悬挂丝帘的轿子，丝帘上绣有无数太阳。"

这个提利昂也知道。据说道朗亲王年过五十，且患有痛风病。*莫非这次他想加快赶路？*他自忖，*莫非怕轿子成为盗匪的打劫目标？或者不便于通过骨路的山口要道？莫非对方的痛风病好了？*

不祥的预感油然升起。

等待让人心焦。"旗帜前进，"他下令，"去会他们。"他踢马行进，波隆和波德分列两边，紧紧跟随。多恩人发现他们的行动后，也放马奔驰，旗帜在风中招展。雕饰繁复的马鞍上挂着他们最爱的圆铁盾、捆捆投掷用的短矛及他们惯用于马上骑射的双弧多恩弓。

国王戴伦一世记载到，多恩人分为三大族群：居于海边的"盐人"，居于沙漠和狭长河谷中的"沙人"，居于赤红山脉上的高山和隘口中的"石人"。"盐人"和罗伊拿人混血最严重，"石人"则基本保持本地风貌。

这次道朗的队伍里面，三大族群悉数到场。他们特征明显："盐人"柔软黝黑，有橄榄色的光滑皮肤和风中飘荡的黑长发；"沙人"黑的程度更甚，他们不堪多恩领日光的强烈照射，因此惯于在头盔上扎明亮的长围巾；"石人"在三者中身材最棒，也最美丽，他们是安达尔人和先民的后代，棕发或金发，不过面孔稍因多恩的日照而显得粗糙。

来访的诸侯穿着丝绸或缎子长袍，长袖飘动，宝石腰带束身，盔甲上密密麻麻地装饰或镶嵌着磨光铜片、闪亮银子和红色软金，胯下的骏马有的枣红、有的金色，还有的洁白如雪，个个苗条迅捷，脖子纤细，头窄而优美。生于多恩沙漠的名马或比北马个小，也不能支撑全身铠甲，但传说可以奔跑两日一夜，丝毫不感疲累。

对方头领骑一匹炭黑骏马，鬃毛和尾巴却是火红。骑手高大、苗条而优雅，仿与坐骑融为一体。他的肩头飘动淡红丝袍，衬衣上装饰着层层叠叠的铜片，奔驰起来好似千千明亮的新铜板在发光。高高的镀金头盔前方饰有一个铜制太阳，马后挂一面圆盾，磨亮的表面纹饰着马泰尔家族的金枪贯日家徽。

年轻十岁的马泰尔太阳，提利昂边勒马边想，他正如传说中

的健壮，而且比传说中更凶猛。他知道自己将要面对的对手，俗话怎么说来着？"多恩壮士密如沙，唯此一人甲天下。"他逼自己微笑。"幸会，大人们。乔佛里国王陛下得知你们到来的消息后，特派我等前来，代表他致以热烈的问候和欢迎。我父亲大人——当今国王之手——同样热烈欢迎诸位大人的到来。"接着他装腔作势地问，"请问诸位大人，谁是道朗亲王殿下呀？"

"我哥哥道朗亲王身体有恙，暂时不便出行。"对方头领取下头盔。这是张长而忧郁的脸，细拱眉下一双黑亮如煤油池塘的大眼睛，额头和鼻子同样尖，富于光泽的黑发中只有少许银丝。一个地地道道的"盐人"。"他特派我前来作代表，列席国王的御前会议——倘若陛下准许的话。"

"有多恩的奥柏伦亲王这样的大英雄在身边顾问，陛下一定深感欣慰。"提利昂满腹思量的说，果然坏了，这下君临城里有好戏看，"陛下同样欢迎您带来的这些贵宾。"

"请允许我向您介绍我的同伴，兰尼斯特大人。这位是柠檬林的丹泽尔·达特爵士。这位是崔蒙德·戈根勒斯爵爷。这两位是哈曼·乌勒爵爷和他弟弟乌里克爵士。这两位是罗热·艾利昂爵士和他的私生子戴蒙·沙德爵士，他们来自神恩城。这几位是达苟士·曼伍笛爵爷和他弟弟米斯爵士、他儿子莫尔斯与狄肯。这位是亚隆·科格尔爵士。噢，还有尊贵的女士们，这位是密蕊·乔戴恩小姐，托伦城的继承人。这三位是劳拉·布莱蒙伯爵夫人和她女儿乔妮莎、她儿子彭罗斯。"他举起纤细的右手，示意队伍后方一位黑发女子上前，"这是艾拉莉亚·沙德，我的情妇。"

提利昂吞了吞口水。他的情妇！还是个私生女，要让她参加婚礼，瑟曦不发疯才怪。要是亲爱的老姐把她安置在高台下的角落里，必定招惹红毒蛇的怒气；可要是让她坐上高台，又会把同席的贵妇人们全得罪光。莫非道朗亲王的目的是要弟弟来挑起纷争？

奥柏伦亲王介绍完毕后，面朝他的多恩同伴们勒马。"艾拉莉亚，大人们，女士们，爵士先生们，你们都瞧见了吧？咱们的好国王乔佛里陛下有多宠爱咱们，竟然派出自己的亲舅舅小恶魔负责接待呢！"

波隆扑哧一笑，提利昂则佯作欢颜。"大人们，能来迎接您，我感到非常荣幸，但我并非独自一人。您不觉得，对这样一个小人儿而言，担子有些太重了么？"他自己的队伍也跟了上来，于是他一一唱名以为回敬，"请允许我向你们介绍我的队伍。这位是佛列蒙·布拉克斯爵士，角谷城的继承人。这位是罗斯比城的盖尔斯爵爷。这位是亚当·马尔布兰爵士，现任都城守备队司令。这位是贾拉巴·梭尔王子，来自红花谷岛。这位是哈瑞斯·史威佛爵士，我叔叔凯冯爵士的岳父。这位是梅隆·克雷赫爵士。这两位分别是菲利普·福特爵士和黑水的波隆爵士，皆是在平定逆贼史坦尼斯的战争中涌现出来的英雄。这位是我的侍从，年轻的波德瑞克，来自派恩家族。"提利昂将各人姓名娓娓道出，但这些人远没奥柏伦亲王的同伴那么显赫响亮的来头。双方对此都心知肚明。

"兰尼斯特大人，"布莱蒙伯爵夫人道，"我们风尘仆仆、长途旅行，此刻极想作点休息，用些便饭。请问可以即时入城吗？"

"当然，我的夫人。"提利昂掉转马头，向亚当·马尔布兰爵士下令。于是占荣誉护卫主体的金袍骑兵们行动起来，护送队伍前往黑水河及对岸的君临城。

奥柏伦·纳梅洛斯·马泰尔，提利昂低吟着对方的姓名，直到亲王本人骑到身边。多恩的红毒蛇，七层地狱啊，我该怎么来应付他？

当然，提利昂对他的了解只是传闻……但这些传闻实在可怕。据说奥柏伦亲王未满十六岁时被人发现与伊伦伍德老爵爷的情妇偷情。这老人身体强壮，素以暴躁凶悍出名，于是要求决斗，但碍于亲王的出身与年龄，约定见血即止。决斗的结果是两败俱伤，双方的荣誉都得以保持，但不久之后，奥柏伦亲王康复如初，伊伦伍德伯爵却伤口化脓，死于非命。人们认为奥柏伦在剑上涂毒，从此往后，无论他的对手还是朋友都称他为"红毒蛇"。

这是多年以前的事了，当初那个青春少年如今已年过四十，唯一不变的是围绕他的传闻变得越来越可怕。据说他周游九大自由贸易城邦，与毒剂师交易，习得各种黑暗伎俩；他就读于学城，在厌倦并辍学以前，已打造了六根链条；他在狭海对面的争议之地当佣兵，起初效力于次子团，后来又组建了自己的团队。关于他的比武，他的战争，他的决斗，他的坐骑，乃至他性趣的传闻多如牛毛……谣传他男人女人都睡，多恩领全境都有他的私生女，这些女孩被称为"沙蛇"。据提利昂所知，奥柏伦亲王一个儿子也没有。

最棘手的是，正是他弄残了高庭的继承人。

在这场与提利尔家的联姻中，他真是七国上下最不受欢迎的客人了。将奥柏伦亲王带进如今招待着梅斯·提利尔公爵，公爵的两个儿子和数千高庭将士的君临城，简直就是柴堆里浇油。一个错误的词语，一句不合适的玩笑，甚至一个多余的眼神，争斗马上就会爆发，我们家族的同盟者们将翻脸干起来。

"我们见过面，"他们并肩在国王大道上前行，越过烧焦的田野和树干，多恩亲王轻声地说，"但我想你已记不得了。那时的你比现在更矮咧。"

提利昂讨厌他嘲讽的语气，但告诫自己，不可为对方所激。"什么时候的事，大人？"他用礼貌而有兴致的口吻发问。

"噢，好多好多年以前啦，当时我母亲统治着多恩，而你父亲当着另一位国王的首相。"

他和当今国王的差异，只怕比你以为的小，提利昂酸酸地想。

"我和我母亲、她的男人、我姐姐伊莉亚等一起造访凯岩城时,只有……噢,十四五岁吧,大致如此,伊莉亚则大我一岁。记得你哥哥和姐姐那时八九岁,而你刚刚出生。"

你们的来访真会挑时间。提利昂的母亲生他时难产而死,所以马泰尔家是在凯岩城举家戴孝时到来的。尤其他父亲,当时一定五内俱焚。泰温公爵很少提起自己的夫人,但提利昂听几位叔叔谈过父母之间的恋爱。当年,父亲长期担任伊里斯王的首相,人们都说泰温·兰尼斯特大人统治着七大王国,而乔安娜夫人统治着泰温大人。"你母亲去世之后,泰温就不再是从前那个他啦,小家伙,"吉利安叔叔曾告诉他,"他的情怀也随之而逝。"吉利安是泰陀斯·兰尼斯特公爵四个儿子中的幼子,也是提利昂最喜欢的叔叔。

而今物是人非,小叔叔出海失踪,乔安娜夫人则因提利昂而死。"您觉得凯岩城怎样呢,亲王殿下?"

"不怎样。我们造访期间,你父亲一直避而不见,只让凯冯爵士负责打点。他分给我的房间里有张羽床,还有密尔地毯,可又黑又没窗户,我告诉伊莉亚,与其说这是客房,倒不如说是地牢。你们那边的天空过于灰暗,酒水过于甜腻,女人过于朴素,食物过于清淡……而你,最让我们失望。"

"那时候我才刚生出来,请问如何让您失望呢?"

"你是众人口中的尤物,"黑发亲王回答,"没错,当年还是小小一团肉,却已经名闻天下。你出生时,我们正在旧镇,全城人都在谈论首相大人得到的怪物,大家都认为这是国家前途的恶兆。"

"是啊,随之而来的就是饥荒、瘟疫和战争,"提利昂酸溜溜地笑道,"饥荒、瘟疫和战争,噢,还有冬天,以及永不终结的长夜,这些都是我带来的。"

"呵呵,"奥柏伦亲王道,"你的出生的确带来了你父亲的失势。我曾听乞丐帮的兄弟布道,说你父亲将自己变得比伊里斯王更伟大，可只有诸神才能位于国王之上，所以他们送出你作为诅咒，教训你父亲：没有凡人可以和他们平起平坐。"

"我很努力地去做啦，可惜他不吸取教训，"提利昂装腔作势地叹道，"您继续讲吧，我喜欢听故事。"

"我们发现你生得无甚特异，因此深感失望。一路过来，人们都说你像猪似的长了一根硬硬的卷尾巴，头大得出奇，几乎有身体的一半那么大，而你生下来就有厚厚的黑发和胡子，一只邪恶的眼睛与狮爪。你牙齿很长，因此不能闭嘴，而你双腿之间，不仅有男人的命根子，还有女子的阴道。"

"是嘛，要一个人能自己操自己，可就省却不少烦恼，您说对吧？而尖牙和狮爪时不时也能派上用场。算啦，我已经明白您的失望了。"

波隆笑出声来，但奥柏伦皮笑肉不笑。"若非你亲爱的姐姐，我们根本见不着你。那时候，你们家的人从不将你带出来，更不用说向客人展示了，我们只常在夜间听见从凯岩城深处传来婴儿的哭嚎。我得承认，你那时候的哭声真了不起，可以哭上好几个钟头，除了女人的奶子，什么也治不住。"

"这点嘛，到现在也没改。"

这回奥柏伦亲王终于放声大笑："咱俩真是口味相投。戈根勒斯大人曾告诉我，他梦想长剑在手，马革裹尸，我回答他我梦想乳房在口，醉死温柔乡。"

提利昂咧嘴一笑："您刚才提到我姐姐？"

"瑟曦答应伊莉亚，一定会满足我们的好奇心。我们临走的前一天，我母亲和你父亲在一起商议事情，她和詹姆则将我们带去你的房间。你奶妈想把我们赶出去，但你姐姐三言两句就把她打发。'他是我的，'她说，'而你不过是头奶牛。'没资格干涉我。不闭嘴的话，我就叫父亲把你舌头拔掉，反正奶牛只需要乳房，不需要舌头的。"

"不错，太后陛下她从小就是魅力非凡。"提利昂饶有兴味地说。姐姐居然说出"他是我的"，真想不到，可惜从此之后，她大概再没有这样的想法了。

"瑟曦亲手解开你的襁褓让我们仔细观看，"多恩亲王续道，"你的确有只邪恶的眼睛，头皮上长黑色的绒毛，脑袋也比多数新生儿要大……但你没尾巴，没胡子，没尖牙，没狮爪，两腿之间也只有一点粉红的小突起。听了这许多离奇传说，结果泰温大人的祸根不过竟只是一位红彤彤、腿脚有点畸形的丑陋婴儿！伊莉亚见到你就像小女生见到猫咪小狗似的尖叫起来，我想你一定听见了，尽管你长得很丑，她还多想抚养你呢。我告诉你姐姐，你真是个可怜的怪物，她回答：'谁说的？这家伙杀了我妈妈。'然后用力拧你的小命根子，像要把它扯下来。你厉声惨叫，但她充耳不闻，最后你哥哥詹姆发话：'住手！你弄痛他了！'瑟曦方才停止。'有什么关系？'她向我们保证，'大家都说他活不长，他这玩意儿反正也长不大。'"

头顶艳阳高照，秋日炎热，但提利昂·兰尼斯特听到这一切之后，只觉冰冷彻骨。我亲爱的姐姐，他摸摸鼻子上的伤疤，用那只"邪恶的眼睛"瞪着多恩人。他为何告诉我这些？考验我？像瑟曦一样嘲弄我？想听听我的尖叫？"这故事不错，您定要给我父亲讲，我保证他听过之后会和我一样开心的。尤其是关于尾巴的部分，您知道，我本来有尾巴，却是被老爸亲手切掉。"

奥柏伦亲王嘿嘿一笑："你真是越长越有趣了。"

"是吗？可我想长高呢。"

"说到有趣……我刚从布克勒大人的侍从那儿听到个奇怪的传闻，据说你专门设立针对女性的税？"

"准确地说，是对娼妓行业征税，"提利昂不安地回答，该死，这与我何干？明明是给父亲逼的！"呃……做一次一个铜板。首相大人认为如此可以提升都城的道德水准。"真实目的是为乔佛里的婚礼筹款。不消说，作为财政大臣，人民所有的不满都会发泄到提利昂身上。据波隆讲，大街小巷都将这称为"侏儒的铜板"。"张开双腿吧，婊子，为了半人！"妓院和酒馆里，人们如此笑骂。

"看来我得带上一荷包铜板，亲王与庶民都要守法嘛。"

"您用得着劳师动众地去那种地方？"提利昂瞥瞥身后和其他女人走在一起的艾拉莉亚·沙德，"莫非您在旅途中厌倦了她？"

"怎么可能？我和她亲密无间，有福同享，"奥柏伦耸耸肩，"说真的，我们还没同享过漂亮的金发妞儿呢，艾拉莉亚对此一直耿耿于怀，你知道上哪儿去找这路货色吗？"

"我是个结了婚的人。"虽然没有圆房，"可不会上妓院鬼混。"除非想见她们给吊死。

奥柏伦突然转变话题："据说，国王的婚宴上有七十七道大餐？"

"您可是饿了，亲王殿下？"

"我饿了很久，但不是为吃的。请你告诉我，你们许诺的'正义'何时才能实现？"

"正义。"没错，他当然是为这个来的，我早该明白，"想必您和令姐很要好？"

"我和伊莉亚从小就在一起，形影不离，就像你哥哥和你姐姐。"

是吗？希望不要。"奥柏伦亲王殿下，这阵子，战争和婚姻的事让我们忙得不可开交，暂时无暇顾及十六年前那桩可怕的谋杀，如有怠慢之处，鄙人深表歉意。我保证，只等时机合适，会即刻作出处理。同时，多恩领主为维护王国统一所作出的任何贡献，都将有助于提升我父亲大人查案的精力和速度——"

"侏儒，"红毒蛇深沉而冷淡地叫道，"我对你们兰尼斯特的谎言毫无兴趣。你以为我们是好欺负的绵羊，还是没脑袋的傻瓜？我哥哥并不嗜血，但这十六年来，他也并非在睡大觉。劳勃夺取王位的第二年，琼恩·艾林前来阳戟城，我们上百遍地责难他、质询他。我告诉你！要由我做主，才不关心什么调查做戏，只要为伊莉亚和她的孩子们复仇，复仇！首先宰了那蠢笨如牛的格雷果·克里冈……但是，事情并非到此为止。杀掉这混账以前，我要问出幕后主使，告诉你，最好不要让我知道是你父亲，"他笑了，"有个老修士曾说，我的出生真是诸神的大慈悲，你知道这什么意思吗，小恶魔大人？"

"不知道。"提利昂小心翼翼地回答。

"哼，如果诸神想要作弄世人，就该让我成为长子，而道朗当三子。你也看见了，我是嗜血如命的。怎么样，你要对付的是我，而不是我那多病、谨慎、衰老的哥哥。"

前方半里处，阳光在黑水河上照耀，也洒在河对岸君临城的墙垒、塔堡和殿堂上。提利昂回头，望着沿国王大道跟随而行的大队人马。"听您口气，倒像手握重兵的元帅，"他说，"但我仔细数了数，您不过带来三百人。请您瞧瞧河对面，看见什么了吗？"

"看什么？看这个名叫君临的粪堆？"

"不错。"

"哼，我不仅看到了，还闻得出来。"

"您应该好好闻闻，亲王殿下，仔细地闻。五十万人发出的臭气当然比三百人身上的强，这您总该知道。闻到金袍子的味道了吗？他们约有五千。我父亲大人自己的部队则将近两万。您可别忘了，城内实力最强的是玫瑰。玫瑰闻起来很香甜，对不对？尤其是这么多合在一起，确实不一般。五万、六万，甚至多达七万枝玫瑰，插在城市内，或城郊的旷野上，其中有一些正在外面打仗，但留下来的，也数不胜数。"

马泰尔不屑一顾地耸耸肩："在古多恩——我们还没和戴伦结亲之前——有句俗话叫'繁花需为艳阳折腰'。倘若这些玫瑰竟来烦恼我，我很乐意把它们统统踩碎。"

"正如您踩碎维拉斯·提利尔？"

多恩人的反应没有预想中的激烈。"快半年前，我刚收到维拉斯的信，我们对调教好马有着共同的爱好。关于比武会上的意外，他从未责怪我。事实上，我正中他胸甲，但他的脚不幸地缠在马镫里，结果摔下去，反被坐骑压住。我派出自己的学士为他医治，但学士只能保住大腿，膝盖已全碎了。真要怪的话，得怪他的蠢老爸。当年的维拉斯·提利尔嫩得跟青草似的，怎能要他参加如此激烈的比武？那死胖子以为他和他两个弟弟一样，生来就该在比武会中建立功勋，他想得到一个'长枪'里奥，却让自己的长子成了残废。"

"都说洛拉斯爵士比'长枪'里奥更强。"提利昂道。

"那朵蓝礼的小玫瑰？我才不信。"

"信不信随你，"提利昂说，"但洛拉斯爵士的确打败过许多武艺高强的骑士，其中甚至包括我哥哥詹姆。"

"什么叫打败？顶多在长枪比武中击落下马罢了。想拿他来吓唬我，那就说说，他杀过什么人呢？"

"比如，罗拔·罗伊斯爵士和埃蒙·库伊爵士。还有，人人都见他在黑水河一役中跟随蓝礼的鬼魂，英勇奋战。"

"人人？就这些看见鬼魂的人？"多恩人轻笑。

提利昂长久地注视着对方："丝绸街上莎塔雅开的妓院不错，丹晞有蜂蜜色的红发，玛丽有长直的金发，她俩都是一等一的人才，不过我奉劝您，亲王殿下，您可一定不能让她们离开您身边。"

"不能离开？"奥柏伦亲王抬起一边细细的黑眉毛，"亲爱的小恶魔大人，这又是为何？"

"您刚才不是说，您梦想乳房在口，醉死温柔乡么？"语毕提利昂踢马朝黑水河南岸等待的渡船奔去，他受够了多恩人的狡黠。父亲真该把小乔支来，让他当着红毒蛇的面询问多恩人和蛮牛的区别。想到这里，他不由自主地发笑。看来，引红毒蛇面见国王之前，得好好组织语言。

艾莉亚

屋顶上那人是今天第一个牺牲品。他蹲在两百码外的烟囱下，黎明前的黑暗中，不过是个模糊的影子，但随着天空逐渐放亮，他开始动作，伸个懒腰，站起身子。安盖的箭正中其胸膛，他从倾斜陡峭的石板上软绵绵地滚下来，掉在圣堂门前。

血戏班安排了两名岗哨，但火炬使他们看不清黑暗，直到土匪们悄悄靠近。凯勒和诺奇同时放箭。一人被利箭封喉，顿时倒下，另一人肚子中箭，慌忙扔掉火炬。火舌把衣服舔着了火，他尖叫起来。潜行到此为止，索罗斯大喊一声，土匪们猛烈地发起总攻。

艾莉亚坐在马上观看，树木繁多的山脊顶端，正好俯瞰圣堂、磨坊、酿酒屋和马厩，俯瞰荒芜的野草、烧焦的树木及无处不在的烂泥。树木几乎全秃，枝干上残余的少数棕黄枯叶全不能阻挡视线。贝里伯爵留没胡子的迪克和墨吉守护他们，艾莉亚讨厌被当个笨小孩似的留在后方，但至少詹德利也在。而且这是战斗，战斗需要纪律和服从，因此她没争辩。

东方地平线上闪耀着金粉光芒，头顶半个月亮从低行疾走的云层中探出。寒风凛冽，艾莉亚听见水声和磨坊的大木轮发出的吱嘎响动。黎明的空气中有雨的气息，但没雨点落下。火箭穿过晨雾，留下丝带般的苍白轨迹，钉入圣堂的木墙。有些射穿了关闭的窄窗，缕缕薄烟很快从里面升起。

两个血戏子手持战斧，并肩从圣堂里冲出。安盖和其他弓箭手正等着他们。一人当即毙命，另一人奋力伏低，因此只被射穿了肩膀。他跌跌撞撞地继续前进，很快又中两箭，速度之快，甚至无法辨别哪支先中。长箭杆贯穿铁胸甲,仿佛那是丝绸做的。他沉重地倒下。安盖用的箭箭头都绑着锥子,连板甲都防不住。我要学射箭,艾莉亚心想。她喜欢用剑,如今却明白了弓箭的好处。

火焰爬上圣堂西墙,浓烟从一扇破损的窗户中冒出。一个密尔十字弓手打另一扇窗户探出脑袋,射出一支飞矢,然后蹲下去重新装填。她也听见马厩里的战斗,喊声,马嘶,金铁交击。把他们全杀光,她咬紧嘴唇,激动地想,甚至咬出血来,全杀光!

十字弓手再度出现,但刚发射,便有三支箭呼啸着飞过脑袋边,其中一支击中头盔。从此他便跟他的十字弓一起消失。艾莉亚看到二楼窗户里有火。翻滚的黑烟与白色晨雾中,一片朦胧模糊。安盖和其他弓箭手蹑手蹑脚地靠近,以利瞄准。

紧接着,血戏子们像愤怒的蚂蚁一样冲出来,圣堂如同爆发的火山。两个伊班人夺门而出,高举毛绒的褐色盾牌,后面跟着一个手持巨大亚拉克弯刀的多斯拉克人,辫绑铃铛,再后面有三个覆满可怕刺青的瓦兰提斯佣兵。其他人从窗户爬出,跳到地上。艾莉亚看见有人一条腿刚跨过窗台,胸口便被射中,坠落时发出凄厉的惨叫。烟越来越浓。弩箭来回飞驰。瓦特闷哼一声,栽倒下去,弓从手中滑落。凯勒正在搭箭,却被一个黑甲人掷出的长矛刺穿了肚子。她听到贝里伯爵的喊叫,大部队手执兵器,自沟渠与树丛中一拥而上。柠檬鲜亮的黄斗篷在身后飞舞,他骑马冲出,砍倒杀死凯勒的人。索罗斯和贝里伯爵无处不在,两人剑上皆旋绕火焰。红袍僧朝一面皮盾猛砍,打得它四散飞裂,同时他的坐骑扬腿踢在执盾者脸上。一个多斯拉克人嘶叫着朝闪电大王扑来,火焰剑迎住亚拉克弯刀,刀剑交手数个回合,多斯拉克人的头发便着了火,很快人也死了。她瞥到艾德在闪电大王身边战斗。这不公平,他才比我大一点,他们应该让我也参战才对。

战斗没持续很久。"勇士们"要么亡命重伤,要么弃械投降。

两个多斯拉克人夺马逃跑,但不过是贝里伯爵故意为之。"让他们把消息带回赫伦堡,"他手握燃烧的剑说,"教水蛭大人和他的山羊多几个不眠之夜。"

幸运杰克、哈尔温、月镇的梅利自告奋勇进入焚烧的圣堂搜寻俘虏。过了一会儿,他们从烟雾和火焰中出现,带出八个褐衣僧侣,其中一个如此虚弱,梅利不得不将他扛在肩上。他们中还有一名修士。肩膀宽,身体瘦,秃了顶,灰袍外罩黑锁甲。"他躲在地窖楼梯下。"杰克边咳边说。

索罗斯朝他微笑:"厄特。"

"厄特修士。我是神的仆人。"

"什么神会要你这样的家伙?"柠檬喝道。

"我有罪,"修士哀号,"我知道,我知道。天父啊,原谅我,噢,我的罪孽如此深重。"

艾莉亚在赫伦堡见过厄特修士。小丑夏格维说他每杀一个小男孩,都会边哭泣边祈祷宽恕,有时甚至让其他血戏子鞭打自己。他们都认为那非常滑稽。

贝里伯爵"啪"的一声收剑回鞘,熄灭了火焰。"对濒死者施以慈悲,绑上余人手脚,准备审判。"他命令,土匪们依令而行。

审判进行得很快。土匪纷纷出来控诉勇士们的劣迹:洗劫城镇与村落,焚毁农获,奸杀妇女,摧残男人。有人说起被厄特修士带走的男孩,修士本人则一直哭泣祈祷。"我是一根软弱的芦苇,"他告诉贝里伯爵,"我向战士祈祷,请求他赐予力量,但神灵却让我心灵软弱。可怜可怜我这软弱的人儿吧。那些男孩,可爱的男孩……我根本不想伤害他们……"

很快,厄特修士被吊上一棵高大的榆树,随脖子套的绳索缓缓摇摆,和出生时一样一丝不挂。其余"勇士"也一个一个地接受审判。绳索套上脖子时,有人试图反抗,边踢腿,边挣扎。有个十字弓手用浓重的密尔口音不停地喊："我，当兵的，我，当兵的。"另一个提出带他们去找金子；还有一个保证会当一名出色的强盗。但最终个个都被扒光衣服，依次绑起来上吊。七弦汤姆用木竖琴为他们弹奏挽歌，索罗斯则祈求光之王焚烧他们的灵魂，直至时间尽头。

这是一棵血戏子树，艾莉亚边看他们摇摆，边想，燃烧的圣堂为他们苍白的皮肤蒙上一层阴沉的红色。不知什么时候，不知从什么地方，乌鸦已经来了，她听它们互相喋喋不休地聒噪，很想知道在说些什么。艾莉亚不大怕厄特修士，不像怕罗尔杰、尖牙和其他一些仍在赫伦堡的人，但他的死还是让她很高兴。他们也该吊死猎狗，或者砍他的脑袋。然而令她反感的是，他们反给桑铎·克里冈治疗烧伤的手臂，归还了他的剑、马和盔甲，在距离空山数里处把他释放，拿走的只有他的钱。

圣堂很快在烟火中坍塌，它的墙再也无法支撑沉重的石板房顶。八名褐衣僧听天由命地看着。只剩这些人了，其中年纪最大的解释，他脖子上用皮绳挂一小铁锤，代表对铁匠的信仰。"战争爆发之前，我们共有四十四人，而这里非常富足。我们拥有一打奶牛和一头公牛，一百个蜂箱，一片葡萄园和几棵苹果树。紧接着狮子来了，夺走葡萄酒、牛奶和蜂蜜，杀死奶牛，并将葡萄园付之一炬。之后……数不清多少人来过。这假修士不过刚来的。有个穷凶极恶的家伙……所有银子都给了他，但他确定我们还藏着金币，所以命手下一个接一个地审讯杀人，逼迫长老开口。"

"你们八个怎么活下来的？"射手安盖问。

"很惭愧，"老人说，"都是由于我的软弱。轮到我时，我把藏金子的地方说了出来。"

"兄弟，"密尔的索罗斯道，"唯一的惭愧是没有立即把地方告诉他们。"

当晚，土匪们在小河畔的酿酒屋过夜。主人在马厩地板下藏有食物，因此他们分享了一顿简单的晚餐：燕麦面包、洋葱及略带大蒜味道、稀稀拉拉的白菜汤。艾莉亚还在自己碗里发现一片胡萝卜，觉得挺走运。僧侣没问他们的来历，其实心照不宣，艾莉亚心想。怎可能不知道呢？贝里伯爵的胸甲、盾牌和斗篷上都有分叉闪电，而索罗斯穿着红袍——或者说红袍的残留物。一个年轻的见习修士壮起胆子告诉红袍僧，在他们屋檐下，不要向伪神祈祷。"见鬼去，"柠檬斗篷说，"他是我们的神，而你们的性命是我们给的。说他是伪神？妈的，你们的铁匠只能补补剑，而他可以治病救人呢！"

"够了，柠檬，"贝里伯爵命令，"在别人屋檐下，守别人的规矩。"

"少祈祷一两次，太阳也不会停止发光，"索罗斯温和地赞同，"我心中有数。"

贝里伯爵没吃东西。艾莉亚从没见他吃东西，只时不时喝杯酒。他似乎也不大睡觉，完好的那只眼睛通常闭着，仿佛十分疲倦，但你跟他说话时，它又会立即睁开。边疆地领主仍穿着那件破破烂烂的黑披风和伤痕累累的胸甲，上面的釉彩闪电斑驳脱落。他甚至穿胸甲休息，阴沉的黑铁隐藏了猎狗给他的恐怖伤口，正如厚羊毛巾掩盖了脖子上的黑圈。但碎裂的脑袋、凹陷的太阳穴、眼眶处那鲜红的洞都无法隐瞒，脸下看得到头骨的形状。

艾莉亚警惕地打量他，记起赫伦堡里所有的故事。贝里伯爵似乎察觉到她的恐惧，便转头招呼她走近："我吓着你了吗，孩子？"

"没，"她咬紧嘴唇，"只不过……嗯……我以为猎狗把你给杀了，但……"

"大王受了伤，"柠檬斗篷说，"受了重伤，嗯，但索罗斯治好了它，他是最好的医生。"

贝里伯爵注视柠檬，完好的眼睛带着古怪的神情，另一只眼睛则什么也无，唯有伤疤和干血。"最好的医生，"他谨慎地赞同，"柠檬，换岗时间到，麻烦你负责一下。"

"是，大人。"柠檬走出去，跨入夜风中，大黄斗篷在身后飞舞。

"当勇士害怕真相时，也会蒙蔽自己的眼睛，"柠檬离开后，贝里伯爵评论，"索罗斯，到目前为止，你已复活了我多少次？"

红袍僧侣低头："是拉赫洛把您救回来的，大人。我只是光之王的工具。"

"多少次？"贝里伯爵坚持。

"六次，"索罗斯勉强地说，"一次比一次艰难。您变得太无畏了，大人，死亡真的如此甜美？"

"甜美？不，我的朋友，那并不甜美。"

"那就不要急着追求它。泰温公爵总在后方坐镇。史坦尼斯公爵亦是如此。你也应该这样，这样比较明智。第七次的死亡也许意味着我俩的末日。"

贝里伯爵摸摸左耳上方，太阳穴凹了进去。"这是勃顿•克雷赫爵士用锤子砸碎头盔的地方。"他解开围巾，露出脖子上的黑色淤青，"这是那狮身蝎尾兽纹章的骑士在急流瀑给我留的印记。他抓住一对可怜的养蜂人夫妇，认定都是我的人，便到处放话除非我亲自现身，否则便绞死他们俩。等我去了那儿，他还是绞死了他们，并把我吊在他们中间。"他提起一根手指，指着眼眶鲜红的洞。"魔山的匕首刺进面罩缝隙。"疲惫的微笑在他唇间掠过，"我在克里冈家的人手上死了三次，也许该学乖……"

这是个玩笑，艾莉亚知道，但索罗斯没笑。他一只手搭到贝里伯爵肩头："别想这些。"

"我还能想什么?记得曾在边疆地拥有一座城堡,有个未婚妻在等我回去,但我已记不得城堡的确切位置,回忆不出情人头发的颜色。是谁封我为骑士,老朋友?我最喜欢吃什么?一切都已淡去。有时我觉得自己乃是在岑树林中染血的草地上诞生,嘴里是火的味道,胸口则有个洞,而你是我的母亲,索罗斯……"

艾莉亚注视着密尔僧侣,对方头发蓬乱,穿着破烂的淡红长袍与零落的旧铠甲,脸颊布满灰色胡楂,下巴皮肤松垂。他不像老奶妈故事里的巫师,可是……

"你能复活没有脑袋的人吗?"艾莉亚问,"就一次,不用六次,可以吗?"

"我不懂魔法,孩子,只会祈祷。第一次,大人身上穿了个洞,嘴里满是鲜血,我知道没希望了。因此,当他撕裂的胸膛停止跳动后,我给予他仁慈的神吻,送他上路——用火填满嘴巴,吹入人体内,通过咽喉、肺部和心脏,直达灵魂。这被称为'最后之吻',从前当真主的仆人死去时,我多次见老僧侣给予他们这'最后之吻'。我自己也施行过一两次,这是所有红袍僧必须掌握的技能。但我从没见过火焰注入尸体能让死人开始颤抖,乃至双目睁开。并非我复活了他,小姐,这是真主的神力。拉赫洛还不要他死。生命即是温暖,温暖来自烈火,烈火属于真主,真主独占其身。"

艾莉亚眼里泛起泪花。索罗斯说了这么多,其中的意思只有"不",对此她很明白。

"你父亲是个好人,"贝里伯爵道,"哈尔温告诉过我许多他的事迹。为了他,我很乐意放弃你的赎金,但我们实在太需要钱了。"

她咬紧嘴唇。我猜那是事实。她知道他把猎狗的钱给了绿胡子和疯猎人,叫他们去曼德河以南购买物资。"上批庄稼被烧,这批又快淹死,而冬天马上就会降临,"他派他们出去时吩咐,"百姓需要谷物和种子,我们需要刀剑和坐骑,不能总是骑矮种马、驮马和骡子去对抗装备高大战马的敌人。"

然而艾莉亚不知罗柏会为她付多少钱。他现在是国王,不是她离开临冬城时那个雪花在发际融化的男孩。假如他知道自己闯过的祸,知道君临的马童和赫伦堡的卫兵,知道所有这一切……"我哥不愿赎我怎么办呢?"

"什么?"贝里伯爵问。

"呃,"艾莉亚解释,"我头发又乱,指甲又脏,脚上全是水疱。"也许罗柏不在乎这些,但母亲会。凯特琳夫人要她像珊莎一样能歌善舞、缝纫刺绣,做个随时随地都有礼貌的小淑女。想到这里,艾莉亚开始拿手指梳头发,但头发杂乱纠结,结果只扯下来一些。"我弄坏了斯莫伍德夫人的裙服,而我的针线功夫还是不行。"她咬紧嘴唇,"我的意思是,我绣不好。茉丹修女说我的手跟铁匠的手没两样。"

詹德利受不了了。"凭你那软软的小手?"他大喊,"甚至拿不住锤子。"

"我想拿就拿得住!"她冲他吼。

索罗斯咯咯笑道:"你哥哥会付钱的,孩子。这点不用担心。"

"是的,但假如他不付怎么办?"她坚持。

贝里伯爵叹口气:"那就暂时把你送去斯莫伍德夫人那儿,或者送到黑港,我自己的城堡,但肯定没那个必要。我和索罗斯无法还你父亲,却至少可以保你安全回到母亲怀中。"

"你发誓?"她问他。尤伦也曾允诺带她回家,却在半途被杀了。

"以我身为骑士的荣誉。"闪电大王庄严地说。

柠檬回到酿酒屋时,雨水从他的黄斗篷上流下来,在地面积成一滩,惹得他不自禁地低声咒骂。安盖和幸运杰克坐在门边掷骰子,但不管怎么玩,一只眼的杰克半点运气也没有。七弦汤姆为自己的木竖琴换了根弦,唱起《圣母的眼泪》《威廉的老婆湿透了》《哈特大人雨天骑行记》,然后是《卡斯特梅的雨季》:

汝何德何能?爵爷傲然宣称,
  须令吾躬首称臣?
颜色有别,威力不逊,
  各显神通分个高低。
红狮子斗黄狮子,
  爪牙锋利不留情。
出手致命招招狠,
  汝子莫忘记,汝子莫忘记。
噢,他这样说,他这样说,
  卡斯特梅的爵爷他这样说。
然而今天,每逢雨季,
  雨水在大厅哭泣,内里却无人影。
然而今天,每逢雨季,
  雨水在大厅哭泣,内里却无魂灵。

最后,汤姆把所有关于雨的歌都唱完了,方才放下竖琴。于是只剩雨水敲打酿酒屋板岩顶的声音。骰子游戏也告结束。艾莉亚单腿站立,又换到另一条腿,继续西利欧·佛瑞尔教导的练习。梅利抱怨他的马踢掉了一块蹄铁。

"我可以帮你镶,"詹德利突然说,"我只是个铁匠学徒,但师傅说,我这双手天生就是用来抡锤子的。我会镶马蹄铁,修补锁甲，打平板甲。我敢打赌，还可以铸剑呢。"

"你说什么，孩子？"哈尔温道。

"我可以为您打铁。"詹德利单膝跪倒在贝里伯爵跟前。"若您愿意收留，大人，我会有用的。我会造工具和匕首，有回还打了顶不错的头盔，只是被抓时，教魔山的部下夺走了。"

艾莉亚咬紧嘴唇。他也要离我而去。

"你该替奔流城的徒利大人效劳，"贝里伯爵说，"我付不了工钱。"

"我不要工钱，只需火炉、面包和睡的地方，大人。"

"铁匠上哪儿都受欢迎，武器师傅尤有过之。你为什么要跟我们呢？"

艾莉亚看着詹德利作出那副若有所思的笨表情。"在空山里，您说你们是劳勃国王的人，是无旗兄弟会，我很喜欢这些话。我喜欢您给予猎狗的审判。波顿伯爵只把人绞死，或者砍脑袋，泰温公爵和亚摩利爵士也一样。我宁愿为您打铁。"

"我们有大量锁甲需要修补，大人，"杰克提醒贝里伯爵，"多半是从死者身上剥的，要害处有洞眼。"

"你一定是个笨蛋，孩子，"柠檬说，"我们这帮人落草为生，除了伯爵大人，大多出身低微。不要把汤姆那些笨歌曲当真。你不可能偷取公主的吻，也不可能穿着盗来的盔甲参加比武大会。当了强盗，下场不是脖子套绞绳，便是脑袋搬家插在城堡大门。"

"我们都一样。"詹德利说。

"没错，就是这样，"幸运杰克乐呵呵地道，"乌鸦等着大家。大人，这孩子够胆，我们又确实需要他的手艺。依杰克之见，留下他吧。"

"而且要快，"哈尔温咯咯笑着建议，"免得他热情消退，恢复理智。"

一抹淡淡的微笑掠过贝里伯爵的嘴唇:"索罗斯,我的剑!"

这一次,闪电大王没把剑点燃,只将它轻轻搭在詹德利肩头。"詹德利,你是否愿在诸神和世人面前发誓,守卫弱者,保护妇女与儿童,服从长官、封君与国王,无论前途如何艰难、如何卑微、如何危险,始终如一地英勇奋战,不辱使命?"

"我愿意,大人。"

边疆地的伯爵把剑从右肩移到左肩:"起来吧,詹德利爵士,空山的骑士,欢迎加入无旗兄弟会。"

门口传来刺耳的笑声。

雨水从他身上滴落,烧伤的手臂仍裹在层层叠叠的亚麻布中,用一根粗麻绳紧缚于胸前,但脸庞旧有的灼伤在微弱火焰的照耀下闪烁着阴沉的光芒。"又封骑士了,唐德利恩?"闯入者低沉地说,"为此我该再杀你一遍。"

贝里伯爵沉着地面对他:"我以为再见不到面了,克里冈,你怎么找来的?"

"妈的,有什么难?你们弄出来许多烟,只怕旧镇都看得到。"

"我的岗哨呢?"

克里冈的嘴抽搐了一下:"那两瞎子?也许我杀了他俩——若是真的,你待怎样?"

安盖拿出长弓。诺奇也是同样动作。"真不要命了,桑铎?"索罗斯问,"居然跟到这儿,你一定是疯了,要么醉了。"

"雨水也能喝醉?你们连买一杯酒的钱都没留给我,婊子养的。"

安盖抽出一支箭:"我们是强盗,强盗抢东西天经地义。瞧,歌里都这么说,去求好心的汤姆唱一首吧。没杀你,就该心存感激了,还要赖皮。"

"杀我？来试试啊，拿弓箭的。操你妈，瞧老子不夺你的武器，把箭插进那满是雀斑的小屁股里。"

安盖抬起长弓，贝里伯爵赶在他射击前举手："你为何跟来，克里冈？"

"来取东西。"

"你的金币？"

"还有什么？你的脸可不会让我感到愉快，唐德利恩！你现在比我更丑，还当了强盗骑士。"

"我给了欠条，"贝里伯爵平静地说，"战争结束之后，便会兑现。"

"对不起，那张纸擦屁股了，我要货真价实的金币。"

"我们分文未留，全部交给绿胡子和疯猎人带去南方，到曼德河对岸购买谷物和种子。"

"为养活所有这些被你们烧掉庄稼的可怜人。"詹德利说。

"哦，是这样吗？"桑铎•克里冈再度大笑，"正巧与我不谋而合，我也有一帮丑陋的农民和长雀斑的小崽子需要供养呢。"

"你撒谎。"詹德利说。

"哦，我懂，你们一个鼻孔出气。妈的，凭什么信他们，不信我？该不会是因为我的脸吧，嗯？"克里冈瞥了艾莉亚一眼，"你打算把她也变成骑士吗，唐德利恩？世上头一个八岁的女骑士？"

"我十二岁了，"艾莉亚大声撒谎，"如果愿意，就可以当骑士。我本来也可以杀你，只不过柠檬拿了我的匕首。"想起这事仍令她愤怒。

"跟什么柠檬抱怨去，别找我，然后夹着尾巴逃吧。知道狗是怎样对付狼的吗？"

"下次我会杀了你，还会杀了你哥哥！"

"那可不行,"他的黑眼睛眯在一起,"他是我的。"他转头面对贝里伯爵,"我说,封我的马当骑士吧。它从不在厅里拉屎,乱踢的次数也不比别的牲畜多,够得上骑士,除非你想把它也偷走。"

"你最好爬上这匹马滚。"柠檬警告。

"我要带着我的金币走。你们自己的神判我无罪——"

"光之王饶你一条命,"密尔的索罗斯宣布,"却没说你是圣贝勒转世,不干坏事的主。"红袍僧拔剑出鞘,杰克和梅利也都取出武器,而贝里伯爵仍握着给詹德利授勋的剑。也许他们这次会杀了他。

猎狗的嘴又抽搐了一下:"你们不过一帮土匪盗贼,还假装什么仁义道德。"

柠檬怒目而视:"你的狮子朋友骑马冲进村子,夺走能找到的全部食物和每一分钱,称之为'征集',狼仔也一样,为什么我们不行?没人抢你,狗,你很慷慨,刚被'征集'了。"

桑铎·克里冈看着每个人的脸,仿佛要将他们全印在脑海里,然后走了出去,回到黑暗和倾盆大雨之中,一个字也没多说。留下土匪们疑惑地等待……

"我去瞧瞧他把咱们的哨兵怎么了。"哈尔温警惕地看看门外,以确定猎狗没潜伏在附近。

"那该死的混蛋打哪儿弄来许多金币?"为打破不安的气氛,柠檬斗篷道。

安盖耸耸肩。"首相的比武大会上赢的。在君临。"射手咧嘴笑道,"我自己也赢了不少钱,随后却遇上丹晰、捷蒂和爱拉雅雅。她们教我烤天鹅肉的滋味,还有如何用青亭岛的葡萄酒洗澡。"

"全部挥霍掉了,对不对?"哈尔温大笑。

"才不是全部咧。我买了这双靴子，外加这把好匕首。"

"你应该买块地，让其中一个烤天鹅肉的姑娘从良，"幸运杰克说，"然后种一批芜菁，养一堆孩子。"

"战士在上！真糟蹋，金子变芜菁！"

"我喜欢芜菁，"杰克委屈地说，"现在就想吃点芜菁泥。"

密尔的索罗斯不理会这些玩笑。"猎狗失去的不只几袋钱币，"他沉思，"还失去了主子和狗舍。他回不了兰尼斯特家，少狼主绝不会收留他，他哥哥也不大可能欢迎他。依我看，这些金币是他仅剩的东西。"

"该死，"磨坊主瓦特道，"他一定会趁我们睡着时来杀我们。"

"不。"贝里伯爵回剑入鞘，"桑铎·克里冈很乐意把我们全杀光，但不是趁睡着时。安盖，明天跟没胡子的迪克一起殿后，假若看到克里冈仍在跟踪，就射他的马。"

"那是匹好马。"安盖抗议。

"是啊，"柠檬说，"该杀的是骑马的混蛋。那匹马对我们有用。"

"我同意，"诺奇说，"让我给狗插几根羽毛，教训教训他。"

贝里伯爵摇摇头："克里冈在空山里赢得了生命，我不会将其剥夺。"

"大人很明智，"索罗斯告诉大家，"兄弟们，比武审判神圣不可侵犯。你们都听到我请求拉赫洛作出判决，也都看到当贝里大人要作个了断时，真主用炽热的手指折断了他的宝剑。看来，光之王还需要乔佛里的猎狗。"

哈尔温很快折回酿酒屋："'布丁脚'睡得死死的，但没受伤。"

"等着，我去收拾他，"柠檬说，"非戳个窟窿不可。这笨蛋，也许会害我们全被杀死。"

那天晚上，知道桑铎·克里冈就在外面的黑暗中潜伏，没人能舒舒服服地休息。艾莉亚在火堆旁蜷起身子，感觉温暖舒适，但睡不着。她躺在自己的斗篷下，紧紧握住贾昆·赫加尔给的硬币。这枚硬币让她感觉强大，她曾是赫伦堡的鬼魂，一声低语就能杀人。

然而贾昆走了，离开了她。正如热派，正如詹德利。罗米死了，尤伦死了，西利欧·佛瑞尔死了，甚至连父亲也死了，而贾昆交给她一枚蠢笨的铁币后就从此消失。"valar morghulis。"她轻声低语，捏紧拳头，坚硬的钱币嵌入掌心。"格雷果爵士，邓森，波利佛，'甜嘴'拉夫。'记事本'，猎狗。伊林爵士，马林爵士，乔佛里国王，瑟曦太后。"艾莉亚试图想象他们死去时是什么光景，却记不大起他们的脸。猎狗和哥哥魔山没问题，她也永远不会忘记乔佛里的表情，还有他母亲……但拉夫、邓森和波利佛的印象都渐渐消退，那个平凡的"记事本"更是模糊。

最后艾莉亚终于睡着，但漆黑的深夜，她又不安地醒转。火焰缩小成一点余烬。墨吉站在门口，另一个哨兵在外面踱步。雨已停歇，她听到狼嗥。如此之近啊，她心想，又如此之多。听起来好像就在马厩周围，有好几十匹，甚至数百匹之多呢。我希望它们把猎狗吃了。她想起他关于狼和狗的评论。

到得天明，厄特修士仍在树下摇摆，但褐衣僧们拿着铲子，在雨中挖出浅坟，埋葬其他死者。贝里伯爵感谢他们提供宿食，并给了一袋银鹿以助重建。哈尔温、"可靠的"卢克和磨坊主瓦特出去侦察，但既没发现狼，也没找到猎狗。

艾莉亚系马鞍时，詹德利过来说抱歉。她赶紧一脚踏住马镫，甩腿骑上去，这样就能低头看他，而非抬头。你本可在奔流城为我哥哥铸剑，她心想，口中说的却是，"你想当个笨蛋土匪骑士，然后被吊死，与我何干？我会被赎回去，回到奔流城，跟我哥哥一起。"

谢天谢地，那天没有下雨，数日来，终于可以全速前进。

布兰

塔堡矗立在岛上，影子倒映于平静的蓝色湖面。朔风吹起，波纹荡漾，犹如嬉戏的小孩互相追逐。橡树沿岸生长，茂密繁盛，地上布满掉落的橡果。林后是个村子，或者说村子的遗迹。

那是下山之后他们见到的第一个村子。梅拉在前探路，以确保没人躲在废墟之中。她手拿索网和捕蛙矛，穿梭于橡树和苹果树之间，惊起三头红鹿，使它们跳跃着越过灌木丛逃开。夏天发现动静，立刻追赶过去，布兰看冰原狼大步奔跑，片刻之间，只想换为他的形体，同他一起前进。但梅拉已挥手示意他们跟上，于是他不情不愿地催促阿多进村，玖健跟随在旁。

布兰知道，从此直到长城，一路都是草原，包括未耕种的田地和低伏的丘陵，高处的草场和低地的沼泽。这比他们走出的山区要容易行走，但开阔地让梅拉不安。"感觉就像没穿衣服，"她承认，"无处可藏。"

"这片土地属于谁？"玖健问布兰。

"属于守夜人军团，"他回答，"这是'新赠地'，位于'布兰登的馈赠'以南。"鲁温学士教的历史派上了用场。"'筑城者'布兰登将绝境长城南方二十五里格的土地全部送给黑衣弟兄，作为……作为维持生计的资源。"他很骄傲自己仍记得上的课，"有些学士争论说那是另一个布兰登，不是'筑城者'，但反正那就叫'布兰登的馈赠'。数千年后，善良的亚莉珊王后乘她的龙'银翼'造访长城，敬佩于守夜人的勇敢，因此建议'人瑞王'将土地翻倍，扩展至五十里格。这就是'新赠地'。"他挥挥手，

"这里。所有这些都是。"

布兰看得出,村子已多年无人居住。所有房屋皆已倒塌,连客栈也不例外。它原本就不是个像样的客栈,而今只剩一根石烟囱和两道残墙,周围是十几棵苹果树。其中一棵从大厅里长出来,厅内地板铺着一层湿乎乎的棕叶和烂苹果,空中充满浓郁的气味,有些像酒,几乎掩盖了所有其他味道。梅拉用蛙矛戳起几个苹果,试图找到一些可以吃的,但没用,它们全成了棕褐色,内里长满蠕虫。

这里平静、安宁、寂谧,别具一番惬意舒适,但布兰觉得空荡荡的客栈有些悲哀,阿多似乎也有同感。"阿多?"他困惑地说,"阿多?阿多?"

"多好的一片土地。"玖健抓起泥土,在指间揉搓,"有村子,有客栈,还有湖中的坚固要塞,苹果树……但人在哪儿,布兰?人们为何离开这样好的地方。"

"因为野人,"布兰说,"野人们穿过长城或群山,前来抢劫偷盗,掳夺妇女。老奶妈说,若教他们逮住,头骨就会被做成饮血的杯子。而今守夜人的力量不如布兰登或亚莉珊王后的时代那样强,许多野人都能过来。靠近长城的地方常遭劫掠,因此百姓们往南迁移,进入群山中或国王大道以东的安柏家领地。大琼恩那儿也会遭受劫掠,但不若赠地里这么频繁。"

玖健·黎德缓缓转头,聆听只有他能听见的声音:"我们得找遮蔽,暴风雨快来了,猛烈的暴风雨。"

布兰抬头望向天空。这是个美丽的秋日,晴朗清爽,阳光充沛,几乎算得上温暖,但黎德说得没错,西方出现黑压压的云层,风也似乎渐渐增强。"这客栈没有屋顶,只有两面墙,"他指出,"我们还是去外面的塔楼要塞吧。"

"阿多。"阿多说。或许他也同意。

"我们没船,布兰。"梅拉懒洋洋地用捕蛙矛戳着层层树叶。

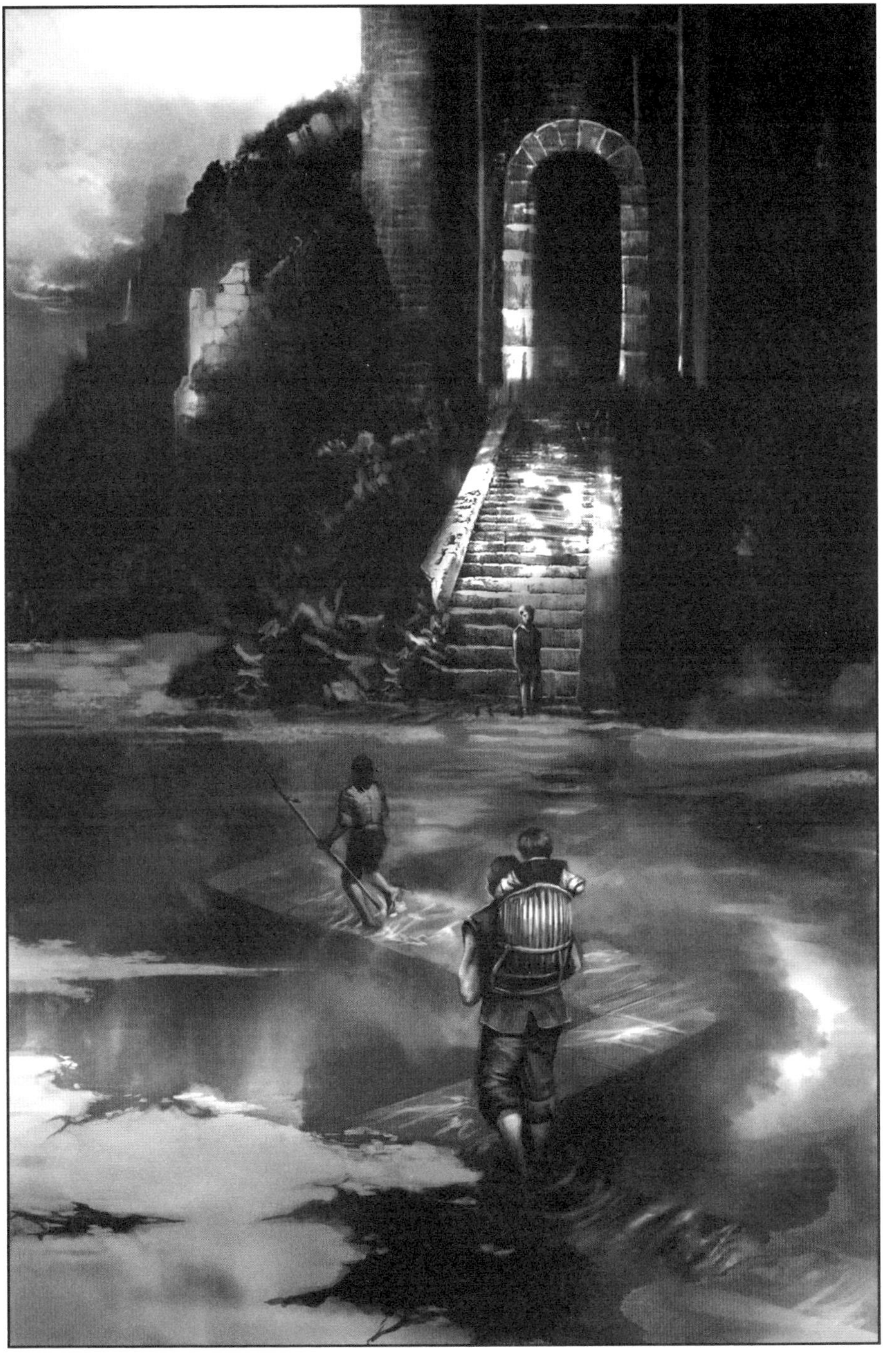

"那儿有个堤道。一条石头堤道，藏于水下。我们可以走过去。"或者说"他们"可以——他得坐在阿多背上。也罢，至少保证身体干燥。

黎德姐弟交换一个眼神。"你怎知道？"玖健问，"你来过这里吗，王子殿下？"

"没有，是老奶妈说的。那塔楼以金冠为顶，看到没？"他指向湖对面城垛上块块剥落的金漆。"亚莉珊王后曾在那里睡过，因此他们将墙齿漆成金色，以为致敬。"

"堤道？"玖健仔细观察湖面，"你肯定？"

"肯定。"布兰说。

梅拉仔细侦察，很容易便找到了窍门：原来这是条三尺宽的过道，直通湖中央。她用捕蛙矛在前小心翼翼地试探，一步步行进。远处路面浮出湖水，攀至岛上，变成一段短短的石头阶梯，通向塔门。

过道、阶梯和塔门同一直线，让人以为堤道是笔直的，事实并非如此。湖面之下，它弯来折去，呈之字形，往一个方向延伸岛的三分之一宽，然后再折回来。拐弯处危险难料，而长长的道路意味着任何企图靠近的人都将暴露在塔楼的弓箭之下。水下的岩石又黏又滑，阿多两次差点失足，急得惊恐地大喊"阿多！"最后才重新找回平衡。第二次吓得布兰够呛。假如阿多和篮子里的他一起掉入湖中，他很可能淹死，尤其是大个子马童往往一受惊吓就忘了布兰的存在。也许我们该留在客栈的苹果树下，他心想，但现在已经迟了。

谢天谢地，没有第三次受惊。水从未超过阿多的腰，却已没到黎德姐弟的胸口，这时，他们来到岛上，沿着阶梯向塔楼攀登。门依然坚固，但历经年月，沉重的橡木板业已弯曲，再也无法完全阖上。梅拉使劲将它顶开，生锈的铁铰链吱吱作响。门梁很矮。"弯腰，阿多。"布兰说，阿多遵令而行，但弯得不够低，布兰撞到了头。"好疼。"他抱怨。

"阿多。"阿多边说，边直起身子。

他们发现自己位于一间阴暗封闭、刚够容纳四人的房间里。构筑于墙壁内侧的楼梯左边盘旋向上，右边则是向下，皆被铁栅栏隔开。头顶也有铁栅栏。杀人洞。他很高兴没人从上面倒滚油。

栅栏都上了锁，栏杆全是红色铁锈。阿多紧紧抓住左边的门，闷哼一声，使劲拉去，却什么也没发生。他试图往里推，同样毫无建树。接着他摇、踢、撞，把它们弄得嗒嗒直响，又用巨掌砸铰链，直到空中充满铁锈碎屑，但门依旧毫无反应。向下的门也一样难以撼动。"没法进去。"梅拉耸耸肩。

布兰坐在阿多背上的篮子里，杀人洞就在头顶上方。他伸手去抓那栏杆，试着拉了拉，不料刚一拽，栅栏门便从天花板上掉落下来，带着阵阵铁锈与碎石。"阿多！"阿多喊。沉重的铁栅栏在布兰头上砸了一下，然后落到玖健身上，玖健将它踢开，梅拉哈哈大笑。"看看，王子殿下，"她说，"你比阿多还强壮呢。"布兰脸红了。

没了铁栅栏，阿多能够托梅拉和玖健爬进杀人洞。随后两个泽地人抓住布兰的胳膊，将他也拉了上去。阿多是最难的，他太重，黎德姐弟无法像帮布兰那样帮他。布兰只好让他去找些大石头，幸亏岛上大石头不少，阿多将它们堆到够高，然后抓住崩塌的洞孔边缘，也爬了上来。"阿多。"他一边愉快地喘气，一边朝所有人咧嘴笑。

上面有许多迷宫般的无窗小房间，阴暗无人，梅拉到处探察，发现了通往楼梯的路。他们爬得越高，光线就越好，到第三层，厚厚的外墙上出现了一个个镂空箭孔，第四层有了真正的窗户，最高的第五层是圆形大房间，三面有拱门，通往石头小阳台，另一面则是厕所,底下有排污管道,直达湖泊。

等到塔顶,天空已完全阴沉,西方的云层黑黑的。风势强劲,吹起布兰的斗篷,噼啪作响。"阿多。"阿多听见斗篷声便说。

梅拉转了一圈,"站在世界之上,感觉像个巨人。"

"颈泽里的树有这两倍高。"她弟弟提醒她。

"对,但它们周围都是同样高的树,"梅拉说,"颈泽里,视野压抑狭小,天空遮蔽不开。这儿……感觉到风了吗,弟弟?瞧瞧世界多么辽阔。"

是的。从这儿,你可以看到极远处。南方是升起的丘陵,再远处是灰绿的山脉。赠地的平原高低起伏,向各个方向延伸,直到目力极限。"我还认为可以从这儿看到长城呢,"布兰失望地说,"那太蠢了,还有五十里格的嘛。"单想起这点,他就不禁觉得又累又冷。"玖健,到了长城又怎么办呢?我叔叔经常给我强调它的庞大。它有七百尺高,基部又很宽,城门更像是穿越冰层的隧道。我们怎样才能穿过去找三眼乌鸦?"

"听说沿墙有些废弃的要塞,"玖健回答,"曾是守夜人修筑的城堡,如今业已荒废。也许其中一座可以通过。"

是的,老奶妈称它们为"鬼城"。鲁温学士曾让布兰记住绝境长城沿线每一座要塞的名字。那很难,因为共有十九座,而任何时候有兵驻守的都没超过十七座。在那次临冬城欢迎劳勃国王的宴会上,布兰曾向班扬叔叔背诵那些名字,从东背到西,又从西背到东,逗得班扬·史塔克哈哈大笑:"你比我还了解它们,布兰,你才该当首席游骑兵,我只是给你暖位子呢。"但那是坠楼之前的事,残废之前的事。等他醒来,叔叔已回黑城堡了。

"我叔叔说,城堡废弃时,会用冰和石头封门。"布兰说。

"那我们就把它们挖开。"梅拉道。

这让他很不安:"不该这么做。也许有不好的东西会趁机从另一边过来。我们不如直接去黑城堡，让总司令放我们通过。"

"殿下，"玖健说，"我们得避开黑城堡，正如避开国王大道。那儿人太多。"

"他们是守夜人嘛，"布兰说，"发下誓言，不偏不倚，不参与王国的纷争。"

"不错，"玖健说，"但只要有一个人背誓，就足以将你的秘密出卖给铁民或波顿的私生子。再说了，无法确定守夜人会放我们通过，他们也许将把我们扣下，或送我们回去。"

"不会的！我父亲是守夜人的朋友，我叔叔是首席游骑兵——他或许就知道三眼乌鸦住在哪里。而且琼恩也在黑城堡。"布兰一直希望再见到琼恩，也希望见到他们的叔叔。上回造访临冬城的黑衣弟兄说，班扬·史塔克在巡逻时失了踪，但现在一定已回来了。"我敢打赌，守夜人甚至会给我们马呢。"他续道。

"安静。"玖健手搭凉棚遮住眼睛，凝视落日的方向，"看，什么东西……我想是个骑马的人。你看见了吗？"

布兰也搭起凉棚，把眼睛眯着努力瞧。起初什么也没看见，直到有什么东西在动，吸引了他的注意。一开始他以为是夏天，但错了。一个人骑在马上。距离太远，看不清细节。

"阿多？"阿多也把手搭眼睛上，看的方向却错了，"阿多？"

"他不急着赶路，"梅拉说，"但我觉得好像在朝这个村子过来。"

"我们最好进去，以免被发现。"玖健道。

"夏天在村子附近。"布兰反对。

"夏天不会有事的，"梅拉保证，"那不过是一个人骑一匹疲惫的马。"

硕大的雨点开始敲击石头，逼他们退回下一层，这举动来得十分及时,因为片刻之后,暴雨便哗啦啦地降落下来。透过厚厚的墙壁,也能听见雨点抽打湖面的声音。他们坐在圆形空房间里,四周的黑暗逐渐凝聚。北边阳台面对废弃的村子。梅拉匍匐出去,窥探湖对面,看那骑马的人究竟怎样。"他在客栈废墟避雨,"回来之后她告诉他们,"似乎在壁炉里生了堆火。"

"我们也生火就好了,"布兰说,"我好冷哦,楼梯下面有破损的家具,我们可以让阿多把它劈开取暖。"

阿多喜欢这个主意。"阿多。"他满怀希望地说。

玖健摇摇头:"生火就有烟。从这座塔里冒出的烟很远都能看到。"

"如果有人看的话。"她姐姐争辩。

"村里就有个人。"

"一个人。"

"一个人便足以将布兰出卖,若他不是好人的话。昨天还剩半只鸭子,吃了睡吧。到了早晨,对方就会继续上路,我们也一样。"

玖健总是拿主意,让大家照着做。于是梅拉把鸭子分成四份——那是她前天在沼泽里出其不意地用索网逮住的。冷的不如刚烤出来又烫又脆的好吃,但至少能填肚子。布兰和梅拉分享胸脯肉,玖健吃大腿,阿多吞下翅膀和爪子,每咬一口就哼哼着"阿多",一边舔手指上的油。今天轮到布兰讲故事,他给他们讲了另一个布兰登·史塔克,"造船者"布兰登,曾经航向落日之海的彼端。

等鸭子吃光,故事讲完,黑夜已然降临,而雨仍在下。布兰疑惑地想,不知夏天游荡了多远,有没有抓住一头鹿呢。

塔里灰蒙蒙的,渐渐转为漆黑。阿多焦躁不安,走来走去,围着墙壁一圈又一圈地踱步,每转一圈就往厕所里张望一下,仿佛忘了那是什么。玖健站在北面阳台边，躲进阴影里，望进黑夜和大雨。北方某处，闪电劈过天空，瞬间照亮了塔楼内部。阿多跳将起来，发出惊呼。布兰数数等待雷声，数到八的时候，雷声才响起。阿多大喊："阿多！"

希望夏天不会也那么害怕，布兰心想。临冬城兽舍里的狗总是害怕雷雨，就跟阿多一样。我该去安抚他……

电光再次闪亮，这次数到六雷声就来了。"阿多！"阿多再次呼喊，"阿多！阿多！"他抓起剑，仿佛要跟风暴战斗。

玖健发话："安静，阿多。布兰，告诉他不要喊。你能拿走他的剑吗，梅拉？"

"我可以试试。"

"阿多，嘘——"布兰说，"安静点儿。别傻乎乎地喊阿多了。坐下。"

"阿多？"他相当温顺地将长剑交给梅拉，脸上却满是疑惑。

玖健回身面对黑暗，他们全都听见他倒抽一口冷气。"怎么了？"梅拉问。

"村里有人。"

"我们见过的那个？"

"不，有武器的人。我看到一把斧子，还有长矛。"玖健的语调从未如此符合自己的年龄，就像个小男孩的声音，"闪电的时候，我看到他们在树下移动。"

"有多少？"

"很多很多，数不清。"

"有没有骑马？"

"没有。"

"阿多，"阿多听起来十分惊恐，"阿多。阿多。"

布兰自己也有点害怕，但不想在梅拉面前表现出来："如果他们到这儿来怎么办？"

"不会的。"她坐到他旁边，"他们为什么要过来？"

"为了避雨，"玖健阴沉地说，"除非风暴马上停止。梅拉，你能不能下去闩门？"

"我连关都关不上。木头弯曲得太厉害。好在他们无法穿越铁栅栏。"

"他们可以。只需砸掉锁或铰链，或像我们那样爬上杀人洞。"

闪电再度撕裂长空，阿多呜咽起来。紧接着，一记响雷滚过湖面。"阿多！"他边厉声叫喊，边用双手捂住耳朵，黑暗之中跌跌撞撞地转圈，"阿多！阿多！阿多！"

"别！"布兰喊回去，"别再叫阿多了！"

没用。"阿阿阿阿多！"阿多哀号。梅拉试图抓住他，让他安静，但他太强壮，只需耸肩就把她推到旁边。"阿阿阿阿阿多多多多多多多！"闪电填满天空，马童尖声呼叫，玖健也在叫，他冲布兰和梅拉大喊，要他们让阿多闭嘴。

"安静！"布兰惊恐地尖呼，阿多从身旁跟跟跄跄经过，他伸出去够阿多的腿，伸出去，伸出去……

阿多步履蹒跚，却突然闭上了嘴巴，缓缓地把脑袋转来转去，然后盘腿坐到地板上。雷声轰然响起，他仿佛根本没听见。四人坐在黑暗的塔楼里，几乎不敢呼吸。

"布兰，你干了什么？"梅拉低声说。

"没什么，"布兰摇摇头，"我不知道。"他撒了谎。我钻进他体内，就像钻进夏天那样。有一瞬间，他成为了阿多。这吓着他了。

"湖对面有情况，"玖健说，"我看到有人指着塔楼。"

我不能惊慌失措。我是临冬城的王子，艾德·史塔克的儿子，几乎快要长大成人了,而且还是个狼灵,不是瑞肯那样的小男孩。夏天就不会恐惧。"也许那不过是安柏家的人,"他说,"或是诺特家、诺瑞家或菲林特家,从山上下来的。甚至有可能是守夜人的弟兄呢。他有没穿黑斗篷呀,玖健?"

"夜里所有衣服都是黑色,王子殿下。闪电来去太快,我无法分辨穿的什么。"

梅拉警惕地说:"黑衣弟兄就该骑马,不是吗?"

布兰不以为然。"没关系,"他自信满满地道,"就算他们想过来也没办法。除非有船,或者知道那条堤道。"

"堤道!"梅拉揉乱布兰的头发,亲吻他的前额,"亲爱的王子!他说得对,玖健,他们不知道堤道的事,即便知道,也无法摸黑过来。"

"但夜晚终会结束,若他们逗留到清晨……"玖健没把话说完。过了片刻,他道,"他们在往先前那人点的火堆里添柴。"闪电划过天空,光亮充满塔楼,将人们统统镂刻成阴影。阿多一边前后摇晃,一边哼哼。

那明亮的一刹那,布兰感觉到夏天的恐惧。于是他闭上双目,睁开第三只眼,男孩的外皮像斗篷一样滑落,他将塔楼抛在身后……

……发现自己身在雨中,低伏在灌木丛内,肚里填满鹿肉。头顶的天空被闪电撕破,雷声轰轰隆隆。烂苹果和湿树叶的味道几乎掩盖了人类的气息,但那气息仍旧存在。他听见硬皮革摩擦碰撞的声音,看到人们在树下走动。一个拿棍子的人跟跟跄跄地走过,头上蒙着一张皮,使他看不见也听不到。冰原狼远远绕开,来到一片滴水的荆棘丛后,上面是苹果树光秃秃的枝杈。他听到人类说话,雨水、树叶和马匹的味道之下,传来尖锐而强烈的恐惧……

琼恩

地上到处是松针和被风吹落的树叶,仿佛一层棕绿色地毯,却为雨水所浸透。

落叶在脚下咯吱作响。光秃秃的大橡树、高耸的哨兵树和成片的士卒松矗立在旁。又一座古老圆塔位于山冈,里面空空的,墙壁爬满厚厚一层绿苔藓,几乎直达塔顶。"这些石东西是谁修的?"耶哥蕊特问他,"国王吗?"

"不,是曾生活在这里的人们修筑的。"

"他们后来怎么了?"

"死了,或是离开。""布兰登的馈赠"数千年来都有人耕种,但随着守夜人军团的缩减,没有多余人手用于犁地、养蜂或种植果园,因此许多田地和厅堂被荒野重新占据。"新赠地"本有村落和庄园,其中税收供养着黑衣弟兄,或以货物,或以劳动,提供食物衣衫。但这些大多也不存在了。

"他们是傻瓜,离开这样一座好城堡。"耶哥蕊特评论。

"这只是一座塔楼。某个小领主曾带着家族和效忠他的武士住在这儿,掠袭者到来时,便会燃起烽火报警。真正的城堡,比如临冬城的塔有这个的三倍高。"

她似乎认为他在编故事:"没有巨人托起石头,怎能造得那么高呢?"

传说"筑城者"布兰登正是凭借巨人的帮助才建起临冬城,但琼恩不想把话题弄复杂。"人们可以建比这高出许多的城堡。旧镇有座塔是全世界最高的建筑,比长城还高呢。"他看出她不相信。

如果我可以向她展示临冬城……为她摘一朵玻璃花园的花，与她在大厅里欢宴，给她看坐在王座上的国王石像。我们可以在温泉里洗澡，在心树下爱抚，让旧神看护我们。

甜美的梦……但临冬城永远不是让他给人展示的。它属于他哥哥，北境之王。他姓雪诺，不姓史塔克。私生子，背誓者，变色龙……

"也许以后我们可以回到这儿，住在那座塔里，"她说，"你想不想这样，琼恩·雪诺？以后？"

以后。这个词像长矛般刺入他心房。战争以后。征服以后。野人突破长城以后……

父亲大人谈论过提拔新领主，安置在废弃的庄园，作为抵挡野人的屏障。这一计划需要守夜人让出赠地里的一大片区域，但叔叔班扬相信可以说服莫尔蒙总司令，只要新领主们向黑城堡纳税，而非向临冬城。"但那是春天的梦想，"艾德公爵说，"而凛冬将至，纵然许以土地，也无法吸引人们前往北方。"

若冬天来去得快，而春天紧接着降临，我也许会被选中，以父亲的名义占据这些塔楼之一。然而艾德公爵死去，班扬叔叔也失了踪，他们设想的屏障再也不会实现。"这儿属于守夜人。"琼恩说。

她嗤之以鼻："没人住在这儿。"

"他们是被掠袭者赶走的。"

"那他们就是胆小鬼。想保住土地，就该留下来战斗才对。"

"也许他们厌倦了战斗。厌倦了每晚上闩，琢磨叮当衫之流会不会破门而入，掳走妻子。厌倦了收获或任何可能拥有的家什都被你们盗走。搬到掠袭者所能达到的范围之外会比较安逸。"倘若长城沦陷，整个北境都将遭受掠袭者的侵扰。

"你什么都不懂，琼恩·雪诺。我们只抢女儿，不抢妻子。再

说,你们才是真正的强盗。你们霸占整个世界,然后筑起长城,将自由民挡在外面。"

"是吗?"琼恩有时会忘记她是个十足的野人,每到这时候,她的言行就会主动提醒他,"什么意思?"

"诸神创造世界给人类共享。然而所谓的国王们带着王冠和钢剑到来,宣称那全是他们的。'这是我的树',他们说,'你不能吃上面的苹果。'这是我的河,你不能在这儿捕鱼。这是我的森林,你不能过来打猎。这些是我的土地,我的流水,我的城堡,我的女儿,把你们的手拿开,否则休怪我剁了它。当然啦,朝我下跪的话,我也许会让你们嗅一嗅。你们称我们是贼,但贼至少得敏捷、机智和勇敢。下跪的人只会下跪。"

"哈玛和骨头袋子可不是为鱼或苹果而掠袭。他们掠夺长剑和斧子,香料、丝绸与毛皮,攫取能找到的每枚硬币、每枚戒指和每只珠宝杯子,夏天抢酒,冬季抢肉,任何季节都抢女人,并将她们掳过长城。"

"那又怎样?我宁愿被强壮的男人偷走,也不要被父亲嫁给懦夫。"

"说是这么说,但你怎知道对方是好是坏?若被讨厌的人偷走怎么办?"

"要偷走我,他必须敏捷、机智和勇敢。这样他的儿子也会又强壮又聪明。我为什么要讨厌这样的人?"

"也许他从不洗澡,臭得像头熊。"

"那我就把他推进河里,或者泼桶水到他身上。不管怎么说,男人不该闻起来像花。"

"花有什么错?"

"没什么——对蜜蜂而言。上床嘛,我要这样的。"耶哥蕊特伸手勾他马裤前褶。

琼恩握住她手腕。"如果偷走你的人是个酒鬼呢？"他坚持，"如果他粗暴残忍呢？"他使劲捏紧，加以强调，"如果他比你强壮，又喜欢狠狠揍你呢？"

"那我就趁他睡着时割他喉咙。你什么都不懂，琼恩·雪诺。"耶哥蕊特像鳗鱼一样扭动，挣脱了他。

我懂，你打骨子里是个十足的野人。当他们一起欢笑、一起接吻时，这点很容易忘记。但随后其中一人会说些什么，做些什么，于是他会突然记起他们的世界之间隔着一堵墙。

"男人要么占有女人，要么得到匕首，"耶哥蕊特告诉他，"每个女孩小时候都从母亲那儿得到了教诲。"她挑战似的扬起下巴，晃晃浓密的红发，"而且人们不能占有土地，正如不能占有海洋和天空。你们下跪之人自认为可以，曼斯会让你们知道并非如此。"

这话很是英勇自豪，却十分空洞。琼恩回头瞥了一眼，确定马格拿听不到。埃洛克、大疖子和麻绳丹跟在身后几码处行走，但都没留意。大疖子正抱怨他的屁股。"耶哥蕊特，"他压低声音说，"曼斯赢不了这场战争。"

"他能！"她坚持，"你什么都不懂，琼恩·雪诺。你从没见过自由民打仗！"

自由民打起仗来像英雄还是像恶魔，取决于你的交谈对象，但说到底是一回事。他们凭着鲁莽的勇气，为荣耀而战。"我丝毫不怀疑你们的勇敢，然则战争需要纪律，没有规矩不成方圆。曼斯终将像以前的塞外之王一样失败，而当他失败时，你们会死！你们所有人都会死。"

耶哥蕊特看起来非常生气，他甚至以为她要打他。"我们所有人，"她说，"你也一样。你现在不是乌鸦了，琼恩·雪诺。我曾发誓说你不是，所以你最好不是。"她将他推向后面一棵树的树干，就在这衣衫褴褛的队列中间，拼命接吻，嘴唇紧贴。琼恩听见山羊格里格的怂恿，还有人哈哈大笑，但他浑不理会，也回吻向她。终于分开时，耶哥蕊特脸上泛着红晕。"你是我的，"她轻声说，"我的，就像我也是你的。如果要死，就一起死好了。凡人皆有一死，琼恩·雪诺，但首先得好好地活。"

"是的，"他的声音含糊不清，"首先得好好地活。"

听到这话她咧嘴笑笑，让琼恩看到弯弯曲曲的牙齿，他现在居然有点喜欢起那些牙齿来。你打骨子里是个十足的野人，他再次想到，心口有种沮丧悲哀的感觉，握剑的手不禁开开合合。倘若耶哥蕊特知道他的心思，会怎么做呢？倘若拉她坐下，告诉她自己仍是艾德·史塔克的儿子，仍是守夜人的汉子，她会不会背叛他？他希望不会，但不敢冒险。太多人的安危取决于他，得设法赶在马格拿之前抵达黑城堡……假设能找到机会逃跑的话。

他们通过灰卫堡南下，该要塞已被废弃了两百年，而一个多世纪之前，巨大的石阶梯就已崩塌，即使如此，下来也比攀登容易。斯迪率队由此深入赠地，以免遭遇守夜人的巡逻队。山羊格里格带路，绕开少数几个尚有人居住的村子。行进途中，除开一些四处分散、像石手指般伸向天空的圆塔，看不到任何文明的痕迹。穿越阴冷潮湿的丘陵和强风吹刮的平原，没人监视，没被发现。

不管要你做什么，都不准违抗，统统照办，断掌盼咐，与他们一起行军，与他们一起用餐，与他们一起作战，直到时机来临。他跟他们骑了无数里，如今又改为步行，他跟他们共享盐和面包，还与耶哥蕊特同床共枕，但仍不受信任。瑟恩人日日夜夜地监视，提防任何背叛。他无法脱身，然而过不多久，一切就太迟了。

跟他们一起作战，科林死在长爪之下以前如是说……好在迄今为止，情势尚不至于此。哪怕夺走一个弟兄的生命，我就会迷失，就会永远越过绝境长城，再也无法回来。

每天行军之后，马格拿都会召他来提一些关于黑城堡的尖锐而精明的问题，以了解守军情况和防御工事。琼恩在敢于说谎的地方骗他，有时则佯作不知，但山羊格里格和埃洛克就在旁边，他们知道得不少，足以让琼恩警惕。太过明显的谎话将暴露意图。

真相十分可怕。除开长城本身，黑城堡没有防御工事，连木栅栏和土堤都无。而所谓的"城堡"不过是些木造城楼和石砌高塔，其中三分之二业已塌陷损毁。至于守军，熊老出击时带走两百人。有人回来吗？琼恩无从得知。城中约剩四百人，多半是工匠和事务官，并非游骑兵。

瑟恩人是坚毅的战士，比寻常野人更有纪律性——无疑这是曼斯选择他们的原因。而与之相对，黑城堡的防御者包括盲人伊蒙学士，照料他的半盲事务官克莱达斯，独臂的唐纳·诺伊，醉醺醺的赛勒达修士，聋子迪克·佛拉德，"三指"哈布，老文顿·史陶爵士，还有霍德、陶德、派普、阿贝特及其他曾跟琼恩一起受训的男孩们，他们的指挥官是胖胖的总务长、红脸孔波文·马尔锡——莫尔蒙总司令缺席期间，由他担任代理城主。忧郁的艾迪照"熊老"配莫尔蒙的样，为马尔锡取了个外号叫"石榴老"。"等哪天你在战场上跟敌人堂堂正正地交手，就会发现他是你最需要的人，"艾迪以一贯阴沉的声调说，"他会帮你把对方人数点得清清楚楚。那家伙是个活算盘。"

倘若马格拿出其不意地袭击黑城堡，将是一场血腥屠杀，那些男孩还没明白过来，就会在睡梦中死于床上。琼恩必须警告他们，但怎么做呢？他从未被派出去征集或打猎，也没被允许单独站岗。他还为耶哥蕊特担心。他不能带走她，但若将她留下，马格拿会要她为他的背叛负责吗？*两颗跳动如一的心……*

他们每晚共用一张毯子，入睡时总有她的头枕在胸前，红发轻蹭下巴。她的体味成了他的一部分。她弯弯曲曲的牙齿，她的乳

房握在手中的感觉,她嘴巴里的滋味……是他的快乐,也是他的无奈。无数个晚上,躺在耶哥蕊特温暖的身躯旁,他疑惑地想,不管自己生母是谁,父亲大人想必也有同样的感觉吧?耶哥蕊特设好陷阱,曼斯·雷德将我推进去。

每天和野人一起生活,他发现自己越来越难以去履行必须履行的责任。他要想方设法背叛这些朝夕相处的人,而一旦找到方法,他们就会因此而死。他不能接受他们的友谊,正如他不该接受耶哥蕊特的爱情。然而……瑟恩人讲古语,很少跟琼恩交谈,但贾尔的掠袭者们、那些攀登冰墙的壮士就不同了。起初并非情愿,但他逐渐开始了解这些人:精瘦安静的埃洛克,爱交朋友的山羊格里格,男孩科特和波吉,制绳子的麻绳丹。其中最糟的是戴尔,一位与琼恩年纪相仿的马脸少年,他会如梦似幻般地讲述打算去偷的那个野人女孩。"她是幸运的,跟你的耶哥蕊特一样火吻而生哟。"

琼恩只好忍住不开口。他不想知道德尔的女孩,不想知道波吉的母亲,不想知道"头盔"亨克位于海边的家乡,不想知道格里格探访千面屿上绿人的渴望,也不想知道一头驼鹿怎样赶着"手指脚"上树。他不想听"大疖子"讲屁股上的疖子,不想听"石拇指"夸耀自己能喝多少麦酒,也不想听科特形容他的小弟如何恳求他不要跟随贾尔爬长城。科特本人不超过十四岁,却早已给自己偷到老婆,并且有个孩子即将出世。"也许他将出生在某个城堡里,"那男孩夸口,"像领主一样,出生在城堡里哦!"他对看到的"城堡"十分入迷,实际上那只是些瞭望塔。

琼恩不知白灵现在在哪儿。他去了黑城堡,还是跟狼群一起在森林里梭巡?他感知不到冰原狼的存在,甚至在梦里也做不到,这让他觉得自己的一部分被切断了。纵然身边有耶哥蕊特,他仍感到孤独。他不想孤独地死去。

那天下午,树木变得稀少,他们沿缓缓起伏的平原向东进发。

青草长到齐腰之高，株株野麦随风轻曳。白天大多数时间温暖明亮，然而，到得日落时分，乌云从西方压来，很快吞噬了橙色的太阳，莱恩估计一场大风暴即将来临。他母亲是森林女巫，掠袭者们都认定他有预言气象的天赋。"附近有个村子，"山羊格里格告诉马格拿，"离这儿两三里地。我们可以在那儿过夜。"斯迪立刻同意。

等到达那地方，天早已黑暗，风暴开始肆虐。村子坐落在湖边，很久以前就被废弃，所有房屋都已倒塌，甚至那木结构的小客栈也倒了一半。过去，旅人看到它定会十分宽慰，而今这没屋顶的废墟却怎么也让人高兴不起来。我们在这儿得不到遮蔽，琼恩沮丧地想。每次闪电划过，都能看见湖中央小岛上矗立着一座圆形石塔，但没船，过不去。

埃洛克和戴尔蹑手蹑脚地前去侦察废墟，后者几乎立刻就回来了。斯迪当即止住队列，派出十几个瑟恩人，手持长矛，一路小跑往前行。这时琼恩也发现了：闪烁的火光映红了客栈的烟囱。我们并非唯一的访客。恐惧像蛇一样缠绕在他心中。他听见一声马嘶，然后是呼喊。与他们一起行军，与他们一起用餐，与他们一起作战，科林的吩咐……

战斗刚开始就告结束。"只有一个人，"埃洛克回来报告，"一个老头跟一匹马。"

马格拿用古语大声发号施令，二十个瑟恩人分散开来，围住村子，其余部下则于房屋之间巡察，确保没人躲在杂草丛或乱石堆里。掠袭者们挤在那没屋顶的客栈，互相推搡着向壁炉靠近。老人用来点火的断枝所产生的烟似乎比热量还多，但在这样一个狂暴的雨夜，哪怕一点点暖意都令人舒心。两个瑟恩人将老人推到地上，搜查他的随身物品，另一个牵了他的马，还有三个在翻他的鞍囊。

琼恩走开了。一个烂苹果在脚下碾碎。斯迪会杀了他。马格拿在灰卫堡就声明过,遇到任何下跪之人,都要立刻处死,以确保他们无法示警。与他们一起行军,与他们一起用餐,与他们一起作战。这是否意味着,必须沉默无助地看着他们割开无辜老人的喉咙?

在村子边缘,琼恩面对面遇上一名斯迪安排的守卫。瑟恩人用古语低沉地说了些什么,并用矛尖指指客栈。回到属于你的地方去,琼恩猜测。但我属于哪儿呢?

他走向湖边,在一堵倾斜的土木墙边发现块干燥的地方——那堵墙属于一幢摇摇欲坠、大部坍塌的村舍——坐下来呆呆地望着雨点抽打的湖面。耶哥蕊特正是在这儿找到了他。"我知道这地方的名字,"她坐在他身边,他说,"下次闪电的时候注意看塔顶,告诉我看到了什么。"

"好,只要你喜欢,"她回答,然后续道,"一些瑟恩人听见那儿有响声,似乎是里面传出的喊叫。"

"多半是打雷吧。"

"他们说是喊叫。也许有鬼魂呢。"

那要塞黑糊糊地矗立在风暴中,而它所在的岩岛四周,雨水不停地鞭击湖面,看起来确实有点阴森森,像是鬼魂出没之所。"我们可以过去看看,"他建议,"反正身子够湿,不会更糟了。"

"游泳?在风暴中游泳?"她报以大笑,"是想骗我脱衣服吗,琼恩·雪诺?"

"为此还需要骗你?"他调皮地回答,"还是你根本连划水都不行呀?"琼恩自己是个游泳能手,小时候在临冬城的宽阔护城河里学就的。

耶哥蕊特捶了一下他的胳膊:"你什么都不懂,琼恩·雪诺。我就是半条鱼,你会明白的。"

"半条鱼,半头山羊,半匹马……你的一半也太多了,耶哥蕊特。"他摇摇头,"我们不需要游,如果这就是我所知道的那个地方,我们可以走过去。"

她退后一步,瞪着他瞧。"在水上走?这是南方佬的哪门子巫术啊?"

"不是巫——"他刚开口,便有一道巨大的闪电从天劈落,打在湖面上。刹那间,世界如正午般明亮。雷霆爆裂,耶哥蕊特惊呼一声,捂住耳朵。

"你看到没?"琼恩问,此时声音已滚向远方,夜晚再度黑暗,"看清了吗?"

"黄色,"她说,"你指这个?顶上竖立的石头有些是黄色。"

"那些石头我们称之为'城垛'。很久以前,它们被漆成金色。这里就叫'后冠镇'。"

湖对面那座塔又变回阴沉沉的模样,黯淡的影子依稀可见。"那儿曾住着一位王后?"耶哥蕊特问。

"一个王后在那儿住了一晚上。"故事是老奶妈讲的,但其中的梗概为鲁温学士所证实,"亚莉珊王后是'仲裁者'杰赫里斯国王的妻子,他也被称为'人瑞王',因为统治时期有好几十年。但他坐上铁王座时还很年轻,喜欢周游全境。有一天,他带着王后、六条龙及半数廷臣来到临冬城,并跟北境守护商议国事,亚莉珊王后觉得无聊,因此乘她的龙'银翼'飞到北方去看绝境长城。这个村子是她路过的地方之一。她走之后,百姓们将要塞顶涂成金色,使其看起来像是她跟他们共度那一晚所戴的金冠。"

"我没见过龙。"

"没人见过。最后的巨龙一百多年前就死了。这是比那更早的事。"

"你说她叫亚莉珊王后?"

"人称她为'善良的亚莉珊'。长城上有个城堡'王后门'就是为她而命名的,那里从前叫'凤雪门'。"

"如果她真那么善良,就该把长城推倒。"

不,他心想,长城保护着王国全境,抵御异鬼……还有你们,亲爱的。"我有个朋友梦到过龙。他是个侏儒,他告诉我——"

"琼恩·雪诺!"一个皱紧眉头的瑟恩人出现在上方,"来,马格拿要。"琼恩觉得这就是攀登冰墙前夜在山洞外找到自己的那个人,但无法确定。他站起身,耶哥蕊特紧紧跟随——这点一直让斯迪不满。然而每次他要她离开,她总会回答:她是个女自由民,不是下跪之人,想来就来,想走就走。

他们发现马格拿站在一棵从客栈大厅地板里长出来的树下,俘房跪在壁炉前,周围是一圈亮出木长矛和青铜剑的瑟恩人。斯迪看琼恩走近,没有说话。积水沿墙流淌而下,雨点啪啪敲打仍附在树上的最后几片叶子,火堆里升起盘旋的浓烟。

"他必须死,"斯迪马格拿说,"你来动手,乌鸦。"

老人没说话。他只是站在野人中间望着琼恩。雨水和烟雾中,仅靠那火堆的光亮,加上披的羊皮斗篷,他不可能看清琼恩的黑衣。他究竟能看清吗?

琼恩拔出长爪。雨水冲刷着瓦雷利亚钢剑,火焰沿刃面反射出阴郁的橙光。燃起一小堆火,却要了这老人的性命。他记起断掌科林在风声峡说的话:火是生命之源,也是取死之道。然而那是霜雪之牙,长城外没有法律的荒野;这里是赠地,受守夜人和临冬城的保护。人们可以随意生火,不必因此而死。

"还犹豫什么?"斯迪说,"快动手!"

即使到这个关头,俘房也没说话。他可以说"饶命!"或者"您夺了我的马、我的钱和我的食物,就让我留下这条命吧!"或者"不,求求您,我没有做伤害您的事!"……他还有其他上千种说法,或者哭泣,或者呼唤信仰的神灵。但什么言语都救不了他,或许正因为明白这点,所以老人闭上嘴巴,以谴责与控诉的眼光望向琼恩。

不管要你做什么,都不准违抗,统统照办。与他们一起行军,与他们一起用餐,与他们一起作战……但眼前的老人毫无反抗。他不过是运气不好。他是谁?来自何方?要骑那可怜的驼背马去哪儿……在野人眼里,全都无关紧要。

他是个老人,琼恩告诉自己,五十岁,甚至有六十岁,比大多数人活得长。但瑟恩人会杀了他,不管我说什么或做什么都救不了。长爪仿佛比铅还重,难以提起。那人继续瞪他,眼睛像又大又黑的井。我会掉进这口井里淹死。马格拿也在看他,他几乎可以闻到猜疑的味道。这人一定会死,由我来杀,又有什么关系呢?只需利落一刀,用尽全身力气。长爪是瓦雷利亚钢铸成。跟"寒冰"一样。琼恩记起另一次行刑:逃兵跪在地上,脑袋滚落,雪地上明亮的鲜血……父亲的剑,父亲的话,父亲的脸……

"动手,琼恩•雪诺,"耶哥蕊特催促,"你必须动手,证明自己不是乌鸦,而是自由民的一员。"

"杀一个火堆旁的老人?"

"欧瑞尔也在火堆旁,你杀他却很快。"她的眼神坚决而严肃,"你也打算杀我——尽管那时我还在睡觉——直到发现我是女人。"

"那不一样,你们是战士……是守望者。"

"对啊,你们乌鸦不愿让人发现,我们现在也一样。一样!快杀了他。"

他转身背对老人:"不。"

马格拿走上前,高大,冷酷,不怀好意:"我说要。我是指挥官。"

"你指挥瑟恩人,"琼恩告诉他,"管不了自由民。"

"我没看到自由民,只看到乌鸦和乌鸦的老婆。"

"我不是乌鸦的老婆!"耶哥蕊特拔出匕首,快速跨出三步,抓住老人的头发,将脑袋向后一扳,割了喉咙,从一边耳朵划到另一边耳朵。即使死去时,那人也没出声。"你什么都不懂,琼恩•雪诺!"她冲他大喊,将染血的刀扔到他脚下。

马格拿用古语说了些什么,也许是要瑟恩人就地处决琼恩,但真相他已永远无法知晓。闪电陡然劈落,一道耀眼的蓝白光芒打在湖中央塔楼的顶端。他可以感觉到它炽烈的愤怒,雷声降临,震撼黑夜。

死亡咆哮着扑来。

闪电的强光令琼恩看不清楚,但在听见惨叫之前的刹那,他瞥到一个疾驰的影子。头一个瑟恩人死得和老人一样,血从撕裂的喉咙里涌出。然后闪光消失,影子转身,一声咆哮,又一人在黑暗中倒下。到处是咒骂、呼喊和痛苦的嚎叫。琼恩看见大疖子跌跌撞撞地向后倒去,撞翻了三个人。是白灵,他疯狂地想,白灵跳过长城来救我。接着,闪电又将黑夜变成白昼,他看到那头狼踩在德尔胸膛,黑糊糊的血从口中流下。灰的。他是灰的。

黑暗随着隆隆雷声一起到来。狼在瑟恩人中穿梭,他们则用长矛乱刺。老人的母马被屠杀的气味刺激得发了狂,后腿人立,蹄子猛踢。长爪仍在手中,琼恩•雪诺突然意识到,不可能有比这更好的机会了。

趁大家的注意力都在狼身上,他砍倒第一个,推开第二个,劈向第三个。狂乱之中,有人喊他的名字,但无法断定那是耶哥蕊特还是马格拿。奋力控制马匹的那位瑟恩人根本没看见他,而长爪轻若鸿毛。他挥剑砍向对方小腿,感觉到钢铁劈开骨头。野人倒下去时,母马冲了出去,琼恩左手抓紧鬃毛,一下子跃上马背。脚踝被手攫住，他向下猛砍，然后看到波吉的脸在血泊中消失。马儿人立，扬腿猛踢，击中某瑟恩人的太阳穴，发出"喀嚓"一声响。

随后人马开始狂奔。琼恩没有引导方向，只尽力伏在马背上，穿越泥沼、雨水和雷电。湿草抽打着脸，一支长矛从耳际飞过。若马跌断腿脚，他们便会追上来，把我杀死，他心想，但旧神与他同在，马儿没事。闪电划过黑暗的天顶，雷声在平原上翻滚，呐喊在身后减弱消失。

午夜后，雨停止，琼恩独自徘徊在高高的黑草海中，右大腿痛得厉害。他低头看去，惊讶地发现一支箭戳进大腿后面。什么时候的事？他抓住箭杆，拉了一下，但箭头深埋进肉中，越拔痛得越厉害。他试图回想客栈中狂乱的景象，但只能记起那头灰色的野兽，精瘦而恐怖。它太大，不是普通的狼。冰原狼。只可能如此。他从没见过行为如此之快的动物。就像一阵灰色的风……难道罗柏回了北方？

琼恩摇摇头。找不到答案，难以思考……那头狼，那个老人，耶哥蕊特……这一切……

他笨拙地滑下母马的背，受伤的腿顿时一软，令他不得不咽下尖叫。会很痛苦。然而箭必须弄出来，等待没有好处。于是琼恩握住箭羽，深吸一口气，往前推去。他闷哼，接着咒骂。实在太疼，做到一半就停了下来。我像头被屠宰的猪一样血流如注，他心想，但只能继续，别无选择。于是他满心不情愿地再度尝试……很快又颤抖着停止。再来一次。这次他喊叫出声，箭头总算从大腿前面穿了出去。琼恩将染血的裤子往后褪开，以便抓得更牢，然后皱紧了脸，缓缓将箭杆穿过腿部。他不知自己为何没有晕厥。

之后，他抓着"战利品"，躺在地上，静静地流血。太虚弱，走不动。过了一会儿，他意识到如果不强迫自己动起来，很可能流血至死。于是琼恩爬到浅溪旁——母马正在那儿喝水——用冷水清洗大腿，然后从斗篷上扯下一条布，紧紧包扎起来。他把箭也洗了洗，拿在手里仔细观察。羽毛是灰的还是白的？耶哥蕊特用淡灰色鹅毛做箭羽。箭是她放的吗？他不能怪她。不知她是瞄准自己还是瞄准坐骑。若那母马倒下，我就完了。"幸亏腿挡在中间。"他喃喃道。

他休息片刻，让马去吃草。它没游荡太远，真不错，否则他一瘸一拐地拖着伤腿，根本追不上。他好不容易才撑着自己站起来，爬上马背。之前我是怎么骑的，没马鞍，没马蹬，手里还拿着一把剑？这又是一个无法回答的问题。

远处传来轻微而沉闷的雷声，但头顶的乌云已经散开。琼恩抬头搜寻，找到冰龙星座，然后调转马头，向着北方的长城和黑城堡进发。膝盖顶上老人的马，大腿肌肉便一阵剧痛，令他抽搐。回家了，他告诉自己。如果真是这样，为何心底如此空洞？

他一直骑到黎明，繁星如无数只眼睛，向下俯视。

丹妮莉丝

多斯拉克斥候已汇报过情况，但她想亲自看看。于是乔拉·莫尔蒙爵士随她骑过白桦树林，上到一道砂岩斜坡。"太近了。"他在山顶警告她。

丹妮拉缰勒马，望向原野上横亘于道路的渊凯军团。白胡子教过她如何准确估算人数。"五千。"观察片刻之后，她道。

"我也这么认为。"乔拉边说边指，"两翼是佣兵，装备长枪和弓箭，并佩有剑斧用于近战。左翼次子团，右翼暴鸦团，各约五百人，看到那些旗帜了吗？"

渊凯的鹰身女妖爪里抓的是鞭子和铁项圈，而非一段锁链。但佣兵有自己的旗帜，在他们所效力的城市徽记下飞扬：右面是嵌在两道交叉闪电间的四只乌鸦，左面是一把断剑。"渊凯人自守中路，"丹妮说，从远观之，他们的军官跟阿斯塔波人没有区别，高耸明亮的头盔，披风上缝有许多闪亮铜盘，"带的是奴兵？"

"大部分是，但不能跟无垢者相提并论。渊凯以训练床上奴隶闻名，对战技并不在行。"

"你怎么说？我们能不能击败这支军队？"

"轻而易举。"乔拉爵士回答。

"但也需要流血。"攻取阿斯塔波那天，大量鲜血渗入那座红砖之城的砖块里，尽管其中很少是属于她和她子民的。

"我们或能在这里赢得一场战斗，但付出的代价也许会让我们无力攻取城市。"

"风险总是存在，卡丽熙。阿斯塔波外表骄傲内里脆弱，渊凯却预先得到了警告。"

丹妮思考片刻。对方的奴隶军团比自己的部队人数少很多,但佣兵都有马,她曾跟多斯拉克人驰骋疆场,完全清楚马上战士对步卒的影响。无垢者可以抵挡冲击,但我的自由民会被屠杀。"奴隶贩子们乐于谈判,"她说,"传话过去,就说今晚我接见他们,同时也邀请佣兵队长们造访——但不要一起来,暴鸦团安排在正午,次子团晚两个小时。"

"如您所愿,"乔拉爵士道,"但若他们不肯——"

"会来的。他们会好奇地看看龙,并听听我的说法,聪明人会把这当作衡量我实力的机会。"她圈转银色母马,"我在帐篷里等。"

丹妮回到营地时天灰蒙蒙的,刮起了大风。围绕营地的壕沟已开挖了一半,林子里都是无垢者,正从白桦树上砍下枝杈,削成尖桩。这批战士太监不会在未经设防的营地里休息,至少灰虫子如此坚持。此刻他监督着工程进展,丹妮稍作停留与其交谈:"渊凯人准备开战了。"

"很好,陛下,小人们渴望着流血。"

她令无垢者自己选出军官,于是灰虫子以压倒性优势被推举出来。丹妮指定乔拉爵士为他的上司,教他如何指挥,被放逐的骑士报告说迄今为止,这年轻的太监尚令人满意,反应迅速,不知疲倦,并对一切细节孜孜不倦。

"贤主大人们集结起一支奴隶大军来会我们。"

"渊凯的奴隶学的是欢场中七大气息与十六方体位,陛下,无垢者学的则是三种长矛的使用之道。小人灰虫子希望能展示给您看。"

攻取阿斯塔波之后,丹妮首先做的事情之一便是废除无垢者每天被赋予一个新名的惯例。生为自由民的人多半用回诞生时的名字——至少那些仍记得自己名字的人是如此。其他人则用英雄和神祇的名字称呼自己，有时则是武器、宝石，甚至花，丹妮听来十分奇特。灰虫子仍叫灰虫子，她问他为何不改，他说："因为它很幸运。小人出生时的名字受了诅咒，所以被迫成为奴隶。但灰虫子是小人被'风暴降生'丹妮莉丝解放那天所抽到的名字。"

"战斗开始后，灰虫子不仅要展示英勇，也要展示智慧，"丹妮告诉他，"放过那些逃跑或扔下武器的奴隶。我们杀得越少，以后加入我们的就越多。"

"小人会记得。"

"我相信你。正午时分记得到我帐篷来，与佣兵队长们谈判时，我要你跟我的其他指挥官在一起。"丹妮踢踢银马，继续前进。

在无垢者们建立的营地之内，帐篷整齐地排列成行，正中乃是她那顶高高的金色大帐。另一片营地位于旁边，大小是这里的五倍，混乱无序，没有壕沟，没有帐篷，没有岗哨，马匹也没有排成队列。马或骡子的主人就睡在牲口下面，以防被盗。山羊、绵羊和饥饿的狗肆意游荡，混杂在妇孺老幼中间。丹妮将阿斯塔波留给一个由前奴隶组成的议会管理，由一名医生、一名学者和一名牧师领导，她认定其智慧与公正，即便如此，仍有数万人乐意跟她去渊凯，不想留在阿斯塔波。我把城市交给他们，他们却害怕起来，不敢接受。

破破烂烂的自由民队伍的规模令她的军团相形见绌，而他们更是没有益助的负担。一百人中才一个有驴、骆驼或牛，多数人带着从奴隶商人的军械库里夺来的兵器，这没错，但十人中只有一个够强壮，足以参战，且所有人都未经训练。他们吃光途经土地上的一切，好比会穿鞋的蝗虫。另一方面，丹妮无法接受乔拉爵士和血盟卫们的催促，抛弃他们，我给了他们自由，总不能禁止他们自由地

190

加入吧？她凝视着烟雾从无数炊火上升起，强咽下一声叹息。也许自己同时拥有世界上最好和最糟的步兵。

白胡子阿斯坦站在帐篷门外，壮汉贝沃斯则盘腿坐于附近草地，吃着一碗无花果。行军途中，保护她的责任便落在他俩肩上。乔戈、阿戈和拉卡洛早已被她封为寇，不只是血盟卫，此刻更需要他们指挥多斯拉克人，而非单单关注她的个人安全。她的卡拉萨虽小，才三十来个骑马战士，且大多是没绑辫子的男孩和驼背老人，但却是仅有的骑兵，十分重要。正如乔拉爵士所说，也许无垢者是世界上最好的步兵，可她还需要斥候和哨卫。

"渊凯人要打仗。"丹妮在大帐篷里告诉白胡子。伊丽和姬琪铺了地毯，弥桑黛则点起一支熏香，为满是灰尘的空气增添香味。卓耿和雷哥彼此缠绕着在一堆垫子上睡了，韦赛利昂则栖息在她的空澡盆边缘。"弥桑黛，渊凯人操什么语言，也是瓦雷利亚语吗？"

"是的，陛下，"女孩说，"虽跟阿斯塔波口音不同，却也相差不远，听懂没问题。奴隶商人们自称为'贤主大人'。"

"贤主？"丹妮盘腿坐到垫子上，韦赛利昂展开白金相间的翅膀，飞到她身旁，"让我们看看他们有多贤明。"她边说边挠龙那多鳞片的脑袋，摸着龙角后面。

乔拉•莫尔蒙爵士一小时之后返回，带来暴鸦团的三名团长。三人皆戴插黑羽的抛光头盔，声称具有完全同等的荣誉和权力。趁伊丽和姬琪倒酒时，丹妮仔细观察。普兰达•纳•纪森是粗壮的吉斯人，一张宽脸，黑发已渐变灰；光头萨洛有道弯弯曲曲的疤痕，横跨在那魁尔斯人特有的白皙脸颊上；达里奥•纳哈里斯即使以泰洛西人的标准来看，也称得上服饰华丽。他唇边的胡子理成三支，染上蓝色，跟眼睛和垂至颈项的卷发颜色一致。尖尖的小胡子则涂为金色。他的衣服是深浅不一的黄：奶油色泡沫状密尔蕾丝从领口和袖口里冒出，紧身上衣缝满蒲公英形的黄铜勋章，直套到大腿的高筒皮靴装点金色纹饰，而柔软的黄色小山羊皮手套插在镀金环构成的腰带里。只有手指甲上涂的是蓝色釉彩。

代表佣兵团发言的是普兰达·纳·纪森。"快把你的乌合之众带去别处，"他道，"你用诡计夺取阿斯塔波，但渊凯不一样。"

"五百风暴乌鸦对抗一万无垢者，"丹妮说，"我只是个年轻女子，不懂战争之道，但我以为，实力如此悬殊，获胜的机会微乎其微。"

"风暴乌鸦并非独力支撑。"普兰达道。

"风暴乌鸦根本不会支撑。看到雷电的第一个征兆，他们就会逃亡——跟你现在该做的一样。我听说佣兵素有不忠的恶名，倘若次子团转换立场，你们的坚持有什么好处呢？"

"那是不可能的事，"普兰达不为所动，"即使真的发生，也没关系。次子团本不算什么，我们将与坚定的渊凯部队并肩作战。"

"你们将与拿长矛的床上奴隶并肩作战。"她转动脑袋，辫子里的一对铃铛轻声作响，"一旦开战，便休想恳求仁慈；而若现在加入，不仅能保有渊凯人支付的金钱，还可额外分享一份战利品，日后助我复国，更是荣华富贵，享之不尽。想想看，为贤主大人们而战，报酬将是死亡。你认为我的无垢者在城墙下屠宰你们的时候，渊凯人会打开城门吗？"

"女人，你只会驴叫，毫无意义！"

"女人？"她咯咯笑道，"这算侮辱吗？若我真把你当男人看待，就会当即回敬一记耳光。"丹妮对上他的视线，"我乃坦格利安家族的'风暴降生'丹妮莉丝，不焚者，龙之母，卓戈卡奥的卡丽熙，维斯特洛七大王国的女王。"

"你只是一个马王的婊子。"普兰达·纳·纪森说，"等我们胜利后，我要让你跟我的坐骑交配。"

壮汉贝沃斯拔出亚拉克弯刀："小女王，让壮汉贝沃斯把他那恶心的舌头割掉。"

"不，贝沃斯，我保证过这些人的安全。"她微笑，"告诉我——暴鸦团的成员是奴隶还是自由人？"

"我们是自由人组成的兄弟会。"萨洛宣称。

"很好，"丹妮站起身，"那就回去把我的话告诉你的弟兄们。也许更多人愿意拥有金钱和荣耀，而不是死亡。我明天要你们的答复。"

暴鸦团的队长们同时起立。"我们的答复是不。"普兰达·纳·纪森说，然后带着同伴们走出营帐……但达里奥·纳哈里斯离开时回头瞥了一眼，并点头礼貌地道别。

两小时后，次子团团长独自抵达。他是个高大的布拉佛斯人，淡绿色眼睛，茂密的红金胡子几乎垂到腰际。他叫梅罗，自称外号"泰坦私生子"。

梅罗进帐后二话不说，首先将给他的酒一饮而尽，用手背抹抹嘴巴，朝丹妮淫笑："我记得在家乡的妓院里干过你同胞姐姐，或者那就是你？"

"我想不是，否则我会记得一个如此雄伟的人，毫无疑问。"

"是的，就是这样，女人都不会忘记'泰坦私生子'。"布拉佛斯人朝姬琪伸出酒杯，"脱衣服，坐我大腿上，怎么样？你取悦了我，我也许就把次子团带过来。"

"你把次子团带过来，我也许不会阉你。"

大个子男人哈哈大笑："小妹妹，从前有个女人想用牙齿阉我，她现在一颗牙都没了，而我的'宝剑'还是跟以前一样又粗又长。要不取出来给你检查检查？"

"不用了，等我的太监们把它割下来之后，想怎么检查都可以。"丹妮啜一口酒，"确实，我只是个年轻女子，不懂战争之道。请你给我解释一下，如何用五百人对抗一万名无垢者。以我无知的眼睛看来，实力如此悬殊，获胜的机会微乎其微啊。"

"次子团面对过更悬殊的情况，并赢得胜利。"

"次子团面对过更悬殊的情况，结果是逃跑。你以为我连三千勇士保卫科霍尔的故事都不知道吗？"

"那是多年以前的事啦，是'泰坦私生子'当上团长之前的事。"

"这么说来，他们的勇气源自于你喽？"丹妮转向乔拉爵士，"开战后先杀这个人。"

被放逐的骑士微微一笑："乐于从命，陛下。"

"当然，"她对梅罗续道，"你可以再逃跑，我们不会阻止。你可以带着渊凯人给的钱离开。"

"愚蠢的女孩，若你见到布拉佛斯的泰坦巨人，就会明白他决不会夹着尾巴逃跑。"

"那就留下，为我效劳。"

"没错，你挺漂亮，值得拥戴，"布拉佛斯人说，"若我是自由的，会很乐意让你亲吻我的'宝剑'。可惜我拿了渊凯的钱，并立下神圣的誓言。"

"钱有什么？钱可以还，"她说，"我会付你同样多的费用，甚至更多。别忘了，除了渊凯，我还有许多城市要征服，半个世界之外，还有整整一个王国等着我。忠诚地为我效劳，次子团就无须再寻求雇主了。"

布拉佛斯人扯扯浓密的红胡子："同样多的费用，甚至更多，也许再加一个吻，呃？或者不止亲吻？对一个像我这么雄伟的人？"

"也许吧。"

"嗯，我会喜欢上你舌头的滋味。"

她可以察觉乔拉爵士的愤怒。我的大熊不喜欢这些亲吻的话题。"今晚好好考虑我的话,明天给我答复?"

"行,"泰坦私生子咧嘴笑道,"我可以带一壶这种好酒回去给我的队长们吗?"

"你可以拿一桶。这是从阿斯塔波善主大人们的酒窖里取的,我装了好几马车。"

"那就给我一车,象征您的善意。"

"你胃口真大。"

"我什么都大,手下还有众多兄弟要养。泰坦私生子可不会独个儿喝闷酒,卡丽熙。"

"一车就一车,记得为我祝酒。"

"同意!"他低吼道,"同意!同意!我们会为你祝酒三遍,并在太阳升起时给你一个答复。"

梅罗离开后,白胡子阿斯坦说:"那家伙恶名远扬,甚至传到了维斯特洛。不要被他的态度误导,陛下,他可以今晚为您祝酒三遍,明天又来打您的歪主意。"

"老头子这回说得对,"乔拉爵士道,"次子团历史悠久,也不乏英豪之辈,但在梅罗统治下,堕落得差不多跟勇士团一样糟。不管对敌人,还是对雇主,那家伙都一样危险——这就是为什么您会在这里见到他,没一个自由贸易城邦愿意再雇佣他的兵团。"

"我不要他的名誉,只要他的五百骑兵。暴鸦团怎样,有希望吗?"

"没有,"乔拉爵士坦率地说,"按血统论,那普兰达是吉斯人,很可能在阿斯塔波有亲戚。"

"可惜。不过,也许无须打仗,我们先听听渊凯人怎么说吧。"

太阳快下山时,渊凯使节团抵达了:五十个随从骑壮实华美的黑马,还有一人坐在高大的白骆驼上。他们头盔的高度是脑袋的两倍，这样才不至于压坏下面梳理上油后奇形怪状、扭曲高耸的头发。他们的布裙和外衣都染成深黄，披风上缝有无数铜盘。

那坐白骆驼的人自称格拉兹旦·莫·厄拉兹，精瘦结实，笑的时候会露出硕大而洁白的牙齿，和阿斯塔波的克拉兹尼一样。他的头发向上梳起，形成独角兽的角，从前额突出，托卡长袍上的流苏是金色的密尔蕾丝。"古老而荣耀的渊凯，诸城之女王，"待丹妮将他迎至帐内后，他说，"我们的城墙牢固坚强，我们的贵族自豪勇猛，我们的百姓无所畏惧，我们的血统袭自古吉斯——瓦雷利亚人还是牙牙学语的小儿时，古吉斯帝国已经统治世界了。肯坐下来商谈，说明您很明智，卡丽熙，征服这里是不可能完成的妄想。"

"是吗？我的无垢者正打算享受战斗的乐趣呢。"她望向灰虫子，灰虫子点点头。格拉兹旦夸张地耸耸肩。"若您要的是鲜血，那就让它流淌。听说您解放了阿斯塔波的太监，其实自由对无垢者而言，如同帽子之于鱼。"他朝灰虫子微笑，但太监像石雕般毫无反应，"活下来的，我们将再次奴役，并用来从那帮乌合之众手里夺回阿斯塔波。我们也可以让您当奴隶，不要怀疑，在里斯和泰洛西的青楼，人们会为跟最后的坦格利安上床而慷慨解囊。"

"你知道我是谁，很好。"丹妮温和地说。

"对于蛮荒愚昧的西方有所了解，是我引以为豪的一件事。"格拉兹旦展开双手，以示安抚，"我们何必恶言相向？没错，您在阿斯塔波干下野蛮的行径，但我们渊凯人宽大仁慈，对此并不耿耿在意。陛下，您跟我们既无争执，又为何要将力量浪费在我们坚固的城墙上呢？为了夺回您父亲远在维斯特洛的王座，您难道不需要每个人手吗？渊凯祝愿您的努力取得成功，为表诚意，我们带来了礼物。"说罢他击掌示意，两名随从抬上来一个镶青铜和黄金的沉重雪松木箱，置于她脚边。"五万金马克，"格拉兹旦平静地说，"给您，象征渊凯贤主大人们的友谊。慷慨赠予的金钱肯定比流血抢夺来的便宜,不是吗?听我说,丹妮莉丝·坦格利安,带上这箱子离开吧。"

丹妮用穿拖鞋的小脚推开箱盖。正如使节所述,里面装满金币。她抓了一大把,任由它们从指间滑落翻滚,明亮闪耀,其中大多数是新铸的,一面刻有阶梯形金字塔,另一面是吉斯的鹰身女妖。"非常漂亮,不知我夺下你的城市之后,会找到多少这样的箱子?"

对方咯咯傻笑:"一个也没有,因为您永远做不到。"

"我也给你一件礼物。"她"砰"的一声关上箱子,"三天时间。第三天早上,送出你们所有的奴隶。记住,是所有人。给男女老少每人一件武器,外加他们能随身携带的食物、衣服、钱币和其他物品。允许他们自由地从主人财产中挑选,作为多年服务的报酬。等所有奴隶离开后,你们要打开城门,准我的无垢者进入,搜查你们的城市,以确保没人继续受到奴役。只要你们乖乖照办,渊凯便不会遭受焚烧劫掠,你们自己也将毫发无损。贤主大人们可以作出贤明的决定,得到想要的和平,你怎么说?"

"我说,你疯了。"

"是吗?"丹妮耸耸肩,"dracarys!"

龙顿时回应。雷哥嘶嘶尖叫,吐出烟雾,韦赛利昂拍打翅膀,而卓耿喷出旋转的红黑火焰。焰苗触及格拉兹旦托卡长袍的下摆,顷刻之间丝绸便燃烧起来,使节绊倒箱子,金币流泻到地毯上,他一边大声咒骂,一边拍打手臂,直到白胡子将一桶水浇来,熄灭了火焰。"你发誓保证我的安全!"渊凯使节哀号。

"渊凯人就这么在乎一件烧焦的托卡长袍?我可以给你买件新的……只要你们肯在三天后送出奴隶,否则休怪卓耿给你一个更热情的吻!"她皱皱鼻子,"你尿裤子了,拿着金币走吧,务必确保贤主大人们听到我的口讯。"

格拉兹旦·莫·厄拉兹伸出一根手指指着她。"你会为你的傲慢自大后悔的，婊子，你以为这些小蜥蜴可以保你平安吗？我保证，他们敢接近渊凯城一里格之内，就会教满天箭矢射下来。告诉你，屠龙没那么难！"

"比杀奴隶贩子难。三天，格拉兹旦，告诉他们，只有三天时间。第三天结束时，不管是否为我打开城门，我都会兵临渊凯。"

渊凯使团离开营地时夜幕已完全降临。今晚可能是个阴沉的夜，无星无月，寒冷潮湿的风自西方吹来。好一个黑夜，丹妮心想，四周到处燃烧着火堆，犹如小小的橙色星辰，遍布山丘和原野。"乔拉爵士，"她说，"召唤血盟卫。"丹妮坐到一堆垫子上等待，她的龙围绕在旁边。当他们集合起来之后，她说："离午夜后一小时应该还早。"

"是，卡丽熙，"拉卡洛说，"到时候干什么？"

"进攻。"

乔拉·莫尔蒙爵士皱起眉头："您告诉过那些佣兵——"

"——明天要答复，至于今晚，我没作任何保证。暴鸦团将争论我的提议，次子团则会喝我送给梅罗的美酒，直到人事不省，而渊凯人相信他们有三天时间，我们就在黑暗掩护下发动袭击。"

"但他们有斥候。"

"黑暗中，只会看到数百堆燃烧的营火，"丹妮说，"此外什么也发现不了。"

"卡丽熙，"乔戈说，"由我来对付这些斥候。他们不是骑兵，只是骑马的奴隶贩子。"

"就这么办，"她赞同，"我想我们应该三面攻击。灰虫子，你的无垢者从左右两边出动，而我的寇们带领骑兵呈楔形队列强行突破中路。奴兵在骑马的多斯拉克人面前绝对抵挡不住。"她微笑，"当然，我只是个年轻女子，不懂战争之道。你们怎么想，大

人们?"

"我认为您确是雷加·坦格利安的妹妹。"乔拉爵士的微笑中挂着几许无可奈何。

"没错,"白胡子阿斯坦说,"您也确是一位女王。"

他们花一个小时确定所有细节。最关键也最危险的时刻开始了,丹妮心想,指挥官们正带着命令离开,她只能祈祷黑夜足以隐藏准备行动,不让敌人发现。

接近午夜时分,乔拉爵士推开壮汉贝沃斯闯入,吓了她一跳。"无垢者抓到一名试图潜入营地的佣兵。"

"间谍?"这让她惊怕。抓到一个,还有多少溜走了呢?

"他宣称带礼物来献给您。是中午接见过的那蓝发黄衣小丑。"

达里奥·纳哈里斯。"原来他……带进来,我要听听他怎么说。"

被放逐的骑士将他带进来时,她不禁自问为何此两人竟如此迥异:泰洛西人肤色白皙,乔拉爵士却黑黝黝的;泰洛西人身体柔软,骑士则结实强壮;泰洛西人有顺滑的卷发,另一个却是光头;泰洛西人皮肤光洁,莫尔蒙却体毛丛生。她的熊骑士衣着朴素,而这家伙打扮得连孔雀都相形见绌——尽管此次造访时,已在明黄色华服外罩了一件厚厚的黑斗篷。他肩头挎着一个沉重的帆布包裹。

"卡丽熙,"泰洛西人大喊,"我带来了礼物和好消息。暴鸦团是您的了!"他微笑时,一粒金牙在口中闪耀,"达里奥·纳哈里斯也是您的了!"

丹妮半信半疑。若泰洛西人是间谍,这番声明就是为保住脑袋,而想出的孤注一掷的对策。"普兰达·纳·纪森和萨洛怎么说?"

"不用管他们。"达里奥倒转包裹,光头萨洛和普兰达·纳·纪森的脑袋掉出来,滚到地毯上,"献给真龙女王的礼物。"

韦赛利昂嗅嗅从普兰达脖子上渗出来的血,然后吐出一团火焰,正喷在死人脸上,毫无血色的脸颊焦黑起泡,烤肉的味道让卓耿和雷哥蠢蠢欲动。

"你干的?"丹妮不自在地问。

"当然啦。"即使她的龙让达里奥•纳哈里斯不安,他也隐藏得很好,似乎只把他们当成三只逗弄老鼠的小猫。

"为什么?"

"因为您太美啦。"他那双有力的大手、冷酷的蓝眼睛和大鹰钩鼻让她隐隐约约联想起某种凶狠威武的猛禽。"事实上,普兰达说了很多,有用的却没一句。"细细看来,他服饰虽豪华,却历经磨损,靴子上有片片盐渍,指甲涂的釉彩斑驳掉落,蕾丝被汗水污染,而且她看出他斗篷下摆有磨痕。"萨洛只会抠鼻子,好像他的鼻涕是黄金。"他站在那里,双腕交叉,手掌搭在剑柄上:左边一把弯曲的多斯拉克亚拉克弯刀,右边一柄密尔细剑,它们的柄是一对相配的黄金女人像,赤身裸体,神态放荡。

"好漂亮的一对剑,这是你的拿手武器?"丹妮问他。

"倘若死人可以说话,普兰达和萨洛会亲口告诉您我的能量。没有爱过一个女人,没有杀死一名对手,没有吃上一顿精美的大餐,我便不算是活过一天……而我活过的天数若群星一样数不胜数。杀戮在我手中变成华丽的艺术,世上许许多多的杂耍艺人和火舞者向诸神哭泣,但求有我一半的敏捷和四分之一的优雅。我乐意向您背诵死于我刀下之人的名单,但不等我说完,您的龙就会长得如城堡般巨大,渊凯的墙垒则会崩裂成黄色尘土,冬季来了又去,去而复返。"

丹妮哈哈大笑,她喜欢这个达里奥•纳哈里斯的夸夸其谈:"那么,请拔出你的剑,宣誓为我效劳。"

眨眼工夫，达里奥的亚拉克弯刀已然出鞘，其降顺礼节同样夸张，他猛扑而下，脸贴她的脚趾。"我的宝剑是您的。我的生命是您的。我的爱情是您的。我的血液、我的身躯和我的歌谣，统统都是您的。无论生死，我都愿遵从您的命令，美丽的女王。"

"好好活下去，"丹妮说，"今晚为我而战。"

"这不明智，女王陛下。"乔拉爵士冰冷严苛地瞪着达里奥，"战斗胜利之前，该把这家伙紧紧看守住。"

她考虑了一会儿，摇摇头："若他可以带给我们暴鸦团，定能让敌军大吃一惊。"

"若他背叛您，吃惊的就是我们！"

丹妮再次低头看那佣兵。他给她一个微笑——是那种让她涨红了脸，扭过头去的微笑。"他不会的。"

"你怎知道？"

她指指那团焦黑的血肉，她的龙正一口接一口地吞食："我认为这是证据，足以证明他的诚意。达里奥·纳哈里斯，让你的风暴乌鸦们做好准备，我军发动进攻之后，立刻掩袭渊凯人后方。你能安全返回吗？"

"若被逮住，我就说是去探察情报的，并且没发现什么。"泰洛西人站起身来，鞠了一躬，然后迅速离开。

乔拉·莫尔蒙爵士没走。"陛下，"他直截了当地说，"这是个错误。我们对此人一无所知——"

"我们知道他是个厉害的战士。"

"厉害的空谈家。"

"他给我们带来了暴鸦团。"噢，他的蓝眼睛……

"五百名忠诚堪虞的佣兵。"

"如今是非常时期，不能苛求绝对忠诚。"丹妮提醒他。*况且我还要经历两次背叛，一次为财，一次为爱。*

"丹妮莉丝,我年纪是你的三倍,"乔拉爵士续道,"见识过虚伪的人心,值得信赖的人少之又少,反正达里奥·纳哈里斯绝不会是其中之一。你瞧,他连胡子都染了假色。"

这话惹恼了她:"而你的胡子是真的,想说这个吗?只有你才是我唯一应该信赖的人?"

他僵硬起来:"我没这么说。"

"你每天都在说。俳雅·菩厉是个骗子,札罗是个阴谋家,贝沃斯自吹自擂,阿斯坦包藏祸心……你当我还是黄花闺女,听不出你话里有话?"

"陛下——"

她从他面前闯过去。"你是我最好的朋友,比韦赛里斯更好的兄长。你是我的首席女王铁卫,我军队的总司令,我最有价值的顾问,我的左右手。我尊敬你,珍惜你——但对你没有向往,乔拉·莫尔蒙,我厌倦了你试图将世上所有男人从我身边赶开的举动,好让我必须并且只能依靠你一人。这没用,不会让我更爱你。"

她刚开口时,莫尔蒙涨红了脸,但等丹妮说完,他的面色再度转为苍白。被放逐的骑士像石头般一动不动地站着。"我无条件服从女王陛下的命令。"他简短而冷淡地说。

他俩之间的这种状况让丹妮很不自在。"是的,"她说,"女王陛下'命令'你立刻前去指挥无垢者,爵士先生,你有场仗需要赢。"

等他走后,丹妮坐倒在枕垫上,靠着她的龙。她不想如此激烈地对待乔拉爵士,但他无止境的猜疑最终唤醒了睡龙之怒。

他会原谅我的,她告诉自己,我是他的君主。丹妮发现自己在反思他关于达里奥的看法,突然间感到非常孤独。弥丽·马兹·笃尔保证,她不会再次怀上孩子。坦格利安家族将在我这里终结。这让她感到悲哀。"你们是我的孩子,"她告诉三条龙,"我的三个勇猛的好小子。阿斯坦说龙活得比人长久，因此我死后，你们还将继续活下去。"

卓耿将脖子绕回来，咬啮她的手。他的牙齿非常锋利，但嬉戏时，从没弄破她的皮肤。丹妮笑着把他推得滚来滚去，直到他咆哮起来，尾巴像鞭子一样甩动。尾巴比以前长了，她注意到，明天还将变得更长。他们现在长得很快，长成后，我就等于有了翅膀。她可以骑在龙上，统领军队进入战场，就像在阿斯塔波时那样威风，但迄今为止他们还太小，无法承载人的体重。

午夜过后，沉寂笼罩着营地。丹妮跟女仆们一起留在大帐，而白胡子阿斯坦和壮汉贝沃斯担任警戒。等待最难熬。属于她的战斗正在进行，她却不能参与其中，反而坐在帐篷里无所事事，这让丹妮再次感觉自己是个半大孩子。

时间像乌龟一样缓缓爬行，即使姬琪为她揉肩，舒展绷紧僵硬的筋骨，她仍无法安寝。弥桑黛提出给她唱一首《和平之民》的催眠曲，但丹妮摇摇头。"把阿斯坦找来。"她说。

老人到来时，她在自己的赫拉卡毛皮中蜷成一团，毛皮陈腐的气味令她想起卓戈。"当人们为我而战、为我而死时我睡不着，白胡子，"她说，"可以的话，再告诉我一些关于我哥雷加的事。我很喜欢你在船上讲他如何下决心成为战士的故事。"

"陛下您太客气了。"

"韦赛里斯说我们的哥哥曾赢得许多比武的胜利。"

阿斯坦恭谦地低下白发苍苍的脑袋："我没资格质疑陛下的话……"

"难道不是吗？"丹妮尖刻地反问，"告诉我真相。这是命令。"

"雷加王子的英勇无可置疑，却很少参加比武竞技。他不若劳勃或詹姆·兰尼斯特这般喜欢金铁之声，只在必要时才动刀剑，并把那当成世界所赋予的任务。他武艺出众,因为做每样事都出众,那是他的天性,但未能从打斗中获得喜乐。人们说他钟爱竖琴远甚于长枪。"

"他一定赢得过某些比武的胜利。"丹妮失望地道。

"王太子陛下年轻时,曾有一回堂皇地出现在风息堡的比武会上,依次击败了史蒂芬•拜拉席恩大人,杰森•梅利斯特大人,多恩的红毒蛇和后来被证明是御林中臭名昭著的土匪头目西蒙•托因的神秘骑士。那天,他在与亚瑟•戴恩的比赛中折断了十二支长枪。"

"那他是不是冠军?"

"不是,陛下。这一荣誉归于一名御林铁卫的骑士,他在决赛中将雷加王子掀下马来。"

丹妮不想听雷加是如何被掀下马的:"我哥究竟赢过哪些比武的胜利?"

"陛下。"老人犹豫地道,"他赢得了最最盛大的一次竞赛。"

"那是哪一次?"丹妮催问。

"河安大人于神眼湖畔的赫伦堡举办的比武大会,就在错误的春天那一年。那次盛会举世瞩目。除马上长枪比武,还有按古老风俗举行的七方团体比武,以及弓箭与掷斧比赛、赛马和歌手的竞技,傀儡戏演出,外加许多宴会和娱乐。河安大人家财万贯,更兼出手大方,他宣布的丰厚奖金吸引了数百名挑战者。连您尊贵的父亲也亲临赫伦堡,而他之前已有多年未曾离开红堡。七大王国里最伟大的领主和最优秀的战士们齐聚一堂,驰骋沙场,却被龙石岛亲王抢尽了风头。"

"可那次比武中,他给莱安娜•史塔克戴上了爱与美的皇后的桂冠!"丹妮道,"妻子伊莉亚公主也在场,我哥却将桂冠给了史塔克家的女孩,稍后还将她从未婚夫那儿拐走。他怎能那样做?多恩女子对他不好么？"

"我这样的人无法评述您兄长心中所思，陛下。伊莉亚公主是位贤淑高贵的女士，然而身体一向脆弱。"

丹妮紧了紧肩头的狮皮。"韦赛里斯曾说都是我的错，因为我出生太晚啰。"她记得自己激烈地否认，甚至于告诉韦赛里斯，应该是他的错才对，因为他生下来不是女孩。为这侮辱，他狠揍了她一顿。"他说，如果我生得早些，雷加便可娶我，而不是伊莉亚，结果便完全不同。若雷加能从妻子那儿得到快乐，就无须追求史塔克家的女孩了。"

"也许吧，陛下，"白胡子稍稍停顿片刻，"其实我不知雷加王子生来是否具有快乐的天性。"

"你把他描绘得好凄惨。"丹妮抗议。

"不是凄惨，不是，但……雷加王子有一种忧郁，一种……"老人再度踌躇。

"说，"她催促，"一种……？"

"……一种毁灭的感觉。他生于悲哀之中，女王陛下，一生都有阴影笼罩。"

关于雷加的出生，韦赛里斯只提过一次，也许那故事让他太过伤感。"盛夏厅的阴影始终纠缠着他，对吗？"

"是的。然而盛夏厅也是王子最爱的地方，他会时而带着竖琴回去那里，不要御林铁卫的骑士跟随。他喜欢于星月之下睡在荒废的大厅，每次回来，都会写一首新歌。当你听他弹奏那把银弦古竖琴，感叹黎明、眼泪和逝去的君王时，不禁会觉得他是在歌唱自己以及自己所爱的人。"

"那篡夺者呢？他也会唱伤感的歌吗？"

阿斯坦咯咯笑道："劳勃？劳勃喜欢那些让他快乐发笑的歌，越低俗越好，而且只在喝醉时才唱，诸如'一桶麦酒'、'四十四只酒桶'或'狗熊与美少女'之类。劳勃很——"

她的龙一齐抬头咆哮。

"有人!"丹妮一下跳将起来,紧抓着狮皮。她听见壮汉贝沃斯在外面吼了些什么,接着是其他人的嗓音,还有许多马匹的嘶鸣。"伊丽,去看看谁……"

帐门突然掀开,乔拉·莫尔蒙爵士走进来,满身尘土,血迹斑斑,但除此之外并无大碍。被放逐的骑士单膝跪倒在丹妮面前:"陛下,我为您带来了胜利的消息。正如您所料,暴鸦团倒戈,奴兵溃散,次子团则喝得酩酊大醉,无法作战。我们杀了两百敌兵,大多是渊凯贵族,他们的奴隶扔下长矛逃逸,佣兵则纷纷投降。总计抓到数千名俘虏。"

"损失呢?"

"十来个吧……可能还不到。"

她这才允许自己微笑:"起来,我英勇出色的大熊。抓住格拉兹旦了吗?抓住泰坦私生子了吗?"

"格拉兹旦回渊凯传达您的条件去了。"乔拉爵士起身,"而梅罗发觉暴鸦团倒戈后就逃了。我已派人去追,擒他应该没问题。"

"很好,"丹妮说,"不管佣兵还是奴隶,欢迎加入我方。若次子团有足够多的人愿意加入,就保持其编制完整。"

第二天,他们走完通往渊凯的最后三里格路。这座城市由黄砖筑成,而非红色,但其余景象跟阿斯塔波并无二致:同样剥落碎裂的城墙,阶梯形的金字塔,巨型鹰身女妖像坐落在城门上。城墙和塔楼上挤满十字弓兵和掷石手。乔拉爵士和灰虫子布置好军队,伊丽和姬琪则撑起大帐,丹妮坐下来等待。

第三天早上,城门开了,一列奴隶缓缓走出。丹妮骑上银马前去迎候。他们经过时,小弥桑黛告诉他们,应该把自由归功于"风暴降生"丹妮莉丝,不焚者,维斯特洛七大王国的女王,龙之母。

"弥莎！"一个棕色皮肤的男人朝她呼喊。他肩上举着个孩子，一个小女孩，她也用尖细的嗓音高呼着同一个词："弥莎！弥莎！"

丹妮看看弥桑黛："他们喊什么？"

"这是吉斯卡利语，古老而纯正。意思是'母亲'。"

丹妮胸中一荡。我永远不会再怀上孩子，她记起巫魔女的话。于是她颤抖地高举双手。也许她微笑了。她一定是微笑了。因为那男人也露齿而笑，再次呼喊，其他人也跟着应和。"弥莎！"他们叫道，"弥莎！弥莎！"他们全体向她微笑，向她伸手，向她跪拜。有人喊"梅拉"，有人喊"伊勒亚"，或"魁瑟"，或"塔托"，但不管何种语言，都是同样的意思。母亲。他们叫我母亲。

诵喝声渐渐增强，渐渐蔓延，渐渐膨胀。响亮的和声惊吓了她的坐骑，那匹母马往后退去，摇晃着脑袋，甩动着银灰色的尾巴；响亮的和声震撼了渊凯的黄色城墙，每一刻都有更多奴隶从城门里鱼贯而出，走过来跟着一起欢呼。此时此刻，他们都朝她奔跑，推推搡搡，磕磕绊绊，想要触碰她的手，抚摸银马的鬃毛，亲吻她的腿脚。她可怜的血盟卫无法把他们全部挡住，连壮汉贝沃斯也沮丧地嘀嘀咕咕发牢骚。

乔拉爵士催她快走，但丹妮记起不朽之殿里的景象。"他们不会伤害我，"她告诉他，"他们是我的孩子，乔拉。"她纵声大笑，后跟夹马，朝人群骑了过去，头发里铃铛叮当作响，象征甜美的胜利。她先是疾走，然后小跑，接着如风一般飞驰，任由辫子在身后飘荡。获得自由的奴隶们在她面前分开。"母亲！"百人、千人、万人一起高呼。"母亲！"他们齐齐颂唱，随她奔过，手指扫过她的腿，"母亲，母亲，母亲！"

艾莉亚

当她看到远方出现高山的形影,在下午的太阳底闪着金光,便立即明白又回到了高尚之心。

日落时分,他们登上峰顶,在这所谓"不会受伤害"的地方扎营。艾莉亚跟贝里伯爵的侍从艾德一起绕鱼梁木树墩行走,后来又并肩站在其中一个树墩上注视着西方最后一缕光线褪去。从此高处,她看到北方有团汹涌的风暴,但高尚之心矗立在冰雨上方。然而它并不能凌驾于风之上,阵风猛烈吹拂,好似有人在拉扯她的斗篷,只是转身望去,根本毫无人影。

鬼魂,她记起来,高尚之心有鬼魂出没。

土匪们在山顶烧了个大火堆,密尔的索罗斯盘腿坐在旁边,凝视进火焰深处,仿佛世上旁无他物。

"他干什么?"艾莉亚问艾德。

"他有时能从火焰里看到东西,"侍从告诉她,"比如过去、未来,或发生在遥远地方的事。"

艾莉亚眯起眼睛注视着火堆,看看自己能否看到红袍僧所见的东西,但那只能让眼睛流泪,不一会儿,她就将视线移开了。詹德利也盯着红袍僧。"你真的可以从火里面看见未来?"他突然问。

索罗斯将视线从火堆上移开,叹了口气。"此时此地不行,但有时候,我能做到,这是光之王赐予我的能力。"

詹德利看起来很怀疑。"我师傅说你是个酒鬼,骗子,是全世界最差劲的僧侣。"

"真不厚道。"索罗斯咯咯笑道,"虽然是事实,但真不厚道。你师傅是谁？我认识你吗，孩子？"

"我是武器师傅托布·莫特的学徒，他在钢铁街做生意，你经常向他买剑呢。"

"就是这样。他收我两倍价格，然后骂我将它们点燃。"索罗斯哈哈大笑，"你师傅说得对，我不是什么正派牧师，作为八个孩子中最小的一个，被父亲给了红神庙，并非我自己选择的道路。我诵读祷词，学习法术，但也常带头扫荡厨房，还教人不时发现床上藏有女孩。真淘气的女孩，我从不知她们是怎么跑上床的。"

"然而我很有语言天赋，而且盯着圣火看的时候，呃，有时会看见某些东西。尽管如此，仍旧算个累赘，没有太大价值，因此才被他们送去君临，负责将光之王的信仰传播到沉迷于七神的维斯特洛。他们认为伊里斯国王这么喜欢火，也许有机可乘，只可惜，那帮火术士的伎俩比我高明。"

"但劳勃国王喜欢我。我头一回参加团体比武就拿着一把火焰剑，教凯冯·兰尼斯特的马人立起来，将他掀翻在地，陛下笑得如此厉害，我觉得他肚子都快爆炸了。"红袍僧侣一边回忆一边微笑，"然而不该如此对待钢材，你师傅又说对了。"

"火焰吞噬一切，"贝里伯爵站在他们后面，声音中的某种东西让索罗斯立即沉默，"吞噬一切，等它过去，什么也不留下。什么也不留下。"

"贝里。亲爱的朋友。"僧侣碰碰闪电大王的前臂，"你说什么？"

"不过是说过的话。六次，索罗斯？六次太多了。"他突然转过身去。

当晚的风就像狼嗥，而西方远处有些真正的狼在教授风如何嗥叫。诺奇、安盖和月镇的梅利守夜，艾德、詹德利和其他人都睡得很熟，艾莉亚窥到有个小小的苍白身影从马匹后面潜出来，倚着一根疙疙瘩瘩的黑拐杖，稀疏的白发狂乱地飞舞。那女人不超过三尺高，火光令她眼睛闪着红芒，就像琼恩的狼。他就叫白灵嘛。艾莉亚偷偷靠近，跪下来观察。

矮女人不请自来地坐到火堆旁，索罗斯、柠檬和贝里伯爵也在。她用灼热的眼睛斜睨他们："余烬和柠檬又来造访了，还有死尸之王陛下。"

"不吉利的名字。我叫你不要用它。"

"是的，你说过，但你身上确实散发出强烈的死亡气息，大人。"她只剩一颗牙齿，"给酒，否则我就走。这身老骨头，刮风就关节疼，而此地这么高，风从来不停。"

"一枚银鹿报答您的梦，夫人，"贝里伯爵严肃而又谦恭地说，"若您有新消息，就再加一枚。"

"这银鹿既不能吃，也不能骑。我说，一袋酒换我的梦，那穿黄斗篷的傻大个给我一个吻，换我的消息。"矮个女人喋喋不休，"对，湿乎乎的吻，用点舌头。太久了，太久了……他嘴里有柠檬的味道，而我嘴里是骨头的气息。我太老了。"

"是啊，"柠檬抱怨，"你太老了，享受不了美酒和亲吻。你能从我这里得到的，最多是被剑背砸打，老太婆。"

"唉，头发一把一把掉下，好像有千年之久，没人亲吻过我。变这么老真辛苦啊。好吧，那我要一首歌，七弦汤姆唱的歌，换消息。"

"汤姆会给您唱歌。"贝里伯爵承诺，说完亲自将酒袋递给她。

矮个女人喝了一大口，酒从下巴滴落。她放下袋子，用满是皱褶的手背擦擦嘴，"劣酒换坏消息，能比这更合适吗？国王死了，对你们来说，够坏的吧？"

艾莉亚的心卡在喉咙口。

"妈的，哪个国王，老太婆？"柠檬质问。

"水里那个，海怪国王，大人们。上回我梦到他会死，这次他真的死了，而铁乌贼们开始自相残杀。噢，霍斯特•徒利公爵也死了，不过你们知道，对吗？山羊独坐在诸王之殿里发高烧，而大狗前来攻打。"老妇人边挤压酒袋边将它举到唇边，又喝一大口。

大狗。她指猎狗？他哥哥魔山？艾莉亚无法确定。他们有相同的徽纹，黄底上三条黑狗。她的祈祷名单中一半和格雷果•克里冈爵士有关：波利佛、邓森、"甜嘴"拉夫、记事本，外加格雷果爵士本人。也许贝里大人会把他们统统吊死。

"我梦到一头狼在雨中嗥叫，但无人倾听他的不幸，"矮个女人续道，"我梦到一阵刺耳的喧闹，闹得头都快炸了，其中有鼓点、号角、笛子及尖叫，但最悲哀的是小铃铛的声响。我梦到一位少女参加宴会，她头发里有紫色的毒蛇，致命的汁液从它们牙齿上滴落。稍后，我又梦到那位少女在冰雪城堡外杀了一个无敌的巨人。"她突然转头，朝黑暗中的艾莉亚微笑，"在我面前藏不住的，孩子。走近些，快点。"

听她这么说，艾莉亚觉得仿佛有无数冰冷的手指伸进脖子里。恐惧比利剑更伤人，她提醒自己，于是站起身来，小心翼翼地靠近火堆，其间踮着脚尖，随时准备逃走。

矮个女人用暗红色的眼睛打量她。"我看见你了，"她低声道，"我看见你了。小狼孩。血孩子。我还以为死亡气息来自于伯爵大人……"她开始抽泣，瘦小的身体不断颤抖，"你怎能来到我的山冈上？太残忍，太残忍了！我已在盛夏厅尝尽悲哀，不想再感受你的。滚开吧，黑心脏，滚开！"

她声音里充满恐惧，甚至让艾莉亚退开一步，怀疑这老妇人是不是疯了。"别吓这孩子，"索罗斯抗议，"她是无辜的。"

柠檬斗篷摸摸破裂的鼻子："妈的，别太肯定。"

"她明早就跟我们一起离开，"贝里伯爵向矮个女人保证，"我们带她去奔流城，把她送回母亲身边。"

"不，"矮个女人说，"错了。三河地区现由黑鱼掌管……要找她母亲，得去孪河城，那儿有场婚礼。"她咯咯傻笑，"看进你的火里面去，粉红袍子的和尚，你会明白的。但不是此时此地，在这儿你什么也看不到，因为这地方仍属于旧神……他们跟我一样在此徘徊，颓败衰落，但没消亡。他们不喜欢火焰。橡树结橡果，橡果生橡树，而鱼梁木树墩保留着所有记忆——他们记得先民擎火炬来到此处。"她连吞四大口，喝光最后一点酒，然后将酒袋扔开，用拐杖指着贝里伯爵。"现在，我要我的报酬，我要听听你答应过的歌。"

于是柠檬叫醒躺在毛皮下的七弦汤姆，歌手一边打哈欠，一边被带到火堆旁，手里拿着木竖琴。"同一首歌？"他问。

"噢，是的，我的珍妮的歌。还能有别的吗？"

歌手开始演唱，矮个女人闭上眼睛缓缓地前后摇摆，一边低吟歌词，一边声声啜泣。索罗斯紧紧抓住艾莉亚的手，将她拉到旁边。"让这老婆子安静地享受她的歌吧，"他说，"她已别无所有了。"

我对她没有恶意，艾莉亚心想。"她说孪河城是什么意思？我母亲在奔流城呀，不是吗？"

"应该是。"红袍僧揉揉下巴底，"她说有一场婚礼，呃，我们会弄明白。放心，不管她在哪里，贝里伯爵都能找到。"

不久后，闪电将天空撕裂，雷声于山间滚动，雨水倾注而下，模糊了视线。矮个女人跟出现时一样突然地消失，而土匪们收集树枝，搭起简陋的遮篷。

雨下整夜，到得早晨，艾德、柠檬和磨坊主瓦特醒来时都说冷，瓦特连早餐都吃不下，而小艾德一会儿发烧，一会儿打颤，皮肤摸起来黏黏的。诺奇告诉贝里伯爵，往北半日骑程有个废弃的村庄，可以在那休息避雨。于是他们不情不愿地上马出发，行下巨峰。

雨没减弱。人马穿过树林和原野，蹚过高涨的小河，湍急的水流直达马肚子。艾莉亚拉起兜帽，趴低身子，虽然通体湿透，一阵阵地颤抖，却毫不示弱。很快，梅利和墨吉开始跟瓦提一样剧烈咳嗽，而可怜的艾德每多走一里地就变得愈加痛苦。"戴上头盔，雨点敲打铁皮让我头疼，"他抱怨，"但摘下头盔，头发就会浸满水，粘在脸上，还钻进嘴巴里。"

"你有匕首，"詹德利建议，"若头发这么讨人厌，就把那该死的脑袋剃光。"

他不喜欢艾德。这侍从对艾莉亚似乎还不错，也许有点害羞，但脾气很好。她常听说多恩人都是小个子、黑皮肤，长着黑头发和小小的黑眼睛，但艾德有蓝蓝的大眼睛，颜色如此之深，近乎于紫。他的头发也挺漂亮，白金色，犹如灰烬和蜂蜜的结合。

"你当贝里伯爵的侍从多久了？"她问，好让他分心，别那么痛苦。

"他跟我姑母订婚时将我收为侍卫。"他边咳嗽边回答，"那时我七岁，十岁时，他将我提升为侍从。我在长枪比武上得过奖。"

"我没学过长枪，但可以用剑打败你，"艾莉亚说，"你杀过人吗？"

这话似乎吓了他一跳："我才十二岁耶。"

我八岁时就杀了一个男孩，艾莉亚差点出口，旋即觉得不妥。"嗯，但你打过仗。"

"是的，"他听起来并不怎么以此为豪，"在戏子滩，贝里伯爵掉进河里，是我将他拖到岸上，让他不被淹死，然后拿着剑守在他身旁。可我根本没和敌人交手,大人身上戳了一支断裂的长枪,因此没人在意。等我们重新集结,格林•杰钦帮忙把大人拉到马背上。"

艾莉亚想起君临城的马童,想起赫伦堡那个被割喉的卫兵,想起湖畔庄园外亚摩利爵士的手下。她不知威斯和奇斯威克算不算,还有因黄鼠狼汤而死的那些……突然间,她感到非常悲哀。"我父亲也叫艾德。"她说。

"我知道。我在首相的比武大会上见过他,本想上前跟他说话呢,却想不出说什么。"艾德在斗篷下颤抖,淡紫色长斗篷浸满了水,"您也在比武大会上吗?我看到您姐姐在那儿,洛拉斯•提利尔爵士送她一朵玫瑰。"

"她告诉我了。"一千年前的往事,"她的朋友珍妮•普尔爱上了你们的贝里伯爵。"

"他跟我姑母订婚了。"艾德有些不安,"但那是从前。在他……"

……死之前?她心想,艾德的声音逐渐减弱,变成窘迫的沉默。马蹄在泥泞中踩踏,发出黏糊糊的声音。

"小姐?"艾德最后道,"您有个庶出的哥哥……琼恩•雪诺?"

"他在长城的守夜人军团服役。"也许我该去长城,而不是奔流城。琼恩不会在乎我杀了谁,或者我梳不梳头发……"琼恩的模样跟我很像,尽管他是私生子。他以前常弄乱我的头发,叫我'我的小妹'。"艾莉亚最想念琼恩,单单说出他的名字就让她伤心。"你怎么知道琼恩?"

"他是我的乳奶兄弟。"

"兄弟?"艾莉亚不明白,"但你来自多恩,怎会跟琼恩是亲戚?"

"是乳奶兄弟，无血缘关系的。我小时候，母亲大人没有奶水，不得不让薇拉喂奶。"

艾莉亚完全糊涂了："谁是薇拉？"

"琼恩•雪诺的母亲，他没告诉您吗？她为我们效力有好多好多年，从我出生以前就开始。"

"琼恩从不知道他母亲是谁，甚至连她的名字都不知道。"艾莉亚警惕地看了艾德一眼，"你认识她？真的？"他在开我玩笑？"如果你撒谎，我就揍你的脸。"

"薇拉是我的乳母，"他严肃地重复，"我以我家族的荣誉起誓。"

"你的家族？"真笨！他是个侍从，当然有家族，"你到底是谁啊？"

"小姐？"艾德似乎很窘迫，"我是艾德瑞克•戴恩……星坠城领主。"

詹德利在身后发出呻吟。"领主与小姐。"他用厌恶的语气叫道。艾莉亚顺手从树枝上摘下一颗干瘪的酸果朝他丢去，砸在那颗笨钝的牛脑袋上。"噢，"他说，"好疼。"他摸摸眼睛上方，"哪门子小姐会朝百姓扔东西啊？"

"坏的那种，"艾莉亚说，突然感到几分懊悔，连忙转回头面对艾德，"抱歉，我不知您的身份，大人。"

"是我的错，小姐。"他非常礼貌。

琼恩有个母亲。薇拉，她叫薇拉。她得记住，下次见面就可以告诉他。她不知琼恩是否还会叫自己"我的小妹"。我已经不小了。他得换个称呼。或许等到了奔流城，就给琼恩写封信，把艾德•戴恩说的告诉他。"有个亚瑟•戴恩，"她记起来，"是什么'拂晓神剑'。"

"我父亲是亚瑟爵士的哥哥，还有个妹妹亚夏拉小姐——但我从来不认识她,她在我出生之前,就从白石剑塔顶跳进了大海。"

"她为何这么做呀?"艾莉亚惊讶万分地问。

艾德看上去很小心,似乎害怕艾莉亚也朝自己扔东西。"您父亲大人没告诉过您吗?"他问,"星坠城的亚夏拉·戴恩小姐?"

"没有。他认识她?"

"劳勃成为国王之前,她在赫伦堡与您父亲和他的兄弟姐妹们相遇,那一年是错误的春天。"

"哦,"艾莉亚不知该说什么,"她为什么要跳进海里呢?"

"因为她的心碎了。"

珊莎会为真爱而叹息流泪,但艾莉亚觉得那很笨。当然,她不能这么对艾德讲,不能这么说他的亲姑母。"是有人让她心碎吗?"

他犹豫不决:"也许我不该……"

"告诉我嘛。"

他惴惴地看着她,"据我姑母阿莉里亚说,亚夏拉小姐和您父亲在赫伦堡相爱——"

"不会的。他爱我母亲大人。"

"我肯定他很爱,可是,小姐——"

"他只爱她一个。"

"那他一定是在白菜叶子底下找到的私生子。"詹德利在后面说。

艾莉亚希望再有一粒酸果可以扔到他脸上。"我父亲是个重荣誉的人,"她气恼地强调,"而且我们又没跟你说话。你干吗不回石堂镇,让那个女孩子敲响你的笨钟呢?"

詹德利不予理会。"至少你父亲将私生子抚养长大,不像我父亲,我连他名字都不清楚。但我敢打赌,他是个臭烘烘的醉鬼,就跟我母亲从酒馆里拖回家的其他男人一样。每次她生我气时都会说：'若你父亲在，就会狠狠揍你。'关于他我只知道这些。"他啐了一口。"嗯，如果他现在过来，也许我会狠狠揍他。我想他该是死了，而你父亲也死了，所以他跟谁睡觉又有什么关系呢？"

对艾莉亚而言，那有关系，尽管她说不出究竟是为什么。艾德试图为冒犯她的事道歉，但艾莉亚不想听，她用膝盖一顶马儿，离开两个男孩。射手安盖在前方不远处骑行。她赶上去："多恩人爱说谎，对不对？"

"他们以此闻名天下。"弓手咧嘴笑道，"当然，他们也这样指责我们边疆地人，仅此而已。有什么问题吗？艾德是个好小子……"

"他是个笨蛋，骗子！"艾莉亚离开小路，跃过一根腐烂的树木，踏进河床，溅起水花，对背后土匪们的呼喊置之不理。他们不过想继续撒谎。她想逃离他们，但对方人太多，而且熟悉地形。如果铁定被抓，逃走又有什么用呢？

最后是哈尔温骑到她边上。"你想上哪儿去，小姐？你不该独自跑开，森林里有狼群，还有更糟糕的东西。"

"我才不怕，"她说，"那个叫艾德的男孩说……"

"对，他也告诉了我。亚夏拉·戴恩小姐。这是个老故事，我在临冬城就听过一次，那时跟你差不多大呢。"他牢牢抓住她坐骑的缰绳，圈转过来，"我怀疑其中毫无真相可言。即使有，又怎样呢？你父亲艾德大人与这位多恩的小姐相遇时，他哥哥布兰登仍在世，并跟凯特琳女士订了婚，所以他的荣誉并未遭到玷污。比武大会是最令人热血沸腾的场合，也许某天晚上，某个帐篷，某次幽会，谁说得准呢？幽会，亲吻，也许不止于此，那又有什么害处呢？春天来了，至少当时他们那么想，而且彼此都没有婚约。"

"但她自杀了，"艾莉亚不大确定地说，"艾德说她从一座塔上跳进了海里。"

"她是自杀了，"哈尔温边领她回去边承认，"我敢打赌，那是因为悲伤，别忘记，她失去了哥哥，传奇的拂晓神剑。"他摇摇头，"随它去吧，小姐，他们都死了，所有人都死了，随它去吧……还有，到达奔流城后，千万不要把这些事告诉你母亲。"

村庄的位置跟诺奇讲的完全一致。他们在灰石马厩内宿营，那儿只有一半屋顶保留下来，却已比村里其他建筑物都多。这不是村庄，只余焦石与骨骸。"这里的居民都教兰尼斯特杀了？"艾莉亚边问，边帮安盖刷马。

"不。"他指点，"看看石头上的苔藓多厚。很久没人动过了。那儿有棵树从墙里长出来，看到了吗？这地方很久以前就被洗劫焚烧啦。"

"谁干的？"詹德利问。

"霍斯特·徒利。"诺奇是个驼背的灰发瘦男子，出生在这附近。"这是古柏克伯爵的村子，当初奔流城宣布支持劳勃，古柏克仍忠于国王，因此徒利公爵带着火与剑杀来。三河之役后，老古柏克的儿子跟劳勃与霍斯特公爵讲和，但死者已矣。"

接着是沉默。詹德利古怪地看了艾莉亚一眼，然后转身梳理自己的马。外面雨下个不停。"我们生火吧，"索罗斯宣布，"长夜黑暗，处处险恶，而且也潮湿得紧，不是吗？非常非常潮湿。"

幸运杰克砍下牲畜栏当木柴，同时诺奇和梅利收集起引火用的草秆。索罗斯亲自打燃火星，柠檬用大黄斗篷扇动，直至焰苗呼号盘旋。很快，马厩里变得热烘烘的。索罗斯盘腿坐在火堆前，凝视火焰深处，跟在高尚之心的时候一样。艾莉亚观察着他，其间他的嘴唇动了动，她觉得自己听见他低吟"奔流城"。柠檬边咳嗽，边拖着长长的影子来回踱步，而七弦汤姆脱下靴子，揉揉脚掌。"我疯了才回奔流城去，"歌手抱怨，"老汤姆从没在徒利家那儿交上好运。那莱莎赶我走山路，结果被月人部抢了马和钱财不说，更搭上所有衣服。谷地骑士至今还嘲笑我浑身上下一丝不挂,带着一把竖琴走回血门。他们逼我唱过'命名日的男孩'和'没勇气的国王'才打开城门,唯一的安慰是,有三个人给笑死了!从此以后,我再没去过鹰巢城,而且决不再唱'没勇气的国王',哪怕给我全凯岩城的金子——"

"兰尼斯特,"索罗斯叫道,"咆哮的红色与金色。"他身子一晃,站了起来,走向贝里伯爵。柠檬和汤姆立即跟进。艾莉亚听不清他们说什么,但歌手不停地瞟她,而柠檬愤怒地一拳打在墙上。这时,贝里伯爵比个手势,让她过来。她老大不愿意,可哈尔温的手搭在背心,将她往前推。她走了两步,踌躇不前,充满恐惧。"大人。"她等着贝里伯爵发话。

"告诉她。"闪电大王命令索罗斯。

红袍僧侣在她身边蹲下。"小姐,"他说,"真主让我看到奔流城的景象。它仿如火海中的孤岛,而那火焰是腾跃的雄狮,有着长长的绯红爪子,猛烈地咆哮!一片兰尼斯特的海洋,小姐,奔流城很快将遭到攻打。"

艾莉亚感觉肚子挨了一拳。"不!"

"亲爱的,"索罗斯说,"圣火中没有谎言。我能力有限,时而解读失误,但我认为这次没错:奔流城将被兰尼斯特家围困。"

"罗柏会打败他们。"艾莉亚一脸固执,"像以前一样打败他们。"

"你哥哥或许已经离开,"索罗斯道,"还有你母亲,我在圣火中没看到他们的脸。老太婆口中的婚礼,在李河城举行……她有办法获得消息,真的,睡觉时鱼梁木会在她耳边低语。如果说你母亲去了李河城……"

艾莉亚转向汤姆和柠檬:"如果你们不抓我,我已经到了奔流城,我已经到了家!"

贝里伯爵对她的爆发不予理会。"小姐，"他带着疲惫的谦恭道，"你有没亲眼见过你舅公？'黑鱼'布林登爵士？或者他认识你？"

艾莉亚可怜地摇摇头。她听母亲谈起过黑鱼布林登爵士，但若真遇到过他本人，那也在很小的时候，根本不记事。

"黑鱼不可能为一个不认识的小女生付一大笔钱，"汤姆说，"徒利家的人个个多疑，迂腐不堪，多半认定我们是骗子。"

"我们可以提出证据，"柠檬斗篷坚持，"她，或者哈尔温。奔流城离此很近，就把她扔到那儿去吧，收了钱，他妈的，就再也不用管了。"

"如果被狮子围住怎么办？"汤姆反问，"他们巴不得把伯爵大人关进笼子，吊于凯岩城城头。"

"我不会被抓。"贝里伯爵道。言下之意悬于空中。宁可战死。他们都听出来了，连艾莉亚也听出来了，尽管闪电大王没说出口。"然而，不能盲目行动，我要知道军队部署，狼和狮子两方面都要知道。沙玛了解一些情况，凡斯伯爵的学士知道得更多，而橡果厅就在附近。遣斥候打探期间，斯莫伍德夫人可以暂时提供住宿……"

他的话就像鼓点敲打在艾莉亚耳畔，突然之间超出了她的承受能力。她要奔流城，不要橡果厅；她要母亲和哥哥罗柏，不要斯莫伍德夫人，或者什么不认识的舅公。她转身向门口冲去，哈尔温试图抓她胳膊，但她侧身闪开，迅如蛇。

马厩外面，雨仍在下，西方远处闪着电光。艾莉亚竭尽最快速度飞奔，却不知要去哪里，只想一个人独处，远离人声，远离那些空洞的话语和无法兑现的承诺。我想去奔流城。是我自己的错，离开赫伦堡时带上了詹德利和热派，如果一个人就好了，如果一个人，才不会教土匪们逮住，而现在就可以跟罗柏和母亲团聚。他们

根本不与我同一族群，如果是的话，决不会离开我。她踏过一摊泥水，溅起无数水花。有人喊她的名字，也许是哈尔温，也许是詹德利，但闪电后的雷鸣滚过山冈，淹没了他们的声音。闪电大王，她愤怒地想，他或许不会死，但他会撒谎！

左方某处传来马的嘶叫。原来离开马厩才不超过五十码呀？可感觉上连骨头都湿透了。她躲至一栋倒塌的房屋转角，希望长满苔藓的墙能遮挡雨水，却差点撞上一名哨兵。一只钢甲铁手紧紧攫住她胳膊。

"你把我弄痛了，"她一边在他掌握中挣扎，一边喊，"放手，我正打算回去，我……"

"回去？"桑铎·克里冈的笑声如钢铁在石头上摩擦，"见鬼，小狼女，你是我的了。"他一只手将她提离地面，艾莉亚不停乱踢，桑铎·克里冈却浑不理会地拽她朝等在一旁的马儿走去。冷雨抽打着他们俩，冲走她的喊叫，艾莉亚能想到的只有他曾问过的那个问题：知道狗是怎样对付狼的吗？

A SONG OF ICE AND FIRE

詹姆

他的高烧始终未退,但断肢逐渐愈合,科本终于宣布手没有任何危险了。詹姆等得极不耐烦,只想将赫伦堡、血戏班和塔斯的布蕾妮统统抛下。一个真正的女人正在红堡里等他。

"我把科本也派去,一路照顾你回君临。"离别的那天清晨,卢斯•波顿补充,"他有一个美好的愿望,希望你父亲出于对他疗伤的感激,能迫使学城归还他的颈链,你父亲能要求学城归还他的颈链,为此将感激不尽。"

"我们都有美好的愿望,如果他让我的手长回来,父亲会封他做大学士。"

铁腿沃顿负责护送,他直率、粗暴而残忍,打心眼里是位单纯的士兵。詹姆一辈子都在和这种人打交道。他们会服从杀人的命令,会乘战斗后的火气奸淫妇女,会四处烧杀掳掠,但一旦战事结束,也会默默还乡,放下长矛,拿起锄头,迎娶邻家的闺女,生出一大窝唧唧喳喳的孩儿来。这种人虽然无条件服从,却没有勇士团那种极其残暴邪恶的个性。

这个清晨,阴冷的灰色天幕预示着即将到来的雨,两队人马同时离开。伊尼斯•佛雷爵士的队伍已于三天前动身,沿国王大道,直向东北,波顿将随他而去。"三叉戟河涨了水,"他告诉詹姆,"连红宝石滩也不好过。你会替我向你父亲致以亲切问候的吧?"

"如果你也替我向罗柏•史塔克致以问候的话。"

"我会的。"

许多"勇士"聚在院子里干瞅着他们,詹姆策马跑过去:"佐罗，非常感谢你给我送行。帕格，提蒙，你们会想我吗？夏格维，没有临别的玩笑？忍心让我闷闷不乐地上路？罗尔杰，来和我吻别的吧？"

"滚，残废。"罗尔杰道。

"悉听尊便。但请你们记住：我会回来的，兰尼斯特有债必还。"他调转马头，朝铁腿沃顿和他的两百精兵飞驰而去。

波顿大人将他打扮成威武的骑士，但少了右手，这副造型实在可笑。詹姆腰挂长剑与匕首，马鞍上有盾牌和头盔，暗褐色外套下穿着锁甲，但他不是傻子，不会佩戴兰尼斯特的雄狮纹章，更不会选择御林铁卫的纯白纹章——这本是他的权利。相反，他在军械库里找来一张破旧不堪、打扁砸烂的盾牌，上面隐约可见罗斯坦家族金银底色上的大黑蝠纹章。河安家来赫伦堡之前，罗斯坦家族是这里的强势领主，却在几世之中断子绝孙，所以不会有人出来抗议他盗用纹章。他不要当任何人的亲戚，任何人的敌人，任何人的护卫……换言之，他任何人都不是。

两支队伍结伴走出赫伦堡的小东门，六里之后，分道扬镳。沃顿率队沿神眼湖畔的小路南下，他决定不走国王大道，而是沿农间小道和打猎路径行进。

"国王大道比较快。"詹姆一门心思只想见着瑟曦，若行军速度够快，甚至能赶上乔佛里的婚礼呢。

"我不想惹麻烦，"铁腿说，"天知道国王大道上会有什么埋伏。"

"可你无须害怕吧？手下整整两百人呢。"

"不错，但别人的队伍也许更庞大。大人要我确保将你平安无恙地送回君临，我得遵令行事。"

这条路我走过，不出几里，望着湖边一座荒芜的磨坊，詹姆反应过来。当年那个磨坊小妹朝我羞赧微笑的地方，如今青草长得老

223

高，他仿佛还听见磨坊主的叫喊："去比武大会的路您走反啦，爵士先生！"好像我还不知道似的。

伊里斯国王为他举办了一场盛大的授职仪式。他穿着白色鳞甲，跪在国王帐前的青草地上，宣誓守护他的君主。全天下的人注目观瞻。当杰洛·海塔尔爵士扶他起身，为他系上御林铁卫的雪白披风时，响彻云霄的欢呼，至今声犹在耳。但那天夜里，伊里斯就翻了脸，他宣布自己无需七名铁卫的守护，命詹姆赶回君临去保护王后和小王子韦赛里斯。白牛自告奋勇地要求代他前往，以便他能参加河安大人的比武会，却被伊里斯一口回绝。"他不会取得任何荣耀，"国王说，"他现在是我的人，再不属于泰温。我叫他怎样，他就得怎样。我下令，他服从。"

这时，詹姆方才醒悟：为他赢得白袍的既非武艺和技能，亦非清剿御林兄弟会时的英勇。伊里斯看中他只为了侮辱他父亲，只为了剥夺泰温公爵的继承人。

即使到现在，事隔多年，想起那段时光，依旧让他痛苦。那天晚上，他披着崭新的白袍，骑着优良的骏马，连夜南下，去守护一个空空如也的城堡。少年热血，壮志难酬。他不止一次想把白袍脱下，高挂枝头，一走了之。但已经太迟了。他向着全天下发过誓，御林铁卫是要终生不渝的。

科本靠过来："您手不舒服？"

"我缺了手才不舒服。"黎明总是最难受的时光，因为在梦中，詹姆都能回复完整。半梦半醒间，他能感觉到手指的抽搐。这只是一场噩梦，内心的一部分喃喃自语，始终不肯相信现实，一场噩梦。梦，总是要醒的。

"昨晚的访客，"科本说，"您还喜欢么？"

詹姆冷冷地扫了他一眼："你安排的？"

学士谨慎地笑道："见您高烧退了不少，我猜您或许想来点小

运动。皮雅技术很不错,对吗?而且她……心怀渴望。"

是的。当她溜进房间、飞快地脱个精光时,詹姆还以为是又一场梦。

直到女人钻进毯子,将他左手放到她乳房上,他才终于兴奋起来。她也是个可爱的尤物。"你来这里参加河安大人的比武大会,被国王陛下授予白袍时,我还是个小女孩,"她对他倾诉,"你好英俊,一袭白衣,大家都说你是个勇敢的骑士。后来我和许多男人睡过,每次都闭上眼睛,假装趴在我身上的是你,假装他们有你柔滑的皮肤和金黄的卷发。可是……可是我从没想过,居然能真的和你在一起。"

经过这番表白,要把她赶开真的不易,但詹姆强迫自己去完成。我这辈子没睡过别的女人,他提醒自己。"你替人放血后都派女孩去'拜访'吗?"他问科本。

"不,瓦格大人经常把女孩派来我这儿。他要我先检查,自从那回……头脑发热喜欢上其中一个之后,他就再也不想来第二次。不过您放心,皮雅相当健康,您的塔斯女人也一样。"

詹姆锐利地望着他:"布蕾妮?"

"对,那个壮女人,她的膜还没破。至少昨天晚上还没破。"科本忍俊不禁。

"他也让你检查她?"

"当然。他……是个挑剔的主人,我们不妨这么说吧。"

"赎金的关系?"詹姆继续问,"他父亲需要她还是处女的证明?"

"您没听说哪?"科本一耸肩,"有只鸟儿从塞尔温伯爵那边过来,商议赎金的问题。暮之星提出用三百金龙交换他的女儿。我已告诉瓦格大人塔斯岛没蓝宝石,可他就是不相信,反而认定暮之星在耍他。"

"三百金龙赎一个骑士,很公平的价码。山羊应该满足。"

"山羊是赫伦堡领主,赫伦堡领主不许别人讨价还价。"

这消息让他烦躁,虽然他早已料到是这个结果。我的谎言保得你一时,保不了一世,妞儿。"如果她的膜像她全身其他部分那么坚强,山羊多半会被扭断命根子。"他开个玩笑。布蕾妮毫不柔弱,能承受几次强暴,詹姆判断,但若反抗过于强烈,难保瓦格·赫特不砍掉她的手脚,施以惩罚。就算他那样做了,又与我何干?如果不是这妞儿蠢猪似的固执,不肯把表弟的剑给我,我怎会落到右手被废的下场。他的第一击几乎砍断她的腿,不料却被接住,并接连遭遇反击。山羊很快就会见识到她那份古怪的强壮,他得小心,别被她咬断细脖子。呵呵,这难道不是美事一桩么?

詹姆陡然厌烦了科本的陪同,独自骑到队伍前方。一个叫纳吉的圆脸瘦小北方人高举着和平旗帜,走在铁腿之前:旗面乃是七彩条纹,连着七条长尾,举在一个顶端有七芒星的杆子上。"你们北方人不换一种和平旗帜?"他问沃顿,"七神对你们而言算什么呢?"

"它们是南方的神。"队长道,"而我们需要与南方人的和平,要把你平安送回你父亲身边。"

我父亲,詹姆不知泰温公爵是否收到过山羊的赎金要求,是否看到过他腐烂的右手。一个不会用剑的剑客价值几何?凯岩城的全部金子?三百金龙?不名一文?父亲从不让情感影响理智。以前,泰温·兰尼斯特的父亲泰陀斯公爵逮捕过手下一名桀骜不驯的领主——塔贝克伯爵,能干的塔贝克夫人以牙还牙,擒走三位兰尼斯特家的人,包括年轻的史戴佛·兰尼斯特,当时他妹妹已和泰温订婚。"快快送还我的夫君和挚爱,否则我要他们三人付出代价。"高傲的夫人送信给凯岩城。少年泰温建议父亲将塔贝克伯爵砍成三截送回去,但泰陀斯公爵是只柔弱的狮子,最终放走了那蠢笨的塔贝克，迎回史戴佛——他后来结婚，生子，战死于牛津。泰温·兰尼斯特将一切看在眼底，记在心中，忍耐、铭记，犹如凯岩城的岩石……如今你不仅有了一个侏儒儿子，还多出一个残废儿子，父亲大人，你该有多恼怒啊……

沿着小路，他们途经一个遭焚毁的村庄，它被烧看来都是一年多前的事了。房屋统统焦黑垮塌，田地里野草疯长，直到齐腰之高。铁腿要队伍在此停下饮马。这地方我也来过，詹姆站在井边等候时，默默地想。那座小旅馆如今只剩几块基石和一根烟囱，而我曾在里面喝过酒。记得那黑眼睛的小妹端来奶酪和苹果，店家满脸堆欢地宣布由自己请客。"御林铁卫的成员光临寒舍乃是无上的荣誉，爵士先生，"他笑道，"总有一天，我会给孙子讲述这个故事。"詹姆望着野草丛中的烟囱，不禁怀疑在这战乱岁月，店家还有没有孙子。他会告诉他们，弑君者就是在他这儿喝啤酒，吃奶酪和苹果的吗？这会不会成为他一生的羞耻？他不知道，只希望烧旅馆的人放过他孙子们的性命。

幻影手指又抽搐起来。铁腿建议稍作休息，生火，吃点东西，詹姆摇摇头："我不喜欢这地方，走吧。"

傍晚，队伍离开湖泊，跟随一条有车辙的小路，穿越橡树和榆树的森林。等扎营时，断肢已酸痛得麻木，幸亏科本送来一袋安眠酒。沃顿忙着安排值更守夜，詹姆则在篝火边舒展身子，并将一块熊皮放在树桩上当枕头。妞儿一定会要他在睡前吃饱，如此才能保证力气，但他实在太累了，于是闭上眼睛，希望梦见瑟曦。高烧之梦如此鲜活……

他发现自己赤身裸体，孤零零一人被敌人环绕，周围是透不过气来的石墙。这是凯岩城，他明白，察觉到头顶千钧的重量。我回家了，不仅如此，身体也回复完好。

他举起右手，感觉到指尖的力量。和床上做爱的感觉一样，和沙场浴血的感觉一样。四根指头，一个拇指，我梦见自己残废，但那不是真的。陡来的宽慰使他浑身颤抖。我的手，完好无缺的右手，没人再能伤害我。

身边，有十来个穿长袍戴兜帽不见面容的高大黑影，手中握着长矛。"什么人？"他质问，"你们来凯岩城做什么？"

黑影们没有回答，只用矛尖捅他。他无路可逃，只能向下，穿过一个曲折的通道，踩着巨岩中凿出的台阶，不断向下，向下。不行，我得上去，他告诉自己，上去，不能再往下。下去做什么？他朦胧中预感到地底有毁灭等着他，黑暗和恐怖于彼潜伏，有东西要捉他。詹姆想停步，但身后的长矛一直尾随。若我手中有剑，你们都挡不住我。

一片空旷的黑暗中，台阶陡然消失，詹姆匆忙停步，差点摔进这无垠的虚无。矛尖不依不饶，戳着他的背，要把他推向地狱深渊。他厉声尖叫……摔得并不沉重，四肢着地，周围是软沙和浅水。记得凯岩城下有很多地下水的洞穴，但此地有些特别。"这是什么地方？"

"你的地方。"一个声音在应和……不，那不是一个声音，而是一百个声音，一千个声音，自黎明纪元"机灵的"兰恩以来所有兰尼斯特的声音。其中最深沉的是父亲，在他身边站着姐姐，苍白而美丽，手持火炬。乔佛里在前面，那是他们的儿子，后面则有许许多多金发黑影。

"老姐，父亲带我们来这儿干吗啊？"

"我们？不，弟弟，这是你的地方，你的黑暗。"她手中的火炬是整个洞穴里唯一的光明，是整个世界里唯一的光明，但她转身离去。

"不要走！"詹姆哀求，"不要离开我！"大家都在离开，"不要把我留在黑暗中！"这里有可怕的东西，"至少……给我一把剑。"

"我已经给了你一把剑。"泰温公爵突然道。

它就在他脚边。詹姆摸进水中,直到指头握紧剑柄。手中有剑,没有人再能伤害我。他举起武器,只见剑尖和剑刃上都有苍白的火焰在跳动,一直烧到剑柄。火苗与钢铁同色,发出银蓝的光辉,驱逐周围的黑暗。蹲伏,倾听,詹姆兜着圈子,等待来自黑暗的威胁。流水浸进靴子,没到脚踝,冰冷刺骨。也要小心水底,他告诉自己,天知道有什么东西躲在里面……

身后传来巨大的水声,詹姆立即旋身……就着微弱的亮光,看见来人是……塔斯的布蕾妮,双手戴着沉重的镣铐。"我发誓保护你,"妞儿固执地说,"我发过誓。"她没穿衣服,却将手伸到詹姆面前,"爵士,行行好,把它除掉。"

手起刀落,铁环粉碎。"请给我一把剑。"布蕾妮请求。第二把剑陡然出现,连剑鞘、剑带都完整无缺,她把它系在粗腰上。光线昏暗,虽然彼此只隔几尺,詹姆仍看不清对方的脸。在这微光中,她几乎就是个美人,他心想,在这微光中,她几乎就是个真正的骑士。布蕾妮的剑也在燃烧,放射出银蓝色的光芒。黑暗向外退了一圈。

"剑燃人存,"瑟曦遥远地喊,"剑灭人亡。"

"姐姐!"詹姆高声呼叫,"不要离开我,不要!"没有回应,唯有渐行渐远的微弱脚步声。

布蕾妮将长剑上下挥舞,银蓝火焰跳动闪烁,平静的水面反射光彩。她和记忆中一样高大强壮,但詹姆觉得她更女人气了一些。

"他们在这儿养了一头熊?"缓缓地、警戒地,布蕾妮开始移动,长剑在手,一步,旋转,又一步,侧耳倾听。溅起小小水花。"洞穴狮?冰原狼?应该是熊吧?告诉我,詹姆,到底有什么?什么东西等在黑暗里?"

"毁灭。"没有熊,他心想,更没有狮子,"只有毁灭。"

冰冷的寒光照着妞儿苍白而坚定的脸庞。"我不喜欢这里。"

"我也是,"两把长剑是黑海中的孤岛,暗影中的异类,"脚都湿了。"

"我们可以从来路爬出去。来,你站到我肩上,应该能够着洞口。"

是啊,接着我去追瑟曦。念头一闪,就让他硬了起来,他连忙扭身,不让妞儿看见。

"听。"她突然把手放在他肩膀上,令他不由一颤。她好暖和。"有东西来了。"布蕾妮把剑指向左边,"在那里!"

他努力向黑暗望去……终于,看见了——什么东西,好像是……

"一个骑马的人,不,两个,两个骑手,并肩过来。"

"在地下,凯岩城下面?"真是疯了!可确实有两个白马骑手,人马皆穿戴重甲,从黑暗中步步进逼。没有话语,詹姆心想,没有水花,没有响动,没有蹄声。这番情景让他想起当年奈德·史塔克骑过伊里斯的王座厅,同样悄无声息,只有眼睛说话:灰色、冷酷,充满谴责和评判。

"是你吗,史塔克?"詹姆叫道,"来啊,你活着的时候吓不倒我,死了我更不怕。"

布蕾妮碰碰他胳膊:"还有其他人。"

他也看见了。来人皆穿雪白铠甲,卷卷薄雾从肩膀向后飘散。他们的头盔紧紧关闭,但詹姆无须看脸,已然明白他们是谁。

五个都是他的兄弟。奥斯威尔·河安爵士与琼恩·戴瑞爵士,多恩亲王勒文·马泰尔,"白牛"杰洛·海塔尔,"拂晓神剑"亚瑟·戴恩。在他们之中,还有一位戴着迷雾与悲痛的王冠、长发飘飘的人,此乃雷加·坦格利安,龙石岛亲王和铁王座的继承人。

"你们别想吓唬我。"他叫道，来人分散开来，将他包围。"一个个来，还是一起上，我都无所谓！"他左右旋身，"但这不关妞儿的事！放她走！"

"我发誓保护你，"她朝雷加的形影说，"我发过誓。"

"我们都发过誓。"亚瑟·戴恩爵士哀伤地道。

幽灵从浓雾聚成的马上走下来，六柄长剑出鞘，却没一点声音。"他要烧了都城，"詹姆说，"留给劳勃一片灰烬。"

"他是你的国王。"戴瑞道。

"你发誓保护他。"河安说。

"守护王家后裔。"勒文亲王道。

雷加的身躯烧了起来，发出冰冷的光，时白，时红，时黑。"我把妻子和儿女交与你手。"

"我不知道他会伤害他们。"詹姆的剑逐渐黯淡，"我和国王在一起……"

"你杀了国王！"亚瑟爵士说。

"割了他喉咙。"勒文亲王道。

"你杀了宣誓守护的君主。"白牛说。

剑刃上的火焰开始熄灭，詹姆想起瑟曦的话。不要！恐惧如同巨掌，箍住他的咽喉，但他的剑终究还是灭了，只剩布蕾妮的那把还在燃烧。幽灵们一拥而上。

"不，"他喊，"不，不，不，不要要要要要！"

他猛地跳将起来，心脏狂跳不已，回到了森林中，头顶为皓月星空，嘴里有胆汁的苦味，忽冷忽热，虚汗淋漓，颤抖不止。他朝右手望去，手腕终点是皮革和麻布，包裹着丑陋的断肢。泪水盈满了他的双眼。我感觉到的，那指尖的力量，那剑柄的粗皮革，我的手……

"大人。"科本跪在他身边，慈祥的脸上充满关切。"怎么了?我听见您尖叫。"

铁腿沃顿高高在上地站在后面,满脸阴沉:"怎么回事?叫什么?"

"梦……一个梦。"詹姆环视周围的营地,茫然不知身在何处,"我在黑暗中……手也长回来了。"他望着断肢,突然恶心起来。凯岩城下没有那样的地方,他心想。他的胃空虚酸楚,头则因枕着树桩而疼痛。

科本摸摸他额头:"您有些发烧。"

"热夜之梦。"詹姆想站起来,"来,帮帮我。"铁腿捉住他完好的左手,拉他起立。

"再来一杯安眠酒?"科本问。

"不,今晚我睡够了。"不知还要多久天亮。他蒙蒙眬眬地意识到,闭上眼睛,又会回到那个黑暗潮湿的地方。

"那要罂粟花奶么?还有退烧药?您身子还弱,大人,需要多休息,多睡眠。"

这是我最不想干的事。苍白的月光照着詹姆用来枕头的树桩,上面覆有厚厚的苔藓,先前竟没发现树木是白色的。这让他想起临冬城,想起奈德·史塔克的心树。不可能,他心想,不可能。树桩已死,史塔克已死,他们所有人都死了。雷加王子,亚瑟爵士,孩子们……伊里斯,尤其是伊里斯,他们都死了。"你相信灵魂吗,学士?"他问科本。

对方表情奇特。"有一次,我走进学城的一个空房间,望着一个空椅子,发现这里曾有过一个女人,不久前方才离去。坐垫因她而凹陷,布料因她而温暖,空气因她而馨香……我突然悟到,既然我们的身体离开房间会留下气味,我们的生命离开世界又为何不能留下灵魂呢?"科本将手一摊,"我将想法告诉枢机会的博士,但除了马尔温,人人视之为异端邪说。"

詹姆用指头梳梳头发。"沃顿，"他说，"备马，我们回去。"

"回去？"对方难以置信地重复。

他以为我疯了，或许我真的疯了。"我把东西忘在了赫伦堡。"

"那里如今是瓦格大人的地盘，被他和他的血戏班占据着！"

"你的人是他的两倍。"

"如果我不遵命将你尽快送往你父亲处，波顿老爷非把我剥皮不可。我们得赶路前往君临。"

若是从前的詹姆，定会微笑着施以威胁，但如今他不过是个残废，得另想法子……提利昂的法子。弟弟一定有办法。"铁腿，波顿大人没告诉你吗？兰尼斯特都是骗子。"

对方怀疑地皱起眉头："什么？"

"你不把我送回赫伦堡，我在父亲驾前唱的歌就不是允诺的那首。我或许会说……波顿砍了我的手，而操刀的就是你。"

沃顿惊得合不拢嘴："你这是造谣！"

"对，可我父亲会相信谁呢？"詹姆逼自己微笑，通常长剑在手、无所畏惧时的微笑，"现在回去，一切好说，不过耽误一天工夫，很快就能重新上路。到时候，我在君临吹嘘的，会甜美得让你难以置信。此外，还有美女和一大笔金子作为答谢。"

"金子？"沃顿重复，"多少金子？"

他上钩了。"多少？要不你开口？"

太阳升起时，他们已将来路折回了一半。

詹姆加倍催马前进，铁腿和他的北方人竭力方能跟上。即便如此，到达湖边巨城时，已日近正午。阴沉的天空预示着即将来临的暴雨，雄伟的巨墙和五座高塔不祥而黑暗地耸立。死寂。墙垒空荡，城门紧闭，孤零零地悬着一面旗。这是科霍尔的黑羊，他知道,于是将左手围拢嘴巴:"你们还在!开门!否则我踢进去!"

直到科本和铁腿都合声加入,城垛上才终于出现了一个人。他朝下望了一会儿,随后便消失了。不久,他们听见铁链哗哗作响,闸门缓缓升起,大门打开,詹姆·兰尼斯特二话不说,当先冲了进去,浑不在意头顶的杀人洞。本以为山羊会戒心十足,没想到勇士团竟还把波顿的人当盟友。傻瓜。

外庭已被荒废,只在长长的、板岩屋顶的马厩里有些马儿。詹姆勒住坐骑,左右察看,只听厉鬼塔下有声音传来,一群男人用七八种口音叫喊着。铁腿和科本随即跟上。"要什么赶紧去拿,别耽误时间,"沃顿道,"我不想和血戏班发生冲突。"

"你只要吩咐部下手不离兵器,血戏班就不会有任何问题。二比一的优势,明白吧?"詹姆转头望向吼声传来的方向,声音虽微弱却带着凶残,在赫伦堡的墙垒间回荡,搭配着如潮般的嘲笑。突然间,他明白发生了什么。我来晚了吗?腹中绞痛,他猛踢坐骑,奔过外庭,穿过石拱桥,绕开号哭塔,来到流石庭院。

他们把她扔进了熊坑。

奢靡的黑心赫伦王将一切都修筑得非常夸张。熊坑足有十码宽、五码深,墙壁是石头,底下为流沙,还有六圈大理石凳为观众准备,勇士团只坐满了四分之一。詹姆笨拙地翻身下马,但佣兵们正全神贯注地欣赏下方的表演,以至于只有几个刚好正对面的人注意到他。

布蕾妮穿着和卢斯·波顿共进晚餐时那身不合体的女装。没有盾牌,没有胸甲,连皮甲也无,只有粉红的绸缎和密尔蕾丝。或许山羊觉得她穿女装打起来更有趣吧。眼下她身上一半的裙服已被撕碎,左臂不住淌血,显然是黑熊留下的抓伤。

至少他们给了她一把剑。妞儿单手拿着,侧身移动,试图不让熊靠近自己。这没有用,坑里空间太窄。她必须进攻,必须找出破绽，一刀宰了它。长剑在手，什么熊挡得住呢？可布蕾妮却不敢靠近。血戏子们朝她叫嚣各种淫秽的侮辱和嘲笑。

"与我无关，"铁腿警告詹姆，"波顿大人吩咐，这女人属于他们，任凭他们发落。"

"她的名字叫布蕾妮。"詹姆步下台阶，穿过十来个吃惊的佣兵，来到位于最末一圈凳子的领主包厢里的瓦格·赫特面前。"瓦格大人。"他用盖过喧哗的洪亮声音呼喊。

科霍尔人几乎给酒呛住，"四君者？"他左脸被绷带粗率地包扎着，染血的亚麻布横过耳际。

"把她拉出来。"

"象都别象，四君者，否责我再砍你一只手。"他要来另一杯酒，"你的婊子咬我的耳多，这个怪无！才不会有人来书她。"

身后传来一阵雷霆般的吼声，詹姆回头。只见黑熊人立起来足有八尺高。简直就是披熊皮的格雷果·克里冈，他心想，或许比魔山更聪明。好在它没有那把巨剑，攻击范围不够。

黑熊愤怒地狂叫，露出一口巨大的黄牙，接着四肢着地，全速冲锋。机会来了，詹姆暗想，快打呀！一剑结果它！

可她一剑递出，竟然毫无力气。黑熊畏缩了一下，接着又猛扑而上，脚掌拍打地面，隆隆作响。布蕾妮闪向左，再度朝熊脸刺去。这一击被熊掌扫开。

它很小心，詹姆看出，它和别的人类对峙过，知道长剑和枪矛的厉害。但它不可能总躲着她。"快杀了它！"他扯开嗓门大叫，声音却被周围无数的叫喊所淹没。假如布蕾妮真听见了，也没任何表示。她绕着熊坑打转，背贴紧墙。不妙，太近了，假如熊把她钉到墙上……

野兽笨拙地转身，吼着飞奔而前。但布蕾妮如灵猫一般，急速换位。这才是印象中的妞儿。她旋到熊的后背劈了一剑，野兽痛苦地咆哮，再度人立。布蕾妮慌忙躲开。怎不见血？……他终于明白了，回头怒视山羊："你把比武用的钝剑给了她！"

山羊眉开眼笑，酒水和唾沫喷了詹姆一脸："当然。"

"他妈的，我来付赎金，金子、蓝宝石，想要什么都成。快把她拉出来！"

"你咬她？去蜡呀。"

他去了。

詹姆左手抓住大理石栏杆，一跃而下，在流沙上着地打滚。黑熊听见声音，陡然转身，用鼻子嗅嗅，警戒地打量着新闯入者。詹姆挣扎着单腿跪起。七层地狱，我到底在干什么？他用左手抓满一把流沙。"弑君者？"他听见布蕾妮惊讶的喊声。

"詹姆。"他纠正，一边将沙子投向黑熊的脸。野兽胡乱抓着空气，发出惊天动地的咆哮。

"你来干吗？"

"做蠢事。到我后面去。"他绕到她前面，挡在她和黑熊之间。

"你才该在后面，我有剑。"

"没尖没锋，算什么剑？到我后面去！"什么东西埋在沙里，他左手抓出来一看，原来是人的颚骨，上面还有些变色的血肉，爬满蛆虫。真漂亮，他心想，不知这是谁的脸。黑熊靠了过来，詹姆一挥胳膊，将骨头、烂肉和蛆虫朝野兽的脑袋打去。相差了整整一码。真该死！这左手倒不如也砍了的好。

布蕾妮想冲上前，他只好一脚将她踢翻。妞儿倒在沙里，抓住没用的剑，詹姆干脆坐在她身上，目睹黑熊发动冲锋。

嗖，深沉的一声，羽箭穿透野兽的左眼。串串唾沫和鲜血从它张开的大嘴里滴落，接着第二支箭射中大腿。黑熊咆哮，后退，看到詹姆和布蕾妮，又蹒跚着往前冲。无数十字弓同时发射，将它

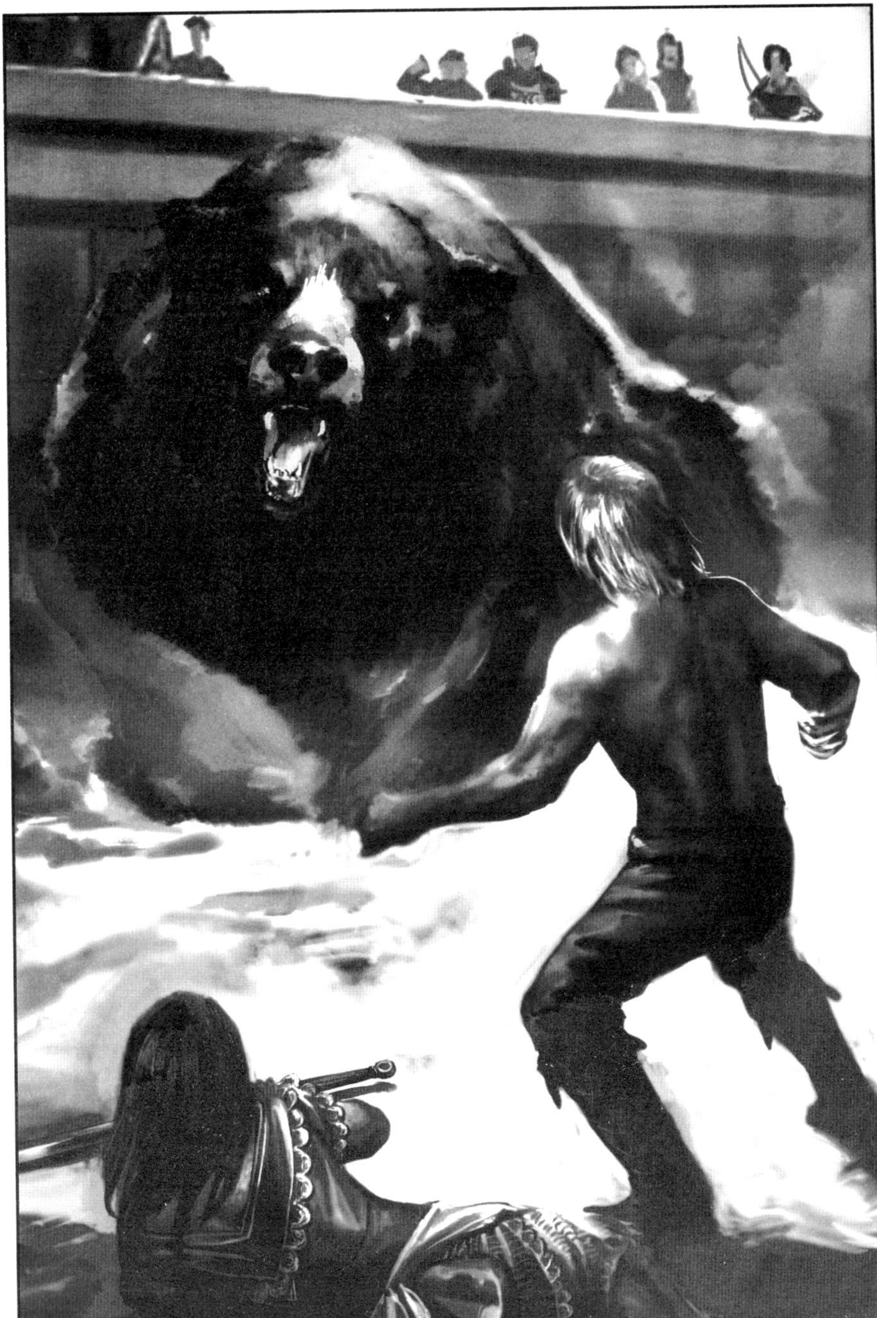

射成了刺猬，距离如此之近，每一击都不可能错过。羽箭穿透毛皮和血肉，黑熊仍坚持前跨了一步。好个可怜、残暴又勇敢的家伙。它走到他面前，他飞快地闪开，一边呐喊，一边踢起沙子。野兽继续追击折磨它的人，但刚转身，背上又中两箭。它发出最后一声咆哮，一屁股坐下，四肢伸展着躺在满是鲜血的沙地上，死了。

布蕾妮站起身子，钝剑握在手中，急促地喘着粗气。铁腿的十字弓手看着血戏子们纷纷咒骂威胁着起立，便重新将箭上膛。罗尔杰和"三趾"拔出长剑，佐罗则解下长鞭。

"你杀撕我的熊！"瓦格·赫特尖叫。

"没错，多嘴的话，连你一起杀，"铁腿毫不动容，"我们只要这女人。"

"她的名字叫布蕾妮，"詹姆说，"布蕾妮，塔斯的处女。对了，你还是处女吗？"

她平庸的宽脸现出一轮红晕："是的。"

"噢，那太好了，"詹姆道，"我只救处女。"他转向山羊，"赎金我来付，两人份的赎金，你明白，兰尼斯特有债必还。放绳子下来吧，拉我们出去。"

"去你妈的，"罗尔杰吼道，"山羊，杀了他们，别放跑这两头该死的猪！"

科霍尔人犹豫。他一半的手下醉醺醺，而北方人不仅如岩石般镇静，人数也整整是他的两倍。十字弓手们已开始瞄准。"蜡他们出来，"山羊缓缓地说，随即转向詹姆，"我很款宏大量，请把今天的事告诉你浮亲大人。"

"我会的，大人。"但这救不了你。

直到走出赫伦堡半里格之外，离开弓箭的射程，铁腿才终于爆发："你疯了，弑君者？找死吗？居然两手空空去和熊斗！"

"一只空手，一只断肢，"詹姆纠正，"我知道你会在野兽杀死我之前行动。否则的话，波顿大人会像剥橙子似的将你剥皮，不是吗？"

铁腿狠狠咒骂了一番兰尼斯特的愚蠢，接着踢马奔向队伍前方。

"詹姆爵士？"即便穿着不能遮体的粉红绸缎和蕾丝，布蕾妮看上去仍像穿女装的男人，不像女子。"我很感激，可……可你已经上路了，为何回来呢？"

无数讥笑浮现在脑海，一个比一个残忍，但最终詹姆只耸耸肩："因为我梦见了你。"说完他扬长而去。

凯特琳

罗柏和年轻的王后道别了三次。第一次在神木林的心树之下，当着诸神和臣僚们的面；第二次在铁闸门前，和简妮长久地拥抱和热吻；最后一次，离开腾石河岸一小时后，女孩骑着骏马气喘吁吁地跑来，恳求少狼主带她同行。

罗柏动情了，凯特琳看得出，但他也很窘迫。此刻天气又阴又湿，细雨蒙蒙，他十分不情愿地命令全军将士止步，以便自己冒雨安慰泪眼汪汪的年轻妻子。他话说得亲切，凯特琳边看边想，心里却充满恼火。

国王和王后窃窃私语，灰风则在旁游荡，不时甩甩身上的雨珠，朝天空龇牙露齿。当罗柏给了简妮最后一吻，命十几个护卫护送王后回城，自己翻身上马后，冰原狼立刻飞奔到队伍前面，好似一支蓄势已久的飞箭。

"噢，简妮王后真体贴，"跛子罗索·佛雷告诉凯特琳，"我妹妹也不差。呵呵，我敢打赌，萝丝琳此刻正在孪河城内边跳边唱'徒利夫人，徒利夫人，萝丝琳·徒利夫人'呢，等到明天，她就会幻想披上奔流城红蓝条纹新娘斗篷的样子了。"他掉过马头，微笑着对艾德慕说："可是您，徒利公爵，此刻却很沉默。您有什么感觉呢？"

"我觉得自己身在石磨坊，而战斗刚要打响。"艾德慕半开玩笑地回答。

罗索哈哈大笑："别担心，您的婚礼一定圆满幸福，好大人。"

是吗？但愿诸神保佑。凯特琳踢马前进，扔下弟弟和跛子罗索。

要简妮留在奔流城是她的主意——罗柏巴不得有王后陪伴。虽然王后缺席可能被瓦德大人理解为又一次失礼，但她在场的话等于是往老家伙的伤口上撒盐，构成的可就是侮辱了。"瓦德·佛雷舌尖嘴利，且睚眦必报，"她警告儿子，"为换取他的效忠，我不怀疑你能承担这老人的责难，但你实在太像你父亲，无法忍受他侮辱简妮。"

罗柏无言以对。可是，他却在心中把一切归咎于我，凯特琳疲惫地想，他正思念着简妮，抱怨我不该把她送走——即便知道我说的乃是忠告。

儿子从峭岩城带回六位维斯特林，而今只留雷纳德爵士一人在身边，他是简妮的兄弟，担任王家掌旗官。收到泰温公爵同意交换俘虏的回复函当天，国王便派遣简妮的舅舅罗佛爵士带年轻的马丁·兰尼斯特去金牙城履行手续。事情进展顺利，儿子从此不必再为马丁的安全操心，盖伯特·葛洛佛也欣慰地得知他兄弟罗贝特已在暮谷城登船北返。罗佛爵士终于被派去执行光荣而重要的任务……灰风也终可回到国王身边，回到属于他的位置。

维斯特林夫人和她的孩子们一起待在奔流城，简妮，小艾琳妮亚及罗柏的侍从洛拉姆都没跟来，后者强烈地质疑这一安排，但这都是明智的举动。罗柏的前任侍从乃奥利法·佛雷，他无疑将出席妹妹的婚礼，将洛拉姆带去势必大伤情面；与之相对，雷纳德爵士是个快活的年轻骑士，他已保证无论瓦德·佛雷如何侮辱，都不会作出过激反应。让我们祈祷侮辱就是即将面对的所有考验。

凯特琳却有更多的担心。自三河一战以来，父亲大人就不再相信瓦德，对此她一直牢记在心。简妮王后只有待在奔流城的高墙坚壁后，由黑鱼全力保护，才会安全。罗柏封给布林登爵士一个新头衔,"南疆大元帅",有他留守后方,凯特琳方感放心。

但她实在怀念叔叔历经风霜的脸孔,罗柏势必也流连他的辅佐,儿子所赢得的每场战斗,幕后都少不了布林登爵士的功劳。而今斥候部队改由盖伯特·葛洛佛统率,此人虽好,忠诚而坚定,却没有黑鱼的能力。

在葛洛佛部队掩护下,罗柏的队伍绵延数里。前锋是大琼恩,凯特琳等人和主队走在一起,这是大批全副武装的骑兵,随后为辎重队,无数满载食物、草料、补给、礼物和伤员的马车,由文德尔·曼德勒爵士和他的白港骑士加以保护。在他们之后跟着畜群,包括绵羊、山羊和骨瘦如柴的牛,以及一小群商贩营妓。走在末尾担任后卫的是罗宾·菲林特,方圆数百里之内都没有敌人,但罗柏仍处处小心。

一共三千五百名战士,三千五百名经历呓语森林、奔流城、牛津、烙印城、峭岩城等历次会战的老兵,掠夺过西境兰尼斯特家族富裕矿山的精锐。他们都是北方人,三河诸侯中,除了和艾德慕要好的数人前来作陪外,大都留在河间地观望国王收复北境。前方,等待艾德慕的是新娘,等待罗柏的是战争,等待我的……是两条死讯、一张空床和充满鬼魂的城堡。好凄凉啊。布蕾妮,你到底在哪里?求求你,把我的女儿带回来。把她们带回来啊。

中午时分,雨变得绵长不息,直下到黄昏。第二天,北方人没有看见太阳,铅灰色天空下,人人藏在兜帽里,以躲避雨水袭击。这天的雨下得极大,道路泥泞,田野滂沱,河流暴涨,落叶纷飞,持续的马蹄声扰攘不休,惹人心烦。人们只在必要时说上几句,大多时候沉默不语。

"没问题,夫人,我们很坚强。"梅姬·莫尔蒙伯爵夫人向她保证。凯特琳喜欢上了梅姬和她的大女儿黛西,因为在詹姆·兰尼斯特一事上,她俩比别人都更谅解她。黛西身形瘦长,她母亲则矮小粗壮,两人都一贯着盔甲皮衣,盾牌和外套上刻有莫尔蒙家族的黑熊纹章。就凯特琳看来,夫人和小姐穿这样的服装有些奇怪,但她们母女并不在意,因为她们既是女人,更是战士,和塔斯的布蕾妮一样。

"每场战斗,我都守在少狼主身边,"黛西·莫尔蒙高兴地说,"国王陛下战无不胜。"

的确,但他在战场之外都失败了,凯特琳心想,却不敢说出来。北军固然骁勇善战,但此刻背井离乡,唯一的寄托乃是对少年国王的必胜信念。无论如何,都必须保护和鼓励这种信念。我得坚强起来,她告诉自己,为了罗柏。若我伤心绝望,情绪将会传染出去,而一切的一切都有赖于这场婚礼的顺利举行。假如艾德慕和萝丝琳能够美满,假如迟到的佛雷侯爵得到安抚之后,愿意全力协助罗柏……即便如此,我们又该如何来应付兰尼斯特与葛雷乔伊两大势力的夹击呢?这个问题,凯特琳不敢想,罗柏本人也不敢。每次扎营,国王都眉头深锁地研究地图,仿佛要找出赢回北境的妙计。

弟弟艾德慕担忧的却是另一件事。"呃,你觉得瓦德·佛雷的女儿不会都像父亲那么丑吧?"他和凯特琳及朋友们聚在高大的条纹帐篷里,漫不经心地问。

"他有那么多老婆,总能生下几个标致女儿,"马柯·派柏笑道,"可这老混蛋干吗要送个好人儿给你呢?"

"没错。"弟弟阴郁地说。

凯特琳无法忍受。"瑟曦·兰尼斯特还是个大美人呢!"她尖刻地道,"但愿萝丝琳小姐强壮健康,心地善良,为人忠厚。"说罢,她拂袖而去。

艾德慕接受不了姐姐的态度,第二天便彻底回避,远远地和马柯·派柏、莱蒙·古柏克、派崔克·梅利斯特及凡斯家的年轻成员们待在一起。他们不会责难他,只会和他开玩笑,下午时候,凯特琳看着欢乐的年轻人们从身边跑过,心里想,打小我就对艾德慕太过严厉,想必悲伤更影响了语言。她为自己的失态而后悔。雨已下得够大,凭什么还要干涉别人的心情?说到底,希望娶个漂亮老婆有什么错?她想起自己第一次看见艾德·史塔克时,从心头油然而生的那种孩子气的失望,本以为他是他哥哥布兰登的年轻翻版,却大错特错。奈德不仅比哥哥矮,面容也更平凡,且终日庄重。他谈吐虽极尽礼仪,但在言语底下,她感受到的却是冷淡——这点绝不属于情绪外露、嬉笑怒骂的布兰登。即便当他带走她的贞操时,他们的爱,与其说是激情,倒不如归于责任。但那天晚上,我们诞生了罗柏,诞生了北境之王。战争结束后,在临冬城里,我感受到丈夫的爱,找到奈德庄重面孔下那颗可爱又可敬的心。艾德慕,希望你和萝丝琳也能幸福美满。

上天好像有意为之,队伍不经意间经过了呓语森林,罗柏正是在这里打下平生第一场大胜仗。他们沿狭窄的石板河床底的溪流前进,当日詹姆·兰尼斯特的军队正于此遭到重创。那时气候还很温暖,凯特琳忆起,树木依旧葱绿,溪流未曾猛涨。如今秋叶充塞流水,到处乱石盘根,曾为罗柏的军队提供掩护的林木,业已脱下绿色的外套,换上一身金色中带棕色斑点的服装,有些还成了暗红,令人不安地联想起铁锈和凝血。只有云杉和士兵松绿意仍存,挺拔云天,好似高大的黑色枪矛。

一切都变了,她心想。呓语森林大战的那天晚上,奈德还活在伊耿高丘底下的黑牢里,布兰和瑞肯安全地待在临冬城的墙垒后,席恩·葛雷乔伊则在罗柏身边奋战,事后不断夸口自己差点与弑君者交手。如果成全了他的愿望,如果是席恩而非卡史塔克大人的两个儿子一命归天,事情该有多不一样啊!

穿越战场时,凯特琳看到去年留下的遗迹:被雨水冲刷腐蚀的头盔、断裂的长矛、战马的尸骨。石冢随处可见,标示着人们的葬身之地，但食腐动物并没将死人放过。四处倾覆的石头之中，时而可见鲜明的布料和闪烁的金属。有一张脸默然地望向她，腐败的棕色血肉下，头骨轮廓若隐若现。

她想起奈德，不知丈夫此刻在何处安息。静默姐妹们带着尸骨北返，由哈里斯·莫兰率一小队荣誉护卫加以保护。他抵达临冬城了么？他有没在城堡下的黑暗墓窖里陪伴哥哥布兰登？莫非于行程途中，卡林湾便已被占领？

三千五百名骑兵伴她踏过深谷河床，穿越呓语森林的中心，但她却从未感到如此孤单。每走一里，就离奔流城远了一里，她竟觉得自己再也看不到那座出生于斯的城堡了。诸神也要把它，像其他东西一样，从我生命中夺走吗？

五天之后，斥候们飞骑回报，高涨的河水冲垮了位于美人市集的木桥。盖伯特·葛洛佛带着两个胆大士兵试图在公羊渡骑马泅过暴虐的蓝叉河，结果损失了两马一人，葛洛佛本人死死攀住一块石头，方才幸免于难。"自春季以来，河流还没有这样高的水位，"艾德慕评价，"可看这气象，如果雨持续不停，势必将继续上涨。"

"上游荒石城附近，还有另一座桥。"凯特琳往年常陪同父亲穿越河间地，此刻记忆派上了用场，"那一座虽然陈旧又狭小，但——"

"它也没了，夫人，"盖伯特·葛洛佛道，"早在美人市集的这座之前就被冲掉。"

罗柏望向母亲，"还有别的桥吗？"

"没有。而且看目前的架势，渡口想必统统无法运行。"她想了想，"我们过不了蓝叉河，便只好绕过去，经过七泉和女巫沼泽。"

"没错，不走泥潭和烂路，眼下就到不了目标，"艾德慕警告,"嗯,牺牲一点速度,我们能抵达孪河城。"

"好吧,就让瓦德大人多等等,"罗柏决定,"罗索在奔流城时给他传过信,他知道我们的起程日期。"

"他是知道,可这家伙生性多疑,又极敏感,"凯特琳说,"他将把这次延误当做一次蓄意轻慢。"

"很好,到时候我会为了耽搁的时间特别向他致以歉意。我真是个可悲的国王,随时准备赔礼道歉。"罗柏疲惫地道,"我希望波顿在三叉戟河涨水之前过了渡口,国王大道一路往北,他的行程比我们容易,即便统率步兵,也很可能赶在我们之前抵达。"

"当两军会合,参加完艾德慕的婚礼后,下一步怎么做?"

"北上。"罗柏挠挠灰风的耳背。

"通过堤道?强攻卡林湾?"

国王朝她高深莫测地一笑。"还有别的路。"他保证。从口气听来,她知道他此刻是不会多说的了。明智的君主懂得保守秘密,她提醒自己。

之后八天,雨水没有停息,末了他们终于抵达荒石城,在俯瞰蓝叉河的山丘上安营扎寨,这里有远古河流王们的要塞遗址。野草堆中,昔日高墙深垒耸立的地方,今天还可以看到地基,但大多数石材早已被当地居民取走,以搭建谷仓、圣堂和房屋。在中央,曾为城堡庭院的地方,留有一座带雕刻的大坟墓,隐蔽在芩树和齐腰深的褐草中。

墓的顶盖被雕刻为埋藏其中的君王的形体,却已被风霜雨露所侵蚀。国王留着胡须,此外脸庞模糊而平滑,只依稀看得见嘴巴、鼻子、眼睛和王冠。他的双手交叠在胸,握住一柄石制战锤。战锤之上,曾刻符文,描述了武器的名讳和历史,但无数世纪的岁月已将其磨灭。这座石墓的角落处处破损龟裂,斑驳的地衣肆意滋生,野玫瑰花从国王的脚部一直蔓延到胸口。

凯特琳正是在墓前找到了罗柏。国王阴郁地站在渐沉的暮色中,唯灰风与他为伴。雨数日来终于停了一会儿,因此儿子没戴头盔。"这座城堡叫什么名字?"他轻声询问靠近的母亲。

"荒石城,我小时候听附近居民这么讲,毫无疑问,在过去,当它还是诸王的驻节之地时,曾有过光辉的姓名。"那次去海疆城途中,她与父亲曾在此歇息,还有培提尔……

"有一首歌,"儿子想起来,"'荒石城的珍妮,发际有无数鲜花'。"

"假如我们幸运的话,将来都会被写进歌里。"实际上,小时候凯特琳做游戏常扮演珍妮,还把头发插满花朵,培提尔则扮演她的龙芙莱王子。当年,我才十二岁,而他是个小男孩……

罗柏回头望着坟墓:"这是哪位国王?"

"这位是河流与山丘之王特里斯蒂芬四世,"父亲给她讲过他的历史,"早在珍妮和她的王子出现之前数千年,统治着从三叉戟河到颈泽的广大地区,时值乱世,先民们的王国一个接一个落入无情的安达尔人手中,而他率军抵抗,被人民尊称为'正义之锤'。歌谣相传,他一生经历了大小一百场战斗,取胜了九十九场,他的城堡是全维斯特洛最坚固的要塞,"她把手放到儿子肩膀上,"可他在第一百场战斗时阵亡了,那一次,七位安达尔王合兵对付他。继位的特里斯蒂芬五世资质平庸,庞大的王国终归解体,城堡沦陷,血脉断绝,穆德家族自此不存,而在安达尔人到来之前,他们曾统治河间地长达一千年之久。"

"他的继承人葬送了他的事业,"罗柏伸手抚摩粗糙风化的石墓,"我想和简妮生个孩子……我们经常在试,可我不确……"

"种子并不总在第一次时生根,"虽然我和奈德是这样,"有时或许试一百回也差之毫厘。你还年轻。"

"不,我虽然年轻,却是个国王,"儿子回答,"国王必须要

有继承人。假如我和这位特里斯蒂芬一样,在下一场战斗中牺牲,我的王国将顿时烟消云散。依照律法,目前当由珊莎继承临冬城和北境,"他抿紧嘴唇,"而她势必受制于她的夫君提利昂·兰尼斯特。这种情形是我绝对不能接受,绝对不能允许的,我不会让侏儒染指北境一根毫毛。"

"这是自然,"凯特琳同意,"在简妮为你产下子嗣之前,你还必须指定另一位继承人,"她考虑了一会儿,"你祖父没有手足,但你曾祖父有个妹妹嫁给罗玛·罗伊斯伯爵的幼子,融入了罗伊斯家族的分支。他们之间生下三个女儿,全部与谷地诸侯结亲。长女嫁到韦伍德家,次女嫁到科布瑞家,幼女……似乎嫁到坦帕顿家,似乎……"

"母亲,"罗柏的声音里有几分尖锐,"你别忘了,我父亲有四个儿子。"

她当然没忘,只是不愿去想,儿子却逼着她面对。"他是雪诺,并非史塔克。"

"琼恩比起某位从未见过临冬城的谷地诸侯来,当然更有资格成为我的继承人。"

"他是守夜人的弟兄,发誓不娶妻,不封地的。他将终身为王国服务。"

"那是纸面上的约束,御林铁卫不也这样规定?可你看,一旦没有利用价值,兰尼斯特家便能剥夺巴利斯坦·赛尔弥爵士和柏洛斯·布劳恩爵士的白袍。我敢打赌,假如我送出一百名壮丁作为琼恩的代替,他们一定能找出办法为他解除誓言。"

他下了决心。凯特琳深知儿子的顽固:"私生子没有继承权。"

"很简单,一张王家赦免状就能解决,"罗柏道,"比起驱逐御林铁卫,这可是有先例可循的。"

"先例，"她苦涩地说，"不错，的确是有先例。伊耿四世临死前将他所有的私生子全部化归正统，结果呢？有多少苦痛、悲哀、战争和谋杀由此而起？你信任琼恩，这我明白，可你就能信任他的儿子？就能信任他儿子的儿子吗？私生子困扰了整整五代坦格利安君主，直到无畏的巴利斯坦在石阶列岛将最后一个黑火掐灭为止。你考虑过没有？一旦将琼恩扶为正统，就再无可能利用他的私生子身份，这条路是不能后退的！等他结婚生子，你和简妮产下的孩儿将永世不得安宁。"

"琼恩绝不会伤害我的孩子。"

"正如席恩•葛雷乔伊绝不会伤害布兰和瑞肯？"

灰风猛然跳上特里斯蒂芬王的坟墓，龇牙露齿，罗柏则面色冷峻。"你的话，既残酷又不公平。琼恩和席恩根本不是一回事。"

"这只是你的一相情愿而已。再说，你考虑过你的妹妹们没有？她们的权利呢？北境无论如何不能交给小恶魔，这点我无条件同意，但艾莉亚怎么样？依照律法，她的继承权排在珊莎之后……她可是你的亲妹妹，血统纯正……"

"……可她死了！自打父亲去世，就没任何人见过她，或是听过关于她的只字片语，你为何还要蒙骗自己？艾莉亚死了！和布兰、瑞肯一样，而只等珊莎生下小恶魔的孩子，他们也会把她杀掉。琼恩就是我仅存的手足，万一我有不幸，我希望他成为北境之王，也希望你支持我的选择。"

"我不可能支持你，"母亲说，"其他的事，罗柏，任何事，我都会支持，唯独这个……这桩蠢事，无论如何都不行。请你不要强迫我。"

"我无须强迫你。我是国王，我做主。"罗柏转身，头也不回地离开。灰风从坟墓顶上跳下，亦步亦趋地跟随。

*我都做了些什么？*国王走后，凯特琳独自站在特里斯蒂芬的坟

墓前，疲惫地想。这几天，首先冒犯艾德慕，接着又惹恼了罗柏，可我说的，难道不都是实话吗？诸神在上，难道这帮大男人如此脆弱，竟听不得事情的真相？她应该哭的，但苍天业已在为她流泪，于是便回到帐篷内避雨，默默地坐在黑暗中。

第二天，罗柏特别繁忙，他无处不在：一会儿趋前和大琼恩指挥前锋，一会儿带着灰风外出侦察，一会儿返回查看罗宾·菲林特的后卫。行军中的每一天，少狼主都是全军最早起床和最晚入睡的人，大家为此倍感骄傲。凯特琳怀疑儿子根本就没睡。他变得和他的冰原狼一样消瘦而饥渴。

"夫人，"某天早晨，就着持续的雨，梅姬·莫尔蒙伯爵夫人呼喊她，"您看起来气色不好，是不舒服吗？"

我的夫君和父亲大人死了，两个儿子遭遇谋杀，一个女儿落入毫无信用的侏儒手中，即将为他产下罪恶的子嗣，另一个女儿则生死不明，消失得彻彻底底，而我仅存的儿子和弟弟又都生我的气。这些话，说出来梅姬伯爵夫人也不会懂的。"这是一场邪恶的雨，"她转而评论，"我们过去承受了很多，前方又有更多的艰险和更多的悲哀。我们本该号角长鸣、旗帜飘飘地勇敢前进，以振奋士气，可这场雨却将大家统统压抑。旗帜浸透，耷拉不展，人裹斗篷，几无言语。这场邪恶的雨在我们最需要振作的时候浇进了每个人的灵魂里。"

黛西·莫尔蒙举头望天："还好，落的是雨，不是箭。"

凯特琳不自禁地笑笑："我知道，你比我勇敢。你们熊岛的女人都会打仗吗？"

"不错，我们是母熊，"梅姬伯爵夫人接口，"环境使然。在古代，铁民们时时驾驶长船前来掠袭，野人也从冰封海岸过来骚扰。男人们必须出去捕鱼，以维持岛上生活，而留在家中的妻子得保护自身和孩子，否则便会被掠走。"

"我家厅堂门上有个雕刻，"黛西道，"是位熊皮女人，一手抱一个吮奶头的婴儿，另一手握一柄战斧。她长得不美，但我很喜欢。"

"我侄儿乔拉曾把一位美人带回家，"梅姬伯爵夫人说，"那是他在比武会上赢取的夫人。她就很讨厌这个雕刻。"

"是啊，她看什么都不顺眼，"黛西道，"她名叫琳妮丝，头发犹如金丝，皮肤好似乳酪，那双柔软的手天生就与武器无缘。"

"她也不会用她的乳头来哺育。"黛西的母亲坦率地说。

凯特琳知道他们指的是谁，乔拉·莫尔蒙曾带着他的续弦妻前来临冬城参加宴会，作客两周之久。她记得琳妮丝夫人的年轻美貌，以及心里压抑的不快。有天夜里，醉酒之后，她亲口对凯特琳承认，北境实在不是旧镇高贵的海塔尔家人该待的地方。"从前，有个来自奔流城徒利家的女子也这么想，"凯特琳轻柔地回答，试图安慰对方，"但后来，她在此发现了真爱。"

可他们都走了，她随即想到，临冬城和奈德，布兰与瑞肯，珊莎，艾莉亚，都走了，只有罗柏留下。莫非我真的更像琳妮丝·海塔尔，而非史塔克？如果我懂得怎样使用战斧，或许可以更好地保护他们。

日复一日，大雨从未停息，人们艰难行进。蓝叉河源头的七泉地方是数不清的溪流和河沟，而女巫沼泽无数绿幽幽发亮的水池正等着吞噬粗心的旅人，马蹄陷进软泥中，好似饥饿的婴儿吸吮乳头。除了速度放慢，北方人还付出更大的代价，一半的马车不得不遗弃在泽地，上面的物资改由骡子和驮马分担。

杰森·梅利斯特伯爵正是在这里追上了他们。当时，离日落仅有一个钟头，罗柏立刻下令停止行军，接着雷纳德·维斯特林爵士护送凯特琳去国王大帐中开会。她看见儿子坐在火盆边，地图放于膝盖，灰风在他脚边打瞌睡。大琼恩、盖伯特·葛洛佛、梅姬·莫尔蒙、艾德慕和一个凯特琳不认识的男子也在帐内。此人丰满秃顶，神态阿谀。他不是贵族，她只消看陌生人一眼便认定，也非战士。

杰森·梅利斯特起立将座位让给凯特琳，海疆城伯爵的棕发和白发已几乎一样多了，但威仪不减当年：身材瘦长高大，面孔轮廓分明、修剪干净，颧骨高耸，蓝灰色眼睛，神情锐利。"史塔克夫人，真高兴见到您。我带来了好消息。"

"是吗？大人，我们此刻正需要这个。"她坐下来，听着无数雨点敲打头顶的帆布。

罗柏等雷纳德爵士将帐门关好后，方才开口："诸位大人，诸神回应了我们的祈祷。杰森大人带来的是密拉罕号船长，他是旧镇商人。船长先生，请将你的新闻通报大家。"

"遵命，陛下，"对方紧张地舔舔厚嘴唇，"在我抵达海疆城之前，曾于派克岛的君王港做过停留。实际上，由于巴隆国王的禁令，我的船被铁民扣押了整整半年。只是后来，只是……简单地说吧，由于他的死，禁令才得以取消。"

"巴隆·葛雷乔伊死了？"凯特琳心里一震，"你确定他真死了？"

矮小猥亵的船长点点头，"您可知道，派克城建于角岬之上，被海涛切割而成的巨岩和荒岛彼此以桥梁连接？据我在君王港听到的说法，当巴隆国王某天正跨越其中一道桥梁时，西边起了大风，夹着暴雨雷霆，把他吹落桥下，摔得粉身碎骨。两天之后，尸体冲到海边，业已浮肿不堪辨认。据说螃蟹吃掉了他的眼睛。"

大琼恩哈哈大笑："肯定是给螃蟹王吃的，只有它们才配享用王家果冻，是不是啊，哈哈？"

船长忙着点头。"当然，当然。不过我的消息还没说完，还有一个情报！"他倾身向前，"他弟弟回来了。"

"维克塔利昂？"盖伯特·葛洛佛略感惊奇。

"不，攸伦，人称'鸦眼'，他是全天下最恶毒的海盗，本有许多年不曾回到铁群岛，但巴隆国王尸骨未寒，他的宁静号却已驶进君王港。红色的船壳，漆黑的帆，所有船员都是哑巴。听说他访问亚夏后返回……总之，不管去过哪里，他确实是回来了，而且一下船就直奔派克城，自行坐上海石之位，提出异议的波特利头领被他淹死在一桶海水中。我眼见这番情形，立刻趁乱让密拉罕号升帆出海，以免招惹麻烦。靠岸以后，马上向陛下您报告。"

"船长先生，"待对方说完后，罗柏发话，"我很感激你的效劳，定当重重酬谢。等会谈完毕，我就请杰森大人送你回船，现下请在外面稍候片刻。"

"是，陛下，是。"

他前脚刚离开，大琼恩便前仰后合地大笑起来，但国王用一个眼神让他收敛。"倘若席恩昔日所言非虚，这个攸伦·葛雷乔伊称王必是件不得人心的事……现在的情形是，如果席恩没死，他才是继承人……另一方面，维克塔利昂统率着铁岛舰队。我不相信他会坐镇卡林湾，静待哥哥鸦眼攸伦攫取海石之位。他肯定会兴师返航。"

"巴隆还有一个女儿，"盖伯特·葛洛佛提醒国王，"她占据深林堡，挟持着罗贝特的妻儿。"

"留在深林堡，她什么也做不了，"罗柏分析，"如果她也有叔叔们的野心，想必要回师颠覆攸伦，伸张自己的权利。"国王转向杰森·梅利斯特大人：" 海疆城可有舰队？"

"舰队，陛下？不，说不上，我只有六七条长船和两艘战舰。足以抵御寻常海盗的掠袭，却无法和铁岛舰队交锋。"

"你会错了意。依我看，铁种们即将纷纷返回派克岛，展开权力之争，他们的秉性从前席恩给我讲过，'每个船长都是自己船上的国王'。敌人想必会勾心斗角，吵作一团。大人，我只要你给我两条长船，以绕行雄鹰角，穿越颈泽，寻找灰水望。"

杰森大人有些犹豫："泽地的腐沼中是有十来条水道，可个个都浅薄、淤积而危险。它们根本不配称为河流，只是一些反复变迁的通道而已。到处是礁石、陷阱和纠结败朽的树木。灰水望本身也在移动，怎么找得到呢？"

"只管往上游走，船上挂起我的旗帜，相信泽地人会出来迎接。派出两条船，我们的希望就多了一倍，我决定由梅姬伯爵夫人指挥其中一艘，盖伯特大人指挥另一艘，负责将我的口信传达给霍兰·黎德。"他转向被点名的两位领主，"我会分别给你们一封书信，上面写着我对留在北境的大人们的指示，但这些指示其实都是谎话，以防你们在海上被铁民逮捕——倘若真有不幸，你们可以宣称自己乃是返回北境传令。夫人你是要回熊岛，而你，盖伯特，是要回磐石海岸。"他伸出一根手指，敲了敲地图，"成败的关键在卡林湾，这点我们知道，巴隆大王也明白，否则他就不会把铁群岛的主力交给弟弟维克塔利昂，并命他镇守于此了。"

"这个维克塔利昂或许会为了继承权大打出手，但绝不会蠢到放弃卡林湾。"梅姬伯爵夫人说。

"当然不会，"罗柏承认，"但我敢打赌，他将撤走不少精兵，而对方每少一个人，我们就多一分希望。再说，即便军队不走，他为造声势，也将带走大批将领和船长。他们是铁群岛的骨干，有了他们的支持，方能获得海石之位。"

"陛下，您可千万不能从堤道进攻，"盖伯特·葛洛佛劝告，"通路实在狭窄，大军无法展开，数千年来，没有谁能攻下卡林湾。"

"从南往北打是这样，"国王说，"但假如我从南、北、西三面同时发力，情况就不一样了。先从堤道上发起猛攻，吸引铁民的注意力，随后突然兜袭后方，必将一举成功！等我和波顿大人及佛雷家族合兵一处，手中就至少有了一万二千士兵。我们先走堤道，行过半日再兵分三股，假如葛雷乔伊家族在颈泽有眼线，他们收到的情报将是我军全速扑向卡林湾。"

"后卫将由卢斯·波顿指挥，中军由我亲率，至于攻打卡林湾的前锋，大琼恩，这个任务非你莫属。你给我狠狠地打，要让铁种们意料不到我军还可能从北方突然出现。"

大琼恩咧嘴一笑："嘿，你们这帮偷鸡摸狗的家伙最好赶快，否则还没露面，城堡就是咱的喽！陛下，您不用急，慢慢走，我会把它当礼物献给您。"

"这份大礼，我可是却之不恭。"罗柏微笑。

一旁的艾德慕皱起眉头："陛下，您刚才说要从后掩杀铁民，可您怎么迂回到北方呢？"

"舅舅，颈泽深处有些路地图上并没有写，只有泽地人才知晓——沼泽中的小径，穿越芦苇丛的船道，父亲从前对我说过。"他转向两位信使，"你们的任务就是找到霍兰·黎德，要他派出向导，在我军踏上堤道之后的第三天与我会合，记住，让他们径直来中军，到我王旗飘扬的地方。三支部队中的两支负责强打卡林湾——波顿大人的部队在安柏大人进攻之后行动，尽可能从西面发起佯攻。我自己的中军深入泽地埋伏，沿热浪河出击。舅舅成婚后，我们迅速离开孪河城，争取在今年结束之前赶到攻击阵位。新世纪的第一天，咱们三面夹击卡林湾，拼出一番新局面！趁铁民们痛饮新年之际，打他们个落花流水，措手不及！"

"我赞同这个计划，"大琼恩宣布，"很喜欢！"

盖伯特·葛洛佛擦擦嘴巴，"可……我们得担风险，假如泽地人方面出了岔子……"

"那和以前相比，也没任何损失。再说了，我相信他们不会令我失望，霍兰·黎德是我父亲的好友。"罗柏卷起地图，这才第一次抬眼望向凯特琳，"母亲。"

她心中一凛:"这计划需要我的协助么?"

"我只要你安安全全。穿越颈泽的行军势必危机四伏,即便过得了卡林湾这关,要想赢回北境,也还有无数战斗等着我们。我刚才已询问过梅利斯特大人,他慷慨地答应在战争结束前替我保护你的安全。你将在海疆城过得舒适,这是我的希望。"

这就是我反对琼恩·雪诺的惩罚?这就是我身为女人,甚或身为母亲的惩罚?她头晕目眩了一会儿,才意识到在场众人都望着她。他们都讨厌我,心想,有什么可惊讶?我放走弑君者,得罪了所有人,再说,我不是亲耳听大琼恩说过几次女人不该插手军事吗?

她的恼怒一定清楚地写在脸上,好在盖伯特·葛洛佛最后替她解了围:"夫人,陛下的建议非常明智,您实在不该和我们一起出征。"

"海疆城因您的到来而蓬荜生辉,凯特琳夫人。"杰森·梅利斯特大人道。

"你要我做你的囚犯。"她说。

"哪里的话,您是我的贵宾。"杰森大人解释。

凯特琳转向儿子。"没有冒犯杰森大人的意思,"她僵硬地宣布,"但假如你非要我走,我宁愿回奔流城。"

"我把王后留在了奔流城,不能把母亲也送去那里,如果将所有财富装进一个钱包,只可能吸引盗贼。婚礼结束后,你立刻前往海疆城,这是国王的命令,"罗柏站起来——她的命运便这样迅速地决定了——取出一张羊皮纸,"大人们,我还有最后一件事。你们都看见了,巴隆大王死后留下多大的混乱,我不能重蹈他的覆辙。如今我没有儿子,弟弟布兰和瑞肯不幸归天,妹妹则嫁到兰尼斯他家。对于继承人的事,我反复思量,考虑了很久,才写下这份文件。我要求你们,我忠实的封臣们,在这份文件上签名作证。"

他立了新王,凯特琳充满挫败感地想。现下她唯一的希望就是儿子夹攻卡林湾的计划和刚才对付母亲的手段一样奏效。

山姆威尔

白树村,山姆心想,拜托,这里是白树村。他记得白树村,白树村在他找到的古老地图上,北行途中曾经路过。如果这个村子是白树村,他就知道他们在哪儿了。拜托,这里一定是白树村。愿望如此强烈,他甚至暂时忘了自己的脚,忘了小腿和后腰上的疼痛,忘了几乎冻到失去知觉的手指,忘了莫尔蒙总司令、卡斯特、尸鬼和异鬼。白树村,山姆喃喃祈祷,不管什么神,愿意听就成。

然而所有野人村庄看起来都很像。一棵巨大的鱼梁木生在这个村子中央……但一棵白树并不代表白树村,白树村的鱼梁木是否比这棵更大呢?也许他记错了。那张长而悲哀的脸刻在苍白如骨的树干上,树液从它眼睛里渗出、凝固,仿如红色的泪水。我们北上时,它看起来是这样吗?山姆记不清楚。

树的周围矗立着几幢茅草顶的单房屋子,一栋覆满苔藓的木头长厅,一口石井,一个羊圈……但没有羊,更没有人。野人们都去了霜雪之牙,加入曼斯·雷德的队伍,并带走了一切东西,除开房屋本身——山姆对此感激不尽。夜晚即将来临,而他终于可以重新睡在屋檐底下。他好疲惫,好像走了半辈子的路,靴子片片脱落,脚上所有的水泡都已破裂,变成老茧,老茧下又起了新的水泡,而脚趾头开始生冻疮。

但山姆知道,如果不走,就只有死路一条。吉莉产后仍然虚弱,还抱着孩子,她比他更需要那匹马。另外一匹在离开卡斯特堡垒后的第三天就没了。可怜的家伙,本来已饿得半死,能支撑这么久其实是个奇迹,也许正是山姆的体重压垮了它罢。他们可以尝试共骑一匹马，但他担心同样的事情再次发生。我这胖子最好还是走路。

山姆让吉莉留在长厅里生火，自己则到附近小屋里探察一番。她连生火都比他在行，他自己好像从来无法点燃木柴，上次，他试图用铁和石头打出火星，结果却被自己的匕首割伤。吉莉替他包扎好之后，手指变得僵硬疼痛，比原先更为笨拙。他知道现在是清洗伤口、更换绷带的时候了，但他害怕看到伤口。况且天气如此寒冷，他痛恨摘手套。

山姆不知自己能在屋里找到什么。也许野人们留下了一点食物，好歹得瞧一瞧。北上途中，琼恩就被分到任务，搜查白树村的屋子。在一栋小屋中，山姆听见黑暗角落里传来老鼠窸窸窣窣的声音，除此之外别无他物，只有干稻草堆、陈腐的气味和排烟口下的炭灰。

他回到鱼梁木旁，端详了一会儿那张雕刻的脸。这不是曾经见过的那张脸，他承认，这棵树不及白树村那棵一半大。它的红眼睛里渗出血色的汁液，他也不记得从前那棵是这样。但不管怎么说，山姆笨手笨脚地跪下来。"远古诸神，请听我的祈祷。七神是我父亲的神祇，但我加入守夜人军团时，是面对着你们发下誓言的。请帮帮忙吧，我们又冷又饿，很可能还会迷路。我……我不知现在该信仰什么神，但……假如你们真的存在，请帮帮我们吧，吉莉刚生下一个小婴儿。"他只能想出这些话。夜色渐浓，鱼梁木的树叶发出轻微的瑟瑟声，好似上千只血手在挥舞。琼恩的神是否听见了他的祈祷呢？一切都不清楚。

等回到长厅，吉莉已生好了火。她紧靠在火堆旁，敞开兽皮，让婴儿在胸口吃奶。他跟大人一样饿，山姆心想。老妇人们从卡斯特堡垒的地窖里捎出些食物，但现在基本吃光了，而即使在角陵，即使在猎物众多，手下又有奴仆、猎狗可供驱使的南方家园，山姆也是个没用的猎手;身处这片空旷无垠的森林,能逮住任何东西的机会自然微乎其微。他试图在湖泊和半冻的小河里捕鱼,结果不出意料地惨遭失败。"还要多久,山姆?"吉莉问,"还远吗?"

"不太远。至少不像原来那么远。"山姆耸肩卸下包裹,笨拙地坐到地板上,试着盘起腿来。走路使他的背疼到极点,他想倚住一根支撑屋顶的木雕支柱,但火堆却在长厅中央的排烟口下,衡量之后,还是觉得温暖甚于舒适,"再过几天就能到了。"

山姆带着地图,但如果这里不是白树村,它们根本没用。我们为绕过这个湖,走得太靠东,他焦虑地想,或者折回来时太靠西了?他开始讨厌起湖泊与河流,长城之外没有渡船和桥梁,逼得你绕行一大圈,或是寻找涉水的浅滩。除此之外,跟随猎人小径比挣扎穿越灌木丛容易,绕过山脊比攀爬容易,而长城之外只能选择后者。唉,假如巴棱或戴文跟我们在一起,现下应该已到了黑城堡,正在大厅里暖脚呢。可惜巴棱死了,而戴文跟葛兰、忧郁的艾迪等人一起离开。

长城有三百里长,七百尺高,山姆提醒自己。如果一直往南,迟早会撞见它——而他们确实在往南,至少这点他非常确定。白天根据太阳辨别方向,晴朗的晚上,则可以追随冰龙星座的尾巴,虽然自另一匹马死后,他们便很少在夜间行路。就算月圆时分,林子里也太过黑暗,山姆或者最后一匹马很容易摔断腿。我们一定已到了很南的地方,一定是的。

但他不确定的是,他们向西或向东偏离了多远。最终会到达长城,没错……也许一天,也许半月,不可能更久,肯定,肯定……但具体到哪儿呢?需要找的是黑城堡的门,一百里格沿线只有那里可以穿越。

"长城真的像卡斯特说的那么大吗?"吉莉问。

"比他说的还大,"山姆试图让语气愉快一些,"大得让你看不见藏在后面的城堡,而城堡本身就已经够大了,你会明白的。长城完全由冰筑成,城堡则是木石结构,高高的塔楼,深深的地窖,还有壁炉里日夜燃烧着熊熊烈火的硕大长厅。很热,很暖和,吉莉,热到你无法相信。"

"我可以站在火堆边吗?就我和孩子?不用很久,暖暖身子就好。"

"你想站多久就站多久,还有食物和饮料。温热的葡萄酒、一碗洋葱炖鹿肉,外加哈布刚出炉的面包,热得烫手。"山姆摘下手套,在火焰旁活动手指——他很快后悔起自己的举动,它们本来冻得麻木,随着知觉恢复,疼痛教他差点哭出来。"弟兄们有时会唱歌,"他说,以便将注意力从指头的疼痛中转移,"戴利恩唱得最好,他们因此派他去了东海望。不过能唱的还有霍德和'癞蛤蟆'——他真名陶德,但长得像癞蛤蟆,因此我们这么叫他。他喜欢唱,可嗓音太糟。"

"你呢?你唱不唱?"吉莉理了理兽皮衣服,将婴儿换到另一边乳头。

山姆脸红了。"我……我会一些歌,小时候喜欢唱歌,还会跳舞……但父亲大人不喜欢我唱歌跳舞,他说如果我想蹦来蹦去,就该拿剑到院子里去蹦。"

"你能唱个南方人的歌吗?为孩子?"

"如果你喜欢。"山姆想了一会儿,"小时候,每当我和妹妹们上床睡觉时,我们的修士总会唱一首《七神之歌》。"他清清嗓子,轻声唱道:

天父面容坚毅刚强,
　　裁决谬误主持公义,
判定福寿长短高低,

A SONG OF ICE AND FIRE

慈祥喜爱小小孩童。

圣母带来生命之福，
　　守护照看每位人妇，
她的笑容终斗止戈，
　　温柔呵护小小孩童。

战士屹立敌人之前，
　　保卫我们南北东西，
手执弓矛盾剑兵器，
　　看守祚佑小小孩童。

老妪年迈而又睿智，
　　预知各人运途未来，
举起金灯照耀光彩，
　　指引前路为小小孩童。

铁匠勤勉日夜辛劳，
　　安排一切井井有条，
铁锤风箱，炉火燃烧，
　　打造世界给小小孩童。

少女舞蹈空中飞扬，
　　存于恋人欷歔感伤，
微鼙教会鸟儿飞翔，
　　美梦托给小小孩童。

七位神灵将我们创造，

    时刻聆听我们祷告，

闭上眼睛，再无困扰，

    诸神照看你，小小孩童。

闭上眼睛，再无烦恼，

    诸神照看你，小小孩童。

    山姆记得上次跟母亲一起唱这首歌是为哄婴儿迪肯睡觉。父亲听到之后愤怒地闯进来。"我不准你再这样，"蓝道伯爵严厉地告诫妻子，"你已用修士这些软绵绵的歌毁了我一个男孩，还想再毁一个吗？"然后他望向山姆，"你要唱，就对着你妹妹们唱，不准接近我儿子。"

    吉莉的孩子睡着了。他好娇小，而且安静得让山姆有点担心。这孩子甚至没名字。他问过吉莉，但她说在孩子两岁之前取名会带来厄运。许多孩子都死了。

    她将乳头塞回兽皮里面。"真好听，山姆，你唱得真好。"

    "你该听听戴利恩唱，他的嗓音甜美如蜜酒。"

    "卡斯特娶我为妻的那天，我们喝过最甜美的蜜酒。那时还是夏天，没有这么冷。"吉莉有些困惑，"你才唱了六个神呀？卡斯特常告诉我们，你们南方人有七个神。"

    "七个，"他赞同，"但无人歌颂陌客。"陌客的脸是死亡之脸，提到他，山姆就觉得不安。"我们该吃点东西，分两口也好。"

    除了木头般硬的黑香肠，没剩下什么。山姆给两人各锯下薄薄几片。手腕使劲就会疼，但他太饿，因此坚持了下来。而且咀嚼时间够长，这些肉片就会变软，味道也不错。那是卡斯特的老婆们用大蒜腌制而成的。

吃完之后,山姆跟她说声抱歉,就出去方便并照料马匹。刺骨的寒风从北方吹来,他从树丛下经过,叶子朝他哗哗作响。他不得不弄碎河面上薄薄的冰层,好让马喝水。我最好把它带进屋去。他可不想天亮醒来时发现他们的马已在夜里冻死。即使真的发生意外,吉莉也会继续走下去。那女孩很勇敢,不像他。他希望自己知道回黑城堡之后该拿她怎么办。她总是说,只要他高兴,肯做他的妻子,但黑衣弟兄是无法娶妻的;更何况他是角陵城的塔利,根本不能娶女野人。我得想个办法。但首先我们得活着到达长城,别的都不重要,一点都不重要。

把马牵到长厅容易,牵进门却难,幸亏山姆坚持不懈。等将坐骑弄进屋内,吉莉已睡着了。他将马系在角落,并往火中添了几块新柴,然后脱下沉重的斗篷,钻到兽皮底下的女野人身边。他的斗篷足够盖住三人,并为他们保暖。

吉莉身上散发出奶味,还有大蒜和发霉旧毛皮的味道,但他已经习惯,而且还觉得很好闻。他喜欢睡在她边上,这让他想起很久以前在角陵城,跟两个妹妹同睡一张大床。蓝道伯爵认为这会让他像女孩一样软弱,于是终止了这种情形。然而独自睡在冰冷的房间也没让我变得坚强勇敢。他不知如果现在见到父亲,他会怎么评价。我杀了一个异鬼呢,大人,他假想自己如是说,我用龙晶匕首刺死了他,誓言弟兄们现在称我为"杀手"山姆。但即使在想象中,蓝道伯爵也只是怀疑地皱起眉头。

当晚的梦十分离奇。他梦见自己回到角陵城,父亲却已不在,它成了山姆的城堡。琼恩·雪诺跟他一起,还有"熊老"莫尔蒙总司令、葛兰、忧郁的艾迪、派普、"癞蛤蟆"及所有守夜人的弟兄,只是穿的衣服颜色鲜亮,并非黑色。山姆坐在高桌前,宴请所有人,用父亲的巨剑"碎心"切下片片烤肉,这里还有甜糕,有蜂蜜葡萄酒,有歌唱,有舞蹈,每个人都很暖和。宴会结束后,他上楼睡觉，不是走向父母的领主居室，而是跟妹妹们一起待过的那个房间。只不过在那张柔软宽大的床上等待他的不是妹妹们，却是吉莉，女孩只裹一件粗糙的兽皮，双乳渗出奶水。

他突然醒来，又冷又怕。

火堆烧尽，只剩暗红余烬；空气冻结，感觉奇寒无比。角落里，那匹马一边嘶鸣一边用后腿踢木头。吉莉坐在火堆边，抱着婴儿。山姆摇摇晃晃地坐起，苍白的喘息从嘴里喷出。长厅内充满憧憧黑影，手臂上寒毛直竖。

没什么，他告诉自己，冷而已。

然后，门边有个阴影在动。一个巨大的阴影。

这仍是梦，山姆祈祷，哦，我仍在睡觉，仍在做噩梦。他死了，他死了，我看到他死了。"他是为这男孩来的，"吉莉啜泣，"他闻到他的味道，新生婴儿的味道，充满生命的气息。他是为生命而来。"

巨大的阴影在门梁前弯腰，进入厅内，蹒跚走来。就着阴暗的火光，影子变成了小保罗。

"走开，"山姆嘶喊，"我们不需要你。"

保罗的手像炭一样黑，脸像奶一样白，眼睛闪着冰冷的蓝色光芒。冰霜染白了它的胡子，一侧肩膀上停着一只乌鸦，正在啄它的脸颊，吃那白色死肉。山姆尿了裤子，温热的水沿大腿流淌而下。"吉莉，安抚好马，然后牵出去。你快走。"

"你——"她开始说。

"我有匕首。你忘了吗？龙晶匕首。"他起身将它胡乱掏出来。先前那把给了葛兰，但谢天谢地，离开卡斯特堡垒时，他记得带上莫尔蒙总司令的匕首。他握紧它，远离火堆，远离吉莉和婴儿。"保罗？"他想让自己听上去勇敢一些，但话出口成了尖叫，"小保罗。认得我吗？我是山姆，胖子山姆，胆小鬼山姆，你在林子里救了我。我无法再走的时候，你抱我，没有别人能做到，只有你。"山姆往后退开，手握武器，抽噎不休。我真是个无可救药的胆小鬼。"别伤害我们，保罗，求求你，为什么要伤害我们呢？"

吉莉在硬泥地上挣扎后退。尸鬼扭头望向她，但山姆大喊："不！"于是它又转回来。肩头的乌鸦从它残破苍白的脸颊上扯下一条肉。山姆将匕首举在面前，呼吸活像铁匠的风箱。长厅另一头，吉莉到了马儿边上。诸神赐予我勇气，山姆祈祷，就这一次，给我一点点勇气，撑到她顺利逃走。

小保罗向他逼近，山姆向后退却，直到背抵住粗糙的木墙。他双手抓住匕首，以求拿得更稳。尸鬼看来不怕龙晶，也许它并不知道那是什么。它行动缓慢，不过小保罗活着的时候就不敏捷。在它身后，吉莉低声安抚马儿，试图催其朝门口走，但那匹马一定是闻到了一丝尸鬼那怪异寒冷的气味。它突然停止前进，人立起来，蹄子在冰冷的空气中挥舞。保罗转向声音传来的方位，似乎完全失去了对山姆的兴趣。

没时间思考、祈祷，或是害怕。山姆威尔•塔利往前冲去，将匕首插入小保罗的后背。尸鬼的身体已转过去一半，根本没察觉到他过来。乌鸦尖叫一声，飞入空中。"你死定了！"山姆边捅刺边嘶喊，"你死定了，你死定了！"他不停地刺，不停地喊，一遍又一遍，在保罗厚重的黑斗篷上划开道道大口子。刀刃碰到羊毛布底下的铁锁甲碎裂开来，龙晶碎片四处飞散。

山姆尖声号叫，白雾融入黑暗之中。小保罗扭身过来，山姆扔下无用的刀柄，迅速后退一步。但他还没来得及拔出另一把匕首，也即是每位弟兄都佩带的钢铁匕首，尸鬼漆黑的双手便卡住了他的下巴。保罗的手指冷得灼人，它们深深掐入山姆喉咙柔软的皮肉中。快跑，吉莉，快跑啊，他想高喊，但张开嘴，仅发出阵阵哽咽。

手指终于摸索到匕首，他拿它盲目地戳向尸鬼的肚子，不料刀尖仅擦过铁环，而由于用力过猛，整个匕首都旋转着飞了出去。小保罗的指头无情地收紧，开始扭转。他打算把我脑袋掰下来，山姆绝望地想。喉咙像结了冰，肺里却如着了火。他徒劳地捶打、拽拉尸鬼的手腕，狠踢保罗的下体，都没用。世界缩小成两点湛蓝的星星、一阵可怕而强烈的疼痛和残酷的寒冷，连眼泪都结了冰。山姆拼命扭动挣扎……然后向前扑倒。

小保罗高大强壮，但山姆比他重，而且尸鬼行动笨拙，这他在先民拳峰上就见识过。突然的变化让保罗踉跄地退后一步，接着活人和死人一起跌倒。冲击之下，一只手从山姆喉咙口松开，冰冷的黑指头回来之前，他得以快速吸进一口气。血的味道充满嘴巴。他转动脖子，寻找匕首，却只看到一抹暗橙色的光亮。火！虽然只剩焰灰余烬，但……他无法呼吸，无法思考……拖着保罗向侧面挣扎扭动……胳膊在泥地上挥舞、摸索、探寻、拨散灰烬，找到一件滚烫的东西……一块烧焦的木炭，黑中闪动黯淡的红与橙……他用手指握起，铆足全身力气，塞进保罗嘴里，甚至感觉到保罗牙齿的碎裂。

尽管如此，尸鬼的抓握并没放松。山姆最后想到的是爱他的母亲和被他辜负的父亲。长厅在四周旋转，一丝烟雾从保罗碎裂的牙齿间升腾。然后，死人的脸着了火，那双手也松开。

山姆大口吸气，虚弱地滚向一旁。尸鬼在燃烧，冰霜从胡子上滴落，下面的血肉变得焦黑。山姆听见乌鸦尖叫，但保罗本身没出声，它的嘴巴张开，冒出火焰，而它的眼睛……没有了，湛蓝的闪光没有了。

他爬到门口。空气如此寒冷，连呼吸都会疼痛，但那是多么美妙的疼痛。他低头走出长厅。"吉莉？"他说，"吉莉，我杀了它。吉——"

她背靠鱼梁木站立，怀中抱着孩子，周围都是尸鬼，十几……二十个，甚至更多……有些曾是野人，仍然穿着兽皮……但更多的是他的弟兄。山姆看见"姐妹男"拉克，"软足"，里尔斯。齐特颈上的瘤成了黑色，脸颊的疖子则覆着一层薄冰。其中一个尸鬼看来像哈克，但由于少了半个脑袋，他无法确定。他们已撕裂了那匹可怜的马，正用血淋淋的手把肠子扯出来，马肚子上升起苍白的蒸汽。

山姆呜咽一声："这不公平……"

"公平，"乌鸦落在他肩头，"公平，遥远，恐惧。①"它拍打翅膀，跟吉莉一起尖叫。尸鬼几乎已到了她跟前，他听见鱼梁木暗红的树叶阵阵婆娑，仿佛在用他听不懂的语言互相低诉。星光流动，周围的树木全部呻吟着发出吱嘎响声。山姆•塔利的脸色如凝固的牛奶，眼睛瞪得像盘子那么大。乌鸦！乌鸦！鱼梁木上有数千只乌鸦，栖息在苍白如骨的枝条上，自树叶间向外张望。它们张口嘶鸣，展开黑翼，尖叫拍翅，如一团愤怒的云，向尸鬼们袭来。它们围着齐特的脸，啄他的蓝眼睛；它们像苍蝇一样盖住姐妹男，从哈克碎裂的脑壳里叼出团团东西。乌鸦的数量众多，山姆抬头，都看不见月亮。

"去，"肩膀上的鸟说，"去，去，去。"

山姆开始奔跑，阵阵白雾从嘴里喷出。在他周围，尸鬼们在黑翼和利喙的攻击下东倒西歪，带着诡异的沉默倒下，没有呼叫与呻吟。但乌鸦们并不理会山姆。他抓起吉莉的手，将她从鱼梁木边拉开："我们快走。"

"去哪儿？"吉莉抱着婴儿快步跟随，"他们杀了我们的马，我们怎么……"

---

①英语中 fair far fear 这三个单词（则公平、遥远、恐惧）音近。

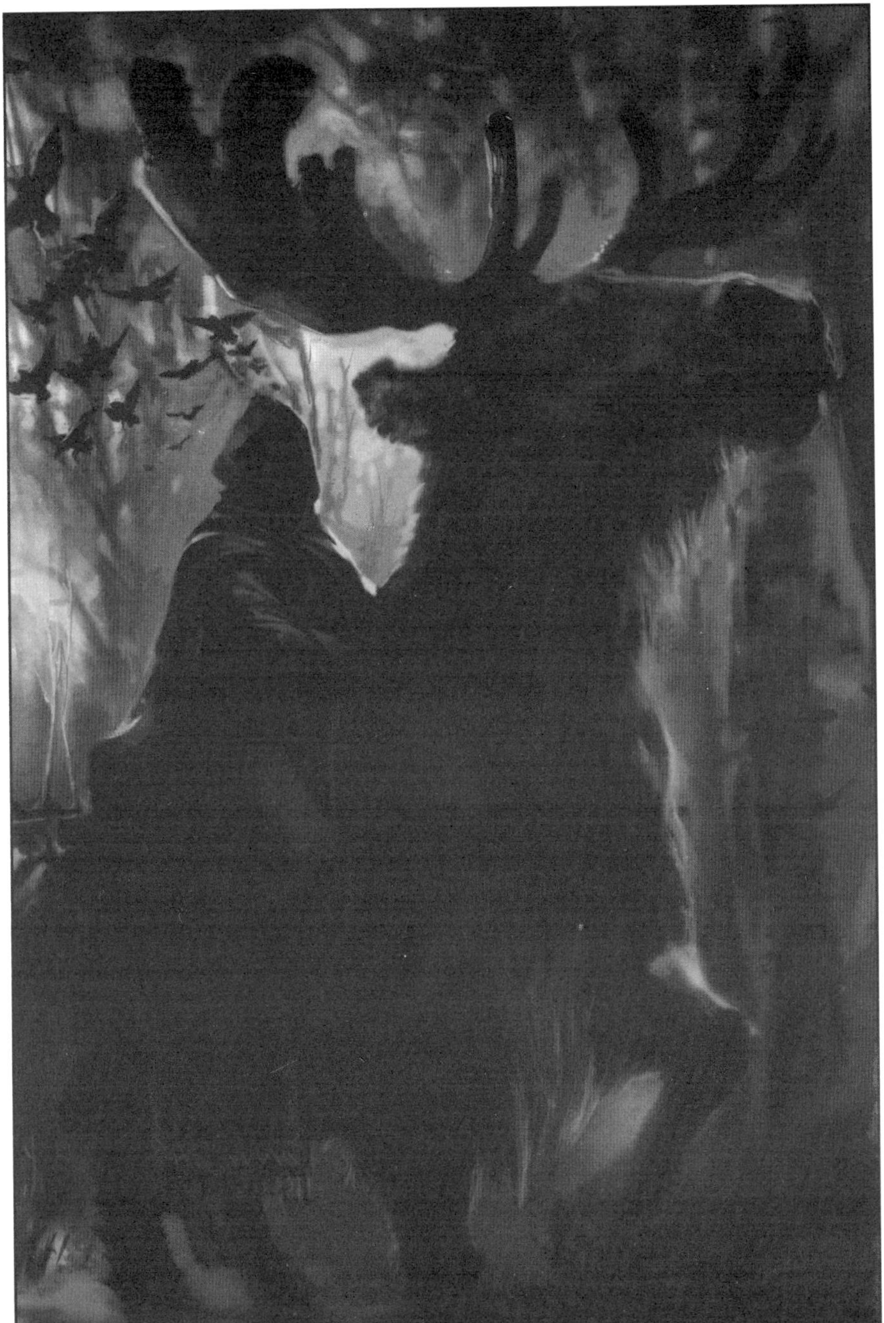

"兄弟!"喊声穿透黑夜,穿透上千只乌鸦的嘶鸣。树丛下,有个人骑一头麋鹿,从头到脚包裹在黑灰相间的斑驳衣服里。"来!"那骑手喊,兜帽掩盖了他的面容。

*他穿着黑衣。*于是山姆催促吉莉向他走去。那头麋鹿十分巨大,大得可怕,肩膀离地十尺高,分叉的角也差不多有十尺宽。它膝盖跪地,让他们骑上去。"来。"骑手边说边伸出戴手套的手,将吉莉拉到身后,然后轮到山姆。"谢谢。"他喘着气说。但当他握住对方伸出的手时,猛然意识到骑手并没戴手套。他的手又黑又冷,指头硬得像岩石。

艾莉亚

他们到达山脊顶端，见到了那条河，桑铎·克里冈一边咒骂，一边使劲勒马。

雨水从铁黑的天空中降落，仿佛万把利剑直刺进棕绿色的湍流。它定有一里之宽，艾莉亚心想。上百棵树的顶端从盘旋流水中伸出，枝条如溺水者的胳膊盲目地抓向天空。岸边积着厚厚一层树叶，好比潮湿的垫子，远处河中央某些苍白肿胀的物体迅速顺流漂下，也许是鹿，或者是马。耳际有种低沉的轰鸣，好像无数恶狗即将发出咆哮。

艾莉亚在马鞍里扭动，感觉猎狗锁甲的铁环嵌入背里。他用双臂环着她，并在左边烧伤的胳膊上套了一层钢臂甲作为保护，先前猎狗换衣服时，她发现底下的血肉仍未愈合，不断渗出体液。然而，假如烧伤令他痛苦，桑铎·克里冈也丝毫没有表现出来。

"这是黑水河吗？"在大雨和黑暗中骑行千里，经过无路的树林和无名的村庄，艾莉亚完全失去了方向感，不知身在何处。

"这是一条需要过的河，知道这点就够了。"克里冈不时会给她答案，但明确警告她不许接口。打第一天起就作出许多警告。"再打人，就把你的手捆在后面，"他说，"再逃跑，就把你的脚给绑起来。再乱喊乱叫或咬我，就把嘴巴堵上。我们可以一起骑马，也可以把你横放马背，就像待宰的猪。你自己选。"

她选骑马。然而头天宿营时，她一直等待，直到认为他睡着了，便找来一块参差不齐的大石头，准备砸扁那颗丑陋的脑袋。静如影，她一边告诉自己，一边悄悄接近，但却不够安静，也许猎狗根本没睡，或者醒了。不管怎样，他眼睛陡然睁开，嘴角抽搐了一下，将石头一把夺走，就当她是个小婴儿。她最多只能踢他。"我饶你这次，"他边说边将石头扔进灌木丛，"如果笨到再试，就狠狠揍你。"

"你为什么不杀我，就像杀米凯那样？"艾莉亚朝他嘶吼。当时她仍不服气，愤怒甚于恐惧。

结果他揪住她外衣前襟，将她拉到离自己灼伤的脸不到一寸的地方。"再提这个名字，我就揍得你宁愿我杀了你！"

之后每个晚上，他睡觉时都将她裹进马褥子，用绳索从头到脚紧紧捆好，浑如襁褓中的婴儿。

这一定是黑水河，艾莉亚看着雨水抽打河面，心里断定。猎狗是乔佛里的狗儿，他要把她带回红堡，献给乔佛里和太后。她希望太阳出来，好能分辨方向。越是看树上的苔藓，她就越糊涂。黑水河在君临城附近没这么宽，但那是下雨之前的事。

"涉水的浅滩肯定都没了，"桑铎·克里冈道，"我也不想游过去。"

没有过河的方法，她心想，贝里伯爵就会赶上。先前，克里冈拼命驱赶坐骑，还三次调头折返，以求摆脱掉追踪者，甚至在高涨的溪流中逆行半里地……艾莉亚每次回头，都期盼见到那帮土匪。她于灌木丛中小解时在树干上刻名字，试图帮助他们，但第四次时被他逮到，于是便到此为止。没关系，艾莉亚告诉自己，索罗斯会通过圣火找到我。但他没有，至少现在还没有，而一旦过了河……

"哈罗威的镇子应该不远，"猎狗说，"鲁特爵爷在那儿伺候着安达哈老王的双头水马。也许可以搭它过去。"

艾莉亚没听说过安达哈老王，也没见过两个头的马，特别是在水上跑的，但她知道最好别问。于是便闭口不语，直挺挺坐着，任猎狗调转马头，沿山脊小跑，顺河而下。这样子，至少雨水是落在背上。她受够了眼睛被大雨刺得半瞎的滋味，流水从脸颊淌下，好像在哭一样。冰原狼从来不哭，她再度提醒自己。

时间大概刚过正午，但天空暗如黄昏。她已数不清有多少天没见到太阳，雨水浸透骨头，整日骑马让她浑身酸痛，还有点发烧，流着鼻涕，有时不自禁地打颤，但当她告诉猎狗自己病了时，他只朝她咆哮。"擦干鼻子，闭上嘴巴。"他告诉她。其实到如今，骑马时连他也有一半时间在睡，信任坐骑自行挑选布满车辙的田间小路或猎人小径。这是匹壮实的骏马，差不多跟军马一般高大，但速度快得多。猎狗为它取名"陌客"。有回趁克里冈对着一棵树小解时，艾莉亚试图偷走它，认为可以赶在他回头之前骑马跑掉，结果陌客差点把她的脸咬下来。对主子，它像老骟马样的温顺，但对其他人，脾气则糟透了。她从没见过咬人踢人这么利索的牲畜。

他们沿河骑行好几个钟头，溅起水花蹚过两条浑浊的支流，才终于到达桑铎·克里冈所说的地方。"哈罗威伯爵的小镇，"他宣布，话音未落就被眼前的景象给惊呆了，"七层地狱！"这座镇子已被水淹没，无人居住。高涨的水流越过堤岸，全镇建筑物所剩无几，只见一栋土木结构客栈的上层，一幢塌陷圣堂的七面圆顶和一座圆塔碉堡的三分之二露出水面，除此之外，还有个别发霉的茅草屋盖和林立的烟囱。

但艾莉亚看见那座塔里有烟升起，一扇拱窗下还用锁链牢牢系着一艘宽敞的平底船。此船有十来个桨架，船头和船尾各一只巨大的木雕马头。这就是双头马，她明白过来。甲板中央有个茅草为顶的木船舱，猎狗将双手拢在嘴边厉声呼喝，两个人从里面走出，第三个人出现在圆塔窗户内，端一把上好弩矢的十字弓。"你想干什么？"第三个人隔着盘旋的棕色水流喊。

"载我们过去。"猎狗大声回应。

船里的人讨论了一会儿。其中一人走到栏杆边，他是个驼背，灰白头发,胳膊粗壮:"这可不便宜。"

"我有的是钱。"

有的是钱?艾莉亚疑惑地想。土匪们抢走了克里冈的金子,也许贝里伯爵留给他一些银币和铜板。搭船过河只需几个铜板……

船夫们又开始讨论。最后,那驼背转身喊了一声,舱内又走出六个人,全戴着兜帽挡雨,其他一些人从塔楼要塞的窗户里挤出来,跳下甲板。他们中有一半人长得跟那驼背颇为相像,似乎是他的亲戚。人们解开锁链,取出长长的撑篙,并将沉重的阔叶桨扣入桨架。渡船摇摇晃晃、缓缓地向着浅滩驶来,船桨在两侧流畅地划动。桑铎·克里冈骑下山冈,迎上前去。

等船尾撞上山坡,船夫们打开木雕马头下一扇宽门,伸出一条沉重的橡木板。陌客在水边畏缩不前,但猎狗双膝一夹马腹,催它走上跳板。驼背在甲板上等着他们。"湿透了吧,爵士?"他微笑着问。

猎狗的嘴抽搐了一下。"妈的,我只要你的船,少给我东拉西扯。"他翻身下马,把艾莉亚也拽下来站在身边。一个船夫伸手去拉陌客的缰绳。"不行。"克里冈道,说时迟那时快,马已同时开始提腿踢人。船夫向后跃开,在满是雨水的甲板上一滑,坐倒在地,嘴里骂骂咧咧。

驼背船夫不再微笑。"我们可以载你过河,"他板着脸说,"收一枚金币。马匹再加一枚。那男孩也要一枚。"

"三枚金龙?"克里冈发出一阵刺耳的笑声,"三枚金龙能买下这条该死的船了!"

"去年也许可以。现在水位这么高,我需要额外人手来撑篙划桨,以确保不会被一下子冲下去一百里,滑进海中。你自己选,要么付三枚金龙,要么就教这匹该死的马在水上行路吧。"

"我喜欢诚实的强盗。就依你。三枚金龙……等安全抵达北岸就付。"

"现在就要，否则我们不走。"那人伸出一只厚实而布满老茧的手，掌心向上。

克里冈"咔哒"一声松剑出鞘："你自己选，要么北岸拿金币，要么南岸吃一刀。"

船夫抬头瞧着猎狗的脸。艾莉亚看得出，对方很不满意。十来个人聚在他身后，都是拿船桨和硬木撑篙的壮汉，但没一人上前帮他。他们合力也许可以压倒桑铎•克里冈，但在将猎狗制伏之前，很可能会有三四人送命。"我怎么知道你会信守承诺？"过了一会儿，驼背问。

他不会的，她想喊出来，但咬紧嘴唇。

"以骑士的荣誉。"猎狗严肃地说。

他甚至不是骑士。她也没把这句话说出口。

"那好吧，"船夫道，"来，我们可以在天黑前将你送过河。把马系好，我可不想它半路到处乱窜。如果你和你儿子想要取暖，船舱里有个火盆。"

"我才不是他的笨儿子！"艾莉亚愤怒地吼道——这比被当做男孩更糟。她太生气，差点自报身份，可惜桑铎•克里冈一把抓住她的衣服后领，单手将她提离甲板。"闭上该死的鸟嘴！我跟你说过多少遍了？"他剧烈地摇晃艾莉亚，晃得她牙齿哒哒作响，最后松手扔开，"进去烤干，照别人说的做。"

艾莉亚乖乖照办。大铁火盆里闪烁着红光，使得房间充满阴郁滞闷的热气。站在它边上暖暖手，烘干衣服，本来挺舒服的，但她一察觉到脚下的甲板开始移动，就从前门溜了出去。

双头马缓缓地滑出浅滩，在被水淹没的"哈洛威镇"中行进，穿过烟囱和屋顶。十来个人使劲划桨，一旦太靠近岩石、树木或塌陷的房屋，另外四人就用长篙撑开。驼背是掌舵的。雨点敲打着甲

板光滑的木板，溅在前后两个高耸的木雕马头上。艾莉亚又全身湿透，但浑不在乎。她想看看，等待逃跑的机会。那个端十字弓的人仍站在圆塔窗户内，当渡船从下面滑行而过时，他的目光一直尾随。她不知这是否就是猎狗提及的鲁特爵爷。他看上去不像领主。但她看上去也不像小姐呀。

一旦出了镇子，进入河里，水流陡然变强。透过灰暗朦胧的雨幕，艾莉亚辨出远方岸边一根高高的石柱，显然标识着靠岸之处，随即又意识到他们已被冲得偏离了方向，正往下游而去。桨手们划得起劲，跟狂暴的河流拼争。无数树叶和断枝转着圈迅速经过，仿佛是从弩弓里弹射出来的一样。拿长篙的人们斜身撑开任何过于接近的物体。在河中央，风也加大，每当艾莉亚扭头望向上游，就会扑面吃一脸雨水。甲板在脚下剧烈晃动，陌客一边嘶鸣一边乱踢。

假如我从边上跳下去，河水会把我冲走，而猎狗将毫无察觉。她转头后望，只见桑铎·克里冈正竭力安抚受惊的坐骑。这是最好的机会了。但我也许会淹死。虽然琼恩曾说，她游起泳来像条鱼，但即便是鱼，在这条河里也可能有麻烦。不过，淹死好过回君临。她想到乔佛里，便悄悄爬到船头。河里满是褐色泥巴，在雨点的抽打搅拌下，看起来像汤不像水。艾莉亚疑惑地想，不知里面会有多冷。反正不可能比现在更潮湿阴冷了。她一只手搭到栏杆上。

她还来不及跳，突然被一声大喝吸引了注意力。船夫们纷纷手执长篙往前冲去。一时间她不明白发生了什么，然后她看到了：一棵连根拔起的大黑树，正朝他们扑来。纠结的树根和树枝从流水里戳出，活像巨海怪伸展的触手。桨手们狂乱地划水，试图躲避开去，以免被撞翻或者戳穿船身。驼背老人扭转船舵，船头的马向下游偏转，但太慢了。那棵棕黑的树微微闪光，像攻城锤那样砸来。

两名船夫的长篙好容易抵住它时，它离船头已不超过十尺。一根篙子折断，发出"喀——嚓——"的长长碎裂声，仿佛渡船在他们的脚下撕裂。第二个人终于使劲将树干推开，刚好让它偏离。那棵树以数寸间距擦过渡船，枝枒如爪子样抓向马头。然而，似乎已经安全的时候，那怪物的上部分枝"嘭"的一声扫过，令渡船剧烈颤抖，艾莉亚脚一滑，痛苦地单膝跪倒。那个篙子被折断的人就没那么幸运了，她听见他从侧面翻落下去时的呼叫，湍急的褐色水流旋即将他淹没，当艾莉亚爬起来，人已消失。另一船夫抓过一捆绳子，却不知该扔给谁。

也许他会在下游某处被冲上岸，艾莉亚试图告诉自己，但这个想法显得如此空洞，令她失去了所有游水的意愿。桑铎•克里冈大喊，让她回里面去，否则就狠狠揍她。她乖乖照办。很明显，此刻渡船正与河流作殊死搏斗，争取重新返回航线，而这条河一心想把它冲进海里。

等终于靠岸，地方位于着陆点下游整整两里地。船只狠狠撞上河堤，以至于又折了一根篙子，艾莉亚几乎再度跌倒，桑铎•克里冈像提玩偶似的把她提到陌客背上。船夫们用迟钝而疲惫的眼睛瞪着他们，驼背伸出手来。"六枚金龙，"他要求，"三枚作摆渡费，另外三枚补偿我失去的人手。"

桑铎•克里冈在口袋里摸索，将一卷皱巴巴的羊皮纸塞进船夫手掌："拿着。给你十枚。"

"十枚？"船夫糊涂了，"这究竟是什么？"

"一个死人的欠条，相当于九千金龙左右。"猎狗跨上马，坐到艾莉亚身后，不怀好意地低头微笑，"其中十枚归你，某天我会来取剩下的钱，所以留神别把它们给花光了。"

对方斜眼看着羊皮纸："字。字有什么用？你答应给金币，以骑士的荣誉保证。"

"骑士根本没有荣誉，快感谢我给你上了一课吧，老家伙。"猎狗脚踢陌客，在雨中疾驰而去。船夫们在背后咒骂，还有一两个人扔石头,但克里冈对石块和骂声全不予理会,很快就消失在阴暗的树丛中,河流的咆哮也渐渐减弱。"渡船明早之前不会回去,"他道,"而且等到下一批傻瓜到来时,这帮家伙不会再接受纸上的承诺。如果你的朋友们打算追赶,就得他妈的游过来!"

艾莉亚蜷身趴下,闭口不语。*valar morghulis*,她闷闷不乐地想,伊林爵士,马林爵士,乔佛里国王,瑟曦太后。邓森,波利佛,"甜嘴"拉夫。格雷果爵士和"记事本"。猎狗,猎狗,猎狗!

等到雨停云散,她又是颤抖,又是打喷嚏,症状严重之极,克里冈不得不停下一晚,甚至尝试点火。结果搜集起来的木头太潮湿,无论怎么试,都不足以引燃火星。最后,他厌恶地把所有木头一脚踢散。"妈的,七层地狱!"他咒骂,"我痛恨火。"

他们坐在橡树底部湿乎乎的石头上,边吃冷硬的干面包、臭烘烘的奶酪和熏香肠,边听积水从树叶上滴落,发出缓慢的嗒嗒声。猎狗用匕首将肉切片,当发现艾莉亚看着匕首时,眼睛眯了起来:"想都别想。"

"我没有。"她撒谎。

他哼了一声,以表示看法,同时给了她厚厚一片香肠。艾莉亚用牙齿撕咬香肠,眼睛始终注视着猎狗。"我没揍过你老姐,"猎狗说,"但如果你逼我,我会揍你。别再想方设法杀我,对你一点好处都没有。"

她无言以答,便一边啃香肠,一边冷冷瞪他。强硬如山,艾莉亚心想。

"至少你会看着我的脸,不错不错,小狼女。你喜欢这张脸么?"

"不喜欢。全烧坏了,丑得很。"

克里冈用匕首尖挑一块奶酪给她:"小笨蛋,真逃了对你有什么好处？只会被更糟糕的人逮住。"

"不会，"她坚持，"没有比你更糟糕的人了。"

"你没见过我老哥。格雷果有回因为打鼾而杀人，那人是他自己的部下。"他咧嘴笑笑，灼伤的那侧脸随即绷紧，扭曲得诡异可怖。那边脸颊没有嘴唇，耳朵也只剩一截断根。

"其实我认识你哥。"艾莉亚这才想到，也许魔山更糟糕，"他，还有邓森，波利佛，'甜嘴'拉夫和记事本。"

猎狗似乎很惊讶。"艾德·史塔克的宝贝小女儿怎会认得这帮人？格雷果从不带他的宠物耗子上朝啊。"

"我是在村子里遇到他们的。"她吃着奶酪，伸手取过一块硬面包，"那村子建在湖边，詹德利、我，还有热派在那儿被抓，本来还有'绿手'罗米，但'甜嘴'拉夫当时便杀了他，因为他的脚受伤走不动。"

克里冈的嘴抽搐了一下。"抓你？我老哥抓住你？"他哈哈大笑，这是一阵令人不快的声响，半似喉音，半如咆哮，"格雷果根本不知道手里有什么，对吧？他肯定不知道，否则任凭你怎么乱踢乱喊，都会把你拖回君临，扔到瑟曦怀里。噢，妈的，实在太妙了，我会记得把真相告诉他的——在挖出他的心脏之前。"

这不是他头一回谈论杀魔山。"他是你哥哥耶。"艾莉亚怀疑地说。

"你就没有想一个亲手宰掉的哥哥？"他又大笑，"或者姐姐？"他一定看到她脸上有些反应，因此凑得更近了。"珊莎。对吧？母狼想杀可爱的小小鸟儿。"

"不，"艾莉亚吼回去，"我要杀你！"

"因为我把你的小朋友劈成两截？我杀的可不止他一个，这点向你保证。你认为我是个怪物，对吗？好吧，不管怎么说，是我救了你老姐的命。那天暴民们将她从马上拽下来，是我杀进去把她带回城堡,否则她的下场就跟洛丽丝·史铎克渥斯一样了。她后来给我唱歌呢,你不知道吧,对不?你老姐给我唱了一支甜美的小曲儿。"

"你撒谎。"她立刻道。

"妈的,其实你知道的连自认为的一半都不到。黑水河?七层地狱,你究竟在想什么?认为我们要上哪儿去?"

他声音中的不屑令她犹豫。"回君临,"她说,"你要把我献给乔佛里和太后。" 她突然间意识到这不对,从他提问的方式就能知道。但她得说些什么。

"愚蠢瞎眼的小母狼。"他的嗓音粗糙喑哑,好像钢铁摩擦。"去你妈的乔佛里,去你妈的太后,去你妈的畸形小魔猴。我跟他们的城市没关系了,跟御林铁卫,跟兰尼斯特家都没关系了。狗跟狮子能有什么关系,我问你?"他伸手取过水囊,喝了一大口,然后边擦嘴,边将水囊递给艾莉亚,"这是三叉戟河,小妹妹。三叉戟河!不是黑水河。如果可以的话,自己在脑袋里画画地图吧,我们明天就能到达国王大道,之后快速前进,直取李河城。把你交给你母亲的将是我,而不是高贵的闪电大王和那玩火的冒牌僧侣,那怪物!"看到她脸上的表情,他咧嘴笑笑。"你以为你的强盗朋友是唯一嗅到赎金气味的人?唐德利恩抢了我的财产,因此我抢走了你。按我估价,你的价值是他们从我这儿偷走的钱两倍之多。如果真像你害怕的那样,把你卖回给兰尼斯特家,也许能得到更多,但我不会那么做。就算是狗,也有被踢烦了的时候。嗯,若那少狼主有诸神赐予癞蛤蟆的智力,便会封我做个领主,请求我为他效劳。他需要我,尽管他个儿也许并不明白。我似乎该用格雷果的头作见面礼,他会喜欢的。"

"他绝不会收留你,"她狠狠地说,"不会收留你。"

"那我就尽可能多地带走金子,冲他的脸哈哈大笑,然后骑马离开。如果他不肯收留，聪明的话就该杀了我，但他不会，据我听说的情况，他跟他父亲太像。对我来说这没什么，不管怎样都是赢家。你也是，小狼女。所以，别再对我又叫又咬，我烦了。闭上嘴巴，照我说的做，也许还能赶得上你舅舅那该死的婚礼。"

琼恩

母马筋疲力尽，但琼恩无法让它休息。他得赶在马格拿之前到达长城。假如马有鞍，他可以在上面睡觉，然而它没有，光清醒时要保持不掉下来就够难了。伤腿越来越疼，没时间让它愈合，每次上马都令其再度撕裂。

他登上山坡，看到棕褐色、布满车辙的国王大道向北延伸，穿过山冈与平原，便欣慰地拍拍母马的脖子："现在只需顺着路走，好姑娘，快到长城了。"腿已变得像木头一样僵硬，而发烧令他昏昏沉沉，以至于两次弄错了方向。

快到长城了。他想象着朋友们在大厅里喝温酒的景象。哈布照料水壶，唐纳·诺伊锻炉打铁，伊蒙学士则在鸦巢下的居所。熊老呢？山姆、葛兰、忧郁的艾迪、木假牙的戴文……琼恩只能祈祷有人逃出先民拳峰。

他也总想起耶哥蕊特。他记得她头发的香味，身体的温暖……还有她割老人喉咙时的表情。你不该爱她，一个声音轻声说。你不该离开她，另一个声音坚持。他不知父亲离开母亲，回到凯特琳夫人身边时，是否也如此左右为难。他发誓忠于史塔克夫人，而我发誓忠于守夜人军团。

高烧如此厉害，他差点骑过鼹鼠村，浑然不知身在何处。村子大部藏于地底，在残月光照下，只见几栋简陋小屋。妓院是个跟厕所差不多大的小房间，红灯笼于风中吱嘎作响，如黑暗中窥视的充血眼球。琼恩在相邻的马厩下马，几乎是跌落到地，但他立即叫醒两个男孩。"我需要一匹精力旺盛的骏马，鞍辔全备。"他用不容争辩的语气告诉他们。两人连忙替他准备好坐骑，还弄来一袋葡萄酒、半条黑面包。"叫醒村民，"他说，"警告他们。野人过了长城。收拾东西，去黑城堡。"他咬紧牙关，忍痛翻上他们给的黑马，奋力向北骑去。

东方天际的星星渐渐隐去，长城出现在面前，耸立于树木与晨雾之上。白色的月光在冰面上闪烁。他催马沿泥泞湿滑的道路前进，直到看见巨大的冰墙下，黑城堡的木造城楼和石砌高塔如残破的玩具般散布在雪地中。初曙照耀，绝境长城闪耀着粉紫光彩。

骑过外围建筑时，没有岗哨盘问，无人上前阻拦。黑城堡看来跟灰卫堡一样荒芜，庭院里，石头裂缝间长出脆弱的褐色杂草，燧石兵营的屋顶覆盖陈雪，哈丁塔北墙上的雪更是堆得老高——琼恩成为熊老的事务官之前就住在那里。司令塔表面道道黑斑，那是浓烟溢出窗户留下的痕迹。大火之后，莫尔蒙搬到了国王塔，但那里也没有灯光。从下往上，他无法分辨七百尺高的城墙顶是否有岗哨走动，至少墙南的阶梯上没人，那道之字形阶梯就像一记巨大的木头闪电。

不过兵器库的烟囱有烟，一小缕在北方的灰色天空中几乎看不到的痕迹，但对他而言已经足够。琼恩下马，一瘸一拐地向那儿走去。热气从打开的门里涌出，仿佛夏日的气息。屋内，独臂的唐纳·诺伊正鼓动风箱扇火，听见声音便抬起头来，"琼恩·雪诺？"

"是的。"经历了发烧、疲惫、伤腿，经历了马格拿、老人、耶哥蕊特和曼斯·雷德，经历了这一切，琼恩还是不由自主地微笑。回家的感觉真好。看到诺伊的大肚子和挽起的衣袖，看到他长满黑胡楂的下巴，感觉真好。

铁匠松开风箱："你的脸……"

他几乎忘了自己的脸："一个易形者试图挖出我的眼睛。"

诺伊皱起眉头："不管有没有伤疤，我都以为再也看不见这张脸了，听说你跑到曼斯·雷德那边去了。"

琼恩抓住门，以保持站立。"谁说的？"

"贾曼·布克威尔。他两周前返回，手下的斥候说亲眼见你骑马跟野人一起行进，身披羊皮斗篷。"诺伊注视着他，"我发现最后一句是真的。"

"全都是真的，"琼恩承认，"就实际而言。"

"那我该不该摘下剑，杀了你，嗯？"

"不。我是遵令行事，'断掌'科林最后的命令。诺伊，守卫在哪儿？"

"他们在长城上，抵抗你的野人朋友们。"

"对，但人究竟在哪儿？"

"各处都有。狗头哈玛出现在深湖居，叮当衫出现在长车楼，哭泣者出现在冰痕城，长城沿线都有野人……令我们不得宁息，他们一会儿在王后门附近攀爬，一会儿又砸灰卫堡的墙，或于东海望集结部队……然而每当黑衣人出现，却又立刻逃跑，第二天到别处重新活动。"

琼恩咽下一声呻吟。"这是假象。曼斯的目的是要分散我们的力量，你难道看不出来吗？"而波文·马尔锡正中其下怀。"门户在这里。攻击将针对这里。"

诺伊穿过屋子："你腿上都是血。"

琼恩迟钝地低头观看。果真，伤口又裂开了。"箭伤……"

"野人的箭。"这并非提问。诺伊只有一条胳膊，但肌肉壮实，足以支撑琼恩的体重。他将手臂伸到琼恩腋下。"你的脸色苍白得跟牛奶一样，而且身体烧得滚烫。我带你去见伊蒙师傅。"

"没时间了。野人翻越长城，到达后冠镇，要来打开这儿的城门。"

"有多少？"诺伊半拖半架地将琼恩带到门外。

"一百二十人,以野人的标准而论装备精良。多半有青铜盔甲,少数人装备钢甲。这里还剩多少弟兄?"

"四十多,"唐纳·诺伊道,"都是老弱病残,以及仍在受训的男孩。"

"马尔锡走后,指定谁为代理城主?"

武器师傅忍不住大笑:"文顿爵士,诸神保佑他,他是城里最后的骑士。问题在于,史陶似乎忘了自己的担子,也没人急着提醒他。我想这里现在应该算是由我——这个世界上最难对付的残废——负责。"

这点不错。独臂的武器师傅坚韧顽强,经验丰富。而文顿爵士……大家都同意,他曾是个好战士,可惜当了八十年游骑兵,力量和智慧都已失去。有回他边吃晚餐边睡过去,差点淹死在豌豆汤里。

"你的狼呢?"穿过院子时诺伊问。

"白灵……翻墙之前不得不留下,希望他能自己找路回来。"

"抱歉,孩子。没有他的踪影。"他们一瘸一拐地来到学士的居所,鸦巢下面长长的木造堡垒。武器师傅踢了门一脚:"克莱达斯!"

过了一会儿,一个弯腰驼背的矮个黑衣人朝外张望,看到琼恩,顿时瞪大了粉红色的小眼睛:"让这小子躺下,我去叫学士。"

壁炉里燃着一堆火,屋内空气令人窒闷。热度令琼恩昏昏欲睡。诺伊让他仰面躺下,他立即闭上眼睛,好让世界停止旋转。上面鸦巢里传来乌鸦的抱怨与尖叫。"雪诺,"一只鸟说,"雪诺,雪诺,雪诺。"这是山姆教的,琼恩记起来。山姆威尔·塔利有没有安全返回呢?他疑惑地想,还是只有鸟儿回来?

伊蒙学士没多久就过来了。他走得很慢,一只斑驳的手扶着克莱达斯的胳膊，慢吞吞地谨慎地小步挪动，细瘦的脖子上挂着沉甸甸的颈链，有金、银、铁、铅、锡及其他金属。"琼恩·雪诺，"他说，"等你好转，一定要把所见所闻都告诉我。唐纳，放一壶红酒到火上，还有我的铁制工具，把它们烧得又红又烫。克莱达斯，我需要你那柄锋利精良的匕首。"学士已经一百多岁，瘦小羸弱，掉光了头发，眼睛也瞎盲。但即便浑浊的双眼目不视物，他的头脑依如往昔一般清晰。

"野人正往这儿杀来，"琼恩告诉他，而克莱达斯用刀割开裤腿，厚厚的黑布下，旧血和新血凝结在一起，"从南边。我们爬过长城……"

克莱达斯割开琼恩粗糙的绷带，伊蒙学士凑近来嗅了嗅。"我们？"

"我跟他们在一起。断掌科林命我加入他们。"学士的手指戳戳伤口，以作探查，琼恩畏缩了一下。"瑟恩的马格拿——啊啊啊啊啊——好疼。"他咬紧牙关，"熊老在哪儿？"

"琼恩……这是个悲伤的消息，莫尔蒙总司令于卡斯特堡垒遭遇谋杀，死在自家誓言弟兄们手上。"

"弟兄……我们自己人？"伊蒙的话造成的伤痛比他手指造成的强烈一百倍。琼恩记得最后一次见到熊老时，总司令站在帐篷前，乌鸦停于肩上，嘶哑地叫着"玉米"。莫尔蒙死了？自看到先民拳峰上的战斗场景，他就一直担心，而今的打击更大。"谁？是谁袭击他？"

"旧镇的加尔斯，'独臂'奥罗，短刃……过去的窃贼、懦夫和凶手。我应该预见到的，守夜人军团跟从前不一样了。正派人太少，无法约束无赖。"唐纳·诺伊将学士的刀放在火上转动，"有十几个忠诚的人返回，包括忧郁的艾迪、巨人和你朋友'笨牛'等。我们就是从他们那儿听说事情经过的。"

只有十几个?两百个弟兄跟莫尔蒙总司令一起离开黑城堡,两百名守夜人的精锐。"这是否意味着马尔锡是总司令了?""石榴老"亲切和善,是个勤勉的总务长,但不幸之处在于,他不适合带兵打仗。

"暂时如此,直到我们选出一个,"伊蒙学士说,"克莱达斯,把我的药瓶拿来。"

选出一个。"断掌"科林和杰瑞米·莱克死了,班扬·史塔克依旧失踪,还有谁?肯定不能是波文·马尔锡或文顿·史陶爵士。索伦·斯莫伍德或奥廷·威勒斯爵士有没有自先民拳峰上幸存?不,应该是卡特·派克,或丹尼斯·梅利斯特爵士。但该选哪一个?影子塔和东海望的指挥官都是优秀人才,但彼此区别很大:丹尼斯爵士谦恭谨慎,有骑士风度,也较年长;而年轻的派克作为私生子,说话粗鲁,不怕犯错,却也有闯劲。糟糕的是,两人互相不和,熊老总把他俩分得远远的,在长城的两个尽头。琼恩知道,梅利斯特家的人对铁民有种深入骨髓的不信任。

一阵刺痛让他回到自身的伤势中。学士捏捏他的手:"克莱达斯去拿罂粟花奶了。"

他试图坐起来:"我不需要——"

"你需要,"伊蒙坚决地说,"会很疼。"

唐纳·诺伊穿过屋子,将琼恩推回去,仰面躺下。"别动,否则我把你绑起来。"即使只有一条胳膊,铁匠拨弄他也像拨弄小孩。克莱达斯拿着一个绿瓶子回来,外加一只圆形石杯。伊蒙学士将它倒满:"喝下去。"

琼恩刚才挣扎时咬破了嘴唇,而今鲜血和浓稠的白色药液混杂一起,他好容易才没有呕吐出来。

克莱达斯端来一盆温水,由伊蒙学士洗净伤处的脓和血。尽管他动作轻柔,但哪怕最轻微的触碰也让琼恩想要尖叫。"马格拿的人纪律严明，装备着青铜盔甲。"他告诉他们。讲话能让他分心，不去想自己的腿。

"马格拿是斯卡格斯的领主，"诺伊道，"我刚来长城时，东海望有斯卡格斯人，记得听他们提起过他。"

"我认为，琼恩用这个词是取它的古意，"伊蒙学士说，"不是家族名，而是古语中的头衔。"

"它的意思是领主，"琼恩赞同，"斯迪是某个叫瑟恩的地方的马格拿，那地方位于霜雪之牙极北处。他带着一百个部下，还有二十个几乎跟我们一样熟悉'赠地'的掠袭者。曼斯没有找到号角，这点很重要，冬之号角，他沿乳河挖掘就是为了这个。"

伊蒙学士停顿下来，用来擦洗的布握在手中。"冬之号角是个古老的传说，塞外之王相信这东西存在？"

"他们全都相信，"琼恩道，"耶哥蕊特说他们打开百座坟墓……国王和英雄们的坟墓，遍布乳河河谷，但一直没有……"

"谁是耶哥蕊特？"唐纳·诺伊尖锐地问。

"一个女自由民。"他该如何向他们解释耶哥蕊特？一个温暖、聪明、可爱的女人，可以亲吻，也可以割你的喉咙。"她跟斯迪一道，但不……她很年轻，只是个女孩，实际上，是地道的野人，但她……"因为一个老人燃起一堆火而杀了他。他感觉舌头粗厚笨拙，罂粟花奶使脑子不清醒。"我为她打破了誓言。我不想，但……"不该。不该爱她。不该离开她……"我不够坚强。'断掌'命我与他们一起行军，与他们一起用餐，与他们一起作战……我不能拒绝，我……"脑袋里仿佛塞满了湿毛布。

伊蒙学士又嗅嗅琼恩的伤口，然后将染血的布放回盆里："唐纳，请帮我拿热匕首过来，然后按住他，别让他动弹。"

我不会尖叫，琼恩看见烧得泛红光的尖刀时告诉自己，但这个誓言他也没能守住。唐纳·诺伊将他按紧，克莱达斯引导学士的手。

琼恩没动,只是用拳头捶桌子,一下一下又一下。疼痛如此剧烈,他感到自己渺小、虚弱而无助,就像黑暗中呜咽的小孩。耶哥蕊特,他心想,烧焦皮肉的臭味充满鼻腔,自己的尖叫回响在耳际,耶哥蕊特,我没有办法,我有难处……痛苦开始减退,但紧接着钢铁再次触碰,他晕了过去。

睁开眼睛,他发现自己裹着厚厚的羊毛布,正在移动。全身无法动弹,但没有关系。他梦见耶哥蕊特就在身边,用温柔的手照料他。最后,他闭上眼睛睡了。

下一次醒来就不那么舒服了。房间黑乎乎的,毯子底下,疼痛重新回来,腿阵阵抽痛,稍作移动,就仿佛那把滚烫的小刀还在。琼恩痛苦地挣扎,试图看清自己的腿还在不在,他喘着粗气咽下尖叫,握紧拳头。

"琼恩?"一支蜡烛出现在上面,一张熟悉的脸俯视着他,大大的耳朵,"你不能动。"

"派普?"琼恩伸出手,那男孩抓住,捏了一把,"我以为你跟……"

"……跟石榴老一起离开?不,他认为我太小太嫩。对了,葛兰也在。"

"我在,"葛兰走到床的另一侧,"刚才睡过去了。"

琼恩喉咙干涩。"水。"他喘着气说。葛兰把水端到他唇边。"我到过先民拳峰,"吞了好几口之后,他续道,"血,死马……诺伊说有十几个人回来……都有谁?"

"戴文回来了。巨人、忧郁的艾迪、'美女'唐纳·希山、乌尔马,'左手'卢,'灰羽'加尔斯,此外还有四五个,加上我。"

"山姆呢?"

葛兰移开视线。"他杀死一个异鬼耶,琼恩,我亲眼目睹的。

他用你做的龙晶匕首刺它……我们叫他'杀手'山姆,他讨厌这个称呼。"

"杀手"汤姆。琼恩想不出谁比山姆·塔利更不像战士。"他怎样了?"

"我们离开了他。"葛兰话音悲哀,"我摇晃他,冲他大喊,甚至扇他的耳光。巨人试图拉他起来,但他太沉——还记得受训时他蜷起身子,躺在地上呜咽吗?在卡斯特堡垒,他连呜咽都没有,完全傻了。短刃与奥罗撬开墙壁寻找食物,两个加尔斯打斗起来,其他一些人在强暴卡斯特的老婆们。忧郁的艾迪认为短刃那伙人不会放过所有弟兄,以防其作为被传扬出去,而作乱的这帮人有我们两倍之多……只好留下山姆跟熊老在一起。他一动也不愿动,琼恩。"

你们是他的弟兄,他差点说出来,怎能将他留在野人和凶手中间呢?

"他也许还活着,"派普道,"也许明天就会骑马出现,教我们全部大吃一惊。"

"对,提着曼斯·雷德的脑袋出现。"葛兰试图让自己听起来快活一点,"'杀手'山姆!"

琼恩又试图坐起来。跟第一次一样,这是个错误。他大叫一声,倒了下去。

"葛兰,叫醒伊蒙学士,"派普说,"告诉他琼恩需要更多罂粟花奶。"

对,琼恩心想。"不,"他道,"马格拿……"

"我们知道,"派普说,"长城上的守卫已被告知留意南方,唐纳·诺伊派了一些人去风云岗,监视国王大道。伊蒙学士也放鸟儿去了东海望和影子塔。"

伊蒙学士蹒跚着走到床边,一只手扶在葛兰肩上:"琼恩,别对自己那么苛刻。醒来是好事，但必须给自己愈合伤口的时间。我们先用沸酒冲洗，再敷荨麻膏、芥菜子和面包霉，关键还需要休息……"

"我不能休息。"琼恩挣扎着不顾疼痛地坐起。"曼斯快到了……成千上万的野人，还有巨人、长毛象……消息送去临冬城了吗？给国王？"汗水从额头滴下，他闭上眼睛。

葛兰古怪地瞧了派普一眼："他不知道。"

"琼恩，"伊蒙学士说，"你离开期间发生了许多事，其中鲜有好消息。巴隆·葛雷乔伊又给自己戴上了王冠，并派出长船攻打北境，国王像野草一样到处滋生，我们向他们分别发出求助信，但无人前来。他们的军队急于互相攻伐，我们遥远而被遗忘。至于临冬城……琼恩，坚强些……临冬城不在了……"

"不在了？"琼恩瞪着伊蒙苍白的眼睛和皱巴巴的脸，"可我的弟弟们在临冬城！布兰与瑞肯……"

学士摸摸他额头："我非常遗憾，琼恩。席恩·葛雷乔伊以他父亲的名义夺取临冬城后，处决了你的弟弟们。当你父亲的属下准备夺回它时，他又将城堡付之一炬。"

"你弟弟们的仇已经报了，"葛兰说，"波顿的儿子杀死了所有铁民，据说他一寸一寸剥下席恩·葛雷乔伊的皮，惩罚了他的恶行。"

"我很遗憾，琼恩，"派普捏了他肩膀一把，"我们都很遗憾。"

琼恩从来都不喜欢席恩·葛雷乔伊，但他曾是父亲的养子。腿上再度传来一阵绞痛，他发现自己又仰面躺下。"不可能，这里面有误会，"他坚持，"在后冠镇，我亲眼看见一头冰原狼，一头灰色的冰原狼……灰色的……它认识我。"假如布兰死了，他的一部分会不会活在狼体内，好比欧瑞尔活在老鹰里？

"喝这个。"葛兰将杯子端到他唇边。琼恩喝下去,脑海里满是狼、老鹰和弟弟们的笑声。上方的脸庞开始消退模糊。他们不可能死。席恩不会这么做。临冬城……灰色花岗岩墙,橡木钢铁大门,残塔上的乌鸦,神木林里温泉的蒸汽,王座上的国王石像……临冬城怎么可能不在了呢?

他开始做梦,梦中又回到家中,在温泉里嬉水,头顶是一棵巨大的白色鱼梁木,上面刻着父亲的脸。耶哥蕊特在他身边,一边冲他大笑,一边脱下衣服,直到像出生时那样一丝不挂。她想吻他,但他不能接受,不能在父亲的注视下接吻。他是临冬城的血脉,是守夜人的汉子。我绝不会生什么私生子,他告诉她,我不要。我不要。"你什么都不懂,琼恩•雪诺。"她低声说,接着皮肤在热水中溶化,血肉从上面脱落,直到最后只剩头颅和骨骼,池子里翻滚着浓稠的血水。

凯特琳

抵达绿叉河之前,他们先听见了汹涌的水声,沉吟不绝,犹如巨兽咆哮。河流高涨,宽度比去年罗柏率军渡河,并答应娶佛雷家女子为妻时增加了一倍半。当时,他急需瓦德侯爵和他的桥梁,如今更为迫切。望着浑浊打旋的绿水,凯特琳心中充满疑虑。不通过孪河城,无论如何也无法返回北方,水位至少还要一个月才能下降到适当程度。

走近城堡时,罗柏戴起了王冠,命凯特琳和艾德慕与他并骑上前。雷纳德·维斯特林爵士担任掌旗官,白雪皑皑的旗面上飞扬着史塔克家族的冰原奔狼。

桥头堡在暴雨中浮现,犹如两樽高大幽灵,随着人们走近,阴气逐渐凝聚成形。佛雷家共有两座石城堡,分居河的两岸,犹如镜面映射成双,中间由巨大的石拱桥相连。桥中央是卫河塔,湍急的河水从塔下流过。两岸的孪生城外围都挖了护城河,将两座城堡化为岛屿。此时,连日降水更让护城河变成了长湖。

透过漫天雨水,凯特琳发现河对岸的东城下有数千士兵安营扎寨,营帐外挂的旗帜被水浸透后搭在杆子上,好似许多溺水的猫,看不清颜色与图案。她只知道大多数旗帜都是灰色,实际上,这些日子以来,整个世界仿佛都成了灰色。

"罗柏,你要小心谨慎,"她告诫儿子,"瓦德大人脸皮薄,舌头利,他的许多儿孙无疑也会有样学样。如今我们有求于人,你千万不可触犯他的自尊。"

"我清楚佛雷家的秉性,母亲,我也知道自己冒犯过他们,而今又急需他们！如果可能的话，我会像修士一样大唱甜言蜜语。"

凯特琳不安地在马鞍上挪动："等我们抵达后，若对方提出款待饮食，请不要犹豫，立刻接受！他们给什么，就吃什么，吃的喝的都尽情享用。假如他们不开口，你就主动索要面包、奶酪和葡萄酒。"

"我不饿，只是有点湿……"

"罗柏，仔细听我讲：一旦吃了他的面包和食盐，就代表你应该享受宾客权利，在他屋檐下，他作为主人对你有义务。"

罗柏似乎颇觉有趣："我有一整支大军的保护，母亲，无须寄望于面包和食盐。但假如能与瓦德大人和解，即便他给我蛆虫炖乌鸦，我也会欣然接受，并叫他再来一碗。"

东城下骑出四位佛雷，个个裹着厚重的灰羊毛斗篷。凯特琳认出已故的史提夫伦爵士——瓦德大人的长子——的长子莱曼爵士。如今，他是李河城继承人，斗篷下的那张脸却显得肥胖、圆滚和愚蠢。其余三个估计都是他的儿子，瓦德大人的曾孙们。

艾德慕证实了她的猜测："长子叫艾德温，就一脸病相、苗条苍白的那个；瘦长结实、满脸胡须的是黑瓦德，这家伙十分凶暴；骑牡马的是培提尔，这小子很不幸地生了张麻子脸，所以被家人唤作'疙瘩脸培提尔'。他只比罗柏大出一两岁，但瓦德在他十岁那年为他娶了一个三十岁的女人。天杀的！萝丝琳千万不要长得和他一样！"

国王一行人暂时驻足，等待大队人马跟上。罗柏的旗帜软软地垂搭而下，在他们的右手方，绵延的冰雨拍打着滔滔的绿叉河水。灰风窜上前来，竖起尾巴，用暗金色的狭长眼眸瞪视着逼近的佛雷家人。当他们走到六七码的近处时，只听冰原狼一声怒吼，深沉雄浑，仿佛与河流之声合为一体。罗柏大吃一惊："灰风，到我这儿来。灰风！"

他反而厉声长嗥着向前扑去。

莱曼爵士的坐骑发出一声恐惧的嘶叫，惊退开来，疙瘩脸培提尔的马则将他摔了下去。只有黑瓦德牢牢握缰，一边摸向佩剑。"不！"罗柏大叫，"灰风，过来，过来！"凯特琳忙拍马上前，挡在冰原狼和对方之间，泥泞飞溅，沾在马蹄和狼身上。灰风往外避了避，似乎这才头一次听见罗柏的召唤。

"史塔克家的人就是如此道歉的么？"黑瓦德长剑出鞘，大声喝道，"叫狼来咬人，真是会招待！你们来此究竟何为？"

莱曼爵士下马扶儿子疙瘩脸培提尔起身。小伙子溅了一身泥，幸好并未受伤。"我此行前来，是要为冒犯你们家族的事表示歉意，并参加我舅舅的婚礼，"国王翻身下马，"培提尔，请用我的坐骑，你的马似乎逃掉了。"

培提尔看看父亲："我可以和哥哥们一起骑。"

仍在马上的三位佛雷对罗柏的话无动于衷。"您迟到了。"莱曼爵士宣布。

"大雨延误了行程，"罗柏说，"我之前已派遣信鸦，作出说明。"

"那女人呢？"

大家心知肚明，他指的是简妮·维斯特林。凯特琳充满歉意地微笑："爵士先生，简妮王后从西境来到奔流城，一路旅途劳顿，此刻需要休养，等时机合适，定当欣然前来拜访。"

"欣然？我曾祖父可不会高兴，"黑瓦德虽收剑入鞘，语气依旧咄咄逼人，"我给他讲过这位'王后'的事情，他老人家很想亲眼看一看。"

艾德温清清喉咙。"陛下，我们在卫河塔里为您准备了房间，"他用谨慎有礼的口吻对罗柏说，"也为徒利公爵和史塔克夫人安排了住所。我们也欢迎您的封臣骑士们来到我们屋檐下，参加即将来临的盛大婚礼。"

"那我的士卒呢？"罗柏问。

"父亲大人要我向您致歉，家堡简陋，恐怕无法容纳和接待陛下的雄师。您瞧，为养活河对岸我们自家的军队，粮食和草料已然捉襟见肘。但不管怎样，不能亏待陛下的人，一旦他们过了河，在我家部队旁边驻扎妥当，我们将提供充足的葡萄酒和麦酒，让大家为艾德慕公爵和新娘的健康尽情举杯。您瞧，对岸搭起了三座婚宴大帐，就是专为方便庆祝而建的。"

"你父亲大人真是想得周到，我代表部下表示感谢。他们都走了很长的路，又湿又乏。"

艾德慕·徒利驱马上前："我何时才能见到我的未婚妻？"

"她正在城内等您，"艾德温·佛雷保证，"我明白您的急迫心情，请您千万原谅我姑婆的羞涩。她人还小，这些日子，一直在紧张地期待您的到来，可怜的女人……呃，陛下，雨么大，我们不如到里面再谈？"

"不错，"莱曼爵士重新上马，并将疙瘩脸培提尔抱到身后，"请你们随我来，我祖父正等着呢。"他掉头向孪河城骑去。

艾德慕靠到凯特琳身边。"迟到的佛雷侯爵应该亲自出来迎接我们，"他抱怨，"我是他的封君，也是他未来的女婿，罗柏则是他的国王。"

"等你活到九十一岁时，弟弟，再来看自己想不想冒大雨迎接客人吧。"她嘴上虽这么说，心中却不太肯定。瓦德大人通常乘一顶遮盖严密的轿子出行，按说下雨对他影响不大。这是又一次精心安排的轻慢？看来，今天的难关才刚刚开始。

到达桥头堡时，麻烦再次出现。灰风走到吊桥中间，甩了甩头，不肯前进，只顾朝铁闸门咆哮。"灰风，怎么了？灰风，跟我来啊。"不管罗柏怎么劝阻，冰原狼都龇牙露齿，毫不理会。他不喜欢这地方，凯特琳意识到。最后是罗柏费尽心机，蹲下来对狼轻言软语，他才勉强通过闸门入城。这时，跛子罗索和瓦德·河文二人已跟了上来。"他受不了河的声音，"河文评论，"野兽总是害怕涨水。"

"一间干燥的狗舍和一根美味的羊腿应能安抚他，"罗索欢快地保证，"陛下，要我立刻召唤兽舍掌管么？"

"他是冰原狼，不是狗，"国王说，"不会信任不熟悉的人。雷纳德爵士，请你来照顾，把他管好，这样子，可进不了瓦德大人的厅堂。"

干得漂亮！凯特琳心想，儿子这下顺势彻底隔绝了维斯特林家人和瓦德·佛雷照面的机会。

瓦德侯爵虽然命长，但身体早为痛风所困扰，他们看见他蜷进高位里，屁股下垫了坐垫，膝盖上盖一张貂皮长袍。他的坐椅用黑橡木制成，椅背雕成以拱桥相连的双城式样，这把交椅如此巨大，乃至于坐在其中的老人看起来就像个怪诞的小孩。瓦德大人的模样有些像秃鹫，更像黄鼠狼，早已秃光的头顶遍布老人斑，粉红色的长脖子长在骨瘦如柴的肩膀上，消瘦的下巴皮肤松垮悬吊，水汪汪的眼睛布满阴霾，无牙的嘴巴则不停磨动、吸吮着空气，好像婴儿吸吮母亲的乳头。

第八任佛雷夫人站在高位旁，而在他脚边，坐了一位约莫五十、消瘦驼背的男子，仿佛是佛雷大人的年轻翻版。此人虽穿了昂贵的蓝羊毛和灰绸缎服装，却奇怪地戴着缀满小铜铃的王冠和项圈。他和他主子长得十分相似，唯有眼睛不同：佛雷大人眼睛细小、暗淡、充满怀疑，而此人眼睛硕大、亲热而空洞。凯特琳突然想起瓦德大人有个孙子生来就是痴呆，从前到孪河城造访，瓦德大人总会小心地将其藏匿。这傻子一直都戴着王冠？还是专为嘲笑罗柏而来？这个问题她不敢问。

佛雷的儿子、女儿、孙子、曾孙、女婿、媳妇和仆人们占满整个大厅,统统等待着老人发言。"我知道,您会原谅我无法下跪的尴尬,这双腿不中用啦,嘿,不过它们中间那玩意儿还好。"他望着罗柏的王冠,无牙的嘴巴笑笑,"陛下,有人说戴青铜冠冕的国王显得寒酸哩。"

"青铜与钢铁比黄金和白银要坚强,"罗柏回答,"古代的冬境之王戴着和我一样的剑冠。"

"嘿,当巨龙来袭时,这劳什子也不管用。"坐在地上的痴呆似乎很喜欢这"嘿,嘿"的笑声,他左右摇头,冠冕和项圈上的铜铃叮当作响。"陛下,"瓦德大人说,"请原谅这个吵闹的伊耿,他简直比吃青蛙的泽地人还笨!再说,他从没见过国王呢。他是史提夫伦的孩子,我们叫他'铃铛响'。"

"史提夫伦爵士跟我提过他,"罗柏微笑着对痴呆说,"幸会,伊耿,你父亲是个勇士。"

"嘿,陛下,您就省省力气吧,跟他打招呼,不如朝夜壶讲话,"瓦德大人看着其他来客,"好啊,凯特琳夫人,您又来了。还有您,年轻的艾德慕爵士,石磨坊的胜利者——噢,我该称呼您徒利公爵才对。您是我所认识的第五位徒利公爵,嘿,前四个都活不过我。对了,您的新娘就在左近,想不想先见个面?"

"谢谢您,大人。"

"那好吧,我满足您的愿望。不过,现在的她可是穿着整齐哟,害羞的小姑娘,同床之前,您是看不到她身子的,"瓦德大人咯咯笑道,"嘿,快了,快了,"他颤巍巍地抬起头,"本佛雷,去把你妹妹找来,快点,徒利大人好容易才从奔流城赶来哩。"一个穿着四分纹章外套的年轻骑士一鞠躬,离开了大厅,老人又重新转向罗柏。"陛下,您的新娘又在哪儿呢?咱们美丽的简妮王后,峭岩城维斯特林家族的贵妇,我可是久仰大名哩,嘿。"

"我把她留在奔流城,大人,她实在太疲倦,无法作长途旅行,之前我们已跟莱曼爵士解释过了。"

"太令人遗憾了。我一直盼着用这双老眼睛来欣赏她的容颜哩。嘿,我们大家都期盼着。对不对啊,夫人?"

苍白瘦弱的佛雷夫人显然吃了一惊,没料到佛雷大人要她答话:"对——对对,大人。我们都等着向简妮王后致敬呢。她一定非常美丽。"

"她是世上最美的女人,夫人。"罗柏语调中那种冰冷的沉静让凯特琳想起了他父亲。

老人对此却浑不在乎,仿佛根本没注意:"比我的夫人还美,嘿?当然啰,若不是她有天仙般的身段和容貌,国王陛下怎能遗忘自己神圣的承诺呢?"

罗柏庄严地承受了对方的责难:"我明白,没有语言可以抚平所造成的伤害,但我此次的确是诚心前来,要为冒犯你们家族的事道歉,并恳求你的原谅,大人。"

"道歉,嘿,不错,记得您许下了承诺。我人虽老,脑袋却清楚得很,不像某些国王那么健忘哩。年轻人嘛,看到一张俏脸、一对硬乳头就昏了头,不是么?想当年我也一样。嘿,嘿,如今也没变哩。我也做过风流事,和您差不多。喏,今天您来道歉,依我之见,既然您亏待的是我女儿,那么您应该对她们说,陛下,您应该向我家闺女们道歉。来,来瞧瞧她们。"他摇摇头,一大群妇女立刻离开人丛,走到高台前站成一排。铃铛响也站起来,头上的铜铃欢快地响成一片,佛雷夫人忙捉住这痴呆的袖子,将他拉回来。

瓦德大人一一引见女眷。"这位是我女儿艾雯,"他首先介绍一名十四岁的少女,"这位是希琳,我最小的嫡生女。这两位阿蕊丽和玛蕊莲是我的孙女和曾孙女。我将阿蕊丽嫁给蓝叉河源头七泉地方的佩特爵士,这呆子却教魔山给宰了,所以我把孙女要了回来。那一位叫瑟曦,但我们都称她为'小蜜蜂',她母亲是毕斯柏里家的人。哦,这几位都是我的孙女。这位叫瓦妲,这位……呃,她们都有名字,可是……"

"我是美蕊,祖父大人。"一个小女孩说。

"你吵死了,真讨厌。在吵闹小姐旁边的是我女儿坦雅,接着是另一位瓦妲。艾茜,玛瑞莎……你是玛瑞莎吗?我想是的。陛下,她并不总是秃头,头发刚给学士剃过,她向我保证很快就能长回来。这对双胞胎名叫西拉和撒拉。"他眯眼瞧瞧另一位小女孩,"嘿,你也叫瓦妲吧?"

这女孩看样子不超过四岁。"我是伊蒙·河文爵士的女儿瓦妲,曾祖父大人。"她屈膝行礼。

"你会说话啦?不过瞧也说不出什么好话,你父亲就是个呆头鹅。嘿,你是私生子的后代哩,你,滚吧,我只要佛雷站在这里,北境之王可没空打量下贱之辈。"瓦德大人回望向罗柏,铃铛响摇晃着头,发出声音。"您瞧,她们都在这儿,个个都是货真价实的处女。噢,有一位是寡妇,不过某些人就对破了身子的女人感兴趣哩。您本该选择她们中的一位。"

"如果那样的话,我将难以抉择,大人,"罗柏小心而又有礼地回答,"她们都很可爱。"

瓦德大人嗤之以鼻:"他们说我眼睛坏啦。依我看,有几个还长得不错,其他的嘛……算啦,这没关系。嘿,反正她们是配不上北境之王。好吧,您怎么说?"

"亲爱的女士们,"国王的神情极度尴尬,但他早已为此刻准备了许久,便毫不犹豫地坚持下去,"人人都必须信守承诺,尤其是身为君主的我。我曾庄严发誓将迎娶你们中的一位,后来却背弃了誓言。这不是你们的错,而是我的过失,但我要告诉您们,我并非因为别的原因才这么做,而是真心爱上一位女子。我明白,没有语言可以抚平所造成的伤害,但我的确是诚心站在你们面前,恳求你们的原谅,希望河渡口的佛雷家族和临冬城的史塔克家族可以再度成为盟友。"

他说完后,较小的女孩不安地蠕动,她们年长的姐妹们则等待黑橡木坐椅上的瓦德大人作指示。铃铛响前后摇晃身子,项圈和王冠上的铜铃响个不停。

"说得好,"河渡口领主赞道,"说得太好了,陛下,嘿,'没有语言可以抚平所造成的伤害',嘿。好,好,等婚宴开始,希望您不会拒绝和我女儿们跳舞,嘿,就当是安慰一位老人的心灵吧。"他点点粉红多皱的头颅,动作和他痴呆的孙子十分神似,只是没戴铃铛罢了,"噢,她来了,艾德慕大人,我女儿萝丝琳,我最可爱的小花朵,嘿。"

本佛雷爵士领她穿过大厅。他俩看起来的确像一对兄妹,依年龄而论,想必都是第六任佛雷夫人的孩子,凯特琳记得她是罗斯比家的人。

十六岁的萝丝琳生得有些柔弱,皮肤极为白皙,好似刚从牛奶中沐浴过一般。她面容清秀,下巴娇小,鼻子精致,一双大大的棕色眼睛,深栗色长发打理成松散的卷一直披到腰间——那腰围如此之细,艾德慕大概单手就能揽住。淡蓝色裙服的花边胸衣下,她的乳房虽小却很有形。

"陛下,"少女跪下,"艾德慕大人,希望我没有让您失望。"

当然没有,凯特琳心想,弟弟一见她眼睛就亮了。"您是我的骄傲,小姐,"艾德慕宣称,"从今往后,一生一世。"

萝丝琳前齿中央有个小小的缝隙,因此笑起来更为羞涩和可爱。她是个美人,凯特琳承认,但身子娇贵,又来自罗斯比家。罗斯比家素不以丰饶著称。若可以选择,她宁愿艾德慕挑一位更年长的姑娘，女儿或孙女都行。大厅中有些女子遗传了克雷赫家的面貌，瓦德大人的第三任夫人便来自于克雷赫家。宽阔的臀部好生孩子，肿胀的乳房用于哺育，强壮的胳膊提供依靠。克雷赫家族从来都硬朗而强壮。

"大人真是太客气了。"萝丝琳告诉艾德慕。

"不，是小姐太美丽。"弟弟挽她的手，拉她起来，"您为什么哭啊？"

"欢乐，"萝丝琳解释，"这是欢乐的眼泪，大人。"

"够了，"瓦德大人插嘴，"嘿，等你们结婚后，再慢慢哭鼻子说话儿吧。本佛雷，带你妹妹回去，她得准备婚礼哩，嘿，还有闹洞房，最最甜蜜的部分。大家都清楚，大家都清楚。"他的嘴唇左右嚅动。"我准备了乐师，高明的乐师，红酒，嘿，上等的红酒，红色流满堂，大伙儿泯恩仇哩。现在，你们都累了，身上也是湿的，把我家地板都弄脏哩。回房去吧，炉火已经升起，还有温热的葡萄酒和热水澡在等待。罗索，带客人回去。"

"大人，我得等人马过河之后方能休息。"国王道。

"走不丢的哩，"瓦德大人抱怨，"再说，他们之前又不是没经过这条路，不是么？去年您从北方来，要过河，我让过，可没要您说'也许'哩，嘿。行啦，您想怎样就怎样吧，就算要把他们一个个亲手牵过来，也不关我的事。"

"大人！"凯特琳几乎把这事忘了，此刻蓦然心惊，"我们冒着大雨，赶了很长的路，此刻饥肠辘辘，需要吃点东西。"

瓦德•佛雷的嘴唇无声地嚅动："吃点东西，嘿，面包、奶酪，外加香肠？"

"最好再来一点酒，"罗柏说，"一些食盐。"

"面包和食盐，嘿，没问题，没问题。"老人双掌一拍，仆人们鱼贯进入大厅，端来一壶壶葡萄酒，一盘盘面包、奶酪和黄油。

瓦德大人先为自己满上一杯，用布满老人斑的手高高举起。"我的客人们，"他大声道，"我尊敬的客人们，欢迎来到我的屋檐下，与我把盏言欢。"

"我们感激主人的盛情款待。"罗柏回应，艾德慕、大琼恩、马柯·派柏爵士和其他人也跟着说，接着吃下佛雷大人准备的红酒、面包和黄油。凯特琳自己也尝点酒，咬了两口面包，心里十分安慰。谢天谢地，这下总算安全了，她心想。

深知老人的小气，她本以为大家将被安排进寒冷阴湿的房间，没料到佛雷家族这次却很大方磊落。洞房很大，装饰华美，内有一张巨大羽床，四脚都雕饰成城楼形状，帐幔则用了徒利家的蓝红色以示礼貌。木板地铺了香气扑鼻的地毯，一扇长长的窄窗朝南而开。凯特琳自己的房间要小一些，但仍布置得奢华而舒适，炉中篝火早已升起。跛子罗索保证待会儿将给罗柏安排最好的房间，以适合国王的尊严。"你们需要什么，只管差守卫去办就是。"他鞠躬退下，瘸腿在螺旋梯上留下沉重的脚步声。

"我们应用自己的人来担任守卫。"凯特琳告诉弟弟，有徒利或史塔克家的人守在门外，她才睡得心安。与瓦德大人的会面虽有些尴尬，却没意料中的麻烦。再隔数日，罗柏就要起程北征，而我却要被软禁在海疆城。她知道自己会受到杰森大人的百般礼遇，但想来仍不免沮丧。

塔底传来隆隆的马蹄声，长长的骑兵纵队正通过拱桥自西城而入东城，接着是沉重的马车，压过石板。凯特琳踱到窗边向外看去，目睹罗柏的军队走出东城："雨似乎小点了。"

"没有的事，进城后产生的错觉而已。"艾德慕站在炉火前，任暖意充溢全身，"你觉得萝丝琳怎么样？"

太娇小，只怕不适合生产。但弟弟似乎很满意，所以她只说："她很可爱。"

"唔，我觉得她喜欢我。她为什么哭呀？"

"艾德慕，她是个要出嫁的黄花闺女，有些激动再正常不过。"从前，在她和妹妹成亲的那天早上，莱莎哭成了泪人儿，琼恩·艾林为她披上天蓝与乳白的斗篷前，不得不先擦干眼泪、重新化妆。

"她的美貌超乎我的想象，"她还不及搭话，艾德慕便举手制止，"我知道还有许多方面需要在意，您就别布道了，修女夫人。只是……只是你留意过今天出列的那些佛雷家女人没？看到那个打摆子的没？她得了什么病？还有那对双胞胎，脸上的坑凹疙瘩比培提尔还多！当我看见这帮人时，真以为萝丝琳会是个一只眼、没头发、脑子比铃铛响更蠢，脾气却比黑瓦德还大的泼妇。没想到她却如此温柔漂亮，"弟弟有些困惑，"这头老黄鼠狼既不许我自行挑选，又干吗将掌上明珠拱手奉出？"

"你迷恋美色，此事无人不晓，"凯特琳提醒弟弟，"或许瓦德大人真心希望这场婚姻圆满成功。"照我看，他是不想刺激你的神经，免得为着女人长相的缘故闹得不欢而散。"你想想，假如这萝丝琳真是老侯爵的最爱，那么成为奔流城公爵的妻子不是他能为她找到的最佳归宿么？"

"嗯，有理，"弟弟话虽这么说，仍旧有些不放心，"有没有可能……这女人天生不育？"

"别傻了，瓦德大人打算让自己的孙儿将来继承奔流城，可能给你一个不育的老婆吗？"

"呃……或许他想赶紧嫁掉一个没人要的女儿啊？"

"为这个缘故，就浪费一次大好机会？艾德慕，瓦德·佛雷脾气虽古怪，头脑却很精明。"

"可是……到底有没有可能呢？"

"可能性当然是有，"凯特琳勉强承认，"偶有女孩会在童年时代染上恶疾,以至于终生无法怀孕,但我们没理由怀疑萝丝琳小姐得过这种病。"她环视房间,"事实上,佛雷家族的招待比我预料中好得多。"

艾德慕笑道:"几句挖苦,外加自鸣得意,对这头老黄鼠狼而言,真算是礼貌了。我还以为他要尿在酒里,然后逼我们边喝边赞呢!"

他的玩笑却让凯特琳产生了莫名的不安:"你这里没事的话,我准备回房换掉这身湿衣服。"

"好,请便,"艾德慕打个呵欠,"我去睡一个钟头。"

于是凯特琳走回自己的房间,从奔流城带来的几箱衣物已放在床脚。她脱下所穿衣服,挂在炉火边,换上一身染成徒利家族红蓝色彩的厚实羊毛裙服,随后梳洗头发,晾干过后,出门去找佛雷家的人。

步入大厅,瓦德大人的黑橡木交椅已经空荡,但厅内有不少他的儿孙正就着炉火喝酒。跛子罗索见她进门忙笨拙地站起来:"凯特琳夫人,还以为您休息了呢,需要我为您效劳么?"

"这些都是你的兄弟?"她问。

"没错,其中有我的亲兄弟,还有同父异母的兄弟、堂兄弟、侄儿等等。雷蒙德爵士是我兄长,卢科斯·瓦尔平伯爵是我同父异母姐姐丽丝妮的丈夫,达蒙爵士是他俩的儿子。我的同父异母哥哥霍斯丁爵士想必您认识。这三位是勒斯林·海伊爵士和他儿子哈瑞斯·海伊爵士与唐纳尔·海伊爵士。"

"幸会,爵士先生们。请问派温爵士在吗?从前罗柏派我去和蓝礼大人会谈,一路往返风息堡,多赖他全程护送。我想和他聚一聚。"

"派温不在城内,"跛子罗索声明,"您的好意我将代为转达。请您相信,时间这么不巧,他感到非常遗憾。"

"他不会回来参加萝丝琳小姐的婚礼？"

"他会尽量赶路，"跛子罗索保证，"但雨这么大……夫人，您知道到处都在发大水。"

"是的，"凯特琳说，"那你能不能告诉我上哪儿去找你家学士？"

"您不舒服吗，夫人？"霍斯丁爵士问，他是个壮汉，有着方正坚硬的下巴。

"请教一点妇人之事，没什么大碍，爵士先生。"

罗索一如既往地殷勤，亲自将她送出大厅，登上许多阶梯，穿过一道封闭的桥梁，来到另一道楼梯口。"本涅特学士就在顶楼房间，夫人。"

她以为本涅特学士又是瓦德大人的儿孙，事实并非如此。此人极为肥胖，秃头，双下巴，不爱整洁，鸦粪沾满了长袍袖子，好在待人总算亲切。她将艾德慕的担忧和盘托出，对方咯咯笑道："公爵大人过虑了，凯特琳夫人。我承认，小姐她人长得娇小，臀部也不宽，但她母亲蓓珊妮夫人不也一样？当初她可是每年都为瓦德大人添个孩子啊。"

"有几个存活？"她单刀直入地问。

"五个，"学士扳起香肠般肥胖的指头算了算，"派温爵士；本佛雷爵士；威廉学士——他去年才造好颈链，如今为谷地的杭特伯爵服务；奥利法，他给您儿子当过侍从；剩下就是最年幼的萝丝琳小姐。您瞧，四男对一女，将来艾德慕大人该不知拿许多儿子怎么办咧！"

"他一定会很开心。"如此说来，这女孩不仅容貌出众，生产方面也无须挂虑。艾德慕总算心满意足了。到目前为止，瓦德大人把一切都为他安排得妥妥帖帖。

离开学士的居所后，凯特琳没有回房，而是去找了罗柏。她发现罗宾·菲林特，文德尔·曼德勒爵士，大琼恩和他儿子小琼恩——其实他长得比父亲高了——也在国王房内，个个浑身湿透。此外，还有一个衣服湿漉漉的男人站在炉火前，穿一件镶白裘皮的淡红披风。"波顿大人。"她认出来。

"凯特琳夫人，"对方轻声细语地回答，"如今时事艰难，能与您重逢，实在倍感欣慰。"

"您真客气，"凯特琳发觉气氛不太对劲，连大琼恩也有些沮丧忧郁。她望着一张张阴沉的脸，发问道，"怎么回事？"

"兰尼斯特军追到三叉戟河，"文德尔爵士闷闷不乐地说，"将我哥哥再度俘虏。"

"波顿大人还带来了关于临冬城的消息，"罗柏补充，"不止罗德利克爵士一人战死，克雷·赛文和兰巴德·陶哈也以身殉职。"

"克雷·赛文还是个孩子，"她伤感地忆起，"传言千真万确？临冬城化为了废墟，所有居民全遭屠杀？"

波顿淡白的眼珠对上她的视线："铁民们将城堡和避冬市镇统统付之一炬，但我儿子拉姆斯救出部分群众，并把他们带回恐怖堡安顿。"

"你的私生子犯下滔天大罪，"凯特琳尖锐地提醒他，"不仅谋杀、强暴，还有更难以启齿的恶行。"

"不错，"卢斯·波顿回答，"我承认，他的血脉遭到污染，但另一方面，他又是个优秀的战士，作战英勇且足智多谋。此次灾祸中，当铁民砍倒罗德利克爵士，接着又杀死兰巴德·陶哈时，正是他承担起指挥重责，带领大家取得胜利。他还向我保证，将与外敌斗争到底，直到把葛雷乔伊彻底赶出北境为止。或许……立下如此大功之后，可以稍稍抵消他受污血引诱而犯下的罪行？"恐怖堡伯爵耸耸肩，"当然，这只是我一面之词，等战争结束，陛下可以亲自裁决。反正那时候，我和瓦妲夫人的嫡生儿也该出世了。"

这是个铁石心肠的人,凯特琳从前就很了解他。

"拉姆斯有无提到席恩·葛雷乔伊?"罗柏质问,"他死了还是逃了?"

卢斯·波顿从腰间口袋里取出一条破破烂烂、皮革样的东西。"我儿将这个献给陛下。"

一见此物,文德尔爵士忙转开圆脸,罗宾·菲林特和小琼恩·安柏交换眼神,大琼恩则像公牛般喷了口鼻息。"这是……人皮?"罗柏犹豫着问。

"从席恩·葛雷乔伊的左小指上剥下。我承认,我儿手段有些毒辣,但是……和两位王子的性命相比,这点皮肤又算得了什么?您是他们的母亲,凯特琳夫人,我将它呈给您……作为复仇的信物如何?"

她心中的一部分只想握住这令人毛骨悚然的战利品,贴紧心房,但她控制住情绪。"别,谢谢你,还是拿开吧。"

"剥席恩的皮并不能让我弟弟起死回生,"罗柏说,"我要他脑袋,不要他的皮。"

"他是巴隆·葛雷乔伊唯一在世的儿子,"波顿大人轻声提醒大家,"眼下也就是铁群岛的合法君主。一个作人质的国王是无价之宝。"

"人质?"这个词让凯特琳很不满,人质是可以交换的,"波顿大人,希望你的意思不是指可以用杀我儿子的凶手来当筹码!"

"无论谁想坐稳海石之位,都必须先除去席恩这个心腹大患,"波顿淡淡地指出,"他虽身陷樊笼,但继承顺位毫无疑问排在叔叔们之前。我建议,留他一条狗命,将来可以用他的人头来要挟铁群岛的统治者作出让步。"

罗柏不情愿地考虑了片刻,最后点点头:"好,很好,就暂时留着他。暂时。叫你的人把他看好,直到我们返回北境。"

凯特琳望向卢斯·波顿:"刚才文德尔爵士说兰尼斯特军追到了三叉戟河畔?"

"是,夫人,这是我的过失。一切都怪我在赫伦堡耽误得太久。伊尼斯爵士提前几天离开,当时三叉戟河的红宝石滩尚勉强可以通过。等大队人马抵达,却正好遇到涨水。我别无选择,只能靠搜集到的几艘小船,一点一点把部队带过去。当兰尼斯特军杀到时,三停中有二停过了河,剩下三分之一的部队却还滞留南岸,主要是诺瑞家、洛克家和伯莱利家的人,以及威里斯·曼德勒爵士指挥的、由白港骑兵组成的后卫部队。当时我人在北边,无能为力,只能眼睁睁看着威里斯爵士和他的部下竭尽所能地英勇奋战,却被格雷果·克里冈率领重甲骑兵发起冲锋,赶进大河。阵亡的阵亡,淹死的淹死,剩下的要么溃散,要么作了俘虏。"

格雷果·克里冈真是我们的灾星,凯特琳不禁想。如此一来,罗柏是否该回头对付魔山?兰尼斯特军要是杀过来怎么办?"克里冈过河了没有?"

"没有,他别想过河。"波顿语音虽轻,却充满肯定,"我在渡口安排下六百精兵。其中包括来自于溪流地、山区和白刃河的矛兵,一百名霍伍德家的长弓手,许多自由骑手和雇佣骑士,并由史陶家和赛文家的队伍压阵。正副指挥分别是凯勒·孔顿爵士和罗纳·史陶爵士。凯勒爵士乃已故赛文大人的左右手,想必您也有所耳闻,夫人。狮子游泳的本领不比奔狼强,只要水位不退,格雷果爵士纵有三头六臂也过不了河。"

"当我军踏上堤道时,最大的隐患便是敌军从南面来袭,"罗柏说,"大人,你做得很好。"

"陛下真是太宽厚了。我去年在绿叉河畔损失惨重,前次又听任葛洛佛和陶哈冒进暮谷城,酿成大败,实在惭愧。"

"暮谷城!"罗柏咒骂了一句,"我向你保证,将来会问罗贝特·葛洛佛贪功之罪！"

"这的确是件蠢事，"波顿大人表示同意，"葛洛佛得知深林堡陷落后，完全丧失理智，悲伤和忧惧将他摧垮了。"

暮谷城的失败影响深远，但凯特琳已无暇关注，她更担心未来的战争。"你究竟为我儿带回多少人马？"她直截了当地询问卢斯·波顿。

他用那对奇特的淡色眼珠打量了她一会儿，方才回话："约莫五百骑兵，三千步兵，夫人。主要是我恐怖堡的人，以及卡霍城的部队。鉴于卡史塔克家忠诚堪虞，我认为必须将他们放在身边，以防生变。很抱歉，我没能带回更多人马。"

"足够了，"罗柏说，"我指派你负责后卫部队，波顿大人。只等我舅舅完婚，咱们就兵发颈泽。咱们回家。"

艾莉亚

马车沿泥泞的道路艰难下坡，在距离绿叉河一小时路程的地方，有几个巡逻骑兵迎上前来。

"低头，闭上嘴巴。"猎狗警告她。对方一行三人：一个骑士和两个侍从，轻便装甲，骑乘快马。克里冈朝拉车的牲口一甩鞭子，这对老马无疑有过风光岁月，而今却颇有些疲态。马车吱嘎摇晃，两只巨大木轮一边转动，一边挤压路上的烂泥，刻出深深的车辙。陌客被绳索系于马车上，跟在后面。

坏脾气的高头骏马除掉了甲胄和马具，猎狗本人则穿一件污秽的绿色粗布衫，外罩煤灰色斗篷，用兜帽遮住面容。只要保持视线朝下，对方就看不清他的脸，最多见到眼白。他看上去就像个邋遢农夫。大个子农夫，艾莉亚心想，粗布衫下，是熟皮甲和上好油的锁甲。她看起来则像农夫之子，或者猪倌。马车内四个矮木桶装满咸肉，还有一桶腌猪蹄。

骑兵们分散开来，包围了他们，打量片刻后方才靠近。克里冈停住马车，耐心等待，毫无违拗。骑士装备矛和剑，侍从们则拿长弓，其衣服上的徽纹比主人外套上缝的小一号：褐底上一条金色对角斜纹，上有一柄草叉。照艾莉亚的打算，一碰上巡逻队就该立刻揭露身份，但她以为能遇上胸口绣有冰原狼的灰袍武士，哪怕是安柏家的碎链巨人或葛洛佛家的钢甲铁拳，都会冒险一试，但自己实在不认识这位草叉骑士，也不知他为谁效力。曼德勒伯爵的旗帜上白色人鱼手握三叉戟，这是她在临冬城所见过最接近草叉的纹章。

"你去李河城有何干事？"骑士问。

"为婚宴庆典供应咸肉,希望您满意,爵士先生。"猎狗咕哝着回答,他垂下视线,藏住表情。

"咸肉才不会让我满意。"草叉骑士极粗略地扫了克里冈一眼,对艾莉亚则根本没留意,但他狠狠瞪了陌客良久。显而易见,这不是犁地的马,一眼就看得出来。大黑马咬向一位侍从的坐骑,差点害他摔到泥地上。"你打哪儿搞到这家伙的?"草叉骑士提问。

"夫人叫我带上它,爵士先生,"克里冈谦卑地回答,"献给小徒利公爵的结婚彩礼。"

"夫人?你为哪位夫人效力啊?"

"河安老夫人,爵士先生。"

"她认为可以用一匹马换回赫伦堡?"骑士嘲弄道,"天哪,当真是个老糊涂呢?"他摆手让他们上路。"走吧,走吧。"

"是,大人。"猎狗一甩鞭子,两匹牲口便继续踏上疲惫的旅程。先前马车停下时,轮子深深陷入泥沼里,老马花了好一会儿才将它们重新拉出来。这时骑手们已走得远了,克里冈看了他们最后一眼,哼了一声。"唐纳尔·海伊爵士,"他说,"他输给我的马和铠甲数都数不清,有回我差点在团体比武中杀死他。"

"那他怎认不出你呢?"艾莉亚问。

"因为骑士都是蠢货,多看长麻子的农民一眼,都会觉得自贬身份。"他抽了马一鞭子,"垂下视线,恭恭敬敬地叫几声'爵士先生',泰半的骑士都不会关注你。比起老百姓,他们更在意马。这笨蛋,本该认出陌客来。"

本该认出你,艾莉亚心想。无论谁见过桑铎·克里冈的灼伤,都不会轻易忘记。他也无法把伤疤隐藏在头盔后,因为头盔的形状是咆哮的狗。

这就是为什么他们需要马车和腌猪蹄。"我不想被链子锁着拖到你哥哥跟前，"猎狗告诉她，"也不想杀出一条血路去见他，所以得玩个小把戏。"

国王大道上偶遇的一位农夫提供了车、马、衣服和木桶——当然并非自愿，而是猎狗仗剑抢劫所得。农夫咒骂他是强盗，他道："不对，我是征集队的，让你留着内衣，还不快谢天谢地。发什么愣？要靴子还是要腿，你自己选。"那农夫个子跟克里冈一样高大，但还是乖乖地脱了靴子。

走到傍晚，他们离绿叉河和佛雷侯爵的双子城堡仍有一段距离。快到了，艾莉亚心想，她知道自己应该兴奋，不料肚内却绞作一团。这或许代表她仍在跟感冒抗争，或许不是。她记得昨晚做了个梦，一个可怕的噩梦，现在虽不清楚具体内容，但那种朦胧恍惚的感觉始终徘徊不去。不，变得越来越强烈了。恐惧比利剑更伤人。她必须变得坚强，就像父亲说的那样，不能当个哭哭啼啼的小女孩。在她和母亲之间别无他物，只有一道城门，一条大河和一支军队罢了……但那是罗柏的军队，所以没有真正的危险。不是吗？

然而还有卢斯•波顿呢。土匪们称他为"水蛭大人"，他让她很不安。她逃出赫伦堡不仅为了摆脱血戏班，也是为了摆脱波顿，而且在逃跑途中，还不得不割了他一个守卫的喉咙。他知道是她干的吗？他会责怪詹德利或热派吗？他会不会告诉她母亲呢？如果他看到她，会怎么做呀？也许他根本认不出我来。如今的她哪像领主的侍酒，简直是一只快淹死的老鼠。一只快淹死的公老鼠。两天前猎狗刚为她理了发，只是手段比尤伦更糟糕，将她一侧脑袋几乎弄成了秃顶。我敢打赌，罗柏，甚至母亲也认不出我。她最后一次见到他们是在艾德•史塔克公爵离开临冬城那天，一身小女孩打扮。

未见城堡，先听到了音乐：在河流的咆哮和雨点的敲打之下，远处传来咚咚的鼓点、吼叫的号角和尖细的笛子。"看来我们错过了婚礼，"猎狗道，"但宴会还在进行中。我很快就能摆脱你了。"

不对，是我摆脱你，艾莉亚心想。

之前道路基本朝西北延伸，这会儿却转向正西，穿过一个苹果园和一片饱受雨水蹂躏的玉米地，登上一段山坡，河流、城堡与营寨突然全部出现。成百上千的人和马聚在三座硕大的帐篷周围。这三座大帐并排而立，面对城堡大门，如同三个帆布大厅。罗柏将自己的军营设在远离城堡，地势较高，相对干燥的地方，但绿叉河水溢出堤岸，甚至淹没了某些搭建位置不够小心的帐篷。

走近后，城堡里传出的乐音更加嘈杂，鼓号之声席卷营寨，而且近处城堡演奏的跟对岸还不一样，听起来简直像在打仗而非乐谣。"不怎么样。"艾莉亚评论。

猎狗哼了一哼，也许是发笑。"我敢保证，连兰尼斯港里的聋子老太婆都会抱怨这没来由的噪声。听说瓦德·佛雷眼睛不行，怎么没人提他那该死的耳朵呢？"

艾莉亚希望是白天就好了。如果有太阳有风，就能看清前方的旗帜，就能寻找史塔克家的冰原奔狼，或赛文家的战斧，或葛洛佛家的钢甲铁拳。但在晦暗的黄昏，所有的颜色都成了灰。雨已减弱成丝，犹如薄雾，但早先的倾盆大雨使得旗帜湿乎乎的，像洗碗布一样，无法辨识。

一圈马车和推车围绕营地，组成一道粗糙的木墙，以抵御任何攻击。守卫正是在这儿拦住了他们。他们的队长手里提灯，光亮刚好足以让艾莉亚看清他身上缀满血点的淡红披风，士兵们胸口则缝着水蛭伯爵的纹章，恐怖堡的剥皮人。桑铎·克里冈应付他们跟应付巡逻骑兵一样，但波顿家的军官比唐纳尔·海伊爵士难缠。"公爵的婚宴要咸肉做什么？"他轻蔑地反问。

"还有腌猪蹄，爵士先生。"

"你肯定搞错了，这些东西不是供给宴会的，况且宴会正在进行中，此刻禁止出入——额外提醒你，我是北方人，不是什么吸奶嘴的南方骑士。"

"主人命我面见总管，或者大厨……"

"城堡关门了，大人们不能受打扰。"军官考虑了一会儿，"你卸在婚宴大帐边吧，就那儿。"他用套锁甲的手指指。"麦酒让人肚饿，老佛雷也不缺几个猪蹄，况且他根本没牙齿吃这类东西。找赛吉金去，他知道拿你怎么办。"军官大声发号施令，手下便推开一辆马车，放他们进入。

猎狗扬鞭催马朝帐篷而去，没人施以任何关注。人马溅起水花，经过排排色彩明亮的帐篷，潮湿的丝墙被里面的油灯和火盆映照得如同魔法灯笼：粉色、金色和绿色，条纹、波浪与方格，飞鸟、野兽、尖角、星星、车轮和武器。艾莉亚发现一个镶有六颗橡果的黄帐篷，上面三颗，中间两颗，最下面一颗。这定是斯莫伍德伯爵，她心想，忽然记起遥远的橡果厅，还有赞她美丽的斯莫伍德夫人。

闪耀的丝绸帐篷周围，有二十多倍的毡皮和帆布帐篷，黑糊糊的不透光。此外还有军用帐篷，每个都足以容纳四十名士兵，然而这些比起那三座婚宴大帐来，简直和侏儒无异。宴会似乎已进行了几个钟头，到处都是高声祝酒、杯盏碰撞，混杂着常有的马嘶、狗吠，车辆隆隆声、笑骂、钢铁和木头咔哒哐当的撞击声。随着城堡的接近，音乐越来越响，底下又有一层更为黑暗更为阴郁的声音——那条河，那条高涨的绿叉河，仿佛一头在巢穴里咆哮的狮子。

艾莉亚扭来转去，四处搜寻，希望瞥到一个冰原狼纹章，一个灰白相间的帐篷，一张在临冬城时认识的脸庞，却徒劳无功。到处都是陌生人。她瞪着一个在草丛中撒尿的士兵，但他并非"酒肚子"；她目睹一位半裸的女孩嬉笑着从帐篷里冲出，但那帐篷乃是浅蓝，不是远远看去的灰，而且追出来的男人外衣上绣着树猫，没有狼；一棵树下，四个弓箭手在给长弓上涂蜡的新弦，他们也不是她父亲的弓箭手；一个学士跟他们相遇，但他太年轻、太瘦，不可能是鲁温学士。艾莉亚抬头凝望李河城，高塔窗户内油灯燃烧，柔光闪烁。透过朦胧的夜雨，双子要塞显得怪异而神秘，像是老奶妈故事中的所在，绝非临冬城堡。

婚宴大帐里人群最为稠密。宽大的帐门被高高系起，人们忙碌进出，手拿酒盅酒杯，有的还带着营妓。经过三座中的第一座时，艾莉亚趁机朝里面瞥了一眼，只见数百人挤在长凳上，竞相推搡桶桶蜜酒、麦酒和葡萄酒，几乎没有活动空间，但大家都喝得兴高采烈。至少他们温暖干燥，而我又冷又湿，艾莉亚羡慕地想。有些人甚至放声歌唱，帐门口，细柔若丝的雨点被溢出的热气蒸发。"敬艾德幕老爷与萝丝琳夫人！"一个声音叫喊。他们全喝醉了，又有人叫道，"敬少狼主和简妮王后！"

谁是简妮王后？艾莉亚稍感疑惑。她只知道瑟曦太后。

大帐外面挖了火坑，用木头和兽皮编织的粗糙顶篷遮盖，足以挡住垂直而降的雨水。然而风从河面斜斜地吹来，因此雨丝终究还是飘了进去，让火焰嘶嘶作响，盘旋跳跃。仆人们在火上翻转大块烤肉，香味让艾莉亚直流口水。"我们停下吧？"她问桑铎·克里冈，"帐篷里有北方人呢。"她知道，凭他们的胡子、他们的面孔、他们的熊皮和海豹皮斗篷，他们若隐若现的祝酒声与唱的歌就知道，这是卡史塔克家、安柏家和山地氏族的人。"我敢打赌其中也有临冬城的人。"她父亲的人，少狼主的人，史塔克家的狼仔。

"你哥哥在城堡里面，"他说，"还有你母亲。你到底想不想见他们？"

"想见，"她说，"那赛吉金呢？"军官要他们找赛吉金。

"赛吉金可以用热火棍干自己的屁眼，"克里冈的鞭子呼啸着穿过细雨，抽打在马的侧腹，"我要找你那该死的哥哥。"

A SONG OF ICE AND FIRE

凯特琳

鼓声咚、咚、咚，敲得她头昏脑涨。从大厅底部的乐师楼台上，同时传来笛子的哭号、长管的颤音、提琴的尖叫和号角的嘶吼，但最让人烦乱的是这鼓声，令她浑身起鸡皮疙瘩。杂乱不堪的曲调在屋内回荡，客人们吃喝喧哗，瓦德·佛雷莫非是个聋子？竟能容忍这么可怕糟糕的音乐。凯特琳吮着葡萄酒，一边看铃铛响蹦跳着高唱"阿莱莎"、"阿莱莎"，至少她认为唱的是"阿莱莎"，或许是"狗熊与美少女"也说不定。

外面的雨持续未停，城内的空气却愈见窒闷温热。大厅壁炉升起熊熊火焰，墙上一排铁壁台里的火炬烧出絮絮黑烟。更多的热量由婚宴宾客们所散发，由于人多长凳少，因此每人举杯时都难免碰到邻居。

连高台上的拥挤程度也让凯特琳觉得不适。她坐在莱曼·佛雷爵士和卢斯·波顿中间，受够了两个男人的味道。莱曼爵士对饮酒的热衷，好似全维斯特洛明天就要禁酒似的——而且喝下去的东西，又统统从腋窝散发了出来。她知道，他用柠檬水洗过澡，但什么也无法掩盖如此的秽气。卢斯·波顿的情况稍好，却也相去不远，他不喝葡萄酒或蜜酒，只喝香料甜酒，吃得很少。

对恐怖堡伯爵的胃口贫乏，凯特琳深表同情。婚宴的第一道菜是稀韭菜汤，接着来了青豌豆、洋葱和甜菜做的色拉、杏仁奶炖河鱼、烤鸭、堆成小山状的碎芜菁——这道菜还没上桌就冷掉了、凝结的牛脑花和牛筋。这些东西怎配招待国王呢？凯特琳尝了点牛脑花，只觉胃里翻涌。好在罗柏没有抱怨，一丝不苟地吃着，而弟弟艾德慕的注意力全放在新娘身上。

真想不到，弟弟从奔流城到孪河城的一路上都在抱怨萝丝琳呢。如今新婚夫妇同盘用餐，同杯饮酒，还不时亲热接吻，而一道道菜还没端上便先被艾德慕挥开，她不禁回忆起自己成婚时的情景，那时的我比弟弟更紧张。我到底吃过没？是不是一直都盯着奈德的脸，暗暗嘀咕这庄严陌生的北方人？

可怜的萝丝琳表情却有些不自然，好似在强颜欢笑。可怜的闺女，新婚之夜，接下来还要闹洞房，一定像当年的我那么害怕。罗柏坐在艾茜•佛雷和"美女瓦妲"这两位佛雷家的闺女中间。"等婚宴开始，希望您不会拒绝和我的女儿们跳舞，"瓦德•佛雷曾说，"就当是安慰一位老人的心灵吧。"如今罗柏履行了身为国王的全部责任，瓦德大人应该感到满意。之前的成婚仪式上，他跟每个女人都跳过，其中包括艾德慕的新娘和第八任佛雷夫人，寡妇阿蕊丽和卢斯•波顿的老婆"胖子瓦妲"，一脸疙瘩的双胞胎西拉和撒拉，甚至还与希琳——瓦德大人六岁的小女儿——共舞。凯特琳不知老人是得意洋洋，还是不满有的孙女没有轮到被国王邀请的机会。"你的姐妹们跳得真不错。"她试着对莱曼•佛雷爵士露出笑颜。

"吓！她们是我的姑妈或堂姐妹。"对方又灌下一大杯，酒水从脸颊直流到胡须里。

无趣的醉汉！凯特琳心想。迟到的佛雷侯爵虽对食物吝啬，饮料方面却丰富慷慨。麦酒、葡萄酒和蜜酒就跟城下的河水一样滔滔不绝。大琼恩喝得酩酊大醉，他一杯又一杯地拼倒惠伦•佛雷爵士，又对上瓦德大人另一个儿子梅里。凯特琳希望安柏伯爵保持起码的清醒，但要劝大琼恩别喝酒，就好比要他别呼吸一样。

小琼恩•安柏和罗宾•菲林特坐在罗柏旁边，与国王之间只隔了艾茜•佛雷和"美女瓦妲"，此二人外加派崔克•梅利斯特及黛西•莫尔蒙均滴酒未沾，因为他们共同组成国王今晚的私人护卫。婚宴不是战场，但杯盏间难保无意外发生，而国王乃是万金之躯。凯特琳很满意这番安排，也很满意地看到大厅墙上挂满剑带。这些可不是用来对付牛脑花的。

"人人都以为我夫君会选择美女瓦妲。"瓦妲·波顿夫人用盖过乐声的尖叫告诉文德尔爵士。胖子瓦妲像个粉红的圆球，长着水汪汪的蓝眼睛、软塌的黄头发和一对巨乳，声音尖得出奇，难以想象她换上恐怖堡的粉红色裙服与裘皮斗篷是什么样子。"可是呢，祖父大人允诺以新娘等体重的银子作嫁妆，所以波顿大人就挑了我哟！"她边笑，肥胖的下巴边抖，"我比美女瓦妲足足重六石，这回终于体现价值了！我成了波顿夫人，她还是个处女，可怜的家伙，快满十九岁了哩！"

恐怖堡伯爵对这番闲话毫无表示。他时而咬咬牛肉，时而喝一汤匙，时而用粗短的指头撕点面包，但心思显然没在饭局上。婚宴开始时，他为瓦德大人两个孙子的健康向老人敬酒，并保证两位瓦德在他私生儿子的周全保护下，绝无任何危险。老侯爵眯眼回瞪，嘴唇左右蠕动，凯特琳明白他很清楚其中的威胁。

可是老天，世上竟有如此沉闷的婚宴？她不禁想，直到想起宝贝的珊莎嫁给了小恶魔。圣母慈悲！我的小淑女啊……热气、烟雾和噪声让她恶心，楼台上那群乐师更是莫名地吵闹、出奇地不称职。凯特琳干了杯中酒，让侍酒重新满上。再坚持几个钟头就好。明日此时，罗柏就将率军出征，前去讨伐卡林湾的铁民。她从中感到几许欣慰。儿子一定能得胜而回。奈德把他教导得很好，北军战无不胜，铁民又没了国王。鼓声咚、咚、咚，铃铛响又一次经过面前，但音乐实在太吵，听不见铃铛的响声。

突然传来一阵吠叫，两只狗为一片碎肉大打出手。它们在地板上翻滚、撕咬和攻击，人们号叫喝彩。最后有人操起麦酒当头淋下，才把它们分开。其中一只跳上高台，看见这湿淋淋的畜生摇晃躯体，将污水抖到三个孙子身上，瓦德大人不由得张开无牙的嘴巴，乐得大笑。

看见它们，凯特琳想起了灰风。罗柏的冰原狼并不在此，因为瓦德大人拒绝放它入厅。"我听说了，您那只野兽吃人肉哩，嘿，"老人道，"没错，撕开活人的喉咙。他可不能出现在小萝丝琳的婚礼上，这里到处是女人和小孩，都是我的甜甜小亲亲哩。"

"大人，灰风不会乱来，"罗柏保证，"只要我在场。"

"进城时您也在场，不是吗？那只野狼不是照样攻击我派去迎接您的孙子？我都听说了，听说了，我人虽老，却不聋哩，嘿。"

"他没受到伤害——"

"没受到伤害吗，陛下？没有吗？培提尔从马上摔下来，摔下来了哩！我从前有个老婆就是这样没命的，从马上摔下来。"他的嘴巴左右蠕动。"呃……好像是个妓女？杂种瓦德的娘？对，我想起来了。她从马上摔下来，碎了头骨。嘿，要是您那灰风刚才弄断了培提尔的脖子怎么办？再道歉一次？不行，不行，不行。您是国王——我可没说您不是——鼎鼎大名的北境之王，嘿，可如今在我屋檐下，由我做主。陛下，您要么参加婚礼，要么陪着您的狼，两者不可兼得。"

听罢此言，儿子非常生气，但仍强压怒火、极尽礼貌地表示接受。假如能与瓦德大人和解，记得他曾告诉她，即便他给我蛆虫炖乌鸦，我也会欣然接受，并叫他再来一碗。

大琼恩开始挑战另一位佛雷家人，这回轮到疙瘩脸培提尔。小伙子已是他第三个对手，到底要喝到几时？只见安柏爵爷用大手擦擦嘴，站起身来，放声唱道："这只狗熊，狗熊，狗熊！全身黑棕，罩着毛绒……"他嗓音并不坏，喝高之后有些粗浊而已。不幸的是，楼上的琴师、鼓手和笛手此时却吹起"春花"，它和"狗熊与美少女"搭配，简直就是蜗牛配麦粥，风马牛不相及。连可怜的铃铛响也受不了这场表演，捂住耳朵。

卢斯·波顿无疑也属于不堪忍受的人群，他喃喃念叨了几句不知所云的词语，便起身入厕。乌烟瘴气的大厅里宾客喧嚣不止，仆人进进出出。另一场宴会的喧哗从对岸城堡中传来，那里由骑士和下级领主列席参加。瓦德大人把自己的私生子及他们的子孙统统打发到那边，北方人称其为"杂种宴会"。当然，此间宾客有的也偷偷溜了过去，想瞧瞧对面是否更有乐子，甚至还有人溜进军营。佛雷家族提供了充足的葡萄酒、麦酒和蜜酒，以便士兵们为奔流城和李河城的结合举杯庆祝。

罗柏拣波顿的空位子坐下。"母亲，你别着急，再等几个小时，这场闹剧就会落幕。"他压低声音，大琼恩正好唱到少女发丛中的蜂蜜。"黑瓦德的态度总算是好转了，而艾德慕舅舅似乎对新娘特别满意。"他倾身越过她，"莱曼爵士？"

莱曼·佛雷爵士眨眨眼睛："呃，陛下？"

"我军北上时，希望奥利法能回到我身边，"国王道，"席间没见着人，他在那边用餐吗？"

"奥利法？"莱曼爵士摇摇头，"不，不，奥利法，他……他离城办事去了，有要事在身。"

"明白了。"罗柏若有所思地说。眼见莱曼爵士不再搭话，国王又站起来。"跳舞吗，母亲？"

"谢谢，不用，"她脑子胀痛，根本想不起来，"你还是去找瓦德大人的女儿跳吧。"

"呵呵，是。"儿子听天由命地笑道。

乐队表演"铁枪"，而大琼恩唱起"风流少年"。两方好像约好了似的，就是要南辕北辙，破坏气氛。凯特琳对莱曼爵士说："听说你有个表弟是歌手？"

"那是赛蒙的儿子亚历山大，艾茜的哥哥。"他用杯子指指正和罗宾·菲林特跳舞的艾茜·佛雷。

"他怎么不来表演？"

莱曼瞥了她一眼："他啊……他出去了。"对方擦擦额头的汗水，摇摇晃晃地站起来。"对不起，夫人，对不起，我内急。"凯特琳看着他蹒跚地向大门走去。

艾德慕不断亲吻萝丝琳，摸摸女孩的手。大厅内，马柯·派柏爵士和丹威尔·佛雷爵士在赌酒，跛子罗索似乎同霍斯丁爵士开着玩笑，一个年轻的佛雷家人为一群笑闹的女孩表演轮转三把匕首，而铃铛响干脆坐在地上，吮吸指间的酒。这时，仆人们端来巨大的银盘，里面盛满血红多汁的羊腿，堆得老高——算得上当晚最美味的一道菜。罗柏则邀请黛西·莫尔蒙下场跳舞。

梅姬伯爵夫人的大女儿脱下盔甲换上裙服后，显得相当美貌，身材苗条细长，羞赧的微笑为长脸增添光彩。看到她舞场沙场都应付自如，凯特琳觉得很愉快。不知她母亲此刻抵达颈泽没有？梅姬伯爵夫人带走了所有女儿，但黛西身为罗柏的卫士，自愿留下来陪伴国王。儿子遗传了奈德的天赋，能够激发部下的忠心。当初奥利法·佛雷不也一样？他甚至宣称即使罗柏娶了简妮，也愿意誓死追随。

坐在黑橡木交椅里的河渡口领主突然用布满老人斑的双掌一拍，可惜实在太吵，连高台上的人也几乎没注意。伊尼斯爵士和霍斯丁爵士瞧见了，便用酒杯猛力敲桌，跛子罗索加入进来，接着是马柯·派柏爵士、丹威尔爵士和雷蒙德爵士。最后一半的宾客都敲起桌子。楼台上的乐队终于会意，笛子、大鼓和提琴同时停下。

"陛下，"瓦德大人对罗柏道，"修士的虔诚话也说过啦，小两口子的诺言也许下啦，艾德慕老弟用他的鱼斗篷裹走了我的小甜心，可他们还不是夫妻哩。嘿，宝剑配好鞘，婚礼入洞房。陛下您怎么说？该不该闹洞房啦？"

二十来个瓦德·佛雷的儿孙一齐敲起桌子，叫道："上床！上床！闹洞房！"只见萝丝琳的脸色顿时煞白。真不知是即将失去贞操，还是闹洞房本身吓着了这女孩。她有这么多兄弟姐妹，想必对婚俗并不陌生，可一旦轮到自己，一切又都不一样了。记得自己的新婚之夜，乔里·凯索急不可耐地撕开她的裙服，醉酒的戴斯蒙·格瑞尔爵士为每一个下流玩笑出口道歉，但仍旧乐呵呵地说个不停，最后达斯丁伯爵将赤身裸体的她抱到奈德面前，夸口说这对胸乳会让奈德后悔自己早早断奶。可怜的人儿，她心想，他随奈德去了南方，却再也没有回来。凯特琳不禁揣测今晚在场的人中，有多少不久就会撒手人寰。恐怕真的不少。

罗柏举起一只手："如果你认为是时候了，瓦德大人，就开始吧！"

众人欢声雷动。楼台上的乐队重新操起笛子、大鼓和提琴，唱道："王后脱鞋，国王弃冠。"铃铛响单脚跳来跳去，头上的王冠叮当作响。"听说徒利家的男人两腿间是条鱼呢！"艾茜·佛雷放肆地叫道，"莫不是该拿虫子来刺激它？"听罢此言，马柯·派柏爵士立刻回击："听说佛雷家的女人长了两扇门唷！"艾茜说："没错，两扇都很坚固，你那小东西钻不进来！"哄堂大笑。派崔克·梅利斯特跳到高架桌上，夸起艾德慕的"鱼儿"。"那是条强壮的梭子鱼！"他宣布，"哈哈，不过和我的比起来，就算小儿科啰。"凯特琳身边的胖子瓦妲·波顿叫嚣着回应。良久，大家又齐喊："上床！上床！闹洞房！"

宾客们拥至高台，醉得厉害的打头阵。男人们老老少少围着萝丝琳，将她举到空中，妇女和女孩则扯住艾德慕，脱他的衣服。徒利公爵笑得灿烂，用同样的下流玩笑回应大家，但音乐实在太吵，凯特琳分辨不清具体内容，只能听见大琼恩的声音。"把他的小老婆给我！"他吼着挤开众人，将萝丝琳扛到肩上，"看看这东西！

连肉都没有!"

凯特琳真心为这女孩感到遗憾。在新婚之夜,多数女人会试着回击人们的玩笑,或至少假装开心,但萝丝琳眼中只有恐惧。她紧紧抓住大琼恩,好像害怕对方将她摔下去。她又哭了,凯特琳一边看马柯·派柏爵士脱新娘的鞋子,一边想。希望艾德慕能待她好些,可怜的孩子。楼台上的音乐转为淫靡:"王后卸裙,国王扒裤。"

她本该加入那群聚在弟弟周围的女人,但她知道自己只会破坏这短暂的欢乐而今最不敢想的就是色淫之事。艾德慕会原谅我的缺席,对此她很肯定,有这二十来位充满欲望和欢笑的佛雷家女人陪伴,他怎么会在乎一个严厉古怪的姐姐呢?

新郎新娘被簇拥着走出大厅,一大帮贵族蜂拥跟进,但罗柏没有离开。凯特琳有些担心瓦德·佛雷会将国王的表现视为漠不关心。他该去闹闹洞房,可由我提出,这合适吗?她边犹豫,边打量大厅里剩下的人:疙瘩脸培提尔和惠伦·佛雷爵士头枕着桌子,长醉不醒;梅里·佛雷为自己又倒一杯酒;铃铛响四处梭巡,挑拣别人餐盘里的食物;文德尔·曼德勒爵士精神抖擞地向又一条羊腿发起攻击;而无人扶持的瓦德侯爵自然也离不了座位。他一定在恼火罗柏为何不去,凯特琳几乎可以听见老人的嘲笑,国王陛下,嘿,当然,对我女儿的身体就没兴趣啰?鼓声咚、咚、咚、咚。

黛西·莫尔蒙是全厅除了凯特琳唯一留下来的女人,她走到艾德温·佛雷身边,轻触对方胳膊,凑到耳边说了句什么,却被艾德温蛮横地推开。"不,"他大声道,"我不想再跳了!"黛西脸色刷白,转头离去。见此状况,凯特琳缓缓起身。怎么回事?怀疑占据了胸襟,而片刻之前那里只有疲惫。没什么,她试图安慰自己,你这无聊愚蠢悲伤恐惧的老妇人,干吗杯弓蛇影?但思虑一定写在了脸上,连文德尔·曼德勒爵士也警觉起来。"有麻烦?"他握着羊腿发问。

凯特琳没有回答。她猛扑向艾德温·佛雷。楼台上的乐队已唱到国王和王后脱光衣服的部分，这时突然一转，未待片刻宁息，便奏起另一首歌。没人开口唱词，但凯特琳知道这正是"卡斯特梅的雨季"。艾德温朝大门奔去，她朝艾德温奔去，被音律所驱使，六个快步赶上。汝何德何能？爵爷傲然宣称，须令吾躬首称臣？她紧紧捉住对方的胳膊，想将其扭转过来。丝袖下，触铁甲，浑身冷颤。

"啪"的一巴掌，凯特琳打破了对方的嘴唇。奥利法，她心想，派温，亚历山大，他们都……萝丝琳的哭泣……

艾德温·佛雷用力推开她。乐声掩盖了所有响动，在墙壁间回荡，好似石头也遥相呼应。罗柏恼怒地瞪了艾德温一眼，走过来阻拦……跨出一步，陡然停住。一支箭射穿了国王的身体，刚好插进肩膀下。他的叫喊被笛声、鼓声和琴声所淹没。第二支箭刺入大腿，国王倒了下去。楼台上，乐师们纷纷放下器械，取出十字弓。她朝儿子奔去，走到一半背上却挨了重重一击，随即撞到坚硬的石地板。"罗柏！！"她厉声呼喊。只见小琼恩迅速掀起一张高架桌，扔到国王身上。一、二、三，无数弩箭插进木板。罗宾·菲林特被一群佛雷家人所包围，他们的匕首起起落落。文德尔·曼德勒爵士沉重地站起身来，拿羊腿当武器，一支箭射进他张开的嘴巴，刺穿了脖子。他朝前倒去，弄翻了一排桌子，杯子、木勺、酒壶、餐盘、碟子、芜菁、豌豆四处横飞。无尽的、血红的酒流满厅堂的地板。

凯特琳背上如有烈火在熊熊燃烧。我得到儿子身边去，这是她唯一的想法。小琼恩用羊腿劈面给了雷蒙德·佛雷爵士狠狠一击，但还不及取下剑带，便为弩箭射中，半跪下来。红狮子斗黄狮子，爪牙锋利不留情。卢卡斯·布莱伍德被霍斯丁·佛雷爵士砍翻，某位凡斯家的人士和哈瑞斯·海伊爵士搏斗时，被背后的黑瓦德斩断了脚。出手致命招招狠，汝子莫忘记，汝子莫忘记。十字弓射倒唐纳·

洛克、欧文·诺瑞及其他六七个人。年轻的本佛雷爵士捉住黛西·莫尔蒙的胳膊,而她反手操起一壶酒,当头砸晕对方,随后朝大门奔去。刚到门前,门却轰然打开,全副武装的莱曼·佛雷爵士当先冲进大厅,身后跟了十来个佛雷家士兵,手中均握长柄重斧。

"慈悲!"凯特琳哭喊,但号声、鼓声和金铁交击掩盖了她的请求。莱曼爵士将黛西开膛剖肚。另几队士兵从侧门涌入,个个穿厚毛皮斗篷,全身盔甲,手握武器。他们是北方人!半晌之间,她以为得救了,直到目睹对方两斧砍下小琼恩的头颅。希望如风中残烛,湮灭无踪。

河渡口领主高高地坐在精雕的黑橡木椅子上,贪婪地审视着这场屠杀。

几码外的地上躺着一把匕首,或许是小琼恩掀桌子时掉下去的,又或是某个死人之物。凯特琳朝它爬去,只觉肢体发沉,嘴里有血的味道。我要杀了瓦德·佛雷!她告诉自己。铃铛响躲在匕首旁边的桌下,眼见她爬来,反而向后畏缩。我要杀了这老东西,至少这点我做得到!

盖住罗柏的长桌动了动,她的儿子挣扎着挺起身躯。国王肩膀、大腿和胸膛各插了一支箭。瓦德大人举起右手,乐声顿息,唯有大鼓未停。凯特琳听见远处传来厮杀声,传来狂野的狼嗥。灰风……晚了,一切都晚了。"嘿,"瓦德大人咯咯笑道,"北境之王起立了哩。陛下,很抱歉,我的部下似乎伤了您的人。嘿,我代表他们向您道歉,希望咱们可以再度成为盟友,嘿。"

凯特琳攫住铃铛响长长的灰发,将这痴呆拖出来。"瓦德大人!"她尖叫,"瓦德大人!"鼓声沉闷缓慢,咚、咚、咚。"够了,"凯特琳说,"够了!用背叛报应背叛,您达到了目的!"她用匕首抵住铃铛响的咽喉,突然间仿佛又回到布兰的病房,再一次感觉利刃的锋芒。鼓声咚、咚、咚、咚、咚。"求求您,"她喊,"他是我儿子,我头一个儿子,我唯一存留的儿子。放他走吧。放他走,我发誓我们会遗忘……遗忘您做的事。我向新旧诸神发誓,我们……我们绝不会复仇……"

瓦德大人饶有兴味地打量她:"傻瓜才相信蠢话,你当我脑子发懵啦,嘿,夫人?"

"我当你是个父亲,很多孩子的父亲。求求您,不要杀他,留我当人质吧,如果艾德慕没死也把他留下。求求您,放罗柏离开。"

"不要,"儿子的声音朦胧而细微,"母亲,不……"

"走,罗柏,站起来,快走,求求你,求求你,救救自己吧……就算不为了我,也为了简妮!"

"简妮?"罗柏用手撑住桌沿,支持身体。"母亲,"他说,"灰风他……"

"快走,去他身边,快走,罗柏,赶快离开这里!"

瓦德大人哼了一声:"我凭什么放他走?"

她把匕首压进铃铛响的咽喉,这痴呆转转眼珠,发出无言的控诉。污秽的体臭熏进鼻孔,但这不重要,都不重要。鼓声连绵窒闷,咚、咚、咚、咚、咚、咚。莱曼爵士和黑瓦德摸到身后,她浑不在意。他们想怎样就怎样,抓她,操她,杀她,虐她,一切都没关系。她已活得够久,只想早日回到奈德身边。尘世的牵挂只剩罗柏。"以我身为徒利家人的荣誉,"她告诉瓦德•佛雷,"以我身为史塔克家人的荣誉,我愿用您这位孩子的生命来交换罗柏的生命,一个儿子换一个儿子。"她摇晃铃铛响的头,手抖得厉害。

咚,鼓声继续,咚、咚、咚、咚。老人嘴唇蠕动不停。凯特琳手上满是汗珠,匕首握持不住。"一个儿子换一个儿子,嘿,"对方重复,"可他只是个孙子……还是个没用的孙子。"

一名身披缀满血点的淡红披风的黑甲武士疾步走到罗柏面前。

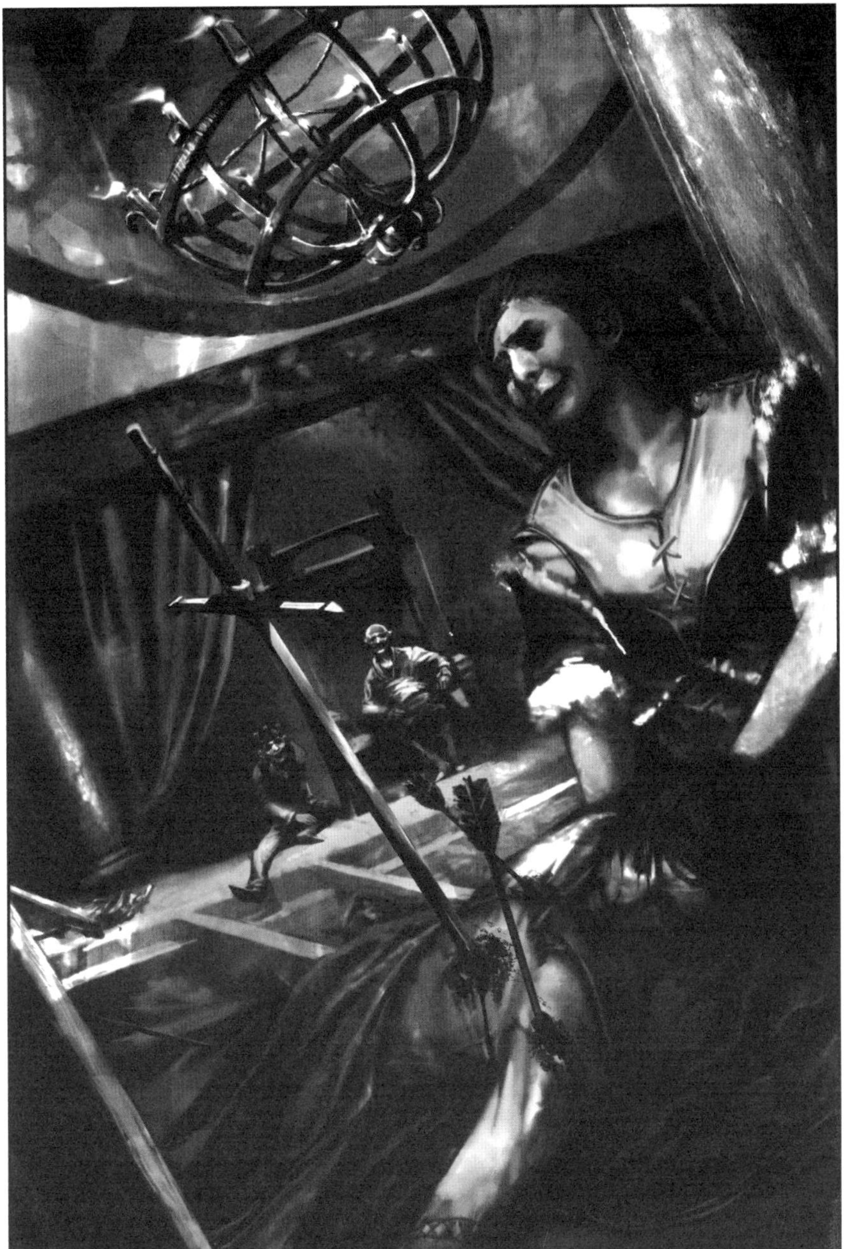

"我代表詹姆·兰尼斯特，向您致以亲切问候。"他将长剑戳进国王的心脏，拧了一拧。

罗柏食了言，但凯特琳不会。她扯紧伊耿的头发，麻木地割喉咙，直至见骨。热血流下指头。铃铛叮、叮、叮，大鼓咚、咚、咚。

终于有人将匕首扳开。泪水犹如毒药，流过她的面庞。十只尖利而凶猛的鸦爪从天而降，撕破脸孔，抓烂皮肤，留下深深的沟纹。血、血、血，滴进嘴巴。

不公平，不公平！她心想，我的孩子们，奈德啊，我可爱的孩子们。瑞肯、布兰、艾莉亚、珊莎、罗柏……罗柏……求求你，奈德，求求你，阻止他们，阻止他们伤害我们的孩子……白的泪水和红的鲜血在褴褛的脸颊上混合，那张奈德深爱过的脸。凯特琳·史塔克举起双掌，看着血液流下指头，穿过手腕，浸进长袖，犹如红色的蠕虫，爬入胳膊，钻进衣裳。好痒啊，她笑了，她尖叫。"疯子，"有人说，"她疯了！"另一人道："快杀了她！"一只手如她之前对付铃铛响那样抓住她的头发。不要，不要，求求你不要割我的头发，奈德最爱我的头发。随即钢铁抵上咽喉，冰冷而血红。

艾莉亚

婚宴大帐被抛在身后，马车碾过潮湿的黏土和褴褛的草地，驶出光亮范围，再度进入黑暗。前方耸立着城堡门楼，她可以看到墙垒上有火炬移动，焰苗于风中飞舞。湿乎乎的锁甲和头盔反射出暗淡的光线。连接双子城的黑石拱桥上有更多火炬，一队人马正自西岸朝东岸而行。

"城堡没有关门。"艾莉亚突然道。军官说禁止出入，很明显他搞错了。就在她注目观看时，铁闸门升了起来，而吊桥放下，架在高涨的护城河上。她本来害怕佛雷侯爵的卫兵会拒绝他们进入，眼见这番光景，不由得咬紧嘴唇，渴望得都不敢笑。

猎狗突然勒住缰绳，害她差点从马车上摔下去。"该死的！七层地狱！"艾莉亚听见他咒骂，而左面轮子陷入软泥中，马车开始倾斜。"下去。"克里冈一边朝她吼，一边用掌根猛推肩膀，将她拂下马车。她轻巧地落地，用上西利欧教的方法，然后满脸泥浆地跳起来。"你干什么？"她喊。猎狗也跳了下来，并扯下马车的坐垫，伸手去取藏在下面的剑带。

这时她才听见骑兵从城门口涌出，如同一条钢铁和火焰的洪流，踏在吊桥上的隆隆马蹄几乎被城内的鼓声所掩盖。人、马都穿戴板甲，每十人中有一人擎火炬，其余则提长柄斧，带有锐利的尖头和沉重的刀刃，足以劈碎骨头，撕裂盔甲。

远方某处，传来一头狼的嗥叫。相对于营地的喧哗、乐声及奔腾的河流所发出的险恶低哮，并非很响，但她还是听见了，也许并非耳朵听见的。嗥叫声如匕首般锐利，充满愤怒与悲哀，贯穿全身，令她颤抖。越来越多的骑兵从城堡里涌出，四个一排，没有尽头，骑士、侍从和自由骑手，手执火炬与长斧。接着嘈杂声从身后传来。

艾莉亚环顾四周，只见原本的三座婚宴大帐，而今只剩下两个，中间那座倒掉了。片刻之间，她不明就里，直到看见倒塌的帐篷冒出火舌，另外两个也开始颠覆，厚重的油布落在人群头上。一阵火箭划过夜空，拉出道道光痕，第二座大帐应声着火，接着是第三座。惨叫声如此凄厉，她甚至可以透过音乐听清楚词语。黑影朝火焰移动，钢甲闪烁橙光。

战斗，艾莉亚明白了，发生战斗。而这些骑兵……

她无暇再看婚宴大帐。尽管河水溢出堤岸，于吊桥尽头黑糊糊地打旋，有马肚子那么高，但在音乐的鞭策之下，骑兵们仍溅着水花强行蹚过去。两座城堡的音乐到如今方才协调一致。我知道这首歌，艾莉亚忽然意识到。那个雨夜，土匪们跟僧侣一起在酿酒屋住宿时，七弦汤姆曾给他们唱过。汝何德何能？爵爷傲然宣称，须令吾躬首称臣？

佛雷家的骑兵艰难地穿越烂泥和杂草，有些人看到了马车。她目睹三个骑兵离开大队，踏着积水而来。颜色有别，威力不逊，各显神通，分个高低。

克里冈一剑劈断系住陌客的绳索，跳到马背上。骏马训练有素，立刻竖起耳朵，转向冲来的敌人。红狮子斗黄狮子，爪牙锋利不留情。出手致命招招狠，汝子莫忘记，汝子莫忘记。艾莉亚祈祷过千百次猎狗的死，但现在……她手里有块石头，粘着黏黏的烂泥，都不记得什么时候捡起来的。我该朝谁扔呢？

克里冈拔开第一柄长斧时发出的金属撞击声把她吓了一跳。他与第一个人交手，第二个人趁机绕到他后面，照准背心砍下去。陌客机警地转圈，因此猎狗不过被稍稍扫到一下，松垮的农夫布衫被撕了个大口子，露出下面的锁甲。他以一敌三，艾莉亚紧紧抓着石头，肯定会被杀的。她想到米凯，想到那个曾短暂地成为她朋友的屠夫之子。

第三个骑兵朝她而来。艾莉亚忙躲到马车后面。恐惧比利剑更伤人。鼓声、号角、笛子、马匹嘶鸣，金铁相交的尖锐响动，但一切的一切都仿佛如此遥远，世界只剩下迅速逼近的骑兵和他手中的长斧。他在铠甲外罩了件外衣，上面绣有双塔纹章，表明是佛雷家的人。她不明白。她舅舅要跟佛雷家的女儿结婚，佛雷应是哥哥的朋友啊。"不要！"他绕过马车时，艾莉亚尖叫，但对方毫不理会。

骑士发动冲锋，艾莉亚扔出石头，就像朝詹德利扔酸果那样。当时她击中詹德利两眼正中，这回却失了准头，石块在对方太阳穴旁弹开，稍稍延滞了行动，仅此而已。她向后退却，踮着脚尖飞快地越过烂泥地，再度让马车挡在中间。那骑士催马小跑着跟过来，头盔眼缝后一片黑暗——石头甚至没在头盔上留下痕迹。他们转了一圈，两圈，三圈。骑士大声咒骂："你不可能一直跑——"

斧头结结实实砸在他后脑，击穿头盔和颅骨，将骑士从马鞍上掀飞出去。原来是骑陌客的猎狗救了她。你怎么搞到斧子的？她差点脱口而出，接着便看见一个佛雷家的士兵被压在自己濒死的坐骑下，周围是一尺深的水；另一人仰面躺倒，四肢伸开，一动不动。他没戴护喉，一尺长的断剑从下巴戳出来。

"拿我的头盔来。"克里冈朝她大吼。

头盔塞在一袋干苹果底下，在马车尾部，腌猪蹄的后面。艾莉亚倒空袋子，将头盔扔给他。他单手接住，戴到头上，于是原本的那个人成为了一条钢铁猎狗，向着火焰咆哮。

"我哥哥……"

"死了！"他朝她吼回去，"你以为他们会杀他的部下而让他本人活着？"他把头转回营地。"看，快看，该死的。"

营地变成了战场。不，屠场。婚宴大帐上升起的火焰直达半空，一些军用帐篷和五六十个丝绸帐篷也在燃烧，处处刀光剑影。然而今天，每逢雨季，雨水在大厅哭泣，内里却无人影。她看到两名骑士骑马砍翻一个逃跑的人，一只木桶从天而降，砸到一个燃烧的帐篷上，爆裂开来，火焰顿时蹿高一倍。投石机，她明白，城堡中正抛出油料、沥青和别的东西。然而今天，每逢雨季，雨水在大厅哭泣，内里却无魂灵。

"跟我来，"桑铎·克里冈伸下一只手，"我们得赶快离开这儿，快！"陌客不耐烦地甩脑袋，鼻孔因嗅到血腥而不住喷气。曲终人散，只剩一阵孤寂的鼓点声，缓慢单调，在河面回响，仿佛巨兽的心跳。黑暗的天空流着泪，长河汩汩呼应，有人咒骂，有人死去。艾莉亚齿间塞满烂泥，脸湿乎乎的。雨，不过是雨。仅此而已。"我们到了，"她喊道，声音尖细惊恐，那是小女孩的声音，"罗柏就在城里，还有我母亲，而大门敞开着。"没有佛雷家的人再骑出来。我好不容易才到这里。"我们得去找我母亲。"

"愚蠢的小母狼。"火光照耀在狗头盔的尖嘴上，令钢牙闪闪发光。"进去就再也出不来了，也许佛雷会让你亲吻母亲的尸体。"

"也许我们可以救她……"

"也许你可以，但我还没活够呢。"他朝她骑来，逼得她背靠马车。"是走是留，小狼女，是生是死，你——"

艾莉亚转身逃离，飞快地冲向城门。铁闸门正缓缓、缓缓地落下。我得跑快点。烂泥和水塘减慢了速度。我得跑得跟冰原狼一样快。吊桥开始升起，水像瀑布一般从上面倾泻而下，还有块块沉甸甸的泥巴掉落。快点。快点。她听见哗哗的踏水声，回头看到陌客正从后面追来，每跨一步都溅起一团水花；她也看到长斧，湿乎乎的，沾满鲜血和脑浆。她一辈子从没跑得这么快，低着头，双脚搅动河水，逃跑，逃跑，就像当初的米凯。

他的斧子正中她后脑。

提利昂

和往常一样，他们单独用餐。

"豌豆煮烂了。"夫人突然说了一句。

"没关系，"老爷道，"羊肉不也一样？"

这只是个玩笑，珊莎却将其视为责备。"对不起，大人。"

"对不起什么？该道歉的是厨子，不是你。豌豆又不是你煮的，珊莎。"

"夫……夫君大人不开心，我对此深感内疚。"

"我不开心的原因并非豌豆，而是乔佛里、我老姐、我父亲大人和那三百该死的多恩人。"他把奥柏伦亲王及其同伴安置在红堡里面朝城市的角落，尽可能地将他们和提利尔的队伍隔离。但这远远不够。据报，跳蚤窝的某间食堂刚爆发一场械斗，死了一个提利尔的士兵，烫伤戈根勒斯伯爵的两位部下，随后在院子里梅斯·提利尔那个皱巴巴的老母亲强烈要求马泰尔道歉，并当面称呼艾拉莉亚·沙德为"蛇妓"。除此之外，每次他见到奥柏伦亲王，对方张口就要"正义"，与之相比，煮烂的豌豆实在算不了什么。但他不打算用自己的思虑来烦恼妻子，珊莎的悲哀已够深了。

"豌豆还将就，"他告诉她，"又绿又圆，豆子就该这个样。夫人你瞧，我这不再吃一勺。"他做个手势，波德瑞克·派恩连忙上来将一勺豆子放进他的餐盘，盖住了羊肉。我真是笨透了，他告诉自己，现在非得把这两样吃完不可，不然她又得道歉了。

这顿晚餐在无言的沉默中结束，正如以前的无数次晚餐。当波德移掉餐盘和杯子时，珊莎请求提利昂准她造访神木林。

"夫人，你想去就去吧。"他习惯了妻子的晚祷。珊莎同样也去王家圣堂祷告，经常在圣母、少女和老妪的祭坛前点蜡烛，说实话，提利昂觉得这些行为有点夸张，但换到妻子的角度，只怕的确需要神灵的安慰吧。"我得承认，我对旧神所知甚少，"他试着用和蔼的语气说，"或许某天，你可以给我启蒙启蒙，让我陪你去吧。"

"不要，"珊莎立时回答，"您……您真是太好心了，可……可那里很是冷清，大人。没有修士、没有圣歌、没有蜡烛，只有树木和默祷。您会厌烦的，大人。"

"是吗？"她比我以为的更了解我。"其实我觉得听多了修士念诵七神的祷文，享受享受林间树叶的轻响也不错呢。"提利昂挥手与妻子作别。"没关系，我不会强行跟去，请你穿暖和点，夫人，外面冷。"他本打算问问她祈祷的是什么，但珊莎是如此尽责，到头来一定会说实话，他可不想知道答案。

妻子走后，他继续埋头工作，努力从小指头留下的如迷宫般的账目中榨出一点钱财来。首先，培提尔不是那种将金银收归库房、任其腐烂生锈的人，而提利昂越是在账本中探索，头就越痛。"让金龙自我增殖，不要束之高阁"，这些原则说着好听，但真正结合实际，简直就是一堆糊涂账。要是我早知道那些该死的"鹿角民"欠了王家多少钱，根本就不会让乔佛里把他们投出去！他打算叫波隆去寻觅他们的后代，但只怕这样的行动好比从银鱼里搜刮银子一样徒劳无用。

柏洛斯·布劳恩爵士带来父亲大人的召唤时，提利昂发现自己头一次满心欢喜地看待这位爵士。他立刻合上账本，吹灭油灯，披上斗篷，穿过城堡去首相塔。外面很冷，正如他告诫珊莎的那样，空气中有雨的气息。或许等泰温公爵的事情说完，他该去神木林，亲自把夫人接回来。

但等他走进首相书房，发觉瑟曦、凯冯爵士、派席尔国师、泰温公爵和国王的神情时，所有的思虑顿时抛诸脑后。乔佛里兴奋躁动，瑟曦自鸣得意地浅笑，只有父亲脸上依然严肃。即便他想笑，我也怀疑他懂不懂得怎么笑。"怎么回事？"提利昂问。

父亲递给他一卷羊皮纸。这张纸被刻意压平整，显然已有很多人翻过了。"萝丝琳套住一条肥美鳟鱼，"信上写道，"她的兄弟们为婚礼献上两张狼皮为礼。"提利昂翻过纸张，看了看上面的封印，只见银灰色蜡泥盖了佛雷家族的双塔纹章。"河渡口领主掉起文来啦？这到底什么意思？"提利昂哼了一声，"鳟鱼大概指艾德慕·徒利，狼皮嘛……"

"他死啦！"乔佛里欢快而骄傲地叫道，好像他亲手剥了罗柏·史塔克的皮。

先是葛雷乔伊，然后是史塔克。提利昂立刻想起还在神木林中祈祷的妻子。她大概正祈求父亲的神灵保佑哥哥胜利，保护母亲安全吧！看来，旧神和新神一样，对人们的呼吁不闻不问。当然，就他的角度而言，多少对此消息应该感到高兴。"这个秋天，国王跟树叶一样纷纷坠落，"他说，"看来咱们小小的战争不战而胜了。"

"没有不战而胜的战争，提利昂，"瑟曦甜蜜而毒辣地说，"都是父亲大人的功劳。"

"不要高兴得太早，敌人还没有除尽，事情还没有结束。"泰温公爵警告大家。

"河间地的诸侯并不是傻瓜，"太后争辩，"没有北方人的支持，独力对抗高庭、凯岩城和多恩领的联盟，简直就是找死。他们很快就会倒戈投降。"

"大部分会，"泰温公爵同意，"奔流城不会，但只要瓦德·佛雷将艾德慕·徒利牢牢控制住，黑鱼就不是威胁。杰森·梅利斯特和泰陀斯·布莱伍德会为荣誉而战,不过佛雷家的兵力足以将梅利斯特钉在海疆城,而我们只需给予正确诱导,杰诺斯·布雷肯便会翻脸对付布莱伍德。没错,假以时日,他们终将臣服。我打算开出宽厚条件,任何地方,只要投降,归服王化,便可维持原状——地例外。"

"赫伦堡?"提利昂太了解父亲了。

"勇士团不能饶恕,我已命格雷果爵士屠城。"

格雷果·克里冈。看来,将这恶棍出卖给多恩人之前,父亲还要榨干他最后一点利用价值。很快,勇士团的成员将被砍头、枪尖插着、挂上城墙;而小指头则会施施然地住进赫伦堡,衣服不沾一滴血。不知培提尔·贝里席这会儿到达谷地没有?假如诸神慈悲,应该让他遭遇风暴,葬身海底。但诸神何时慈悲过?

"他们都该受惩罚,"乔佛里宣布,"梅利斯特家、布莱伍德家、布雷肯家……统统都是叛徒,我要把他们全杀光,外公,我不要开出什么宽厚条件。"国王随即转向派席尔国师,"我还要罗柏·史塔克的脑袋,快写信给瓦德大人,就说这是国王的命令!等我结婚时,要亲手把这个交给珊莎。"

"陛下,"凯冯爵士震惊地说,"珊莎夫人可是您舅妈。"

"小乔在开玩笑,"瑟曦笑道,"他不是认真的。"

"我当然是认真的,"乔佛里坚持,"那家伙是个叛徒,我要他的蠢脑袋,还要珊莎去吻它。"

"想都别想!"提利昂爆发了,"珊莎的事你少管,给我记住,怪物!"

乔佛里冷笑道:"你才是怪物,舅舅。"

"是吗?"提利昂昂起头,"如果真是的话,那你更应该对我礼貌些,怪物是很危险的,而这年头国王却像蚊蝇一样死去。"

"我要拔了你的舌头,"这小子红着脸嚷道,"我是国王!"

瑟曦将手保护性地放在儿子肩上。"就让这侏儒威胁吧,小乔,这样你的外公和舅公就可以看清他的行径了。"

但泰温公爵没理会提利昂,而是转向乔佛里。"在我面前,只有伊里斯会刻意声明'我是国王',他也有拔人舌头的癖好。您可以问伊林·派恩爵士,虽然他无法作答。"

"伊林爵士并无意冒犯伊里斯王,这和小恶魔威胁小乔是不一样的,"瑟曦解释,"你也听到他的话了,他竟敢当面称呼国王为'怪物',还……"

"安静,瑟曦。乔佛里,让我告诉你,当有人起而向你挑战,你应该坚决地回以铁与血;当他们屈膝臣服时,你则要亲手把他们扶起来,否则就再没有人愿意归顺。还有,任何大声声明'我是国王!'的人,根本当不了真正的王者。伊里斯就是不明白这点才败亡的,我要你牢牢记取他的教训。请你放心,我会替你平定国家,恢复国王的律法和尊严,一统江山,在此期间,你唯一需要关心的是玛格丽·提利尔的贞操。"

听了这番话,乔佛里闷闷不乐。瑟曦狠狠捏他的肩膀,或许她应该掐住他喉咙才对,因为这孩子接下来将大家吓了一大跳。他没有退缩,而是挑衅地站起来,朗声道:"你刚才说到伊里斯,外公,我知道你怕他。"

噢噢噢,有好戏看了!提利昂心想。

泰温公爵沉默地审视着外孙,淡绿的眼睛里金光闪闪。"乔佛里,快给外公道歉!"瑟曦说。

他挣脱母亲的手。"我为什么道歉?我说的是事实!我的父亲,他是个大英雄,战无不胜,亲手杀掉雷加王子,赢得王冠,而这时候呢,你父亲却躲在凯岩城里不敢出来!"这孩子挑战地瞪着他的外公,"王者无畏,不靠言语啰唆。"

"谢谢您的格言,陛下,"泰温公爵礼貌中透出的寒意几乎能冻掉在场诸人的耳朵,"凯冯爵士,国王累了,请护送他回房。派席尔,能不能用点小药,以助陛下入睡?"

"安眠酒行吗,大人?"

"我才不要安眠酒。"乔佛里喊。

泰温公爵再不搭理,好似当他是角落里的耗子。"很好,就用安眠酒。瑟曦,提利昂,你们留下。"

凯冯爵士牢牢地抓住乔佛里的手,将国王拉出书房,门外,两个御林铁卫正等着履行职务。派席尔大学士摆动那双颤抖的老腿,竭力跟上。提利昂没有动。

"父亲,我很抱歉,"当房门重新关闭,瑟曦立刻道,"小乔任性极了,上次我就说过……"

"任性和愚蠢是两码事。'王者无畏',什么鬼话?"

"不是我教的,请你相信,"瑟曦道,"多半是他听劳勃这么……"

"'你父亲却躲在凯岩城里不敢出来'这部分像是劳勃说的。"提利昂不想让父亲忘记这些。

"啊,我想起来了,"瑟曦忙道,"劳勃经常教导小乔要英勇无畏。"

"够了,那你教他的又是些什么?告诉你,我费尽心机打这场仗,不是为劳勃二世赢得王位。按你先前的说法,这孩子应该和父亲没什么关系。"

"是啊!劳勃根本不喜欢他,如果不是我护着,他还打他呢!这个你要我嫁的蛮子,有一回,因为小乔对付了只猫,就把他打得掉了两颗牙。之后我威胁劳勃,要再敢动手,我就趁他睡着时割他喉咙,他便收敛多了,只给小乔讲故事……"

"讲故事?够了够了,该给他讲的还很多。"泰温公爵两根指头一挥,粗暴地赶她离开,"你走吧。"

太后愤愤不平地离开。

"他不是劳勃二世，"提利昂评价，"他是伊里斯三世。"

"这孩子才十三岁，还有时间——"泰温公爵踱到窗边，今天的他有些奇怪，以前从没有如此烦恼，"——给他好好上课。"

提利昂自己十三岁时，便被父亲好好上过一课。现下他有些为外甥感到遗憾了，但说实话，这也是他该得的教训。"乔佛里的事先放一边，"他道，"'有的胜利靠宝剑和长矛赢取，有的胜利则要靠纸笔和乌鸦'，是这么说的吧？我表示祝贺，不知你跟瓦德·佛雷密谋了多久？"

"密谋？我不喜欢这个词。"泰温公爵僵硬地说。

"而我不喜欢被蒙在鼓里。"

"没必要多说，这件事你又帮不上忙。"

"瑟曦知道吗？"提利昂必须明了。

"谁也不知道，除非要在计划中扮演角色的人，而他们所知道的，也仅是必须知道的那一部分。你瞧——这才是保守秘密的最佳途径。我要以最低廉的代价除去我们最危险的敌人，没有义务满足你的好奇心或你姐姐的虚荣。"他关上窄窗，皱紧眉头。"你很机灵，提利昂，问题是你管不住嘴巴。总有一天，你会为此后悔不迭。"

"是吗？刚才你怎么不允许小乔把它拔掉呢？"提利昂建议。

"你少在我面前贫嘴，"泰温公爵说，"我不吃这套。我正在考虑如何安抚奥柏伦·马泰尔那帮人。"

"噢？这么说来，轮到我上场扮演角色啰？还是我应该出去，留您自己跟自己对话呢？"

父亲不理会他的俏皮话："多恩领的代表是奥柏伦亲王，真是极其糟糕。他哥哥细心谨慎、聪明绝顶、考虑周到、深不可测，每句话、每个行为，都会仔细衡量轻重和后果。而这奥柏伦不过是个自以为是的疯子。"

"传说他要多恩领为韦赛里斯起兵，莫非真有其事？"

"这事没人公开宣讲，但的的确确是真的。那段时间，乌鸦来来去去，信使走南闯北，其中的内容我并不很了解，只知道最后琼恩·艾林亲自出马航往阳戟城，送还勒文亲王的遗骨，并与道朗亲王当面谈判，方才终止对峙。但从此以后，劳勃没去过多恩领，奥柏伦亲王也没来过君临。"

"那么，他现在来了，还带来多恩一半的诸侯，看来随着时间流逝，他的耐心已到了尽头，"提利昂指出，"明白，您要我带他游览君临城各大妓院，好让他醉死温柔乡，对么？啧啧，'每样工具都有其专门的用途，而每个任务都需要专门的工具'。我听凭您使用，父亲大人，可别说咱兰尼斯特不懂得一唱一和。"

泰温公爵抿紧嘴巴："真是无聊。你要不要穿起小丑服装，戴上铃铛帽子呢？"

"如果我穿上这个，就可以对咱们的好陛下乔佛里畅所欲言的话，那成！"

泰温再度落座："够了，我忍受过你祖父的愚行，你不要不知好歹。"

"很好，既然您这么看得起我，我就实话实说——红毒蛇并非那么好打发的，他恐怕不会满足于格雷果爵士一人的头。"

"既然如此，那就根本不要交出他，省得浪费资源。"

"根本不要……？"提利昂有些惊讶，"我以为我们都同意林子里到处都找得到野兽。"

"低级别的野兽。"泰温公爵十指交叉，顶住下巴，"格雷果爵士这样的很难寻求，七国上下，找不出更能散播恐惧的骑士。"

"可……奥柏伦知道格雷果曾……"

"他知道什么？不过道听途说、马厩闲话和厨房聊天之类，连一丁点证据都没有；另一方面，格雷果爵士本人当然什么也不会说。所以我要他在多恩人驻留君临期间避得远远的。"

"那你拿什么来搪塞奥柏伦要求的'正义'？"

"我会告诉他是亚摩利·洛奇爵士害了伊莉亚和她的孩子们，"泰温公爵面不改色地道，"如果他下次问起，你就这么讲。"

"但亚摩利·洛奇爵士已经死了。"提利昂平静地指出。

"正是。瓦格·赫特偷下赫伦堡之后拿他喂了熊，这种死法应该能满足奥柏伦·马泰尔的癖好。"

"这就是你给他的'正义'……"

"这当然是'正义'。想知道的话，我告诉你，将女孩的尸体献上的正是亚摩利爵士。当时她躲在父亲床下，以为雷加还能保护她，而伊莉亚公主和王子在一层楼下的王家育婴房。"

"很好，这个'闲话'亚摩利爵士倒无法否认。那如果奥柏伦亲王坚持揪出幕后主使呢？"

"你就说亚摩利爵士是自作主张，妄图博取新王的宠信。劳勃对雷加的仇恨可谓天下皆知。"

这话说得通，提利昂勉强承认，但毒蛇不会善罢甘休。"我没资格质疑您的行动，父亲，然而依我之见，您当初实在不该替劳勃·拜拉席恩脏了自己的手。"

泰温公爵看着他，仿佛把儿子当成了白痴。"你要这么以为，倒真该穿上小丑服装。你仔细想想，我们最后才加入劳勃一边，必须显示出诚意才行。而当我把尸体放在王座前面的时候，任何人都明白我们家族已永远背弃了坦格利安王朝。劳勃自己最欣慰，连他这样的蠢货也清楚，只要雷加的孩子留在世上一天，他就坐不稳江山。既然他以英雄自许，脏活就得别人替他干啰。"父亲耸耸肩，"我承认，他们做得有些过分，尤其不该伤害伊莉亚公主，这是彻头彻尾的愚蠢。没了孩子,她本人又没有意义。"

"那为何魔山还是动了手?"

"因为我没有明确下令他住手。可能我根本就忘记提她,当时需要考虑的事情太多。奈德·史塔克率领先锋军日夜兼程,自三叉戟河南下,我既怕他抢先一步,以至于造成我们家族和胜利者之间的冲突,又怕伊里斯为了侮辱我,转而谋杀詹姆。后者我最担心。此外,我还怕詹姆由着性子干出蠢事,"父亲握手成拳,"那时我还不了解格雷果·克里冈,只知道他身材庞大,在战场上可怕至极。那次强暴……谁也不能指责是我下的令……其实,亚摩利爵士已经够狠了,他对待雷妮丝公主……事后我问他为何刺这个……两三岁的小女孩几十刀?他说她不断踢他,又不肯闭嘴。说实话,洛奇要是有诸神赐予芜菁的智商,就该哄哄孩子,用丝绸软枕下手。"父亲厌恶地下了结论,"他弄得满手是血。"

但没有脏你的手,父亲,泰温·兰尼斯特却是清白的。"杀死罗柏·史塔克的,是丝绸软枕吗?"

"他是在艾德慕·徒利的婚宴上给人射死的。这小子非常警惕,不仅把军队组织得井井有条,身边也一直留着侍从和护卫。"

"瓦德侯爵在自家屋檐下、自家餐桌上谋害客人?"提利昂握手成拳,"凯特琳夫人呢?"

"也死了。你没看信上写吗,'献上两张狼皮为礼'?佛雷家原计划留她当人质,但显然出了意外。"

"他们践踏宾客权利!"

"这是瓦德·佛雷干的,不是我。"

"瓦德·佛雷是个将死的暴躁老头,成天只会霸占年轻女子,并为所受的侵犯斤斤计较。这次恶行是他的主意,我对此并不怀疑,但若非别人作出承诺,谅他没胆子单独行动。"

"那换成你呢?你就放过那小子,告诉瓦德大人不需要帮忙?

除非想把这老傻瓜送回史塔克的怀抱,为自己迎来又一年的苦战!我倒是不明白,在战场上屠杀一万士兵与在餐桌边干掉十来个贵族相比,前者有何高尚之处?"提利昂无言以对,父亲续道,"无论以何种标准而言,我们付出的代价都很低廉。只等黑鱼投降,国王将把奔流城赐予艾蒙•佛雷爵士,同时让蓝赛尔和达冯娶佛雷家的姑娘,杰依长大后则嫁给瓦德侯爵的私生子。至于卢斯•波顿,他将被正式册封为北境守护,并迎送艾莉亚•史塔克返乡。"

"艾莉亚•史塔克?"提利昂抬起头,"嫁到波顿家族?我就知道佛雷没胆子单独行动。可这个艾莉亚……瓦里斯和杰斯林爵士找了大半年都没着落,应该死了吧?"

"蓝礼不也是?可黑水河一战他又出了场。"

"什么意思?"

"意思就是小指头比你或瓦里斯机灵。听好,波顿大人要为他私生子讨个媳妇,我们就给,然后坐视恐怖堡与铁民争夺北境,并观察史塔克家众诸侯的动向。等春天一到,他们都打得筋疲力尽,我们再乘虚而入,北境将属于你和珊莎•史塔克的孩子……假如你能找到勇气,给我生出一个来的话。你别忘了,要关心女子贞操的可不止乔佛里一人。"

我没有忘,但我希望你这混蛋不要时时提起。"那您觉得珊莎会乖乖配合吗?"提利昂用恶毒的口吻反问父亲,"在我告诉她我们谋杀了她的母亲和哥哥之后?"

戴佛斯

一开始，国王仿佛没听见。对这个消息，史坦尼斯既不表示高兴，也没有愤怒和怀疑，甚至毫无欣慰之感。他瞪着绘彩桌案，咬紧牙关。"你肯定？"他问。

"显然，我没看到尸体，国王陛下，"萨拉多·桑恩说，"然而城里到处都是神气活现的狮子。百姓们称之为'红色婚礼'，他们发誓说，佛雷侯爵砍下那男孩的首级，缝上冰原狼的脑袋取而代之，还给它戴上王冠。他母亲也被杀了，赤身裸体地扔进河里。"

在婚礼上，戴佛斯心想，在主人的餐桌上，主人的屋檐下。践踏宾客权利，佛雷家必将遭到诅咒。他仿佛再次闻到血液焚烧的气味，听见水蛭在火盆中滚烫的木炭上嘶嘶作响的声音。

"这是真主的愤怒，"亚赛尔爵士断言，"拉赫洛出手了！"

"赞美光之王！"赛丽丝王后颂唱，她是个瘦削的女人，长着一对招风耳，上唇毛茸茸的。

"拉赫洛的手有没有老人斑，会不会颤抖呢？"史坦尼斯反问，"这听起来出自瓦德·佛雷的手笔，而非什么真主的力量。"

"拉赫洛依照需要选取工具。"梅丽珊卓喉际的宝石闪着红光。"手段隐秘，但没人能阻挡他的意愿。"

"没人能阻挡！"王后高喊。

"安静，女人，你现下不是在夜火前祈祷。"史坦尼斯凝视着绘彩桌案，一边思考，"狼仔没有继承人，海怪又分支太多，狮子会把他们全吞了，除非……桑恩，我要你派出手下最快的船，载着使节前往铁群岛和白港，宣布我的赦免令。"他咬牙切齿的样子显示出他有多痛恨这句话。"肯忏悔叛国行为，并宣誓效忠于真正国王的，都完全予以宽恕。他们一定会……"

"他们不会的，"梅丽珊卓语调轻柔，"很抱歉，陛下，这并非事情的结束。很快会有更多伪王捡起先代遗留的王冠。"

"更多？"史坦尼斯看起来仿佛想掐死她，"更多篡夺者？更多逆贼？"

"我在圣火中看见了。"

赛丽丝王后走到国王身边："光之王派遣梅丽珊卓前来指引您通往荣耀的顶点，请听从她的意见吧，我恳求您，陛下。拉赫洛的圣火中没有谎言。"

"在我看来，都是谎言加上谎言！即使火焰讲的有真实，其中也布满陷阱。"

"蚂蚁无法理解伟人的话，"梅丽珊卓说，"而所有人类在烈火真主面前全都是蚂蚁。我有时会把警告当做预言，或把预言当做警告，但过错在于解读者，而非神灵。但有一点我很确定——使节和赦免令派不上大用场，就跟水蛭一样。您必须给天下一个信号。一个证明您实力的信号！"

"实力？"国王哼了一声，"我在龙石岛有一千三百人，另有三百士兵驻防风息堡。"他的手扫过绘彩桌案。"维斯特洛其余的部分都在敌人手中，而除了萨拉多·桑恩的船，我的舰队已告覆灭。此外，我没钱雇佣兵，没有掠夺或荣耀的前景来吸引自由骑手投奔。"

"夫君，"赛丽丝王后道，"你的人比三百年前伊耿的还多，缺的只有龙。"

史坦尼斯阴沉沉地看着她："九大法师渡海来孵伊耿三世储藏的龙蛋，'受神爱护的'贝勒则对着蛋祈祷了半年，伊耿四世发明木铁神龙，而'明焰'伊利昂喝下野火药，妄图让自己成龙。法师失败了，贝勒王的祈祷没有得到回应，木龙被烧毁，而伊利昂王子在尖叫中死去。"

赛丽丝王后态度坚决："他们都不是拉赫洛的选民。当年没有红色彗星划过天际，宣告预言的实现；当年没有人拥有'光明使者'，英雄之红剑。他们也都没有付出代价，梅丽珊卓女士会告诉您，陛下，唯有死亡方能换取生命。"

"那男孩？"国王几乎是充满愤懑地吐出这几个字。

"那男孩。"王后赞同。

"那男孩。"亚赛尔爵士也跟进。

"这肮脏的孩子出生前就令我深恶痛绝，"国王哀叹，"他的名字在我耳中犹如轰鸣，仿佛是覆盖灵魂的一片乌云。"

"请把那男孩交给我，您就再也不用听到他的名字。"梅丽珊卓许诺。

也许没错，但当她焚烧他时，您会听见他的尖叫。戴佛斯保持沉默。在国王叫他发言之前，先不开口比较明智。

"让我把那男孩献给拉赫洛，"红袍女说，"古老的预言将会实现。您的龙将被唤醒，展开石头翅膀，为您赢得七大王国。"

亚赛尔爵士单膝跪倒："我跪求陛下，唤醒石头中的魔龙，让乱臣贼子们战栗吧。跟伊耿一样，您将从龙石岛出发；跟伊耿一样，您将征服维斯特洛。让伪君子和背信弃义的人都感受您的烈焰与怒火！"

"您的妻子也同样恳求您，夫君老爷。"赛丽丝王后在国王面前双膝跪下，双手像祈祷时一样合拢，"劳勃和狄丽娜污染了我们的婚床，为我们的结合投下诅咒。这孩子是通奸的肮脏果实，将他的阴影从我的身子移除，我将为您怀上许多嫡子，我保证。"她双臂环抱住他的腿。"他不过是个孩子，出自您兄长的欲望和我堂妹的羞耻。"

"他是我的血亲。别抓着我，女人。"史坦尼斯国王一只手搭在妻子肩上，别扭地挣脱她的环抱。"也许劳勃的确让我们的婚床受到诅咒，不过他曾指天发誓，说绝不是要羞辱我，只是喝醉了而已，而且那天晚上根本不知自己进的哪间卧房。但这些有什么关系？不管真相如何，孩子没有过错。"

梅丽珊卓将手搭上国王胳膊："光之王珍视贞洁，惩罚堕落，所以没有比这更为合适的献祭。魔龙将自国王的鲜血和纯净的圣火之中诞生。"

史坦尼斯没有像对待他的王后那样抽身远离梅丽珊卓。红袍女跟赛丽丝完全不同：年轻，丰满，有种奇异的美，心形的脸蛋，红铜色头发，神秘的红眼睛。"岩石获得生命将是件神奇的事，"他勉强承认，"而骑上真龙……记得父亲第一次带我上朝，劳勃还得牵着我的手。当时我不超过四岁，他则是五岁或六岁。退朝之后，我们一致同意，国王很威严，而巨龙很可怕。"史坦尼斯哼了一声。"若干年后，父亲告诉我们，伊里斯那天早晨在王座上割伤了自己，因此由首相代为发言，让我们印象如此深刻的其实是泰温•兰尼斯特。"他的手指触摸桌面，轻轻划过富于光泽的山丘。"劳勃称王后撤下了那些头颅，但实在难以下手将它们销毁。巨龙在维斯特洛上空展翅翱翔……那是多么的……"

"陛下！"戴佛斯跨步上前，"我能谏言几句吗？"

史坦尼斯猛然闭嘴，紧咬牙齿。"雨林伯爵，若非为听取谏言，我怎会任命你做首相呢？"国王摆摆手，"尽管直说。"

战士，请赐予我勇气。"我不了解巨龙，更不了解神灵……但王后提到诅咒，天下皆知，无论以诸神或凡人的标准，弑亲者都会受到永远的诅咒。"

"除了拉赫洛与凡人不可道也的远古异神，世上没有其他神祇。"梅丽珊卓的嘴抿成一条红线，"而渺小的人类诅咒他们所无法理解的东西。"

"我是个渺小的人类，"戴佛斯承认，"因此劳您解释清楚，为何需要这个名叫艾德瑞克·风暴的男孩来唤醒岩石中的魔龙，女士。"他决定尽可能多地提那男孩的名字。

"唯有死亡方能换取生命，大人，而伟大的恩赐需要伟大的牺牲。"

"一个庶出孩童有何伟大之处？"

"他血管里流着国王之血。你自己亲眼看到了，甚至一点点就足以——"

"我看到你烧死几条水蛭。"

"两个伪王因此而死。"

"罗柏·史塔克被河渡口领主瓦德侯爵谋杀，而据说巴隆·葛雷乔伊是从桥上掉下去摔死的。这和您的水蛭有什么关系？"

"你怀疑拉赫洛的力量？"

不，我不怀疑。那晚在风息堡底下，活生生的阴影伸出黑色的双手攫住她的大腿，从子宫里蠕动爬出，戴佛斯记得太清楚……我必须小心行事，不然或许会成为阴影的目标。"即使走私洋葱的人也可以分辨两个洋葱和三个洋葱的区别。你还缺一个国王，女士。"

史坦尼斯哼出一声冷笑："他逮到你痛处了，女士，两个跟三个不同。"

"那当然，陛下。一个国王或许是碰巧，甚至两个……但三个全部？如果乔佛里在他如日中天之时，于千军万马和御林铁卫的保护下也相应死去，这样能不能说服您相信真主的力量呢？"

"也许可以。"国王说得仿佛每个字都并非心甘情愿。

"这根本不会发生。"戴佛斯极力掩饰自己的恐惧。

"乔佛里一定要死。"赛丽丝王后平静而自信地宣告。

"可能他已经死了。"亚赛尔爵士补充。

史坦尼斯厌恶地看着他们。"你们是训练有素的乌鸦吗,轮流朝我聒噪?够了。"

"夫君,听我说——"王后恳求。

"说什么?两个跟三个不同。国王跟走私者一样会数数。你们都退下吧。"史坦尼斯转身背对他们。

梅丽珊卓扶王后起身。赛丽丝迅速而僵硬地走出房间,红袍女跟在后面。亚赛尔爵士逗留片刻,最后瞪了戴佛斯一眼。丑陋的眼神,丑陋的脸,他对上他的视线,心里想。

其他人走后,戴佛斯清清嗓子。国王抬头:"你怎么还在?"

"陛下,关于艾德瑞克·风暴……"

史坦尼斯手一挥:"饶了我吧。"

戴佛斯坚持不懈:"您女儿每天跟他一起上课,跟他一起在伊耿花园做游戏。"

"这我知道。"

"倘若他有什么不幸,她会伤心——"

"这我也知道。"

"只要您见过他——"

"我见过他。他很像劳勃,是的,而且崇拜着父亲。我该不该告诉他,他那亲爱的老爸根本没怎么想过他?我哥到处留种,生出来之后又不闻不问。"

"他每天都问起你,他——"

"你快把我惹火了,戴佛斯,我不要再听这个私生子的事。"

"他的名字是艾德瑞克·风暴,陛下。"

"我知道他的名字。有比这更合适的名字吗?既表明他的私生身份和高贵出身,又隐喻着他所带来的混乱。艾德瑞克·风暴,好吧,我已经念了这个名字。你满意了吗,首相大人?"

"艾德瑞克——"他继续。

"——不过是个孩子！就算他是有史以来最优秀的男孩，但那也没什么关系。我要向国家负责。"他的手扫过绘彩桌案，"维斯特洛有多少男孩？多少女孩？多少男人，多少女人？她说到黑暗将把他们全部吞没，永不终结的长夜；她说到预言……沸腾的海洋里诞生的英雄，无机的石头中孵出活生生的魔龙……她说到各种征兆和预示，统统指向我。我从没要求过这些，就像我从没要求过当国王一样，但我能不能忽略她的话？"他咬紧牙关。"我们无法选择命运，但必须……必须履行职责，对不对？伟大抑或渺小，人人都必须履行自己的职责。梅丽珊卓发誓在圣火中看到我高举'光明使者'，抵抗恐怖的黑暗。嘿！这个'光明使者'！"史坦尼斯嘲弄般地哼了一声，"它光彩悦目，我向你保证，但在黑水河上，这柄魔法剑并不比普通钢剑给我更大的帮助。然而一头龙，一头巨龙足以扭转战局。伊耿曾站在这里，跟我现在一样，俯视着这张桌子。如果他没有龙，还能够成为'征服者'吗？"

"陛下，"戴佛斯说，"付出的代价……"

"我知道代价！昨天晚上，我凝视着壁炉，也看到了火焰中的景象。我看到一个国王，额上戴着烈火王冠，不停地燃烧……燃烧！戴佛斯，他的王冠正在消蚀他的血肉，将他化为灰烬。你认为我需要梅丽珊卓告诉我那是什么意思吗？或者需要你告诉我吗？"国王挪了一下，他的影子洒在君临城头，"如果乔佛里真的死了……一个私生男孩的生命相对于一个王国的前途又算什么呢？"

"一切。"戴佛斯轻声说。

史坦尼斯看着他，咬紧牙关。"走，快走，"国王最后道，"免得说话太多，又害自己被关进黑牢。"

有时候风暴实在强烈，你别无选择，只能收起船帆。"是，陛下。"戴佛斯领首道，但史坦尼斯似乎已忘了他。

离开石鼓楼时,庭院十分寒冷。一阵强风从东方吹来,城墙上排列的旗帜被刮得翻卷飞扬,哗哗直响。戴佛斯闻到空气中的咸味。大海的气息。他喜爱这种气息。一时间,只想再度踏上甲板,升起风帆,航向南方,去找玛瑞亚和他的两个小家伙。现在他几乎每天都会想起他们,夜里思念得更为厉害,心底的一部分只盼带上戴冯一起回家。我不能这么做。现在还不能。我当上了领主和国王之手,"人人都必须履行自己的职责",我不能辜负他。

他抬眼凝望城墙。上千只狰狞石兽代替了普通城垛,向下俯视着他,每只都各不相同:双足飞龙、狮鹫、恶魔、蝎尾兽、牛头怪、石蜥、地狱犬、鸡蛇及其他千种更为诡异的怪物都从城头上冒出,仿佛生长于斯。龙则到处都是。大厅是一头贴地躺卧的龙,人们从它张开的巨口进入;厨房是一头蜷缩成团的龙,烤炉散发的烟雾和蒸汽从它鼻孔排出;塔楼是盘踞城头或者振翅欲飞的龙:飞龙塔上的尖啸藐视一切,海龙塔则平静地凝视外海波涛。较小的龙装饰着门洞框架,墙上伸出的龙爪是火炬台,巨大的石翼包含铁匠铺和兵器库,龙尾则构成拱门、桥梁和室外楼梯。

戴佛斯常听人说,瓦雷利亚巫师不像石匠那样亲手雕琢,而用火焰和魔咒加以形塑,好比制陶工人塑造黏土器物。现在的他不由得疑惑:难道它们就是真龙,出于某种原因而被石化?

"我在想,假如红袍女真能让它们复活,城堡就会立刻坍塌。房间、楼梯、家具……呵呵,还有窗户、烟囱和厕所,到处都是龙。"

戴佛斯扭头发现萨拉多·桑恩就在身边:"这意味着你原谅我了么,萨拉?"

老海盗朝他晃晃手指。"原谅,是的。遗忘,没有。蟹岛上那许多金银财宝本来都是我的喽,想来就令人寝食难安、疲惫衰老,假如我死的时候穷困潦倒,家里的妻子们定会诅咒你,洋葱大人。

赛提加伯爵有许多上等葡萄酒,现在却品尝不到,他还有一只训练有素、能从手腕上起飞的海鹰,一支能够召唤海底深处海怪的魔法号角。这样一支号角会很管用,可以用来打击泰洛西人及其他可恶的东西。但我现在有没有它呢?没有!因为国王让我的朋友当了首相。"他勾住戴佛斯的胳膊,"后党人士不喜欢你,我的老友,听说首相正在结交自己的朋友,是也不是啊,嗯?"

你打听得太多了,老海盗。走私者要像了解海潮一样了解形色人士,否则便无法生存,遑论将买卖做大。目前,后党人士也许仍狂热崇拜着光之王,但龙石岛的下层民众又渐渐回归自幼熟悉的信仰。他们说史坦尼斯中了妖术迷惑,被梅丽珊卓引诱而背离七神,朝拜阴影中的恶魔,而且……最可耻的是……她和她的神祇在关键时刻舍弃了他。某些骑士和领主也感同身受。戴佛斯将他们一一发掘出来,就像从前选择船员般谨慎挑拣。杰拉德·高尔爵士在黑水河上顽强战斗,但之后,有人听他说,拉赫洛定是个软弱的真主,任由他的追随者被侏儒与死人追杀;安德鲁·伊斯蒙爵士乃国王的表亲,多年前还曾担任他的侍从;夜歌堡的私生子当初指挥后卫部队,使得史坦尼斯安全撤到萨拉多·桑恩的船上,但他崇拜战士的程度就跟他的勇猛相当。他们组成了王党,不属于后党。但炫耀他们没什么好处。

"某个里斯海盗曾告诉过我,好的走私者懂得躲在人们视线之外,"戴佛斯小心翼翼地回答,"黑帆,蒙布桨叶,外加管住舌头的水手。"

里斯人闻言哈哈大笑。"没舌头的水手更好。高大强壮、不会读写的哑巴最讨人喜欢。"他很快平静下来,"我很高兴有人替你提防着后背,老朋友。你认为国王会把那男孩交给红袍女吗?一头小小的龙就能结束这场浩劫?"

老习惯使得他的手伸向幸运符,但指骨已不在脖子上,他什么也没找着。"不会的，"戴佛斯说，"他不会伤害自己的血亲。"

"蓝礼公爵听到这话一定很开心。"

"蓝礼起兵反叛，而艾德瑞克·风暴是无辜孩童，没有任何罪过。陛下是个公正的人。"

萨拉耸耸肩。"我们会看到的——或者说你会。我呢？我要回海上去。此时此刻，那帮不法之徒或许正想偷渡黑水湾，以逃避合法的税收和检查哪。"他在戴佛斯背上重重拍了一把，"保重，你和你的哑巴朋友们。你现在成了重要人物，然而爬得越高，跌得越重。"

戴佛斯一边思考这番话，一边登上海龙塔的阶梯，去鸦巢下学士的房间。他无需萨拉提醒也知道自己上升得实在太快太高。我不识读写，出身为诸侯们不齿，对于统治之道更一窍不通，怎能做御前首相呢？我属于舰船的甲板，不属于城堡的塔楼。

他曾对派洛斯学士这么讲。"您是个优秀的船长，"学士回答，"船长统治着他的船，不是吗？他必须征服难以捉摸的流水，扬起帆布捕捉风向，随时提防天象变换，并在风暴来临时顶住侵袭。治理王国与此是一个道理。"

派洛斯的保证是好意，但他听来觉得十分空洞。"根本不一样！"戴佛斯反驳，"王国并不等于一艘船……其实这是件好事，否则我们的王国将会沉下去。我了解木头、绳索和海水，这没错，但对大局有何助益？我上哪儿去找一阵劲风，把史坦尼斯国王吹上宝座？"

对此，学士报以大笑："您说得对，大人。言语好比是风，而您用您的洞察力吹动了我。我很明白国王陛下需要您什么。"

"洋葱，"戴佛斯阴郁地道，"我只能提供这个。国王之手该是位出身高贵的领主，贤明博学，指挥若定，富有骑士精神……"

"莱安·雷德温爵士是他那时代最伟大的骑士，却也是有史以来最糟糕的首相之一。墨密森修士的祈祷能带来奇迹，但当上首相以后，很快便让全国上下祈祷他的死亡。巴特威尔伯爵以智慧著称，米尔斯•斯莫伍德以勇气见长，奥托•海塔尔爵士以博学闻名，然而作为首相，他们统统很失败。至于出身，更没有关系，龙王们习惯在族内选择首相，血统应该很尊贵了吧？结果既能产生'破矛者'贝勒，也出现了'残酷的'梅葛。与之相对的是巴斯修士，'人瑞王'从红堡图书馆中拔擢的铁匠之子，他带给全境四十年的和平与富足。"派洛斯微笑，"读读历史，戴佛斯大人，您就会明白自己的怀疑毫无根据。"

"我不识字，怎么读历史？"

"任何人都能识字，我的好大人，"派洛斯学士道，"不需魔法，也不需高贵的出身。来，我正遵照国王的命令教您儿子这门学问，您也来一起参加吧。"

这是个友好的提议，戴佛斯无法拒绝。因此他每天都去海龙塔顶上学士的房间，面对大批卷轴、羊皮纸和皮革典籍皱眉头，试图从中参详出几个词来。努力让他头痛，感觉自己跟边上的"补丁脸"一样愚蠢。儿子戴冯还不满十二岁，却远远领先于父亲，至于希琳公主和艾德瑞克•风暴，阅读就跟呼吸一样自然。在读书方面，戴佛斯比他们中任何一个都更像孩子，然而他坚持不懈。作为御前首相，阅读是必须掌握的技能。

克礼森学士摔断大腿后，海龙塔狭窄盘旋的楼梯对他而言就成了痛苦的折磨。戴佛斯发现自己仍在想念那位老人，想必史坦尼斯也是如此。派洛斯固然聪明、勤勉、善良，但太年轻，国王无法像信赖克礼森那般信赖他。老人在史坦尼斯身边随侍多年……直到与梅丽珊卓发生矛盾，并因此而死。

未到楼梯顶端，戴佛斯便听见一阵轻微的铃声，只可能来自于"补丁脸"。公主的弄臣等在学士门外，活像条忠实的猎犬。他的身体面团似的软绵绵，塌着肩膀，宽脸上布满红绿相间的格子，戴一顶老旧锡桶做的玩具头盔，顶端绑了两根鹿角，十来只牛铃挂在上面，人一动就叮当作响……也就是说从不停止，因为这傻子很少有站着不动的时候，走到哪里，就把叮叮当当的刺耳铃声带到哪里，难怪派洛斯给希琳上课时要将他赶出去。"海底下，老鱼吃小鱼，"小丑喃喃地对戴佛斯说。他晃晃脑袋，铃铛又叮叮当当地响起来，"噢，我知道，我知道，噢噢噢！"

"在这里，小鱼教老鱼。"戴佛斯道，当他坐下来读书时，从没感觉过的苍老感油然而生。若教他的是老克礼森学士，情况也许不一样，可惜派洛斯年轻得可以做他儿子。

此刻学士正坐在长木桌一方，面对着三个孩子，而桌上铺满书籍卷轴。希琳公主坐在两个男孩中间，直到如今，戴佛斯看见自己的骨肉与公主和国王的私生子为伴，仍觉得很是骄傲。将来，戴冯将会成为一方诸侯，而不仅是骑士。叱咤风云的雨林伯爵。戴佛斯对此抱持的欢欣远甚于自己拥有这一头衔。他识字，能读会写，天生就是当贵族的料，派洛斯常表扬他的勤奋，而教头对戴冯在长剑和枪矛上的技巧也多有赞颂，而且他还是个虔敬真主的好孩子。"别担心，我的哥哥们已经升入光明神殿，坐在真主的身旁。"当父亲将四位兄长的死讯带给他时，戴冯如是说，"我将在夜火边为他们祈祷，也为您祈祷，父亲，好让您奉承真主明光照耀，直到生命的尽头。"

"早上好，父亲。"儿子向他问候。他看来跟戴尔在这个年纪时几无二致，戴佛斯心想。固然，他的长子从没穿过戴冯这身华美的侍从服饰，但他们有着同样普通的方脸，同样直率的褐色眼睛，同样稀疏飘逸的棕发。戴冯的脸颊和下巴覆着一层金色毛楂，比桃子茸毛差不了多少，然而那孩子对自己的"胡须"极为自豪。正如从前的戴尔。戴冯是桌边三个孩子中最年长的。

然而艾德瑞克·风暴要高出三寸，胸膛和肩膀也更为宽厚，就这点而言，他确是他父亲的儿子；他也没有一天早上会错过剑盾练习。有些年纪较大，见过少年劳勃和少年蓝礼的人说，这个私生子男孩的容貌比史坦尼斯更像他们——漆黑的头发，深蓝色眼睛，还有嘴、下巴和颧骨的形状。只有他的耳朵提醒你：他母亲是佛罗伦家的人。

"嗯，早上好，大人。"艾德瑞克跟着说。这孩子的天性或许跟父亲一样暴躁而骄傲，但抚养他长大的学士、代理城主和教头们将他调教得十分谦恭。"您是从我叔叔那儿来吗？国王陛下都好吗？"

"很好。"戴佛斯撒谎。说实话，国王看起来憔悴枯槁，但他没必要让孩子背上负担，"希望我没有打扰你们上课。"

"我们刚刚结束，大人。"派洛斯学士说。

"我们在读戴伦一世国王的故事。"希琳公主是个惹人怜爱、温柔而甜美的孩子，只可惜脸蛋并不漂亮。史坦尼斯给了她方下巴，赛丽丝给了她佛洛伦家的招风耳，而善于作弄世人的残酷诸神则让她在摇篮里便感染了灰鳞病，带给她最大的不幸。疾病虽未夺走生命和视力，却让她一侧脸颊和半边脖子的皮肤全部僵硬坏死，表面干裂，夹杂着黑灰斑点。"他发动战争，征服了多恩领，被尊为'少龙主'。"

"他敬拜伪神，"戴冯说，"但除此之外，是个伟大的国王，在战斗中英勇无畏。"

"是的，"艾德瑞克赞同，"但我父亲更勇敢，少龙主从未在一天里赢得三场战斗的胜利。"

公主瞪大眼睛看着他："劳勃伯伯在一天里赢得三场战斗的胜利？"

私生子点点头："那是他回家召集封臣的时候。格兰德森伯爵，卡伏伦伯爵和费尔伯爵计划在盛夏厅会合，然后朝风息堡进发，但消息被一位线人通报给了父亲，于是他立刻带上所有骑士和侍从兼程出发，在敌军来到盛夏厅之前，予以分别打击，逐个击破。他单打独斗杀死费尔伯爵，并俘虏其子'银斧'。"

戴冯望向派洛斯："是这样吗？"

"我正在说呢，不是吗？"艾德瑞克抢在学士回答之前道，"他把三方敌人全部击溃，并用战斗中的英勇表现，征服了格兰德森伯爵、卡伏伦伯爵和'银斧'。没人打败过我父亲。"

"艾德瑞克，你不该过分夸耀，"派洛斯学士说，"劳勃国王跟其他人一样吃过败仗。提利尔公爵就在杨树滩战胜了他，而他也在长枪比武中输过许多次。"

"然而他打胜仗的次数比失败多得多，还在三叉戟河杀了雷加王子。"

"没错，是这样，"学士赞同，"但我现在必须关照戴佛斯大人，您瞧，他一直耐心地等待着。明天我们继续读戴伦国王的《多恩征服记》吧。"

希琳公主和两个男孩礼貌地道别。当他们离开后，派洛斯走近戴佛斯身边。"大人，您愿不愿读读《多恩征服记》呢？"他将那本薄薄的皮革书从桌面上推过来，"戴伦国王的文笔简洁优雅，而他的历史充满流血、战争和勇气，您儿子相当入迷。"

"我儿子才不满十二岁，而我是国王之手。方便的话，还是给我看信吧。"

"遵命，大人。"派洛斯学士在桌上翻找，展开卷卷羊皮纸，接着又将它们扔开，"没有新的信件，也许一封旧的……"

戴佛斯跟任何人一样喜欢享受好故事，但他觉得史坦尼斯任命自己为首相不是为了享受。他的首要任务是协助国王统治，为此必须理解乌鸦带来的文字。他发现，学习东西最好的方法就是实践，不论航船或读写，道理都一样。

"这个也许适合我们。"派洛斯递给他一封信。

戴佛斯抚平皱巴巴的羊皮纸，眯眼查看细小潦草的字体。阅读很费眼睛，这点他早有体会，有时不禁疑惑地猜测，学城对于能将字体写小的学士，是否会给予相当于比武冠军的赏金呢？派洛斯对此想法报以大笑，可是……

"给……五位国王，"戴佛斯念道，读到"五位"时略微犹豫了一下，因为这个词不是经常出现在纸上。"……王……之王，哦，前面是，赛……赛马？"

"塞外。"学士纠正。

戴佛斯显出痛苦的表情。"塞外之王……南……南下？率领一支……一支……区大……"

"巨大。"

"……一支巨大的……野……野人军团。莫……莫而……莫尔蒙总司令送出一只……乌鸦，从归……贵……"

"鬼影。鬼影森林。"派洛斯用指尖在这个词下面着重画了一下。

"……鬼影森林。他……遭到……攻击？"

"对。"

他很满意，继续费力地读下去。"吼……后来其他信鸦纷纷回来，但没有信。我们……担心……莫尔蒙与所由……所有……地熊……不，不，弟兄全被杀死了。我们担心莫尔蒙与所有弟兄全被杀死了……"戴佛斯突然意识到自己在读什么。他把信翻过来，看到黑色的封蜡。"这信来自于守夜人军团，师傅，史坦尼斯国王有没有看过？"

"最初收到信，我把它呈给了艾利斯特大人，当时他是御前首相。我相信他跟王后讨论过，但当我询问如何回复时，他告诉我别

犯傻。'陛下打自己的仗尚且人手不够,怎么可能在野人身上浪费精力?'"

那是事实。而且这五位国王的说法一定会激怒史坦尼斯。"快饿死的人才会向乞丐讨饭。"他喃喃道。

"抱歉,您说什么,大人?"

"我妻子讲过的一句俗话。"戴佛斯边回答边用短手指敲打桌面。第一次见到长城时,他比戴冯还小,在卵石猫号的罗洛·乌霍瑞斯手下干活,这泰洛西人狭海内外呼为"瞎眼杂种",但其实既非盲人也不是私生子。罗洛驶过斯卡格斯岛,深入颤栗海,造访上百个从未有商船到达的小海湾,带去铁器,包括剑、斧、头盔和精良锁甲等,用以交换毛皮、象牙、琥珀和黑曜石。卵石猫号返航时,货仓塞得满满的,但在海豹湾内被三艘黑色战舰追逐,勒令到东海望靠岸。结果船只丢了货物,而"瞎眼杂种"掉了脑袋,罪名是卖武器给野人。

后来戴佛斯自己干起走私行当,其间也曾去东海望做买卖。黑衣弟兄是很难应付的对手,却也可以做很好的顾客,只要船上货物对路。但他收取钱财时,从没忘记"瞎眼杂种"的头颅在卵石猫号甲板上滚动的景象。"少年时代,我见过一些野人,"他告诉派洛斯学士,"他们对偷盗很在行,却不会讨价还价。其中一位带着我们船舱里一个女孩逃了。总而言之,他们看起来跟其他人种也差不多,有的漂亮,有的丑陋。"

"人就是人,"派洛斯赞同,"我们继续读信吗,首相大人?"

是的,我是御前首相,我有我的责任。唉……史坦尼斯也许名义上是维斯特洛七大王国的君主,但实际只称得上那张绘彩桌案的国王。他控制着龙石岛和风息堡,此外还有跟萨拉多·桑恩那永远提心吊胆的联盟,仅此而已。守夜人怎么会寻求他的帮助?他们不知道他有多弱小,他的道路多么迷惘。"史坦尼斯国王没见过这封信,你确定?梅丽珊卓也没见过?"

"都没见过。我要不要带给他们看?即使过了这么久?"

"不用了,"戴佛斯立刻道,"你将它带给艾利斯特大人已经尽了职。"如果梅丽珊卓知道这封信……会怎么说呢?那凡人不可道也的远古异神正在聚集力量,戴佛斯·席渥斯,冷风已然吹起,很快到来的将是永不终结的长夜……而史坦尼斯也在火焰里看到奇异景象,雪地中的一圈火炬,周围尽是恐怖的怪物。

"大人,您不舒服?"派洛斯问。

我很害怕,师傅,他或许该这么直说。戴佛斯记起萨拉多·桑恩告诉他的一个故事,亚梭尔·亚亥为给"光明使者"淬火,将它刺入爱妻的心房。他为与黑暗抗争而杀害自己的妻子,如果史坦尼斯真是亚梭尔·亚亥再生,是否意味着艾德瑞克·风暴得扮演妮莎·妮莎的角色?"我刚才在思考,学士。抱歉。"算了,某个野人王征服了北境,对我们又有什么害处呢?反正北境又不是史坦尼斯的地盘,而且史坦尼斯也不大可能去保护那些拒绝承认他为王的人。"给我另一封信,"他唐突地说,"这封实在……"

"……困难?"派洛斯提示。

冷风已然吹起,梅丽珊卓在低语,永不终结的长夜。"令人不安,"戴佛斯说,"实在……令人不安。请给我另一封信。"

琼恩

他们醒来时看见鼹鼠村燃烧的烟雾。

国王塔顶,琼恩·雪诺倚在伊蒙学士做的衬垫拐杖上,注视着絮絮灰烟升起。由于琼恩的逃跑,斯迪失去了偷袭黑城堡的希望,即便如此,也没必要如此大张旗鼓。你或能杀尽我们,他心想,但没人会在睡梦中死于床上。至少我做到了这点。

将体重移到伤腿上时,仍然疼得像火烧。那天早晨,他需要克莱达斯帮忙才能换上新洗的黑衣,系好靴带,穿戴完毕,已开始渴望罂粟花奶的慰藉。他抵抗住诱惑,喝下半杯安眠酒,嚼了几口柳树皮,拄起拐杖走出去。风云岗的烽火台已经点燃,守夜人需要每一位人手。

"我可以打。"他们试图阻止他时,他坚持。

"腿好了,对吗?"诺伊哼了一声,"不介意我轻轻踢一下吧,嗯?"

"别。它是有点僵,但慢慢走还撑得住。我可以打,而你需要我。"

"我需要每个人,只要他知道该用长矛的哪端去刺野人。"

"尖的那端。"记得自己曾跟小妹讲过类似的话。

诺伊摸摸下巴上的胡楂:"也许可以吧。好,我们会把你安排在某座塔上,带把长弓射击敌人,但如果你他妈的从上面摔落,千万别来找我哭诉。"

国王大道一路往南延伸,穿过多石的褐色原野和冷风摧残的丘陵。日落之前,马格拿便会带着他的瑟恩族人沿这条路杀来,手持斧子和长矛，背负青铜与皮革制成的盾牌。山羊格里格、科特、大疖子及其他人也会来。还有耶哥蕊特。野人们从来不是他的朋友，他不允许他们成为自己的朋友，但是她……

大腿肌肉被她的箭贯穿之处阵阵抽痛。他记得那老人的眼睛，记得闪电在头顶轰然炸开时，喉咙里涌出黑糊糊的血，但记得最清楚的是那个洞穴，火炬光芒下她赤裸的身体，以及她的嘴在自己嘴里的滋味。耶哥蕊特，不要过来，到南方去掠袭吧，或是躲进某个圆塔，你是那么的喜欢这些圆塔。这里，只有死亡。

院子对面，古老的燧石兵营顶上也有个弓箭手，此刻他解开裤子，正往城垛外撒尿。穆利，他从对方油腻腻的橙色头发认出来。其他屋顶和塔楼上也能看到黑衣人，但其中十个有九个是稻草做的。唐纳·诺伊称它们为"稻草哨兵"。讽刺的是，我们却是乌鸦，琼恩暗想，而且大都吓得够呛。

不管名称如何，稻草兵是伊蒙学士的主意。既然储藏室里有许许多多的裤子、上衣和背心闲置，干吗不在其中塞上稻草，肩头披挂斗篷，让它们立在那儿放哨呢？经过诺伊的布置，每座塔楼和半数窗户都有它们的身影，有些甚至握持长矛，或者胳膊底架着十字弓。希望瑟恩人远远看到，便断定黑城堡防御充分，放弃攻击的念头。

国王塔顶上六个稻草人跟琼恩在一起，还有两个真正的弟兄。聋子迪克·佛拉德坐在城垛上，有条不紊地给十字弓的部件清洗上油，以确保转轮运作顺畅，而那个来自旧镇的青年躁动不安地在胸墙附近徘徊，拨弄稻草人的衣服。也许他以为若将它们的姿势摆得恰到好处，就能吓阻敌人；又或者他跟我一样，被等待折磨得神经紧张。

这孩子号称十八岁，比琼恩大，实际却比夏日的青草还嫩。他们叫他"纱丁"——尽管对方已换上守夜人的羊毛服、锁甲和熟皮甲——沿用他打小在妓院出生长大得到的名字。他有一双黑眼睛，皮肤细嫩，卷发乌黑，漂亮得像个女孩，然而经过黑城堡的半年训练，手已变得粗糙，诺伊说他用十字弓还过得去。但他是否有勇气面对即将来临的一切，嗯……

琼恩拄着拐杖在塔顶走动。国王塔不是最高点——这一荣耀属于尖细高耸、濒临崩溃的长枪塔，首席工匠奥赛尔•亚威克认为它随时可能倒塌；也不是最坚固的堡垒——国王大道旁的守卫塔更难对付。但它够高，够坚固，且占据长城背面的有利地形，俯瞰着城门和木头阶梯底部。

琼恩第一次见到黑城堡时，很奇怪会有人傻到造一座没有围墙的城堡，这要如何防御呢？

"无法防御，"叔叔告诉他，"这正是关键。守夜人发誓不偏不倚，不介入境内任何纷争。然而千百年来，某些骄傲压倒智慧的总司令却背弃了誓言，野心作祟，差点让我们完全毁灭。伦赛•海塔尔总司令试图将位置留给私生子，罗德里克•菲林特想让自己当上塞外之王，崔斯坦•穆德、'疯子'马柯、蓝肯菲尔、罗宾•希山……你知道六百年前，风雪门和长夜堡的指挥官彼此宣战吗？总司令试图阻止，他们反而联合起来谋杀他。临冬城的史塔克家族不得不出面干预……摘了他俩的脑袋。行动很容易成功，因为各要塞面南毫无防守。在杰奥•莫尔蒙之前，守夜人军团已有过九百九十六任总司令，他们大都英勇正直……却也有少数懦夫和笨蛋，专横的独裁者，甚至疯子。我们能够生存，是因为七国的领主和国王们明白，不管由谁领导，我们对他们都构不成威胁。唯一的敌人在北方，而面北我们有长城。"

然而现在，敌人越过长城，从南方杀来，琼恩心想，七国的领主和国王们却都忘了我们。人为刀俎，我为鱼肉。没有围墙，黑城堡是守不住的，唐纳•诺伊跟所有人一样明白。"城堡对他们来说

"没什么用处,"武器师傅告诉他小小的守备队,"厨房,大厅,马厩,甚至塔楼……让他们统统占去。我们尽量把兵器库搬空,运到长城顶上,然后坚守在城门附近。"

于是,黑城堡终于有了一道所谓的墙,一堆十尺高排成新月形的障碍物,由各种储藏品构成:桶桶钉子和腌羊肉、柳条箱、捆捆黑毛织品、堆积的圆木、锯好的柴火、淬硬的尖桩,还有袋袋谷物。简陋的壁垒圈起两样最值得守卫的东西——通往北方的城门和登上城墙的巨大之字形木楼梯,楼梯如一道蜿蜒曲折的闪电沿墙攀升,踏脚的木梁有树干那么粗,深陷在冰层里。

琼恩看见最后几个鼹鼠村民仍在漫长的攀爬过程中,弟兄们正加以催促。葛兰怀抱一个小男童,而派普在两级楼梯下面扶持着一位老人,而最老的村民们仍在下面等待铁笼重新放下。有位母亲拖着两个孩子,一手牵一个,另一个大点的男孩越过她,向顶端跑去。在他们头上两百尺,天蓝苏和梅利安娜小姐(她不是什么小姐,她所有的朋友一致同意)站在楼梯口,望向南方。无疑对烟雾,她们比他看得更清楚。琼恩想到那些没有选择逃离的村民,总有一些人不愿逃跑,要么太固执,要么太愚蠢,要么太勇敢,宁愿留下来战斗、躲藏,甚或屈膝投降。也许瑟恩人会在匆忙间放过他们吧。

应该先发制人的,他心想,若有五十名装备良马的游骑兵,就能半路将敌人冲散。然而别说五十名游骑兵,就连马也凑不到半数。守卫们还没返回,根本无从知道他们到底在哪儿,甚至不清楚诺伊派去的骑手有没有找到人。

而今只有我们是长城的守卫,琼恩告诉自己,瞧瞧我们吧。正如唐纳·诺伊警告的那样,波文·马尔锡留下的弟兄都是老弱病残,以及仍在受训的男孩。他看见他们中有些人正奋力将木桶推上楼梯,另一些在路障边把守:矮胖的老"木桶",动作一如既往的

缓慢；"省靴"使劲拖着木头假腿一跳一跳地往前走；"半疯伊希"认为自己是傻瓜佛罗里安重生；还有多恩人迪利、玫瑰林的红埃林、小亨利（五十好几岁）、老亨利（七十好几岁）、"毛人"哈尔及女泉镇的麻子佩特等等。其中几个看到琼恩从国王塔上望下来，便朝他挥手，可多数人扭过头去。他们仍认为我是变色龙。这是一杯苦酒，但琼恩怪不得他们。毕竟，他是个私生子，大家都认为私生子的血脉出自欲望与欺骗，天生便是反复无常，背信弃义，而他在黑城堡树立的敌人跟结交的朋友一样多……譬如雷斯特就是其中之一。琼恩曾威胁除非他放过山姆威尔·塔利，否则便要让白灵撕开他的喉咙，这事对方没有忘记。此刻他正将干树叶耙到楼梯底下，分成一大堆一大堆，但时不时停下片刻，恶狠狠地瞪琼恩一眼。

"不对，"唐纳·诺伊在楼梯下冲三个鼹鼠村民喊，"沥青送去起重机，油料放到上部楼梯，弩箭送往第四、第五和第六层平台，长矛送往第一、第二层。猪油堆在楼梯下面，对，那儿，木板后面。肉桶运去路障。快点，你们这帮长麻子的农民，快点！"

他有领主的嗓门，琼恩心想。父亲常说，指挥官的肺跟他挥剑的手一样重要。"如果发号施令时别人听不到，任你三头六臂也没用。"艾德公爵教诲儿子们，因此他过去常和罗柏爬到临冬城的塔楼上，隔着庭院互相呼喊。但他俩的声音加起来尚远不如唐纳·诺伊。鼹鼠村民们很惧怕他，也难怪，因为武器师傅总威胁要拧下他们的脑袋。

四分之三的村民相信琼恩的警告，来到黑城堡避难。诺伊宣布，只要有力气拿起长矛或者挥动斧子的人，都得帮助防御路障，否则就他妈的滚回家去自己对付瑟恩人。他倾尽库存，将精良的兵器交到他们手中：双刃大斧、锋利匕首、长剑、钉头锤、尖刺流星锤、镶钉皮衣和锁甲、护胫甲保护腿部、护喉撑住脑袋，装备妥当后,他们中有些人甚至看起来有几分战士的模样。假设你在昏暗光线下匆匆一瞥的话。

诺伊也让妇女和儿童参加工作。太过年轻尚不能战斗的人负责提水和照料火堆,鼹鼠村的接生婆协助克莱达斯和伊蒙学士处理伤员,"三指"哈布一下子有了这许多帮忙照看火炉、搅拌锅子和切洋葱的助手,都不知该拿他们怎么办了。有两个妓女甚至提出要参战,而使用十字弓的技巧竟然确实不错,因而被安排在楼梯上四十尺高处。

"好冷。"纱丁脸颊通红,双手藏在斗篷里,夹在腋窝下。

琼恩让自己微笑:"霜雪之牙更冷呢,毕竟深秋了嘛。"

"我希望自己永远不要见到霜雪之牙。你知道吗?我认识一个旧镇女孩,她喜欢在红酒里面加冰。我想那是最适合冰的地方。红酒里面。"纱丁皱眉望向南方,"你觉得稻草哨兵把他们吓跑了吗,大人?"

"但愿是吧。"这是有可能的,琼恩猜测……但更有可能野人们仅仅是在鼹鼠村里多逗留了一会儿,烧杀奸淫。或许斯迪在等待夜幕降临,以便在黑暗的掩护下进军。

正午过后,国王大道上仍旧没有瑟恩人的踪影。琼恩听见塔内传来脚步声,呆子欧文突然从地板门下走出,爬楼梯爬得脸上红彤彤的。他一条胳膊下夹着一篮小圆面包,另一条胳膊底下是一轮奶酪,手里还摇摇晃晃地提着一袋洋葱。"哈布说你们耽搁久了,得吃东西。"

也许这就是最后一餐。"替我们谢谢他,欧文。"

迪克·佛拉德聋得像岩石,但鼻子好使。圆面包刚出炉,还带着温热,他伸手从篮子里掏出一个,并找到一罐黄油,用匕首抹了些。"夹的葡萄干,"他愉快地宣布,"还有果仁。"他说话含含糊糊,好在习惯之后就容易听明白。

"你把我那份也吃了吧,"纱丁道,"我不饿。"

"吃下去,"琼恩告诉他,"不知何时才有下一顿。"他自己拿了两个圆面包。果仁是松子,此外有葡萄干和一点干苹果。

"野人今天会来吗,雪诺大人?"欧文问。

"如果他们来了,你会知道的,"琼恩说,"注意听号角声。"

"两声。两声代表野人逼近。"欧文长得很高,浅黄头发,性情温和,是个不知疲倦的工人,做起木工来灵巧得令人吃惊,守夜人军团中投石机之类的东西就由他负责保养维护。但他会很高兴地告诉你,他母亲在他还是个婴儿时,不小心摔了他的脑袋,因此一半的智力从耳朵孔漏了出去。

"你记得该上哪儿去吗?"琼恩问他。

"记得,我要去楼梯,唐纳·诺伊说的。到第三层平台上,如果野人越过路障,就用十字弓往下射他们。第三层,一,二,三。"他的脑袋上下直晃,"野人进攻的话,国王会来帮我们,对不对?劳勃,他可是个了不起的战士。国王一定会来的,伊蒙师傅派了鸟儿去找他。"

告诉他劳勃·拜拉席恩死了也没用,反正他会像前几次一样忘掉。"伊蒙师傅派了一只鸟去他那儿。"琼恩赞同。这似乎让欧文很高兴。

实际上,伊蒙学士派出许多乌鸦……不只给一个国王,而是四个。野人兵临城下,信中如是写道,国境垂危。请倾尽全力帮助守夜人防御黑城堡。他还向旧镇和学城那么远的地方送信,向全国五十多位大诸侯送信。他们对北方领主寄予的希望最大,因此每人送了两只鸟。黑色的鸟儿,带着恳求之辞前往安柏家与波顿家,前往赛文城、托伦方城、卡霍城、深林堡、熊岛、古城、寡妇望、白港、荒冢屯和溪流地,甚至去找偏远山区的里德尔家、伯莱利家、诺瑞家、哈克莱家和渥尔家求助。野人兵临城下，北境垂危。请携全部军力星夜前来增援。

然而乌鸦有翅膀，领主和国王们却没有。即便有谁愿意提供援助，今天也到不了了。

时间由早晨到了中午，中午又到了下午，鼹鼠村的烟雾被风吹走，南方的天空恢复干净。没有云，琼恩心想，这很好。雨雪会毁了他们的布置。

克莱达斯和伊蒙学士乘铁笼上到长城顶端安全之处，鼹鼠村的大部分妇女也上去了。黑衣人们在塔楼顶上不安地踱步，隔着院子彼此叫喊。赛勒达修士带领守卫路障的人们作祈祷，恳求战士赐予力量。聋子迪克·佛拉德蜷起身子，在自己斗篷底下睡觉。纱丁沿城垛绕了一圈又一圈，也许走了上百里路。冰墙流泪，太阳爬下冷酷的蓝天。接近傍晚时分，呆子欧文又带着一条黑面包、一桶哈布最好的羊肉和麦酒与洋葱炖的浓汤回来。迪克顿时醒转。他们把东西吃个精光，还用面包块擦干桶底。这时，太阳已低垂于西，城内处处是黑乎乎的影子。"点火，"琼恩告诉纱丁，"把锅子灌满油。"

他自己走下楼梯去插门闩，试图活动僵硬的腿。这是个错误，琼恩很快便明白，但仍抓着拐杖坚持到底。国王塔的门是镶铁钉的橡木，也许可以延滞瑟恩人，但若对方真想闯入，却无法阻挡。琼恩将门闩插进槽里，然后去了趟厕所——这很可能是最后的机会——方才一瘸一拐地回到屋顶，脸庞因痛苦而扭曲。

西方的天空变成血色的淤青，头顶却依然是钴蓝，并渐渐转深，化为紫色，然后星星出来了。琼恩坐在两个城垛间，陪伴他的只有一个稻草人，骏马座于群星间飞奔上升，或者该叫它长角王座？琼恩疑惑地想，不知白灵在哪里，耶哥蕊特在哪里……噢，太疯狂了。

他们当然会选择夜间。就像盗贼,琼恩心想,就像杀手。

号角吹响,纱丁尿湿了裤子,但琼恩假装没注意。"去把迪克摇醒,"他告诉旧镇的男孩,"否则打仗时他一定从头睡到尾。"

"我害怕。"纱丁的脸苍白得像死人。

"他们也怕。"琼恩把拐杖靠在城垛上,端起长弓,将沉重光滑的多恩紫杉木拗弯,并在凹槽里挂上一根弓弦。"除非确定目标,否则别浪费箭支,"纱丁叫醒迪克回来之后,琼恩道,"我们这儿补给充足,但充足不意味着无穷无尽。记住,补充弹药时躲到城垛后面去弄,别躲在稻草人背后,它们是草做的,箭会穿过去。"他没费神告诫迪克·佛拉德任何东西。只要光线足够,迪克便能读唇,对你的意思了解得很清楚。刚才的话,他已全明白了。

于是他们三人在圆形塔楼的三方分别站好位置。

琼恩从腰带上挂的箭袋里抽出一支箭。黑色的箭杆,灰色的羽毛。当他把箭搭到弦上时,想起某次狩猎后,席恩·葛雷乔伊说的话。"尽管野猪有獠牙,黑熊有爪子,"他挂着一贯的笑容宣称,"却没有灰鹅的羽毛一半致命。"

琼恩的狩猎技巧从来不及席恩的一半,但对长弓并不陌生。有些黑影在兵器库附近穿行,由于贴紧石墙,看不真切,所以还没到射击时机。他听见远处的喊叫,守卫塔上的弓手正向地面放箭。那地方太远,不属于琼恩的防御区域。但随后三个影子从旧马房窜出来五十码,他走到城垛边,举起长弓,拉紧了弦。敌人在奔跑,因此他瞄准前方,等待,等待……

羽箭"嘶"的一声轻响离弦而出。片刻之后,一声闷哼,院里奔跑的黑影只剩两个。他们跑得更快了,而琼恩从箭袋里抽出第二支箭。这次射得太急,没有命中。等他再次搭箭,野人们已经不见。他搜寻另外的目标,发现四个敌人正在烧焦的司令塔附近奔跑。月光反射在长矛和斧子上,映出圆皮盾上可怕的图案:骷髅与骨头、毒蛇、熊爪、恶魔扭曲的脸。这是自由民,他知道,瑟恩人持黑色熟皮盾,有青铜的镶边和突起,但盾上朴素,未加装饰。这些是掠袭者们比较轻便的柳木盾。

琼恩将鹅羽拉至耳边,瞄准,射出,然后再次搭箭,拉弓,放。第一箭射入熊爪盾,第二箭则射入咽喉,野人尖叫着倒下。他听见左边聋子迪克的十字弓传来低沉的弹弦声,片刻之后,纱丁的十字弓也响了。"我射中一个!"男孩刺耳地嘶喊,"我射中一个人的胸口。"

"再射另一个。"琼恩回应。

现在不必搜寻目标,只需挑选牺牲品。他放倒一个正搭箭上弦的野人弓手,接着又射向一位正开砸哈丁塔大门的斧兵。这回射偏了,但箭插在橡木上颤抖,使野人踌躇不定。等对方回头跑开,他才认出那是大疖子。电光火石间,老穆利从燧石兵营顶上放出一箭,正中他大腿,他鲜血淋漓地爬走。他该不会继续抱怨疖子了,琼恩心想。

箭袋空了之后,他又去取了一个,然后移到另一垛口,跟聋子迪克·佛拉德并肩作战。琼恩每射三箭,聋子迪克才放一支弩,这是长弓的优势。一般而论,十字弓穿透力更强,但发射慢,装填也麻烦。他听见野人们互相喊话,西方某处,一支战号吹响。整个世界到处是月光和影子,时间在无穷无尽、反反复复的搭箭、拉弓、放之中流逝。一支野人的箭射穿他旁边稻草哨兵的咽喉,但琼恩·雪诺几乎没注意。让我干净利落地一箭射死瑟恩的马格拿,他向父亲的神祈祷。至少马格拿是他可以憎恨的敌人。让我射死斯迪。

手指变得僵硬,大拇指开始流血,但他仍然搭箭、拉弓、放。一团火光引起他的注意,扭头看去,只见大厅门口着了火。不一会儿,整个巨型木造大厅都燃烧起来。他知道"三指"哈布跟鼹鼠村的助手们都安全地待在长城上,但仍觉得肚子上挨了一拳。"琼恩，"聋子迪克用那含混的声音喊，"兵器库。"敌人上了房顶，其中一个拿着火炬。迪克跳上城垛，以便射得更准。他把十字弓举到肩头，"嘭"的一声朝拿火炬的野人射去。射偏了。

他下方的弓箭手却没有。

佛拉德一声没吭，便脑袋朝下从胸墙边栽落。到下面的院子足有百尺之高。琼恩听到一声沉闷的撞击，便躲到一个稻草哨兵身旁窥探，试图看清箭是打哪儿来的。聋子迪克的尸体旁不到十尺的地方，他瞥到一面皮革盾牌、一件破破烂烂的斗篷和一丛浓密的红发。火吻而生，他心想，*幸运的象征*。他引弓瞄准，手指却不愿松开，接着她便跟出现时一样突然地消失了。他诅咒着扭身，转而朝兵器库顶上的敌人射出一箭，但也没射中。

此时东边的马厩也着了火，黑烟和干草灰从牲畜栏里泻出。当房顶倒塌时，一束火焰呼啸着蹿起，声音如此之响，甚至盖过瑟恩人的战号。他们五十人排成紧密队形，沿国王大道踏步走来，盾牌高举过头。其他人则通过菜园蜂拥前进，穿过院子的石板地，绕过干涸的古井。其中三人砍开鸦巢底下木造堡垒的门，那是伊蒙学士的居所，而沉默塔顶正展开一场殊死搏斗，长剑对抗青铜战斧。这些都不是关键。*好戏在后头*，他心想。

琼恩一瘸一拐地走到纱丁身边，抓住他的肩膀。"跟我来！"他叫喊。于是他们一起转移到北面胸墙，从这个方向，国王塔俯瞰城门和唐纳·诺伊用圆木、木桶和袋袋谷物堆起来的临时城墙。瑟恩人已在他们之前赶到。

他们戴着半盔，长长的皮革衫上缝有青铜薄片，许多人挥舞青铜斧，有些是石斧，还有些人拿短矛，就着马厩的火光，树叶状的枪尖闪烁红芒。他们一边用古语尖声呼叫，一边攻击路障，用矛刺戳，用青铜斧挥砍，谷物和鲜血一起疯狂流泻，唐纳·诺伊布置在楼梯上的弓手们朝他们如雨般射出弩矢与箭支。

"我们干什么?"纱丁喊。

"杀!"琼恩边吼回去,边拿起又一支黑箭。

对弓箭手而言,没有比这更容易的目标。瑟恩人攻击新月形的路障,背对着国王塔,他们爬上袋子和木桶,冲向黑衣人。这回琼恩和纱丁碰巧挑中同一个目标,此人刚登上路障顶,就有一支箭从脖子上戳出,另一支弩钉在肩胛骨之间,转瞬间,又一把长剑刺中他的腹部,他倒在身后的同伴身上。琼恩把手伸向箭袋,发觉它又空了。纱丁正重新装填,他留下男孩,去补充弹药,刚跨出几步,面前三尺远处的地板门便猛地掀开。真该死!我甚至没听见撞门声。

没时间思考、计划或呼救。琼恩扔下长弓,伸手越过肩头,探到背后,长爪出鞘,迅速埋进第一个探出来的脑袋里。青铜不敌瓦雷利亚钢,这记一下子劈开瑟恩人的头盔,深深嵌入骨头中,对方原路翻滚下去。琼恩从喊声中知道,后面还有更多人。他往后退开,呼叫纱丁。下一个爬出来的人脸颊中了一支飞矢,也随即消失。"油。"琼恩道,纱丁点点头。他们掀开火堆上的厚棉垫子,合力提起那口沉重的锅——里面全是沸油——经由洞口倒到下面的瑟恩人身上。这是他一辈子听过最可怕的惨叫,纱丁看起来似乎要吐了。琼恩一脚踢上地板门,并用沉甸甸的铁锅压住,然后使劲摇晃长着漂亮脸蛋的男孩。"待会儿再吐,"琼恩喊,"过来看。"

他们离开城垛才一小会儿,下面的情况却全变了。十来个黑衣弟兄及一些鼹鼠村民仍站在桶子和木头顶上据守,但周围爬满了野人,将他们逼退。琼恩看到一支矛刺穿雷斯特肚腹,力量如此之大,甚至把他挑到空中。小亨利死了,老亨利被敌人包围,也命不久矣。他看到伊希旋转劈砍,像疯子一样哈哈大笑,从一个桶跳到另一个桶,斗篷飞扬,然后一把青铜斧砍中他膝盖下面,笑声化为凄厉的惨叫。

"他们要崩溃了。"纱丁说。

"不,"琼恩道,"他们已经崩溃了。"

一切发生得非常之快。一个"鼹鼠"逃走,然后是另一个,接着所有村民突然之间全部扔下武器,放弃了路障。黑衣人数量太少,无法单独支撑。琼恩看到弟兄们试图排成一线,有秩序地后撤,但瑟恩人持着矛斧猛扑而上,然后他们也逃了。多恩人迪利脚下一滑,扑倒在地,野人的矛顿时刺入他的肩胛骨。"木桶"动作缓慢,气喘吁吁,差点要到达最下面的楼梯时,一个瑟恩人抓住他斗篷,将其拉回来……但还不及下斧,就被一支弩箭射倒。"我射中他了。"纱丁欢呼,"木桶"跌跌撞撞跑向楼梯,手脚并用地朝上爬去。

城门失守。唐纳·诺伊已将它关上,用铁链牢牢锁住,以备万一。此刻铁栏杆反射红色的火光,后面是冰冷黑暗的通道。没人留下来守卫,唯一的安全之地在长城顶七百尺高处,蜿蜒曲折的木楼梯上方。

"你信什么神?"琼恩问纱丁。

"七神。"旧镇的男孩道。

"那就祈祷吧,"琼恩告诉他,"你向新神祈祷,我向旧神祈祷。"转折点就要到了。

由于刚才地板门附近的混乱,琼恩忘了补充箭袋。现在,他瘸着腿穿过屋顶去取箭,同时也拣起长弓。锅子还在门上,纹丝未动,这里似乎暂时相当安全。*好戏在后头,而我将在包厢里观看*,他一边想一边蹒跚着走回来。纱丁正朝楼梯上的野人发射,然后蹲在城垛后面装填。*他很漂亮,也很敏捷。*

真正的战斗在楼梯上展开。诺伊在最底部两个平台上布置了长矛兵,但村民们不顾一切地奔逃吓倒了他们,于是也加入了逃跑行列,朝第三层平台退去,瑟恩人则杀死所有掉队者。更高处平台上的箭手和十字弓兵努力让箭支越过同伴们的头顶。琼恩搭箭，拉弓，然后射出。一个野人应声滚下楼梯，他感到很高兴。火的热量让冰墙表面开始流水，焰苗映照，跳跃闪烁。楼梯在逃命的人群踩踏下疯狂颤抖。

琼恩再次搭箭、拉弓、放，但现在射击的只剩他和纱丁，踏上楼梯的瑟恩人却足足有六七十，一路狂奔，一路杀戮，沉醉在胜利之中。第四层平台上，三名黑衣弟兄手执长剑，并肩而立，战斗再度展开，但只持续了一小会儿，因为他们只有三个。野人的潮水很快淹没过去，弟兄们的热血沿着楼梯流淌滴落。"临阵脱逃者其实最容易遭到攻击，"艾德公爵曾教诲琼恩，"好比受伤的动物，激起对方杀戮的欲望。"第五层平台上的弓箭手没等战斗延伸到那儿就逃了。一场溃败，一场彻底的溃败。

"把火炬拿来。"琼恩吩咐纱丁。四支火炬放在火堆边，头上包着蘸了油的破布，此外还有一打火箭。旧镇的男孩将一支火炬伸进火里，直到它明亮地燃烧，然后将其余没点燃的夹在胳膊下。他又露出惊恐的表情，很正常，琼恩心里也一样。

这时，他看到了斯迪。马格拿爬上路障，经过割裂的袋子、砸碎的木桶，踩踏着朋友和敌人们的尸首，青铜鳞甲于火光下闪着阴郁的色泽。斯迪摘下头盔，视察胜利的景象。这没耳朵的秃头杂种在微笑，看到城门，又举起手中带有装饰着华丽的青铜枪头的鱼梁木长矛指点，一边用古语对周围五六个瑟恩人大叫大嚷。太晚了，琼恩心想，你早该叫你的人撤过路障，也许还能挽救一些。

头顶上方，战号猛然吹响，绵长而低沉。这不是从长城上传来的，而是从两百多尺高处的第九层平台，唐纳·诺伊在那儿指挥。

琼恩沉着地将一支火箭搭上弓弦，让纱丁用火炬点燃，然后走向城垛，引弓，瞄准，发射。箭支拖着一束火尾飞速向下，钉入目标之中，发出噼里啪啦的声响。

目标不是斯迪,而是楼梯。确切地说,是唐纳·诺伊堆积在楼梯底下的木桶和口袋,几乎堆到第一层平台的高度,桶内装满猪油和灯油,口袋里是树叶和蘸油的布,此外还有劈开的圆木、树皮与木屑。"继续,"琼恩催促,"继续,继续。"其他长弓手也纷纷开火,从每一座射程之内的塔楼顶端,都有箭射往高处,划出弧线,坠落在长城跟前。琼恩用完火箭后,便让纱丁点燃火炬,直接从垛口扔出去。

楼梯上方又燃起一团火焰。老旧的木板像海绵般吸足了油,唐纳·诺伊将第九到第七层平台之间统统浸满。琼恩只盼诺伊扔出火炬时,自己人已跌跌撞撞地登上安全地带。黑衣弟兄们至少还知道计划,但村民都不了解。

剩下的工作交给风与火,琼恩只需观看。由于上下都是火焰,野人们无处可去。继续向上的死了,往下奔跑的也死了,留在原地的仍难逃厄运。许多人被焚烧前从楼梯上跳下,摔个粉身碎骨。最后二十几个瑟恩人在火焰中间挤作一团,冰墙就在这时因热量而崩塌,下面三分之一的楼梯连同好几吨重的冰一起全部脱落,其势犹如雪崩。这是琼恩·雪诺最后一次见到斯迪,瑟恩的马格拿。长城会保护自己,他心想。

琼恩要纱丁扶他下去,去院子里面。伤腿疼得厉害,即使有拐杖,也几乎无法行走。"拿着火炬,"他告诉旧镇的男孩,"我要找个人。"楼梯上阵亡的绝大多数是瑟恩人,肯定有些自由民逃脱。曼斯的人,不是马格拿的部下,她也是其中之一。他们经过那些试图冲上地板门的敌人,现在已统统成为死尸。琼恩在黑暗中游荡,一条胳膊夹着拐杖,另一条胳膊搂着一个男孩的肩膀,那男孩曾是旧镇的男妓。

此刻,马厩和大厅已被烧成冒烟的灰烬,火焰仍沿着长城熊熊燃烧,一个台阶接着一个台阶,一个平台接着一个平台。他们不时会听到一阵吱嘎，随后是哗啦啦的崩裂声，又一大块冰从墙面脱落。空气中充满灰烬与冰晶。

他发现科特死了，"石拇指"快死了，还有一些从来没有真正了解的瑟恩人死去或者垂死。他找到"大疖子"，由于大量失血，他非常虚弱，但仍活着。

他发现耶哥蕊特仰面躺在司令塔底一片陈雪之上，双乳之间中了一箭。冰晶撒在她脸庞，月光照耀下，仿佛戴了个闪闪发光的银色面具。

箭是黑色，琼恩发现，但带着白色的鸭毛。不是我的，他告诉自己，不是我的箭。但一切都没有分别了。

他跪倒在她身旁的雪地里，她的眼睛缓缓睁开。"琼恩·雪诺，"她气若游丝地说，似乎肺部受了伤，"这儿是不是真正的城堡？不仅仅是一座塔楼？"

"是的。"琼恩握紧她的手。

"很好，"她低声说，"我一直想见识真正的城堡，在我……在我……"

"你将参观一百座大城堡，"他向她保证，"战斗结束了，伊蒙师傅会照料你。"他抚摸她的头发。"你是火吻而生，记得吗？是幸运的象征。单单一支箭杀不死你。伊蒙会把它拔出来，然后给你疗伤，我们喂你喝罂粟花奶，以减轻痛苦。"

对此，她只微笑了一下："还记得那个山洞吗？不要离开那山洞，我告诉过你的。"

"我们回那山洞去，"他说，"我不会让你死，耶哥蕊特，不会让你死……"

"噢，"耶哥蕊特捧起他的脸颊，"你什么都不懂，琼恩·雪诺。"她幽幽地叹口气，死了。

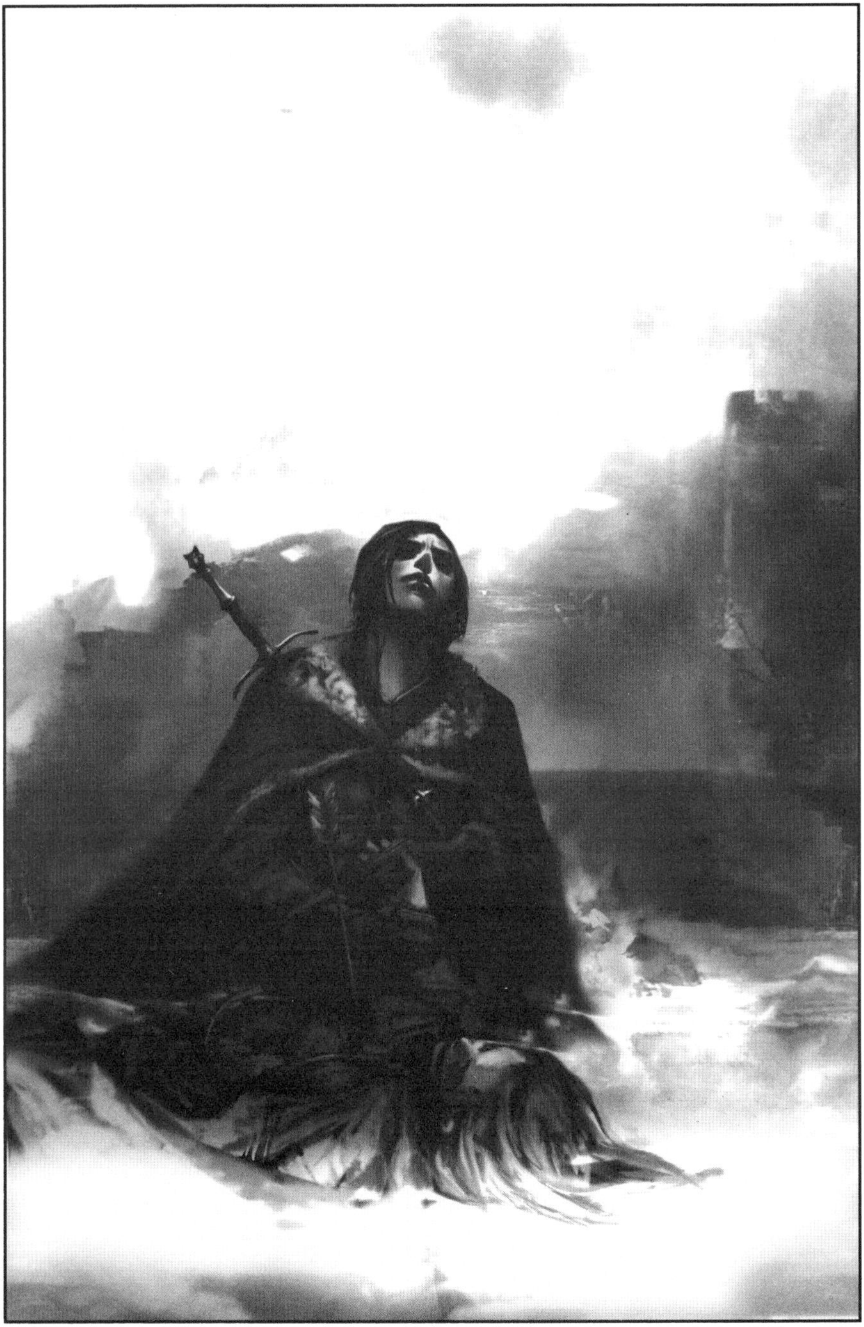

布兰

"不过是又一座空碉堡,"梅拉·黎德一边说,一边注视着碎石、废墟和杂草。

不,布兰心想,这是长夜堡,世界的尽头。在群山中跋涉时,他一心只想早日到达长城,寻找三眼乌鸦,现在到了这里,内心却充满恐惧。他做的那个梦……夏天的梦……不,我不能去想。他甚至没告诉黎德们,但梅拉似乎有所察觉。如果绝口不提,也许可以忘记梦中之事,它也永远不会成真,罗柏和灰风就仍然……

"阿多,"阿多换换重心,布兰也跟着晃。走了好几个钟头,他累了。但至少他不害怕。布兰怕这个地方,而且几乎同样怕向黎德姐弟承认这点。我是北境的王子,临冬城史塔克家族的成员,几乎已经长大成人了,我得像罗柏一样勇敢。

玖健用暗绿色的眼睛凝视他:"这里没什么东西会伤害我们,殿下。"

布兰可不太确定。长夜堡总出现于老奶妈最吓人的故事里面。"夜王"曾在这里统治,其后他的名字被人们从记忆中抹去;"鼠厨师"在这里为安达尔人的国王奉上"王子培根人肉馅饼";"七十九守卫"曾在这里站岗;年轻勇敢的丹妮·菲林特在这里被强暴后谋杀。就在这座城堡,谢瑞特国王发出对古安达尔人的诅咒,一群小学徒面对黑夜中出现的妖怪,瞎子"星眼"赛米恩观睹地狱犬打斗,而"疯斧"走过这些院子,爬上塔楼,于黑暗中屠杀他的兄弟们。

当然,所有这些故事都发生于千百年前,有些甚至根本没发生过。鲁温学士常说,老奶奶的故事不能囫囵吞下。但某一次叔叔来见父亲时,布兰问起长夜堡,班扬•史塔克没说那些故事是真,也没说是假,只耸耸肩:"我们两百年前就离开了长夜堡。"仿佛这就是答案。

布兰逼自己环顾四周。这天早晨寒冷而明亮,阳光从残酷的青天中照耀而下。他不喜欢那些嘈杂的声音:风穿过残破塔楼发出令人不安的啸叫,要塞吱嘎作响,老鼠在大厅地板下乱爬。那是"鼠厨师"的孩子们在逃避父亲。院子成了小森林,细瘦的树木互相交错光秃的枝桠,枯叶如蟑螂在堆堆积雪上疾走。原本马厩所在之处长出了几棵大树,厨房拱顶上有个洞,一株扭曲的白色鱼梁木从里面挤出来。在这里,就连夏天也感到不安。布兰容许自己钻入他皮下一小会儿,闻闻这地方的味道。他不喜欢那气味。

关键的是,没有穿越长城的通道。

布兰告诉过他们不会有,一遍又一遍地告诉他们,但玖健•黎德坚持要亲眼看看。他做过绿色之梦,绿色之梦不会骗人。梦怎能开门呢?布兰心想。

自从黑衣弟兄们收拾行李,弃守此处,前往深湖居之后,长夜堡的大门就一直封闭:钢铁闸门放下,拉提的链条被卸除,而通道里塞满大大小小的石头,全冻在一起,直到跟长城本身一样难以穿透。"我们该跟琼恩走的。"布兰看到这番景象之后评论。自从那晚透过夏天看着琼恩在暴风雨中骑马逃走,布兰就常想起自己的私生哥哥,"找到国王大道,然后去黑城堡。"

"我们不敢那么做,王子殿下,"玖健说,"我告诉过你为什么。"

"但野人怎么办呀!他们杀了一位老人,还想杀死琼恩。玖健,他们有一百个那么多呢。"

"正是如此,而我们才四人,所以更不该去。记得吗?你帮了你哥哥——如果那真是他——却差点失去夏天。"

"我知道,"布兰悲哀地说。冰原狼杀了三个野人,或许更多,可对方数目实在惊人,很快便在那没耳朵的人周围紧密集结成一圈。夏天试图溜进雨夜,不料一支箭斜刺里飞来,突然的刺痛把布兰逼出狼形,回到自己的身躯。等雨终于停止,一行四人挤在黑暗中,没有生火,也没大声说话——基本上什么也没说。他们听着阿多沉重的呼吸,担心直到清晨,尤其担心野人们会穿湖过来。布兰不时进入夏天,但疼痛又总是立刻把他驱回,好比灼热的水壶,就算再想提,也不得不抽回手。那晚只有阿多睡着,一边念叨"阿多,阿多",一边翻来覆去。布兰害怕夏天会在黑暗之中死去。求求你们,远古诸神,他祈祷,你们带走了临冬城,带走了我父亲,带走了我的腿,不要把夏天也带走。也请你们守护琼恩•雪诺,请你们让野人离开。

湖中的岩石岛屿上没有鱼梁木生长,然而远古诸神似乎是听到了。第二天早上,野人们不慌不忙地准备启程,扒下自己的死者和那位老人的衣物,甚至还从湖里捞起一些鱼。有那么令人惊恐的一刻,三个人找到堤道,并试图走过来……但堤道拐弯的地方他们没拐,结果两人差点淹死,幸好被拉了上来。高大秃顶的首领朝他们吼叫,话音在湖面上回荡,连玖健都听不懂他使用的语言,片刻之后,对方收拾起盾牌和长矛,朝东北,就是琼恩离开的方向进发。布兰也想离开,去寻找夏天,但被黎德姐弟阻止。"再留一晚,"玖健道,"和野人之间拉开一段距离,再碰上他们可不好,对吧?"欣慰的是,当天下午,夏天拖着一条伤腿从藏身之处返回。他赶走乌鸦,吃了点客栈里的尸体,然后游到岛上。梅拉从他腿上拔出断箭,给伤口抹上某种植物的汁液,那是她在塔楼基座附近找到的。冰原狼仍一瘸一拐,但布兰觉得他每天都有好转。诸神毕竟听见了祈祷。

"也许我们该试试其他城堡,"梅拉对弟弟说,"也许有别的门可以通过。如果你们愿意,我去探察,一个人走得比较快。"

布兰摇摇头:"往东,有深湖居和王后门,往西则是冰痕城。它们跟这里一样,只是规模稍小。所有门都封住了,除了黑城堡、东海望和影子塔。"

听罢此言,阿多说:"阿多。"黎德姐弟交换一个眼神。"至少我该爬到长城顶上,"梅拉断定,"也许在上面,能看见什么东西。"

"你打算看什么?"玖健问。

"什么都行。"梅拉态度坚决地回答。

这事本该由我去做。布兰抬头,看着长城,想象自己一寸一寸地往上爬,手指挖进冰缝中,脚尖踢出落脚处,不由得露出微笑。狼梦、野人和琼恩等等全都不再重要。他打小就攀爬过临冬城的墙垒和所有塔楼,但它们没这么高,而且是石头做的。长城看起来也像石头,灰蒙蒙的,表面坑坑洼洼,但等云层散开,阳光普照,情况就完全不同。它一下子变了样,闪烁着白色和蓝色的莹光。这是世界的尽头,老奶妈常说,对面为怪兽、巨人族和食尸鬼的住所,但只要长城牢牢矗立,它们就都过不来。我想跟着梅拉一起上去,布兰心想,站在上面看一看。

但他是个残废的小男孩,有一双没用的腿,因此只能从底下眼睁睁目睹梅拉代替自己爬上去。

她并非在爬,不像以前的他。她只不过沿着守夜人数千年前凿出的阶梯往上走。记得鲁温学士说过,只有长夜堡的楼梯是从长城本身的冰壁里凿出来的。或许这是班扬叔叔说的?往后的城堡都用木楼梯、石楼梯或泥土沙砾混合的长坡道。冰太难捉摸,叔叔如是说,长城尽管内核冻得像石头般坚硬,但表面时而融化,流下冰冷的溪流,犹如哭泣。自从最后一批黑衣弟兄离开城堡,那阶梯一定融化又冻结了上千次，每次都会缩小一点，变得更平整，更圆滑，更危险。

而且更窄小。好像长城要将它们重新收回去。梅拉•黎德脚步稳健，即使如此，还是走得很慢，逐级逐级前进。有两个地方，阶梯几乎消失，她就匍匐着手脚并用。下来更难，布兰心想。最后她终于到达顶端，踏过楼梯最高处仅存的若干冰晶凸起，消失于视线之外。

"她什么时候下来？"布兰问玖健。

"适当的时候吧。她要好好看看……长城，看看另一边。我们也该在下面看看。"

"阿多？"阿多怀疑地说。

"也许能发现什么。"玖健坚持。

或者被什么发现。这话布兰说不出口，他不想让玖健认为自己是胆小鬼。

于是他们着手探察，玖健•黎德领头，布兰坐在阿多背上的篮子里，夏天走在他们身旁。途中，冰原狼窜进某个黑乎乎的门里，片刻之后，叼着一只灰老鼠回来。这就是"鼠厨师"？布兰心想，但颜色不对，而且才猫的体型。"鼠厨师"可是白的，几乎有老母猪般硕大……

长夜堡有许多黑乎乎的门，也有许多老鼠。布兰可以听见它们在地窖和连接地窖的通道里乱爬，黑漆漆的通道好比迷宫，玖健想下去侦察，但阿多说"阿多"，布兰说"不"。长夜堡底的黑暗中有比老鼠更糟的东西。

"这看起来是个古老的地方。"玖健沿着走廊行走，太阳从空洞的窗户照入，投射出道道充满灰尘的光柱。

"比黑城堡古老一倍，"布兰边回忆边说，"它是长城上第一座堡垒，最大的一座。"也是第一座被遗弃的堡垒，早在"人瑞王"的时代。那时候，已有四分之三的房间空着，维护的开销太大。"善良的"亚莉珊王后建议守夜人在东面七里远的地方兴建另一座小规模的新城堡作为代替，在那里，长城沿一个美丽的绿色湖泊弯曲延伸。建造深湖居的费用出自王后变卖的首饰，并由"人瑞王"派人一路前往北方负责修筑，随后，黑衣弟兄们将长夜堡留给了老鼠。

那是两个世纪之前的事。如今，深湖居也跟它所取代的城堡一样废弃空旷，而长夜堡……

"这里有鬼魂。"布兰说。阿多也许听过所有的故事，玖健可不见得，"非常古老的鬼魂，比'人瑞王'更老，甚至比'龙王'伊耿还老。鬼魂乃是七十九名背弃誓言，前往南方的逃兵，被到处通缉。他们中有一位是莱斯威尔伯爵的幼子，因此领队伍前往荒冢地，去他的城堡寻求庇护，不料伯爵却将他们绳之以法，送回长夜堡。总司令命人在长城顶上凿出七十九个洞，把逃兵们关进去，活活封进冰里。他们手执长矛与号角，全部面朝北方，被称为'七十九守卫'。他们活着的时候离开了岗位，死后便要永远站岗。多年之后，莱斯威尔伯爵衰老垂危，临死前命人把自己抬到长城，好穿上黑衣，站在儿子身边。为了荣誉他将儿子送回长城，但心底仍深爱着他，因此来与他一起站岗。"

他们花了半天时间在城堡里探索。有些塔已经倒掉，另一些看起来不太安稳，但一行三人登了钟楼（钟已经不见）和鸦巢（鸟也不见了）。酿酒房下，满地窖的巨大橡木桶，阿多敲打它们，发出空洞的声响。他们找到一个图书馆（书架和书柜都已崩塌，书一本都没有，到处是老鼠）和一个潮湿昏暗的地牢，牢房足够容纳五百名囚犯，但当布兰抓住一根生锈的栏杆，它却在他手中断裂开来。大厅只剩一面残墙，澡堂沉入地下，一片巨大的荆棘丛占领了兵器库外黑衣弟兄们昔日操练枪矛、盾牌和长剑的校场，铁匠铺虽还立着，但蜘蛛网、老鼠和灰尘取代了刀剑、风箱与砧板。有时，夏天会听见布兰听不到的声音，或朝莫名的方向咧牙露齿，颈背毛发直立……但"鼠厨师"、"七十九守卫"和"疯斧"终究没有露面。布兰松了口气。也许这只不过是座废弃的空城堡。

等到梅拉回来，阳光在西方的山顶只剩点点余晖。"你看到了什么？"她弟弟玖健问。

"我看到鬼影森林，"她用渴望的语调说，"目力所及，处处是高耸的山峰，覆盖着从未被刀斧砍伐的树木；我看到阳光在湖面闪烁，云层从西方飘来；我看到堆堆陈旧的积雪，矛一般长的冰锥；我甚至看到一只老鹰在长天盘旋，它也看到了我。我还朝它挥手呢。"

"有没看到下去的路？"玖健问。

她摇摇头："没有。完全是一面峭壁，冰壁如此光滑……若有一根好绳子和一把锋利的斧头，我也许能下去，但……"

"……我们不行。"玖健替她说完。

"对，"他姐姐赞同，"你肯定这里是梦见的地方？也许我们来到了错误的城堡呢。"

"不。就是这个城堡。这里有道门。"

的确有道门，布兰心想，但它被石头和冰给堵住了。

太阳落坡，塔楼的影子渐渐拉长，风也越来越强，将堆堆枯叶"哗哗"地吹过庭院。逐渐凝聚的黑暗让布兰想起老奶妈的另一个故事，"夜王"的故事。他是守夜人军团第十三任总司令，她谈到，一位从无恐惧的战士。"这是他的缺陷，"她接着补充，"所有人都该明白恐惧的感受。"一个女人导致他的堕落，一个女人从长城之巅望下来，肌肤仿佛月亮般苍白，眼睛犹如蓝色的星。他毫无畏缩地追求她，占有她，并爱上了她，尽管她像玄冰一样寒冷。他将种子撒进她体内的同时，也将灵魂交给了她。

于是他把她带回长夜堡，立为王后，而自己是国王，并用诡异的魔法誓言让弟兄们服从意旨。"夜王"和他的尸鬼王后统治了十三年，直到最终，临冬城的史塔克家和野人王乔曼联合起来解开守夜人的束缚。在他死后，人们发现他曾向异鬼奉献祭品，于是所有"夜王"的记录全被销毁，他的名字成为禁忌。

"有人说他是波顿家的人，"老奶妈每每如此总结，"有人说他是斯卡格斯岛的马格拿，还有人说他来自安柏家、菲林特家或诺瑞家，更有人要你相信，他出自伍德福特家——他们在铁民之前统治熊岛。其实根本不是，他是个史塔克，而将他击败的则是他的兄弟。"说到此处，她总捏住布兰的鼻子，他至今不能忘怀。"他是临冬城的史塔克，也许就叫布兰登，谁说得准呢？也许他就在这个房间，这张床上睡过。"

不，布兰心想，但他的确曾在这座城堡，在我们今晚睡觉的地方活动。他一点也不喜欢这念头。按照老奶妈的说法，"夜王"在白天只是个普通人，但统治着黑夜。而现下天正在变黑。

黎德姐弟决定睡在厨房，那是一幢八角形的石头房子，拱顶虽已残破，但看起来比其他建筑物能提供更好的遮蔽。屋子中央一口大井边，有棵弯弯曲曲的鱼梁木从石地板上冒出来，斜伸向屋顶上的洞，白骨般的树枝指向阳光的方向。这是一棵怪异的树，比布兰见过的其他鱼梁木都细瘦，而且没有脸，却让他感觉远古诸神与自己同在。

然而那是厨房唯一令他喜欢的地方。屋顶大部分没塌，若下雨的话，可以遮蔽他们，但他认定在这里绝不可能暖和，随时都能感觉到寒气从石板地里渗上来。布兰也不喜欢处处的阴影，不喜欢那些巨大的砖炉像张开的嘴一样包围着他们，不喜欢生锈的肉钩，不喜欢沿墙排列、满是疤痕污渍的屠宰台。他知道，"鼠厨师"就是在这里把王子切成碎块，并用其中一个炉子烤人肉馅饼。

那口井他最不喜欢。足足十二尺宽,全由石头砌成,侧面还建有阶梯,盘旋而下,进入黑暗之中。井壁湿乎乎的,覆满水垢,深不见底,甚至连梅拉那对属于猎人的敏锐眼睛也毫无办法。"也许它没底呢。"布兰怀疑地说。

阿多越过齐膝高的井沿窥视,他说:"阿多!"声音顺井向下回荡,"阿多阿多阿多阿多,"越来越弱,"阿多阿多阿多阿多。"直到比耳语更轻。阿多似乎吓了一跳,然后呵呵大笑,弯腰从地板上挖起一块破碎的石片。

"阿多,不要!"布兰说,但太晚了。阿多将石片扔过了边缘,"你不该这么做,不知道下面有什么。也许会伤到什么,或者……或者唤醒什么。"

阿多无辜地看着他:"阿多?"

在下方很远很远的地方,石头碰到水面,传来一声响。老实说那不太像水花溅起的声音,更像某种吞咽,仿佛什么东西颤抖着张开冰冷的嘴,吞下阿多的石头。微弱的回音沿井道传播,片刻之间,布兰觉得有东西在动,在水里翻滚。"也许我们不该留在这儿。"他不安地说。

"不在井边?"梅拉问,"不在长夜堡?"

"是的。"布兰不假思索地回答。

她笑了,然后让阿多出去收集木头。夏天也要出去,此时天已差不多全黑,冰原狼想捕猎。

良久,阿多独自归来,捧回满满一堆枯木断枝。玖健·黎德拿出火石和匕首,燃起一堆火,而梅拉给鱼剔骨头,那是经过上一条小河时,她逮住的。布兰疑惑地想,不知已有多少年没人在长夜堡的厨房里煮晚餐,他也想知道,有谁曾在这里烹饪,但也许还是不要清楚的好。

等到火苗愉悦地燃烧,梅拉便将鱼放上去。至少这不是人肉馅饼。"鼠厨师"烹煮安达尔国王的儿子，外加洋葱、胡萝卜和蘑菇，做成一个大馅饼，再撒上胡椒与盐巴，搭配培根肉，暗红色的多恩葡萄酒。馅饼呈给孩子的父亲，父亲赞其美味，并叫厨师再来一块。后来，诸神把厨师变成一只巨大的白老鼠，只能吃自己的小孩。从此以后，他就在长夜堡内游荡，吞食子孙，但饥饿感却永远无法满足。"诸神不是因为谋杀而诅咒他，"老奶妈道，"也不是因为给安达尔国王吃自己儿子做的馅饼。一个人有权复仇，但杀害自家屋檐下的宾客，践踏宾客权利，诸神绝不原谅。"

"该睡了，"吃饱之后，玖健严肃地说。火焰烧得微弱，他用棍子拨了拨，"也许我会再做绿色之梦，为我们指引方向。"

阿多早已蜷起身子，低声打鼾。他不时在斗篷下翻身，轻声呜咽，也许在说"阿多"罢。布兰扭动着靠近火堆，温暖的热气让他感觉舒适，轻微的噼啪声令他心安，但始终睡不着。外面的风将枯叶大军吹过庭院，轻轻刮擦门窗，他又联想起老奶妈的故事，几乎听到守卫的鬼魂在长城顶上遥相呼应，吹响幽灵战号。苍白的月光斜斜地投射进拱顶上的洞，照亮了鱼梁木那拼命伸展的枝杈。那棵树看起来似乎企图抓住月亮，将它拖进井里。远古诸神，布兰祈祷，如果你们听得见，今晚请不要让我做梦。即使非做不可，也做一个好梦。诸神没有回答。

布兰让自己闭上眼睛。或许真的睡过一会儿，或许不过是迷迷糊糊地犯困，游离在半梦半醒之间，努力不去想"疯斧"、"鼠厨师"及夜间出没的妖怪。

然后听到了声音。

他立时睁开双目。那是什么？他屏住呼吸，在做梦吗？做一个愚蠢的恶梦？他不想为一个恶梦叫醒梅拉和玖健，但是……听……轻微的摩擦，远处……树叶，是树叶在外墙上婆娑，以及互相摩擦发出的瑟瑟声……或者是风，很可能是风……但那声音并非来自外

面。布兰胳膊上汗毛直竖。那声音在里面，就在我们中间，而且越来越响。他单肘撑起身子，仔细聆听。确实有风声，树叶声，但引起他注意的是另外一种。脚步声。什么人正朝这里走来。什么东西正朝这里走来。

不会是那些守卫，他心想，他们从不离开长城。但长夜堡里可能有别的鬼魂呀，更可怕的鬼魂。记得老奶奶讲过"疯斧"如何脱下靴子，赤脚在黑暗中游荡于城堡各个厅内，不发出任何声响，不让任何人知晓——除非你见到从他斧子、手肘和湿乎乎的红胡子尖上滴下的鲜血。这可能不是"疯斧"，而是那夜间出没的妖怪。据老奶奶说，小学徒们统统见过妖怪，但当报告总司令时，每人的描述又都不一样。接着，一年之内死了三个学徒，第四个发了疯，一百年后，那妖怪再次出现，人们看到小学徒们步履蹒跚、拴着锁链跟在它后面。

然而这不过是故事。自己吓自己。没有什么夜间出没的妖怪，鲁温学士说，即使真有那样的东西，也早已从世界上消失，好比巨人和龙。它不存在了，布兰心想。

然而声音越来越响。

它是从井里传来的，他陡然意识到。这让他怕得厉害。有什么东西正从地底上来，从黑暗中出现。阿多唤醒了它。用那块愚蠢的石片唤醒了它，现在它上来了。阿多的鼾声和自己的心跳使他很难听得清楚。是血从斧子上滴落的声音吗？有没有幽灵锁链遥远微弱的撞击呢？布兰更仔细地听。脚步声。绝对是脚步声，一下比一下响，但他无法分辨有多少下。声音在井里回荡，没有一旁的滴水或锁链声，但有……高亢尖细的呜咽，沉重压抑的呼吸，仿佛一个人处在痛苦之中。脚步声最响。脚步声越来越近。

布兰吓得都不敢喊。火堆已烧成若干微弱的余烬，而朋友们睡得香甜。他几乎要溜出自己的身躯，进入狼体内，但夏天远在数里之外,而他不能把朋友们无助地丢在黑暗中,面对井里出来的莫名东西。我告诉过他们不要来这儿,他悲哀地想,我告诉过他们这儿有鬼魂。我告诉过他们,应该去黑城堡。

那脚步声很是沉重,缓慢迟滞,摩擦着石头。它一定十分巨大。老奶妈的故事中,"疯斧"是大个子,而黑夜里出没的妖怪更加硕大。从前在临冬城,珊莎告诉他,如果躲进被子底下,黑暗中的恶魔就找不到人。现在他差点这么做,随即想起自己是个王子,几乎就要长大成人了。

布兰在地板上蠕动,拖动那双无力的腿,直至碰到梅拉。她立刻醒转。没有谁醒得有梅拉·黎德那样快,没有谁像她这般高度警觉。布兰将一根手指按到嘴上,示意别说话。她立刻听见了声音,他可以从她脸上看出来。回荡的脚步,微弱的呜咽,沉重的呼吸。

梅拉一声不吭地拿起武器,右手抓三叉捕蛙矛,收拢的索网悬于左手,光脚静悄悄地走向那口井。玖健仍在熟睡,对周遭变故毫无知觉,而阿多边呻吟,边翻身,显得很不踏实。她在阴影之中移动,绕开月光,像猫一般安静。布兰盯着她,发现连自己都很难察觉矛上反射的微弱闪光。我不能让她独自与妖怪搏斗,他心想。夏天在远处,但是……

……他溜出自己的皮,进入阿多体内。

跟进入夏天不同。进入夏天太容易,现在布兰连想都不用想。这更困难,就像往右脚套左脚穿的鞋,怎么也不合适,而且这鞋很害怕,这鞋不明白怎么回事,拼命要把脚推开。他尝到阿多嗓子里污物的味道,几乎厌恶地逃离。但他不能,反而挣扎着坐起,双腿收至身下——一双壮硕的腿——然后站立。我能站了。他跨出一步。我能走了。感觉如此怪异,差点当即摔倒。他看到自己就躺在冰冷的石头地板上,一个小小的残疾,然而"他"现在不是残废。他抓起阿多的长剑。井里的呼吸声已变得跟铁匠的风箱一样响。

突然一声号哭，如同匕首穿透全身。黑暗中，巨大的影子钻上来，歪歪扭扭地撞进月光之中，恐惧从布兰心中油然升起，如此强烈，以至于他发现自己又躺回地板，而阿多吼着"阿多，阿多，阿多"，就像当日湖中塔上，雷电闪耀之时。但那黑夜中出没的妖怪也跟着惨叫，在梅拉的索网内狂乱翻腾。布兰看到长矛从黑暗中猛刺而去，那东西跟跟跄跄地跌倒，不断挣扎。号哭仍从井内传来，甚至更响了。地上那团黑糊糊的东西一边翻滚抵抗，一边尖叫："不，不。不要。求求你。不要……"

梅拉站在上方，银色的月光在捕蛙矛尖端闪烁。"你是谁？"她提问。

"我是山姆，"黑糊糊的东西抽泣着，"山姆，山姆，我是山姆，放我出来，你刺疼我了……"他在月光下打滚，在梅拉那张纠结的索网中瞎扑腾，而阿多仍在喊："阿多，阿多，阿多。"

这时玖健把枝条加入火堆之中，吹气使得焰苗重新噼噼啪啪蹿起来。有了光线，布兰看到井边是个苍白的女孩，面庞消瘦，全身裹在兽皮里，披一件大黑斗篷，正试图让怀中的婴儿停止号哭。地上的东西隔网摸匕首，可惜孔眼太小，做不到。他不是妖怪，也不是浑身滴血的"疯斧"，只不过是个大胖子，穿黑色羊毛布衣服，外加黑毛皮、黑皮革、黑锁甲。"他是个黑衣弟兄，"布兰道，"梅拉，他来自守夜人军团。"

"阿多？"阿多蹲下身子，窥视网中人。"阿多。"他又大声说。

"黑衣弟兄，对。"胖子仍像风箱一样喘气，"我是守夜人的一员。"他的下巴缠了根网线，迫使他抬头，其他的线则深深嵌入脸颊。"我是乌鸦，求求你，把我放出来。"

布兰突然变得不大确定："你是三眼乌鸦吗？"他不可能是三眼乌鸦。

"我想不是。"胖子转动眼珠,只有两颗眼珠,"我是山姆。山姆威尔•塔利。放我出来,它弄疼我了。"他又开始挣扎。

梅拉厌恶地哼了一声:"别乱动,如果扯坏我的网,我就把你扔回井里去。躺着别动,我替你解开。"

"你是谁?"玖健问那抱婴儿的女孩。

"吉莉,"她说,"用紫罗兰花取的名。他是山姆。我们没想吓唬人。"她摇晃婴儿,柔声低语,终于制止了号哭。

梅拉为肥胖的黑衣弟兄解索网。玖健走到井边,向下窥视:"你们从哪儿来的?"

"从卡斯特堡垒,"女孩道,"你是那个人吗?"

玖健转身看她:"那个人?"

"他说山姆不是那个人,"她解释,"有另一个。他被派来寻找那个人。"

"谁说的?"布兰问。

"冷手。"吉莉轻轻回答。

梅拉掀开索网一端,胖子坐起来。他在颤抖,布兰发现,而且仍然拼命喘气。"他说这儿会有人,"他长吁一口气,"城堡里有人。但我不知你们就在楼梯顶上,不知你们会扔出一张网,还戳我肚子。"他用戴黑手套的手摸摸腹部。"有没有流血?我看不见。"

"没那么严重,只想把你捅倒而已,"梅拉说;"来,让我看看。"她单膝跪下,触摸他的肚脐周围。"你穿着锁甲耶。根本连皮都没破。"

"啊,但还是很疼。"山姆抱怨。

"你真的是守夜人的弟兄?"

胖子点点头,下巴微微颤动。他的皮肤看起来苍白而松弛。"我只是个事务员,负责照看莫尔蒙总司令的乌鸦。"片刻之间,他似乎快要哭出来,"但我在先民拳峰把它们弄丢了,都是我的错。我还迷了路,连长城都找不到。它有一百里格长,七百尺高,我居然找不到!"

"你已经找到了,"梅拉说,"把屁股抬起来,我要收网。"

"你怎么穿过长城的?"山姆挣扎起身时,玖健问,"这口井是否通往某条地下河,然后可以过来?可你身上一点也不湿……"

"这里有道门,"胖子山姆说,"一道暗门,跟长城本身一样古老,被称为'黑门'。"

黎德姐弟交换一个眼神。"我们能在井底找到这道门吗?"玖健问。

山姆摇摇头:"你们不行。得由我带路。"

"为什么?"梅拉想知道,"如果确实有道门……"

"你们找不到。即使找到了,它也不会开。不会为你们而开。这乃是黑门。"山姆揪揪褪色的黑色羊毛布衣袖,"他说过,只有守夜人的汉子能够打开,需要一个发下誓言的弟兄。"

"他,"玖健皱起眉头,"这个……冷手?"

"那并非他的真名,"吉莉边说,边摇晃孩子,"只是我们——山姆和我——为他取的外号。他的手冷得像冰,但他和那些乌鸦从死人手里把我们拯救出来,还让我们骑在麋鹿背上,来到这里。"

"麋鹿?"布兰惊讶不已。

"麋鹿?"梅拉难以置信。

"乌鸦?"玖健说。

"阿多?"阿多道。

"他是绿色的吗?"布兰想知道,"有没有长角呢?"

胖子也困惑:"你是指麋鹿?"

"冷手啦,"布兰不耐烦地说,"绿人骑麋鹿,老奶奶说过,他们甚至会长角。"

"他不是绿人。他穿黑衣,就像个守夜人弟兄,但皮肤同尸鬼一样苍白,而双手冷如玄冰。一开始我很害怕,然而尸鬼有蓝色的眼睛,也不会说话,或许根本忘记该怎样说话。可他不同。"胖子转向玖健:"他等在那里呢。我们走吧。你们有更暖和的东西穿吗?黑门很冷,长城另一边更冷。你们——"

"他何不与你一同过来?"梅拉朝吉莉和婴儿比画了一下,"他俩都能过来,为何他没有呢?你为什么不带他过这道黑门?"

"他……他不能。"

"为什么不能?"

"因为长城。据他说,长城不仅是冰和石头,其中编织了魔法……古老而强大的魔法。他无法穿越长城。"

城堡厨房突然变得十分宁静。布兰可以听见火焰轻微的噼啪声,夜风吹动树叶,伸向月亮的细瘦鱼梁木吱吱嘎嘎。对面为怪兽、巨人族和食尸鬼的住所,他想起老奶奶的话,但只要长城牢牢矗立,它们就都过不来。快睡吧,我的小布兰登,宝贝儿。你无须害怕。这边没有怪兽。

"我不是你要带过去的人,"玖健·黎德告诉胖子山姆,对方的黑衣松松垮垮,沾满污渍,"他才是。"

"哦。"山姆低头,不大确定地看着他,也许这时才意识到布兰是残废,"我不……不够强壮,背不动你,我……"

"阿多可以背我。"布兰指指篮子,"我坐里面,在他背上。"

山姆盯着他瞧:"你是琼恩·雪诺的弟弟。那个坠楼的……"

"不,"玖健道,"那孩子死了。"

"别说出去,"布兰警告,"拜托。"

山姆疑惑了片刻,但最后道:"我……我可以守秘。吉莉也可以。"他望向女孩,她点点头。"琼恩……琼恩也是我兄弟,是我迄今为止最好的朋友,但他跟断掌科林去霜雪之牙侦察,一直没回来。我们在先民拳峰等他,然……然后……"

"琼恩就在附近,"布兰说,"夏天看到他了。他跟一群野人在一起,但他们杀了一个人,于是琼恩夺马逃走。我敢打赌,他回黑城堡去了。"

山姆瞪大眼睛望向梅拉:"你肯定那是琼恩?你看到他了?"

"我是梅拉,"梅拉轻笑,"夏天是……"

一个阴影脱离了残破的拱顶,穿过月光,跳将下来。即使一条腿受伤,那只冰原狼落地时仍然轻盈犹如飘雪。女孩吉莉发出一声惊呼,牢牢抱住婴儿,抱得如此之紧,以至于孩子又号哭起来。

"他不会伤害你,"布兰说,"他才是夏天。"

"琼恩说你们都有狼,"山姆摘下手套,"我认识白灵。"他伸出颤抖的手,指头又白又软,胖得像小香肠。夏天走近嗅了嗅,然后舔舔那只手。

这时布兰下定决心:"我们跟你走。"

"你们所有人?"山姆似乎很吃惊。

梅拉揉揉布兰的头发:"他是我们的王子。"

夏天绕着井转圈,嗅来嗅去,然后停在第一格阶梯上,回头望向布兰。他也想去。

"如果我把吉莉留在这儿,到回来之前,她会安全吗?"山姆询问。

"应该没问题,"梅拉说,"她可以享用我们的火堆。"

玖健确认:"城堡空的,没人。"

吉莉环顾四周:"卡斯特跟我们讲过城堡,但我不晓得它们有这么大。"

这不过是厨房。布兰不知她看到临冬城会怎么想,如果真能看到的话。

他们花了点时间收拾，然后把布兰放进阿多背上的柳条篮里。等准备好出发时，吉莉已坐在火堆旁给婴儿喂奶。"你要回来找我哦！"她告诉山姆。

"我会尽快回来，"他承诺，"然后我们去暖和的地方。"布兰听到这话，不禁怀疑自己在做什么。我还能再去暖和的地方吗？

"我认识路，我走前面，"山姆在顶上犹豫不决，"实在太多阶梯了。"他叹口气，开始往下走。玖健紧跟在后，接着是夏天，然后是背布兰的阿多。梅拉殿后，手中拿着捕蛙矛和索网。

这是一段很长的路。井的顶端沐浴在月光中，但每转一圈它就变得更加狭小，更加黯淡。他们的脚步在潮湿的石头之间回荡，水声也越来越响。"我们是不是该点火炬？"玖健问。

"不用，眼睛会调节适应，"山姆说，"一只手扶墙，就不会掉下去。"

每转一圈，井变得更加黑暗，更加凄冷。当布兰终于抬头，望向上方时，井口已不到半个月亮大。"阿多，"阿多低声说，"阿多阿多阿多阿多阿多阿多阿多，"井也轻声回应："阿多阿多阿多阿多阿多阿多。"水声近了，但布兰向下窥探，只看到黑暗。

又转了一两圈，山姆突然停下。此时他离布兰和阿多四分之一圆周，在下方约六尺处，然而布兰几乎看不见人。但他看得见那道门，山姆口中的"黑门"。它根本不是黑的。

白色的鱼梁木，上面有一张脸。

木头散发出光芒，好似牛奶与月光的混合，如此微弱，除开门本身，几乎不能照亮任何东西，连站在它跟前的山姆也是漆黑一团。那张脸苍白古老，满是褶皱。死气沉沉。嘴闭紧，眼也闭紧，脸颊塌陷，额头枯瘦，下巴松弛。若一个人活上一千岁都死不了，只是越来越老，那么他的脸最后就会像这个样。

门睁开眼睛。

白色的眼睛,看不见东西。"你是谁?"门问,并轻声呼应,"谁——谁——谁——谁——谁——谁——谁?"

"我是黑暗中的利剑,"山姆威尔·塔利道,"长城上的守卫。抵御寒冷的烈焰,破晓时分的光线,唤醒眠者的号角,守护王国的坚盾。"

"去吧,"那扇门说。它的嘴唇张开,越张越大,越张越大,直到最后,除了一圈褶皱包围的大嘴,什么也没剩下。山姆让到一边,挥手示意玖健通过。夏天跟在后面,边嗅边走,然后轮到布兰。阿多弯下腰,但弯得不够低,结果门的上沿轻轻擦过布兰头顶,一滴水落在脸上,沿着鼻子缓缓流淌。它带有奇特的温热,咸如泪水。

丹妮莉丝

弥林的规模犹如阿斯塔波和渊凯相加,跟它的姐妹城一样,它由砖块筑成,然而阿斯塔波是红色,渊凯是黄色,弥林却有多种颜色。它的城墙比渊凯高,且修缮更好,布满各种碉堡,每个转角都有高大的防御塔作掩护。墙垒之后,一座巨型金字塔直指天空,那是座八百尺高的庞然大物,顶端有一耸立的鹰身女妖青铜像。

"鹰身女妖是懦弱东西,"达里奥·纳哈里斯看到后评论,"女人的心和小鸡的腿。难怪她的子孙们都躲在城墙后面。"

但护城英雄并未躲藏。他从城门里出来,身穿黄铜与黑玉的鳞甲,胯骑白色战马,马铠的颜色乃是粉白条纹,正跟英雄肩头的丝披风匹配。他擎一根十四尺粉白螺旋长枪,上油的头发打造梳理成两个巨大弯曲的羊角,在彩砖城墙下来回驰骋,发出挑战,要求攻城者派一名勇士上前跟他决一雌雄。

她的血盟卫们热血沸腾,想要上去会他,甚至为这机会彼此争斗。"吾血之血,"丹妮告诉他们,"你们的岗位在这里,在我身边。此人是只嗡嗡叫的苍蝇,无须理会,他很快就会离开。"阿戈、乔戈和拉卡洛虽然勇敢,毕竟年轻,且十分珍贵,不能拿去冒险。他们能聚合她的卡拉萨,也是她最好的斥候。

"很明智,"同在大帐跟前观望的乔拉爵士说,"就让那蠢货来回奔跑叫嚣,直跑到马瘸腿吧。对我们没害处。"

"大大有害,"白胡子阿斯坦强调,"两军相遇,并非单靠剑与矛决胜,爵士先生,还有士气因素,总有一边会先崩溃逃窜,而另一边支撑到最后。此人在自己人心中筑起勇气,朝我军部队播下怀疑的种子。"

乔拉爵士嗤之以鼻："若我们派出的人战败，会播下什么样的种子呢？"

"惧怕战斗便无法获胜，爵士。"

"我根本没讨论战斗的问题。听着，就算那蠢货失败，弥林的城门也不会打开，为什么要平白无故地拿一条性命去冒险？"

"依我的观点，这是为了荣誉。"

"够了。"丹妮的麻烦业已够多，无暇听他们争执，而弥林的手段远不止一个粉白相间、高声辱骂的护城英雄，她也不能分心。渊凯一役后，队伍达到八万多人，但其中只有不到四分之一是战士，其余的……嗯，乔拉爵士称之为会走路的嘴巴，而此刻饥馑的前景深深笼罩。

弥林的"伟主大人们"在丹妮进军之前就全面撤退，坚壁清野，收割所有可以收割的粮食，无法收割的就烧掉，焦黑的农田与投毒的水井随处可见。最糟的是，沿渊凯而来的海岸大道，每个里程柱上都钉了一名童奴，他们是被活生生钉上去的，肠子挂在外面，伸直一条手臂，指向弥林的方向。达里奥担任先锋，他要部队在丹妮看见之前就将那些孩子放下来，但她听说后取消了命令。"我要看着他们，"她道，"看清楚每一个，看清楚他们的脸，并计点数目。我要记住他们。"

等来到坐落在河边盐碱海岸上的弥林，她数到一百六十三。我定要夺下这座城市，丹妮再度向自己发誓。

粉白相间的护城英雄辱骂了一个钟头，嘲笑围城者们不是男人，嘲笑对方的母亲、妻子和神灵。弥林的守军则在城上喝彩助威。"他名叫欧兹纳克·佐·帕尔，"召开军事会议后，布朗·本·普棱告诉她。此人是次子团的新任团长，由佣兵同伴们选举产生。"我加入次子团之前曾是他叔叔的贴身护卫。这批伟主大人！统统是肥蛆虫，女的还不错——假如你没以不合适的方式去看不合适的主儿的话，那会当即赔上性命。我有个叫斯卡波的朋友，被这欧兹纳克活生生挖出了肝脏，他声称斯卡波用眼睛强暴某位女士，而此行是为维护对方的荣誉。我问你，眼睛怎能强暴人呢？反正他叔叔在弥林城中最为富有，而他父亲指挥着城防卫队，所以我在也被他害死之前，像老鼠一样逃跑了。"

他们看着欧兹纳克·佐·帕尔翻下白色战马，脱掉外袍，拉出那玩意儿，大致朝烧焦的橄榄树林——也就是丹妮的金帐所在地——撒尿。见他得意洋洋，达里奥·纳哈里斯手提亚拉克弯刀跳上战马。"要我把那东西割下来塞进他嘴里吗，陛下？"他的金牙在分叉的蓝胡子中间闪闪发亮。

"我要他的城市，不要他微不足道的玩意儿。"然而她开始生气了。若再不理不睬，便会被子民视为软弱。然而派谁去呢？达里奥跟血盟卫一样重要。没有这衣装华丽的泰洛西人，便无法掌握暴鸦团，他们中许多人曾是普兰达·那·纪森和光头萨洛的追随者。

弥林高高的城墙上，嘲笑声愈发响亮，数百名守军也学护城英雄的样，自墙垒间往下撒尿，以示蔑视。他们侮辱奴隶，来夸耀勇气，她心想，若城外是多斯拉克卡拉萨，无论如何也不敢这么做。

"必须应战。"阿斯坦再次强调。

"对。"丹妮说，此时英雄将那玩意儿收了起来，"传壮汉贝沃斯。"

高大的棕肤太监坐在大帐阴影下吃腊肠。听罢传令，他三口吃完，油手在裤子上擦擦，便让白胡子阿斯坦去取武器。年迈的侍从每晚打磨主人的亚拉克弯刀，并用鲜红的油擦拭。

等刀拿来，壮汉贝沃斯顺着锋口斜睨一眼，咕哝一声，将其插回皮革鞘中，然后把剑带系于宽大的腰间。阿斯坦将盾牌也拿来，这是个铁制小圆盘，跟馅饼盘子差不多大，太监用左手抓着，而非按维斯特洛战士的习惯绑于前臂。"准备洋葱和肝脏,白胡子,"贝沃斯说,"不是现在吃,待会儿再吃。杀人让壮汉贝沃斯肚饿。"他不待回答,便拖着沉重的步伐从橄榄树林里出来,朝欧兹纳克·佐·帕尔而去。

"干嘛派他,卡丽熙?"拉卡洛发问,"这家伙又胖又笨。"

"壮汉贝沃斯曾是此地斗技场的奴隶。若出身名门的欧兹纳克败在这样一个人手上,会让伟主大人们大大蒙羞,即便得胜⋯⋯对地位相差如此悬殊的他们而言,也毫无价值,弥林人不能引以为豪。"此外,跟乔拉爵士、达里奥、布朗·本和三名血盟卫不同,太监并无带领部队、拟订计划或提供谏言的能力。他除了大吃大喝、自吹自擂和冲阿斯坦吼叫,什么也不干。贝沃斯是最容易舍弃的棋子。到了掂量掂量伊利里欧总督给她派来的保护者的时候了。

贝沃斯踏着沉重缓慢的步伐朝前走去,激起攻城队伍一阵欢呼,而弥林的城墙和高塔上则传来叫嚣嘲笑。欧兹纳克·佐·帕尔重新上马,挺起那柄螺旋长枪。战马不耐烦地摇晃脑袋,以蹄子扒沙地。虽然太监身形巨大,但与人马相较却显得渺小。

"若有骑士精神就该下马。"阿斯坦说。

欧兹纳克·佐·帕尔端平长枪发起冲锋。

贝沃斯停下脚步,两腿叉开,一手拿小圆盾,一手握持阿斯坦精心护理的那把亚拉克弯刀。黄丝肚兜遮不住硕大的棕色肚皮和松垂的胸膛,除了小得离谱的镶钉皮背心,他没穿甲胄,甚至连乳头都暴露在外。"我们该给他锁甲。"丹妮突然感到很不安。

"没必要,锁甲只会减慢速度,"乔拉爵士说,"斗技场里是不穿铠甲的,观众要看流血。"

白色战马蹄间泛起尘埃,载着欧兹纳克雷鸣般地朝壮汉贝沃斯奔来,斑纹披风迎风飞舞,整个弥林城尖叫呐喊。攻城方的助威声相比之下显得稀稀落落,因为主力的无垢者们保持阵形沉默站立,跟石头一样毫无表情。贝沃斯也仿佛是块石头，硬邦邦地挡住马的前进路径，绷紧宽阔的背。欧兹纳克的长枪瞄准他胸膛中央，明亮的铁尖头在阳光下闪烁。他会被刺个透心凉，她心想……就在千钧一发之时，太监往侧面一转身，眨眼间便将骑手让过。护城英雄圈转马匹，抬起长枪，眼见贝沃斯毫无反击，城墙上的弥林人呼喊得更为响亮。"他干什么呢？"丹妮问。

"炫耀。"乔拉爵士说。

欧兹纳克引马绕贝沃斯转了一大圈，然后猛踢马刺，再次冲锋。贝沃斯又是静静等待，关键时刻一转身，并将长枪头拨开。这回当那英雄越过时，她听见太监隆隆的笑声在原野上回荡，"这枪太长，"乔拉爵士说，"贝沃斯只需避开尖头就行。那蠢货应该直接朝他骑去，不要想潇洒地将人挑起来。"

欧兹纳克·佐·帕尔第三次发起冲锋，丹妮清楚地看到，他是朝贝沃斯旁边而去的，好比维斯特洛骑士在长枪比武中的姿势，非如多斯拉克人那样正面撞向敌手。

考虑到平整宽阔的地表使得战马可以提升速度，却也让太监能轻易地躲开笨重的十四尺长枪，弥林那位粉白相间的护城英雄试图预估对手的行动，在最后一刻将长枪偏向，以赶上壮汉贝沃斯的躲闪。

太监早有防备，这次他向下蹲，而非转向侧面。长枪无害地从头顶掠过，贝沃斯陡地一个翻滚，锋利的亚拉克弯刀划出一道银色弧圈，砍入马腿。战马尖声嘶鸣，接着倒了下去，英雄从鞍上滚落。

突然的沉默席卷弥林的砖头城墙。欢呼雀跃的变成丹妮的部下。

欧兹纳克跳离战马，在壮汉贝沃斯来袭之前拔出长剑。金铁相交，鸣响连连，如同暴风骤雨，快得丹妮看不清招式。没过多久，贝沃斯双乳下便被划开一道口子,鲜血覆满胸膛,而欧兹纳克的羊角之间嵌了一柄亚拉克弯刀。太监用力拔刀出来,又三下猛砍,将英雄的首级与身体分离。他把脑袋高高提起,给弥林人参观,然后甩向城门,任其在沙地上弹跳滚动。

"弥林的英雄不过如此。"达里奥哈哈大笑。

"没有意义的胜利,"乔拉爵士警告,"一次杀一名守卫并不能赢得城市。"

"没有意义,"丹妮赞同,"但我很高兴能宰了这家伙。"

城上的守军开始朝贝沃斯发射十字弓,但距离太远,飞矢无害地掠过地面。太监转身背对钢矢之雨,脱掉裤子,蹲下朝城市的方向拉了一堆屎,然后用欧兹纳克的斑纹披风把屁股擦干,并停留下来搜刮尸体,在蹒跚地走回橄榄树林前让那匹濒死的马脱离了痛苦。

到达营地时,攻城者们予以热烈欢迎。她的多斯拉克人尖声呼叫,而无垢者用长矛击盾,阵阵铿锵。"干得好,"乔拉爵士赞道,布朗·本扔给太监一个熟李子,"甜美的果子庆贺甜美的胜利。"甚至她的多斯拉克女仆们也说出溢美之词。"我们要给你编辫子,并在上面系铃铛,壮汉贝沃斯,"姬琪道,"可惜你没有头发。"

"壮汉贝沃斯不要叮当响的铃铛。"太监四大口吞下布朗·本的李子,扔开果核,"壮汉贝沃斯要洋葱和肝脏。"

"没问题,"丹妮道,"壮汉贝沃斯负伤了。"血从他乳房下的伤口流出,染红了肚子。

"那不算什么。我杀人之前,都会给对方一次机会,先砍我一下。"他拍拍血淋淋的肚皮,"数一数伤疤,你就知道壮汉贝沃斯杀了多少人。"

但丹妮就因为类似伤势而失去了卓戈卡奥,她不愿听任不管,忙派弥桑黛找来一个以妙手回春闻名的渊凯自由人前来诊治。贝沃斯吼叫抱怨，丹妮责骂他为光头大婴儿，直到对方肯乖乖地让医师用醋给伤口止血，缝合起来，并用浸烈酒的布条包扎。她这才带着将领军官们进帐开会。

"我必须拿下此城，"她盘腿坐在一堆垫子上，三条龙围绕在旁。伊丽和姬琪给大家倒酒，"它的谷仓撑得满溢，它的金字塔平台上结满无花果、椰枣和橄榄，它的地窖里是桶桶咸鱼和熏肉。"

"它还有大箱大箱的金子、银子和宝石，"达里奥提醒他们，"我们别忘记那些宝石。"

"我仔细检查过陆地这面的城墙，没有任何薄弱点，"乔拉·莫尔蒙爵士道，"若时间充沛，也许能挖通某个塔楼，获得突破口，但其间我们吃什么呢？补给已差不多耗光了。"

"陆地这面的城墙没有薄弱点？"丹妮问。弥林矗立在沙石角岬上，褐色的斯卡札丹河在此缓缓注入奴隶湾。北城墙沿河岸伸展，西城墙则靠海湾，"意味着该从河上或海上进攻？"

"以三条船进攻？当然，差遣格罗莱船长打探势在必行，但除非河边城墙崩溃龟裂，否则一样是送死。"

"建造攻城塔怎么样？我哥韦赛里斯讲过类似的故事，可以造塔攻城呀。"

"塔是木造的，陛下，"乔拉爵士说，"奴隶商人们烧掉了方圆二十里格之内每一棵树。没有木头，就不可能有砸碉堡的投石机、攀城墙的梯子，也没有攻城塔、龟盾和攻城锤。固然可用斧子攻门，但是……"

"你有没看到城门上那些青铜脑袋？"布朗·本·普棱诘问，"一排排张嘴的鹰身女妖头？弥林人从它们嘴里喷出沸油，烹煮下方的战士。"

达里奥·纳哈里斯朝灰虫子微笑："也许该由无垢者来挥斧。

听说沸油对你们而言跟洗热水澡差不多。"

"这不对。"灰虫子没有回以笑容,"小人们不像常人那样感受灼痛,但热油足以致盲,甚至要命。然而无垢者不怕死亡,给小人们提供攻城锤,我们要么撞倒城门,要么为此而死。"

"你们统统会死,"布朗·本道。他于渊凯接过次子团的指挥权时,声称自己是身经百战的老手,但不会夸口在所有场合都行事英勇。所谓"有年长的佣兵,有胆大的佣兵,但没有既年长又胆大的佣兵"她对此深以为然。

丹妮叹口气:"我不要白白牺牲无垢者们的性命,灰虫子。也许可用饥饿迫使城里人投降。"

乔拉爵士有些闷闷不乐:"我们会比他们先饿死。陛下。这里没有食物,没有喂马和骡子的饲料,连河里的水也有问题。弥林人把粪便排进斯卡札丹河,自己从深井汲取饮水。已有报告称营地里爆发了疫病,包括高烧、棕腿疾和三例血瘟。若继续逗留,还会发生更多状况,别忘了,奴隶们因为一路行军而变得身体虚弱。"

"他们是自由民,"丹妮纠正,"不再是奴隶了。"

"奴隶也好,自由民也罢,反正人在挨饿,很快就会生病。城里的供给相对充足,且能经由水路增补。您那三条船无法封锁河流与海洋。"

"你有什么建议,乔拉爵士?"

"您不会喜欢的。"

"我还是想听听。"

"遵命。要我说的话,就放弃这座城市。您无法解放世上每一个奴隶,卡丽熙,您的目标是维斯特洛。"

"我没忘记维斯特洛。"丹妮时时梦到它,梦到这片从未见过的传奇之地,"但若弥林老旧的砖墙就能轻易让我放弃,又如何能对付维斯特洛巨大的石头城堡呢?"

"学伊耿的样，"乔拉说，"用血火征服。等我们到达七大王国，您的龙将会长大，况且也会有资源营建攻城塔和投石机，这里所缺乏的条件，维斯特洛都具备……但我警告您，穿越长夏之地的道路漫长而严酷，充满未知的艰险。您在阿斯塔波停留是为买下军队，不是为发动战争。把好容易积攒下来的实力留给七大王国吧，女王陛下，把弥林留给弥林人，向西方的潘托斯进发。"

"承认失败？"丹妮恼怒地说。

"懦夫才躲在高墙后，失败者是他们，卡丽熙。"乔戈寇道。

其他血盟卫纷纷同意。"吾血之血，"拉卡洛说，"大家都知道，当懦夫烧掉食物和草料，并躲藏起来时，伟大的卡奥就去寻找真正勇敢的敌手。"

"大家都知道。"姬琪一边倒酒一边赞成。

"我可不知道。"丹妮非常重视乔拉爵士的意见，但这样原封不动地放弃弥林超出了忍受范围。她无法忘记柱子上的儿童，鸟儿撕扯着他们的肠子，枯瘦的手臂顺着海岸大道指向前方，"乔拉爵士，你说我们补给将尽，若向西方进发，又怎能养活自由民们呢？"

"很抱歉，这做不到，卡丽熙。他们要么自己养活自己，要么饿死。没错，行军途中许许多多的人将会死去，很残酷，但没有办法。我们迫切需要摆脱这片焦土。"

穿越红色荒原时，丹妮沿途留下一串尸体，同样的景象她再不想见到。"不，"她说，"我不会让我的子民去送死。"他们是我的孩子。"一定有办法进城。"

"我有一个办法。"布朗·本·普棱捋着灰白相间的斑驳胡须，"下水道。"

"下水道？什么意思？"

"巨大的砖砌下水道连接斯卡札丹河，用来排出城里的废水。

对某些人而言，这也许是进出城市的唯一通道。斯卡波丢掉性命之后，我就是这样逃出弥林的。"布朗•本扮个鬼脸，"那味道从不离人，我时时晚上梦到。"

乔拉爵士看上去将信将疑："在我看来，似乎出来比进去容易。照你的说法，这些下水道通往河里？不就意味着排泄口在城墙底部？"

"而且由铁栅栏封着，"布朗•本承认，"但有些已经锈穿，不然我早淹死在粪便里了。进去之后，需要忍污耐垢，爬很长一段，穿越漆黑的砖块迷宫，有可能永远出不来。污水从不低于腰部，根据我从墙上看到的痕迹，甚至可能高于头顶。那下面有些东西，有世上最大的老鼠和更糟糕的……恶心极了。"

达里奥•纳哈里斯纵声大笑："跟你爬出来时一样恶心？算了吧，倘若有人蠢到去尝试，等他钻出来，只怕弥林城内所有的奴隶商人都会闻臭而至。"

布朗•本耸耸肩。"陛下询问有无办法进城，我照实禀报而已……本•普棱可不想再下这些阴沟，就算给我七大王国所有的金子也不去。其他人若想试试，那么，欢迎。"

阿戈、乔戈和灰虫子同时想发言，丹妮举手阻止："下水道听起来没什么希望。"她知道只要发令，灰虫子便会带领无垢者下到阴沟里，她的血盟卫也不迟疑。但他们都不适合这项任务。多斯拉克是骑马民族，而无垢者的优点在于战场纪律。面对如此渺茫的机会，我能把自己人派到黑暗中去送死吗？"我考虑考虑，都退下吧。"

军官们躬身离去，女仆和龙留了下来。布朗•本离开时，韦赛利昂展开苍白的翅膀，在他头顶慵懒地拍打，翅翼扫到佣兵的脸。白龙笨拙地一只脚落在他头上，另一只踩在他肩膀，发出一声尖叫，然后再次飞离。"他喜欢你哦，本。"丹妮道。

"很有可能。"布朗·本哈哈大笑,"要知道,本人有一点真龙血脉。"

"你?"丹妮很是吃惊。普棱是个老佣兵,好脾气的混血儿,有张棕色宽脸、断裂的鼻子、浓密灰发和多斯拉克母亲遗传的一双黑色杏仁大眼,声称自己同时具有布拉佛斯、盛夏群岛、伊班、科霍尔、多斯拉克、多恩及维斯特洛的血统,但这是她头一次听说其中还包括坦格利安血脉。丹妮探询似的看着他,"怎么可能?"

"嗯,"布朗·本说,"曾有位生活在日落国度的普棱先祖跟龙公主结亲。这是奶奶告诉我的故事,她活在伊耿国王时代。"

"哪位伊耿国王?"丹妮问,"曾有五位伊耿统治维斯特洛。"她哥哥的儿子应是第六位,但篡夺者的手下将他撞死于墙上。

"五位,那么多?噢,真够乱的。我不知是第几位,女王陛下,但这老普棱是大领主,当时传得沸沸扬扬……嗯——请陛下原谅——他那玩意儿有六尺之长。"

丹妮笑起来,发辫里三个铃铛清脆地碰响:"你是说六寸吧?"

"六尺,"布朗·本肯定地回答,"若是六寸,别人还关注什么呢?陛下。"

丹妮像小女孩似的咯咯娇笑:"这一奇观是你奶奶亲眼见到的?"

"那可不对。老太太一半是伊班人,一半是科霍尔人,没到过维斯特洛,这一定是我祖父告诉她的——而我出生前他就被多斯拉克人杀了。"

"你祖父又是从哪里得知的呢?"

"我猜是吃奶时听说的故事之一吧。"布朗·本耸耸肩,"关于不知哪一世的伊耿国王和老普棱大人的那玩意儿,恐怕我就知道这些。陛下，我得去照料次子团了。"

"去吧。"丹妮吩咐。

布朗·本离去之后，她躺回垫子上。"倘若你已长大，"她一边对卓耿说话，一边挠他双角之间，"我就能骑你飞越城墙，把那只鹰身女妖溶成废铜渣滓。"但还需好多年，她的龙才能长大到可骑乘的地步。他们长成后，谁将来骑呢？龙有三个头，而我只是一个。她想到达里奥。若真有哪个男人能用眼睛强暴女人……

丹妮有些心虚。军官们前来开会时，她发现自己偷眼看那泰洛西人，记起他微笑时闪烁的金牙。除此之外，还有他的眼睛。那双明亮的蓝眼睛。从渊凯一路过来，达里奥每晚汇报时都会带来一朵花或一根植物的枝条……他说是为帮助她了解这片土地。噢，都有蜂柳、黑蔷薇、野薄荷、仕女蕾丝、匕首叶、金雀花、刺辣木、金鹰妖……他还试图让我免于目睹那些死去的儿童。他不该那么做，但确是出自好心。达里奥·纳哈里斯能让她欢笑，骑士乔拉从来没有。

她试图想象，若允许达里奥吻自己会是什么样，就像乔拉爵士在船上那样的吻。这想法既让她兴奋，又令她不安。风险太大了。不用别人提醒，她也清楚泰洛西佣兵并不简单，在微笑与俏皮话背后，他危险乃至于残忍。萨洛跟普兰达早上还是他的同伴，夜里就被他割下人头献出。可是，卓戈卡奥也很残忍，而且是全天下最危险的人。但她还是爱上了他。我能爱上达里奥吗？若与他同床，意味着什么呢？那会让他成为三个龙头之一吗？她知道乔拉爵士会生气，然而他不是说我可以有两个丈夫吗？也许我跟他们两个结婚，一切问题就迎刃而解了。

但这些是愚蠢的念头。她有一座坚城需要攻克，终日梦想亲吻和佣兵明亮的蓝眼睛并不能帮自己突破弥林的墙垒。我是真龙传人，丹妮提醒自己，思绪却不断回旋，好似老鼠追逐尾巴。突然之间，她再也无法忍受大帐里封闭的空间。我想要微风拂面的感觉，我想闻到海洋的气息。"弥桑黛，"她喊，"给银马上鞍，并备好你自己的坐骑。"

小文书鞠了一躬："遵命，陛下。要不要传唤血盟卫？"

"我不打算离开营地，带上阿斯坦就行。"在孩子们中间，无须刻意防范。而老侍从既不会像贝沃斯那样多嘴，又不会如达里奥那般看她。

大帐所在的烧焦橄榄树林邻着海边，位于多斯拉克人营地和无垢者营地之间。坐骑鞍备妥当后，丹妮和同伴们沿海岸线出发，背对城市而行。即便如此，她也能感觉弥林在身后发出嘲笑。回头看去，它就矗立在那儿，午后的太阳在大金字塔顶的青铜鹰身女妖像上反射出耀眼光芒，很快奴隶商人们就会穿上带流苏的托卡长袍，斜倚着椅子，享用羊羔、橄榄、狗胎、蜂蜜睡鼠诸如此类的佳肴，然而城外，她的孩子们却在挨饿。突如其来的暴怒充斥全身。我一定会打败你们，她发誓。

骑过太监营地周围的尖桩和壕沟时，丹妮听见灰虫子和他的士官们正操练一队士兵掌握短剑、盾牌和沉重的长矛，另一队人裹着白色的缠腰布在海里洗澡。她注意到太监们非常爱清洁，和佣兵大不一样——她手下某些人闻起来好像自她父亲失去铁王座之后，就没洗澡或换衣服似的。与之相对，无垢者们即便经过一整天行军，仍坚持每晚都洗，当无水可用时，就按多斯拉克人的方法用沙子来清。

见她经过，太监们纷纷跪下，并捏紧拳头置于胸前，以示敬意。丹妮一一回礼。此刻正是涨潮时分，海浪在银马脚边泛起阵阵泡沫。她看到自己的船停于外海，"贝勒里恩号"离得最近，这艘大商船曾叫"赛杜里昂号"，她把帆收了起来。远处是划桨船"米拉西斯号"和"瓦格哈尔号"，以前分别叫"戏谑约索号"和"夏日之阳号"。他们实际上属于伊利里欧总督,根本不是她的,然而她不假思索便给她们取了新名字,龙的名字,而且不止于此:在毁灭来临之前的古瓦雷利亚,贝勒里恩、米拉克斯和瓦格哈尔都是神祇。

整齐的木桩壕沟及太监们操练洗澡的区域以南,就是自由民的营地,一个远为嘈杂混乱之所。丹妮已尽可能地用取自阿斯塔波和渊凯的武器将前奴隶们武装起来,乔拉爵士则把能作战的人员整编为四个大队,然而此时她丝毫没发现操练的迹象。一个燃烧浮木的火堆旁,上百人围聚在一起烧烤马尸。她闻到肉的味道,听到男孩转动马身时脂肪发出的嘶嘶声,不由得皱起眉头。

孩子们跟在马匹后面奔跑,欢笑雀跃。这里没有敬礼,自由民们用各种稀奇古怪的语言从四面八方向她呼喊。有的向她致敬,称她为"母亲",有的请求恩赏与帮助;有的向陌生神祇祈祷,为她祝福,有的却要她祝福他们。她左右顾盼,朝他们微笑,触碰举起的手,并任由下跪的人摸她的马镫和腿。许多自由民相信触碰她会带来好运。如果有助于给他们勇气,就让他们碰吧,她心想,前路充满未知的艰险……

丹妮停下来跟一位想让龙之母为自己婴儿命名的孕妇说话,忽有人抓住她的左手腕。她回身瞥见一个衣衫褴褛的高大男子,剃个光头,脸颊被太阳晒得黝黑。"别太使劲哦。"她还不及说完,便被对方拽下坐骑。地面迎面扑来,撞得窒息,银马嘶鸣着向后退去。丹妮头晕眼花,翻了个身,用胳膊肘撑起来……

……看见一柄明晃晃的钢剑。

"背信弃义的母猪,"他说,"我就知道总有一天你会来让人们亲吻你的腿。"他脑袋光得像南瓜,正在蜕皮的鼻子红红的,但她认得声音和那双淡绿色眼睛,"先割你的奶头。"丹妮隐约意识到弥桑黛大声呼救。一个自由民冲上前,但只跨了一步,剑光闪烁，他便跪倒在地，血从脸上流淌下来。梅罗在马裤上擦擦剑，"下一个是谁？"

"我。"白胡子阿斯坦跳下坐骑，站到她前面，手握长长的硬木拐杖，咸涩的海风掀动雪白的头发。

"老爹，"梅罗说，"快滚吧，免得我把你的拐杖折成两截，捅你的——"

老人以拐杖一端佯攻，然后收回来，另一端猛然出击，快得让丹妮无法相信。"泰坦私生子"摇摇晃晃地退到海中，打烂的嘴里吐出鲜血和几颗碎牙。白胡子把丹妮挡在身后，梅罗劈向他的脸，老人急速退后，灵猫般迅捷。这回拐杖狠狠击中梅罗的肋骨，使得他步履蹒跚。阿斯坦发起反击，踩着水花侧移，架住一击回旋砍，闪过第二下，又截下劈向中路的第三招。他们动作如此之快，她几乎看不清楚。弥桑黛把丹妮拉起来，只听"咯嚓"一声响，她以为阿斯坦的拐杖就断了，结果发现梅罗小腿上伸出参差不齐的骨头。"泰坦私生子"倒下时奋力扭动，往前一探，直刺老人胸口。白胡子轻蔑地将兵器拨开，并用拐杖另一端猛击大个子的太阳穴。梅罗瘫倒在地，海浪向他涌来，而他嘴里涌出血泡。不一会儿，自由民们也蜂拥而至，用尖刀、石块和愤怒的拳头淹没了他。

丹妮转过头去，阵阵恶心。她现在比事发时更害怕。他差点杀了我。

"陛下，"阿斯坦跪倒，"我老不中用，实在羞愧，不该让他有机会靠近您的。都是我的过失，少了胡子和头发，居然没认出他来。"

"没关系，我也没认出来。"丹妮深呼吸，以止住颤抖。到处都有敌人，"请带我回帐吧。"

莫尔蒙到达时，她裹着狮皮，喝香料葡萄酒。"我去看了河边城墙，"乔拉爵士开始说，"它比陆地这面高几尺，而且同样坚

固。弥林人还在城垛下安置了十几条火船——"

她打断他的话头："你该警告我'泰坦私生子'逃脱了。"

他皱起眉头："没必要惊吓您，陛下。我已悬赏他的人头——"

"把钱付给白胡子。离开渊凯后梅罗一路跟踪。他剃掉了胡子，混迹于自由民中，等待复仇的机会。阿斯坦杀了他。"

乔拉爵士盯着老人看了良久："一个侍从拿一根棍子杀了布拉佛斯的梅罗，对吗？"

"一根棍子，"丹妮确认，"但他不再是侍从了。乔拉爵士，我要你赐封阿斯坦为骑士。"

"不。"

厉声否定本已够让人吃惊。更奇怪的是，那同时来自于两个人。

乔拉爵士拔出剑来："'泰坦私生子'乃出名的凶险杀手。你到底是谁，老家伙？"

"一个比你出色的骑士，爵士。"阿斯坦冷冷地道。

骑士？丹妮糊涂了："你说自己是个侍从。"

"曾经是，陛下。"他单膝跪下。"我年轻时曾为后来的史文伯爵做侍从，如今遵照伊利里欧的命令，也为壮汉贝沃斯服务，但在这之间的岁月，我是一名维斯特洛骑士。我并没向您撒谎，女王陛下，然而保留了部分事实，以及与此相关的过错。我恳求您的宽恕。"

"你保留了哪些事实？"丹妮很不满意，"我要你现在就告诉我。"

他低下头："在魁尔斯，当您问起我的名字，我自称阿斯坦。事实上，跟贝沃斯一路东行寻访您的路上，我的确叫这个名字，但那并非我的真名。"

她的狐疑多于愤怒。正如乔拉警告的那样,他欺骗了我,然而刚才也救了我。

乔拉爵士涨红了脸:"梅罗剃掉胡子,你却留起了胡子,对吗?难怪看着这么面熟……"

"你认识他?"丹妮迷惑地询问被放逐的骑士。

"我见过他十几次……大多数时候是远远看着他跟他的兄弟们站在一起,或驰骋于比武场中。七大王国里每个人都知道'无畏的'巴利斯坦的名号。"他用剑尖抵住老人的脖子,"卡丽熙,跪在您面前的是巴利斯坦·赛尔弥爵士,御林铁卫的队长,他背叛了您的家族,为篡位者劳勃·拜拉席恩效力。"

老骑士眼都不眨:"真是乌鸦还说八哥黑,就凭你,还敢讲什么背叛。"

"你来这儿是为什么?"丹妮要他回答,"劳勃派你来刺杀我,又为何救我的性命?"他为篡夺者效力。他背叛了雷加的英名,他抛弃了韦赛里斯,任由哥哥在流放中自生自灭。然而假如他要我死,只需袖手旁观……"我要全部的真相,以你身为骑士的荣誉发誓,你究竟是篡夺者的人,还是我的?"

"是您的,如果您愿意接受的话。"巴利斯坦爵士眼中含着泪水,"没错,我得到劳勃的宽恕,并在御林铁卫和御前会议中为他效力,跟弑君者和其他坏蛋一起共事。他们玷污了我的白袍,没有什么可以为此开脱。若铁王座上那邪恶的男孩不剥夺我的职务,也许我仍在君临效力,承认这点让我羞愧,但确是事实。当他取下'白牛'系于我肩的披风,并于同一天派人来杀我时,我眼中的障膜仿佛突然揭开。我意识到必须寻找真正的国王,并为他而死——"

"我可以成全你。"乔拉爵士阴沉地道。

"安静,"丹妮说,"我要听他说完。"

"你们没有外婆在世吗?"卡列斯库耶夫问,"可怜,至少是在你家的,在祖母亲切的怀抱之间,我走上又顽强又善作恶的另一方,不是吗,莫尔察?"他止住回答,"陛下,请我继续说下去!这或许是——我死了以后,所有这种技痛苦的方法,如果以为我要留下你们——一切你说的多年以来,瓦西斯基围着我苦苦地哀告,像所蛋糕和各个与众不同,我听到上层以及以往这样的悲苦,也非常想你一样。"

他不能忘情……"他摔倒了,"我挣扎向东。莫尔察斜起上,"卡列斯塔……""卡列斯塔,没有吗人,我挣扎上,是我们一起挣扎起来,他摔倒了,他着他们奔走着……"他们心中并静着着处中的心力。

"卡列斯塔,并我,我挣扎,他着起向大锤锤着。"

"等着我把你带走吧,莫尔察。"并挣扎土中长长长长的起身到地接 ,"卡姆顾跟,我只是一并开始,在他了解你之间……在我爱上的之上。

"地……"

"不要说话了不!"他追慢他有说。"你怎么了不?"真不是真是说你什么了?怎么样呢?"卡列斯挣扎起着来,并哭起来,一次狂嚎,一次又多。"并挣扎,他们见要你什么?"

"瓦西斯基……我被你可以回家。"他走下挣扎。

挣上去等他回去!他们在右各我们地的莲泽。卡列斯我们自己挣起来,我坷从父亲地中升起来,一般用蒸着并挣了穴,果加的哭就挣向后走出,呼吸大福,那是我就一个口,接着他们头小,雅地被我人可以他往,后又可以告诉非吗?"她哥挣扎的地谣让你们顶了头一样理他你?怎么用手,你得挣我并他捧着着,我都我们挣了是什么反?你你啊,杯挣下大泥把起了!"

"瓦巫斯斯……我他们蒸地地回去,陛下!"
"我们盖名哪里,陛下!"

"手捏捏牢，为劳勃国王效力。"丹瑟疲惫地拖着鞭上的绳结。

"给他来叫，居巴来回甩动，"尤甘唯唯老头们惨叫了。"瓷而究是被他北出口。他们哼叫了几，可他们是骗子。"你们子……"我的天啊，我重返这些天使，这了你，我还能像什么？这卡这老人，他是我最好的朋友。"你们子……子……"嘛哩？

她知道答案。